魅丽文化 桃夭工作室

# 大鲍

吕天逸 — 著

北京燕山出版社
BEIJING YANSHAN PRESS

图书在版编目（CIP）数据

大触 / 吕天逸著. -- 北京：北京燕山出版社，2019.7
ISBN 978-7-5402-5403-2

Ⅰ. ①大… Ⅱ. ①吕… Ⅲ. ①长篇小说－中国－当代
Ⅳ. ① I247.5

中国版本图书馆 CIP 数据核字 (2019) 第 115404 号

# 大触

作　　者　吕天逸
责任编辑　朱　菁
责任校对　岳　欣
策　　划　紫　总　派拉斯特
特约编辑　刘思月　曾　枰
装帧设计　李　娟
社　　址　北京市丰台区铁营苇子坑路 138 号（100079）
网　　址　http://www.bjyspress.com/
电　　话　（010）65240430
传　　真　（010）63587071
印　　刷　湖南新华精品印务有限公司
开　　本　880×1230 毫米　1/32
字　　数　266 千字
印　　张　9.5
版　　次　2019 年 10 月第 1 版
印　　次　2019 年 10 月第 1 次印刷
定　　价　38.00 元

出版发行　北京燕山出版社 BEIJING YANSHAN PRESS

# 目录

CONTENTS

楔　子 /001
第一章　猎魔人与巧克力 /007
第二章　大明星与翻车鱼 /022
第三章　巨妖宝宝与灯塔水母 /039
第四章　泰坦尼克号与麻油蘸棉签 /056
第五章　老黄牛与小饼干 /080
第六章　假狼人与驱魔粉 /105
第七章　暴打喷火龙与下班吸吸牛 /119

# 目录 CONTENTS

第八章 独角兽与大章鱼 /138

第九章 血盆小口与青梅竹马 /154

第十章 巨可爱与小可爱 /178

第十一章 长生不老与走进奇迹 /196

第十二章 龙族少年与菌人王子 /223

第十三章 辛德瑞拉与小美人鱼 /243

第十四章 忠实读者与整个世界 /267

# 楔子

由于人类对资源的肆意攫取，地球环境遭受到巨大危机。工业毒气不断泄漏，致使物种开始奇异突变，随着时间流逝，这些动物也逐渐拥有高智商，开始尝试与人类和平共处，相应机构也随之而生。

地球历 3019 年，地球西半球正经历着盛夏。

一场突如其来的暴风雨席卷了班尼克斯岛附近的海域。

海浪翻涌怒卷，涛声犹如咆哮，闪电在黑云中画出叶脉般繁复的亮线，狂风裹挟着雨水，如海神之鞭狠狠抽打着颠簸在海面上的船只。

这风暴来得太突然，船员们来不及下舱躲避，只能就近死死把住固定在船上的物品，在心里默默祈祷。风雨肆虐的声音灌满了船员们的耳朵，正在他们与暴风雨对峙的紧要关头，一阵细柔如银丝的歌声鬼魅般穿过雷霆轰隆的巨响钻进船员们的耳中，几个人朝歌声传来的方向望去，有人咆哮着问道："那是什么东西？！"

"是水怪！"一个大约三十来岁的男人高声回应道。他身上的白大褂已经湿透了，一双紧握着围栏的手瘦削细弱，青筋暴凸，几绺额发混合着汗水和雨水湿漉漉地贴在他的额头上。模样虽狼狈至极，但他的眼神热烈得几近癫狂。他望向海面上那几个影影绰绰的人形生物，不合时宜地大声向身旁的助手解释道："准确地说，这是一种变异的寄生水怪！它们主要的食物来源是海鱼！"

他的助手是个二十多岁的年轻人，听到这里似乎略略松了口气，可那穿白大褂的男人又继续大声给助手上起了课："但它们喜欢在人类身上产卵！它们的歌声可以直接影响人类的中枢神经，让人类产生幻觉进而自己投身大海！它们就是传说中海妖塞壬的原型！"

助手的面容发生了稍微的扭曲变化。

正如那男子所说，被寄生水怪抓捕的人类并不会马上死亡，寄生水怪只会在人类身上制造出小伤口，在伤口中产卵后再将人类圈养起来，而这些被水怪卵寄生的人类会渐渐被体内孵化出的小水怪吃空。新生的小水怪会或多或少地继承一部分该人类的特征，甚至有少数小水怪从外表看上去完全就是正常人类。它们会混迹在人类社会中，直到发育成熟后遵循本能寻找寄主产卵，身份才会被识破。

"这是一种基因变异再融合的现象！我们目前还没有掌握这种变异的原理！"穿白大褂的男子神情狂热得似乎恨不得立刻扑进海中捞几只水怪上来研究，"我们得想办法把它们抓回实验室！"

助手原本苍白的脸此时更是变得灰白如死尸，他嗓音颤抖道："但沈院长，我们还是先想办法逃跑比较好，它们的歌声……"

助手话音未落，一名船员突然主动松开了攥着栏杆的手，神色迷离地翻越围栏，在同伴们的咆哮声中像一张轻巧的纸片般坠向大海……

在这千钧一发之际，海水中突然钻出一条粗壮的触手，它稳稳地接住了那个船员，触手上的吸盘牢牢吸附着船员裸露在外的皮肤。失去理智的船员被触手高高举在空中，远离了海中急切想要产卵的水怪们。

"这是……"被称作沈院长的男子嘴唇哆嗦着，他的喉咙似乎被极度的兴奋堵住了，发不出声音，只能用一双瞪得几乎微微鼓凸的眼睛死死地盯着那条从海中扬起的触手。

触手出水的一刹那，惑人的歌声戛然而止。水怪们惶急地没入水下试图逃跑，可紧接着加入战场的十几只触手敏捷地阻断了它们的逃跑路线。短短几秒钟后，每条探出水面的触手都捕获了一到两只水怪。随即，一颗小山般庞大的头颅从海中缓缓升起，而那艘科考船正好位于这颗头颅的中心，被它从狂躁的海洋中顶了出来。

这庞大的类章鱼生物名为北海巨妖。根据资料记载，上千年来北海巨妖一直被班尼克斯岛的岛民尊崇为守护神。在每年的丰收庆典或前往远海捕鱼前，岛民都会向守护神进献祭品以祈求北海巨妖为他们清除海中食人的怪物。这个传统从千年前一直延续至今，而北海巨妖也是科考船的重要考察对象之一。

这艘科考船属于Z国的某神秘部门，该部门的存在历史可追溯至上千年前。它在人类世界与神秘世界之间游走，一直以各种形式活跃在老百姓茶余饭后的猎奇传说中。多年来，它不断随着政权更迭而改头换面，但本质不曾改变。

科考船上的这位沈院长名叫沈俞明，是该神秘部门下属魔物生命研究院的院长，他们称这种基因变异的物种为魔物。在对班尼克斯岛的传说资料进行了大量专业性分析后，他认为北海巨妖很有可能是真实存在的生物。他们这次来到班尼克斯岛附近的海域，终极目标就是证实北海巨妖的存在并对其进行研究。

海面上，北海巨妖挥舞着触手，被卷出海面的水怪终于在人们眼前呈现出了清晰的面貌——它们虽有着人类的轮廓，但全身上下都覆盖着从墨绿色渐变成浅灰色的坚硬鳞片，那鳞片的颜色看起来很像是腐烂的垃圾。它们没有嘴唇，口裂开几乎延伸至耳孔，小而混浊的鱼眼显得残忍而狡诈，丑陋得惊人。它们浓密的长发间生满了海洋寄生生物，也怪不得远看时它们的头发显得那么厚。

“咔嚓咔嚓，嘎吱嘎吱……”北海巨妖像吃小饼干一样尽数把这些鳞片坚硬的水怪丢进嘴里大嚼特嚼，吃到最后一只时它停住，弹出触手吸盘中隐藏的利齿，从水怪身上剐下一小块最细嫩的肉，并将那块肉朝身侧递去。

循着那条触手行进的轨迹，船员们惊奇地发现在北海巨妖头部与某条触手相连的部位上，还趴着一只北海巨妖的幼崽。看那东西的体型，与其说它是一只北海巨妖的幼崽，还不如说是一只章鱼，只有皮肤的颜色和瞳色可以证明它的血统。

看到那只小东西的一瞬间，沈俞明的眼睛亮得像在冒火一样。

这只北海巨妖宝宝用自己的小触手碰了碰大巨妖送来的嫩肉，将嫩肉卷起来放到嘴边。正当它要张口吃的时候，它突然转过圆溜溜的大脑袋看了一眼大巨妖触手中那只奇丑无比的水怪，似乎想确认自己的食物是从哪里来的……看清了水怪那副尊容后，巨妖宝宝被丑得身子一抖，绿绿的大眼睛瞪得溜圆。它急急地扬起小触手，把刚刚卷起来的嫩肉掷向了大海。

食物太丑了，下不去嘴！

大巨妖不甘心地从水怪身上又剜下一块肉递过去，试图强行塞到巨妖宝宝的嘴里。

然而巨妖宝宝用它那十六条小触手把脑袋包了个严实，整个变成了一个圆溜溜的章鱼丸。大巨妖的触手僵硬地停在了半空，两颗巨大的绿眼睛垂了下来，犯愁地看着不好好吃饭的巨妖宝宝，模样非常像一个不知所措的新手奶爸。

沉默了片刻后，大巨妖张开血盆大口，冲巨妖宝宝发出一声惊天动地的嘶吼。

根据场景分析，应该是想让挑食的巨妖宝宝好好吃饭。

巨妖宝宝放下遮着嘴巴的那几条触手，也张开自己的“血盆小口”，细声细气地叫起来：“吼吼吼！”

叫完，它就把放下的触手执拗地遮了回去，看起来像是在表示自己坚决不吃。

大巨妖的绿眼珠左转转，右转转，忽地向自己头顶上的科考船与触手中卷着的船员瞄去。水怪的歌声停下后，被迷惑的船员就恢复了神志，只是他一直不敢惊动巨妖，所以才忍着没有动弹呼救。巨妖把那船员放在甲板上，将触手一抽，吸附在船员身上的几个吸盘便“啪啪啪”地松脱了。船员一个踉跄恢复了自由，裸露在外的皮肤上还残留着一串被吸盘吸出来的圆形红印，看起来特别像是被巨妖拔了个火罐。

紧接着，那只放下了船员的触手便伸到船员面前，和另一只触手贴在一起互相捻了捻，看起来很像人类捻着食指和大拇指问人要钱的动作。

沈俞明迅速反应过来这是保护神在收保护费，于是急忙下令道：“它要祭品，快给它食物！”

船员们立刻去舱内搬来一大箱饼干放在大巨妖的触手上，大巨妖低吼了一声便将饼干递到巨妖宝宝面前，它的吼声听起来颇为温和，像是对人类的献祭感到满意。在大巨妖索要祭品的过程中，巨妖宝宝放下了一条遮着眼睛的触手从缝隙中向外窥视着，绿眼睛看起来颇为机灵。见大巨妖问人类要到了一箱饼干，巨妖宝宝欢快地发出“吼”的一声欢呼。它用自己的小触手灵巧地打开饼干箱和里面的小包装，吃到口感香脆的饼干时，它开心得整个身子都在颤抖，柔软的小身体像抖出一阵阵滑稽的波浪。

大巨妖把最后一只水怪也丢进嘴里吃了，随即用头顶着科考船朝班尼克斯岛的方向游去。海上的暴风雨仍旧肆虐，但科考船在北海巨妖的头上待得稳稳的。途中，巨妖宝宝边吃小饼干边在大巨妖身上嬉戏。大巨妖高高翘起一条触手给巨妖宝宝当滑梯，巨妖宝宝慢吞吞地攀上去，又“刺溜”滑下来，玩得不亦乐乎，“吼吼吼”地大笑着。

很快，一箱饼干就被食量惊人的巨妖宝宝吃光了。巨妖宝宝看着空空如也的饼干箱，眼皮丧气地耷拉了下去。正当巨妖宝宝意犹未尽时，科考船上突然传来一声呼哨，巨妖宝宝抬眼望去，看见沈俞明正拿着一袋饼干朝自己招手。

巨妖宝宝喜滋滋地爬到大巨妖的头顶，又用自己吸附力极强的小吸盘吸住科考船的船壁，“啪啪啪”地攀了上去，又“啪”的一声从围栏摔到甲板上，小触手举得高高的，去够沈俞明手里的饼干……

怪叔叔沈俞明成功诱拐了小宝宝，而粗神经的大巨妖似乎压根儿没发现自己的宝宝已经跟人跑了。将科考船送至风平浪静的近海后，这个粗心的巨妖老爸就带着沈俞明额外献祭给自己的一箱牛肉罐头游走了。

这也不能全怪北海巨妖大意。一来，北海巨妖天生就是海中霸主，它们位于海洋食物链的最顶层，对北海巨妖的恐惧与臣服遗传在其他海洋生物的基因中。即使只是巨妖幼崽也没有海洋生物敢主动招惹，所以大巨妖从不担心宝宝的安全问题，一时半会儿找不见孩子也不会在意；二来，过去的上千年间，班尼克斯岛保持着传统生活习惯的岛民一直将北海巨妖奉若神明，除了投喂祭品就是跪在地上磕头。在北海巨妖的印象中，人类就是一种弱小又乖顺的生物，因此对人类严重缺乏警惕。

而与此同时，巨妖宝宝还在往自己的“血盆小口”里狂塞饼干，浑然不知那个看起来很友善的人类已经给自己准备好了用高强度钢化玻璃特制的封闭水箱，并已联系好直升机，准备将自己运回Z国的魔物生命研究院。

一切，就从这里开始……

# 第一章

## 猎魔人与巧克力

深秋时节，在下班高峰期的公交车上，沈曜坐在最后一排靠窗的位子上。

天很冷，沈曜用围巾把自己裹得严严实实，怀里抱着一个鼓鼓囊囊的大书包，精致的脸蛋上尚存几分稚气，看起来像是个大学生。

沈曜把一只手伸进书包里摸了片刻，掏出一枚香橙夹心巧克力丢进嘴里，然后把围巾拉高到鼻尖，遮住自己仓鼠样鼓起的面颊，美滋滋地嚼了起来，一双漂亮的眼睛被弥漫在口中的甜香熏染得微微弯着。今天蒋队给前几天参加A级任务的猎魔人发了一大笔奖金，所以沈曜破例买了一盒平时不舍得买的手工巧克力犒劳自己。

明天是双休日，可以先睡到自然醒，然后去看那部新上映的科幻片，电影开场之前可以去商场的地下美食城，吃那家特别好吃的章鱼小丸子……沈曜正美滋滋地计划着休息日的行程，大衣右侧口袋里的手机就不识相地响了起来。

沈曜有两部手机，日常使用的那部放在左侧口袋，工作专用的永远放在右侧口袋。这个专属铃声属于蒋泽队长，而下班时间蒋泽来电话永远只有一件事——那就是紧急任务。

沈曜霍地起身，苦着脸飞快地接起电话：“蒋队。”

蒋泽一句废话也没有，连珠炮般报了个坐标。

沈曜一边拼命往车门方向挤，一边在心里记牢了这个坐标，随即道：“记好了，是什么？”

蒋泽简洁明了道：“吞噬者，监控摄像头报案，情况紧急，限你五分钟之内赶到。”

此时公交车正巧到站，沈曜被身后拥挤的人流挤出车外，撒腿就朝坐标方向狂奔。高峰期公交车站附近人头攒动，沈曜跑得急，不小心冲撞了几个行人。沈曜连道歉都顾不上，只顾着跑，边跑边不时低头看一眼手机上的地图矫正坐标方向，身后是一片行人的抱怨声。

沈曜工作专用的手机中安置着定位芯片，身为执法总队队长的蒋泽可以通过定位芯片掌握手下每一个队员的实时位置，所以当出现紧急任务时，蒋泽会选择距离任务点最近的队员前往执行。显然刚刚公交车上的沈曜就是距离本次任务地点最近的队员了，加班就是命，谁也怨不得。

特殊事务执法总队其实是一个专门处理各种魔物相关事件的机构，他们日常的工作是猎杀对人类安全构成威胁的各种魔物，清除普通人类目击者的记忆，抑或是帮助那些对人类友好的魔物融入人类社会。沈曜不怎么喜欢“特殊事务执法总队”这个名字，因为这名字听起来太严肃无趣了，还是上世纪的旧名字比较霸气，那时他们还叫“猎魔人协会”，而沈曜他们也就是猎魔人了。

不过不管名字怎么取，队员们的工作性质都没有改变。为了保护人类同胞的生命与财产安全，包括沈曜在内的队员们每天都奋战在与魔物斗争的第一线。他们工作危险但薪水不高，虽然每次成功解决魔物后，上级都会发放数额不等的奖金，但这奖金有时候可是要拿命来换的。特殊事务执法总队队员出任务时的伤亡率，多年来一直居高不下，所以沈曜觉得，能来干这行的人，除了像自己这样身不由己的，应该就是心里真有信念在的。

沈曜无父无母，四岁时被一个叫沈俞明的人领养。沈俞明对外展现的身份只是一个药品厂的研究员，实际上却是魔物生命研究院的院长。沈曜一直不明白沈俞明为什么要收养自己，沈俞明似乎缺失了人类某部分应有的感情。他一生不曾娶妻，性格孤僻，没有朋友，对幼年的沈曜也从未表露过温情，只是像养一只低等动物一样养着沈曜，除了提供生活必需品之外，他和沈曜几乎没有交流。沈曜最多的童年记忆就是自己一个人待在沈俞明空荡荡的大宅里，半懂不懂地在书房翻书，或者孤零零地坐在沙发上看电视。

沈俞明有一个叫蒋泽的同事，蒋泽性格热情豪爽，和阴郁别扭的沈俞明关系比较恶劣，平日里是井水不犯河水的状态。但或许是因为觉得沈曜可怜，蒋泽时常会硬着头皮上沈俞明家拜访，给沈曜带些玩具和零食，偶尔还会带沈曜出去玩。沈曜非常感谢蒋泽为自己做的这些事，因为如果不是有蒋泽在的话，沈曜估计自己八成要在沈俞明的影响下默默地成为变态……

沈曜看着虽有些弱不禁风，但实际上体能很强，只用四分钟便跑到了目的地。吞噬者出没的地点是一条幽深的小巷，一个监控摄像头在小巷入口处尽忠职守地向终端传递着信息，刚刚向总队提交异常事件预警的就是这个小家伙。

大数据时代，猎魔人也要与时俱进。城市监控摄像头刚刚开始普及时，特殊事务执法总队就整合了大量魔物资料输入了城市管理系统。这些资料中包含了详尽的魔物外形信息，当摄像头捕捉到魔物出没的画面时，系统会自动对画面进行分析处理。一旦与资料中的魔物信息吻合度达到一定的百分比，系统就会自动向特殊事务执法总队报案，可以说是大大提高了总队的办案效率。

不过可惜的是，这种方法只适用于监控那些低等魔物，因为实力强大的高级魔物大多数有变形能力。而对于变形成人类的高级魔物，别说摄像头了，如果它演技好又熟知人类社会规则的话，就连经验老到的执法队员也很难将它辨认出来。

巷子深处隐约传来人的呼救声，沈曜喘着粗气卸下书包丢在墙角，撩起上衣下摆，抽出藏在腰间的军刀，朝传来呼救的方向跑去。

暗巷的尽头，一只浑身赤裸的吞噬者像壁虎一样黏在墙壁上懒洋洋地消化着食物。吞噬者是类人形低等魔物，喜欢肮脏阴暗的生活环境，常见于地下水道与人迹罕至的垃圾巷。正常情况下，吞噬者除了尾巴之外，与人类外形的相似度可以达到百分之九十，但进食后它们的身体往往会被撑得膨胀。眼下这只吞噬者显然就是刚刚进食完毕，透过它被撑得极薄的皮肤，能清晰地看见遍布其皮下的青色血管与“扑通”跳动的内脏。不过比那些更可怕的是，这只吞噬者的体内还包裹着一个人类。

人类并没有完全被吞噬进去，那是一个年轻的女性，她的上半身还在吞噬者的体外挣扎。她用双臂牢牢握住一根路灯杆，一边尖叫一边拼命想利用手臂的力量把自己拖出去。她的下半身被包在吞噬者体内，腿上的长裤已经被消化液腐蚀出破洞了。如果无人施救的话，十分钟内她整个人就会被吞噬者纳入身体里并成为它的养料。

看见吞噬者的一刹那，沈曜的瞳仁微微放大了，沈曜自己幼年时也被吞噬者袭击过，对这恶心的怪物有些阴影。

沈曜抿着嘴唇，握紧刀柄咬牙朝吞噬者冲去。吞噬者听见身后传来的脚步声，脖子“咻”地拧过一百八十度朝后一看，眼见对方手持武器杀气腾腾地冲来，便立刻朝墙壁上方爬去，想翻过这面墙甩开沈曜。吞噬者的一大特征是行进速度极快，且可垂直于墙面爬行，在这种地形复杂的巷道中极难对它进行追击。

“想跑？”沈曜嘴角一挑，在小巷昏暗的光照渲染下，那张精致漂亮的脸蛋竟显得有几分狰狞。此时沈曜距离吞噬者还有几步，想扑过去制住它，但显然已经来不及了。于是沈曜便以食指和拇指捏住刀刃，将军刀猛地朝吞噬者飞掷而去。银亮的刀身划破夜色，精准地穿透了吞噬者的尾巴而冲力不减，伴着“噌”的一声闷响深深插入围墙红砖的缝隙中。

吞噬者的尾巴是它全身上下神经最密集的部位，也是它除头部以外最大的弱点。被军刀钉住的一瞬间，吞噬者惨白的脊背上猛地裂出一条血红的口子，就像在张嘴惨号。它回头试图用酷似人类的手拔出那柄钉在自己尾巴上的军刀，但还没来得及碰到刀柄，已冲至墙下的沈曜就攥住了那条粗壮的尾巴，用力朝侧面一拽……

"啪"的一声，血花四溅！

吞噬者的尾巴还被刀牢牢钉在墙上，随着沈曜用力一拽，刀身自岿然不动，可吞噬者的半条尾巴却被刀豁得分了叉。吞噬者疼得红了眼睛，满心复仇的欲望让它不再试图带着猎物逃跑。它将上半身张开一道深深的裂口，猛地朝沈曜扑去，这就是吞噬者的攻击方式，它靠打开身体来吞噬猎物。它的消化液中含有麻痹神经的毒素，可以令猎物力量锐减，所以一旦猎物身体的某一部分被它纳入消化系统内，就很难再脱离了。

吞噬者的速度太快，沈曜不打算与它正面对抗，便拔出嵌进墙里的军刀，扭头就往巷外跑。吞噬者在后面穷追不舍，拼速度沈曜拼不过它，于是沈曜随手抄起路边一个装得满满的垃圾桶，一个反身便塞进了吞噬者血红的裂口中，边塞边喊："请你吃全家桶！"

吞噬者猝不及防吃了一肚子垃圾，恶心得够呛，忙佝偻着身子往外排垃圾。而沈曜便趁机回身踩着吞噬者光秃秃的脑袋跳到了它的背后。

"差得抠脚。"沈曜扬着尖尖的下巴挑了挑眉毛嘲笑道，模样嚣张得不行。

吞噬者再次被激怒，吐完垃圾便四足着地飞快地朝沈曜爬去。这小巷往里其实是条死路，尽头有一堵高高的墙，不过沈曜要的就是死路。眼见自己与吞噬者之间的距离越拉越近，沈曜开始朝巷尾的墙冲刺，拼尽全力使出一个加速"噔噔噔"三步飞身上墙，紧接着凌空一个后翻，将刀锋对准吞噬者的头部。借着沈曜在空中自由落体的力道，那柄染血的军刀顺利冲破吞噬者异常坚硬的头骨，连根砍入头颅并瞬间捣毁了吞噬者的大脑。

吞噬者软了下去，瘫在地上一动不动了。

沈曜抽出军刀，动作麻利地剖开吞噬者的尸体，将已经被它吞到胸口的受害者给救了出来。受害者没有遭受明显外伤，被沈曜救出来时意识基本清醒，但遭受了严重惊吓，而且被吞噬者的毒素侵袭，手脚瘫软使不出力气。

那位受害者看上去有二十六七岁，比她小好几岁的沈曜却像个可靠的长辈一样揉了揉她的头发，温和地安抚道："没事了，我已经把它杀了。"

女人眼中泪光闪闪，一个字都说不出来。

沈曜从大衣口袋里翻出自己工作专用的特制手机，在上面按了几个键，手机后面的小灯亮了起来。沈曜让那光芒晃过女人的眼睛，同时用一种梦呓般的腔调柔声道："你低血糖发作，昏迷在巷口，有路过的好心人帮你叫了救护车。"

沈曜将这句话重复了几遍，女人在那光芒的照射下不知怎么的就睡了过去。

女人睡过去后，沈曜掏出面巾纸把她身上残留的消化液擦了擦。她腿上的长裤已经被消化得差不多了，天气又寒冷，于是沈曜脱了自己的大衣，用大衣把女人的两条腿包住。做完这些，沈曜吐了口气，给蒋泽打电话，一板一眼语速飞快地报告："蒋队，目标已清理，救出一名受害者。受害者被吞噬时间长达十分钟，有中毒反应，需要医疗救助，记忆消除顺利。"

蒋泽也飞快地道："医疗小组三分钟前已派出。"

沈曜听了这话，片刻前严肃的神情迅速褪去，眼睛一眯，笑出两个小酒窝道："蒋哥，又要准备给我发奖金了。"

蒋泽"嘿嘿"一笑地说："一个吞噬者，能发五百不错了。"

"五百也是钱啊！"沈曜幽怨地道，"对了，受害者的衣服被消化没了，我把我的大衣脱下来给她了，你得给我报销大衣。"

蒋泽"啧"了一声，又急忙说："报什么报，完事儿把大衣给你送回去就得了，洗洗接着穿！"

想顺便诓件新衣服的小计划失败，沈曜鼓着腮帮子，不高兴地挂断了电话，连一句“再见”都没和队长说。

可记仇了！

晚秋风凉，医疗小队赶到小巷时，只穿了一件毛衣的沈曜正在原地跑步暖身。那单薄的小身板在寒风中显得可怜巴巴的。

沈曜：“有多余的衣服吗？借我穿穿？”

医疗人员：“白大褂要吗？”

沈曜：“算了。”

顿了顿，沈曜伸出沾染了血污的手问：“那有纸吗？”

有人丢过去几块纱布，对着沈曜说：“拿这个擦吧。”

沈曜简单地擦了擦手和军刀，然后收刀回鞘，随即从书包里翻出一瓶矿泉水，用着瓶子里的水仔仔细细地把手洗干净了，再摸出两颗巧克力球丢进嘴里，一边腮帮子一颗，像只偷吃东西的小仓鼠似的。

几个医疗人员看看地上死状凄惨的吞噬者，再看看与眼前的血腥场景格格不入的沈曜，表情都有些复杂。

沈曜被他们看得略不好意思，隐约也知道自己的画风不太对，便嚼着巧克力辩解道：“我补充补充热量，杀怪消耗多大啊，我和它打了两分多钟呢。”

可那说话声轻轻软软的，连唇齿间喷出的气流都是香甜的巧克力味。刚刚剧烈运动造成的面颊潮红尚未消散，红得像小苹果一样的脸蛋十足可爱。

沈曜把书包背上，再把围巾系好，朝家的方向跑去。这里离家也就不到两站地，以沈曜的体能和平时接受的训练而言，跑这么点路就跟玩一样，跑一跑也就不冷了。

也不能怪那几个医疗人员大惊小怪，沈曜这种性格、长相，与“猎魔人”三个字联系在一起的确是违和感十足。但沈曜也不是自愿要干这行的，只是不干这行就得死，不得已罢了。

沈曜七岁时，沈俞明因交通事故去世，沈曜被暂时寄养在沈俞明的一个远房姑妈家。在被寄养的短短一个月中，沈曜累计被魔物袭击了六次，每次都是蒋泽及时赶到并出手相救。说来也奇怪，那些食人魔物都是放着别人不管专盯着沈曜，就袭击沈曜，就想吃沈曜，可以说是集万千“恩宠”于一身了。

在意识到沈曜格外招食人魔物喜欢后，蒋泽果断把沈曜带走了。

沈曜还记得那天自己被蒋泽牵着走出沈俞明姑妈家的一幕，七岁的小沈曜背着自己的大书包，里面都是蒋泽买的玩具和零食。

小沈曜轻声问：“蒋叔……哥哥，我要去哪儿？”

小沈曜活到这么大，还从来没有过一个像模像样的家，常年缺乏安全感的生活让这个小孩提前成熟了，被人带离好不容易适应的新环境时，也老老实实的，一点儿都不闹。

二十来岁的蒋泽一脸蒙地点了支烟：“我哪儿知道啊，可我就知道你不能在这儿待着。”

小沈曜握紧书包肩带，委屈地低下头。

蒋泽摸摸下巴，犯了难：“你现在这种情况不好办，让你在这家待下去，估计你都活不过今年。你也忒能引怪了，而我又不能给你当私人保镖。”

听到“活不过今年”，小沈曜怕得不行，红着眼圈问：“它们为什么都想吃我？”

蒋泽：“它们本来就吃人，这就是它们的习性。至于为什么都盯着你一人，可能是因为你长得好吃吧。”

是的，不知为何，小沈曜在怪物眼中宛如一块肥而不腻晶亮诱人的叉烧。

蒋泽低头看看小沈曜。

小孩长得是真好看，五官漂亮得像洋娃娃，皮肤白得如牛奶，脸蛋还有点婴儿肥，像块小布丁似的。

蒋泽记得沈俞明刚从福利院把沈曜领回来的时候，沈曜还没这么好看。那时的沈曜黑瘦黑瘦，五官也就能说是清秀。不过这也不奇怪，小孩变化快，一年一个样，有的小孩小时候丑得像猴子似的，长开了就完全不一样了。

蒋泽犯愁道：“我都想照着你的脸蛋咬一口，别说它们了。”

小沈曜默默捂住自己的脸。

蒋泽丢过去一袋巧克力豆："行了，甭难受了……蒋哥问你，你想打怪兽吗？蒋哥教你打怪兽怎么样？"

小沈曜一边"吧嗒吧嗒"地掉眼泪，一边吃着巧克力豆："不想。"

蒋泽"啧"了一声："怎么不想呢，你看那动画片里不是天天演打怪兽吗？维护世界和平多牛啊！"

小沈曜哭唧唧地往外喷巧克力末："怪兽吓人！我不想打怪兽！"

蒋泽气得磨牙，这小破孩不好骗啊！

"不想打也得打，这事儿就这么定了。"蒋泽自顾自做了决定，"反正你不打怪兽，怪兽就要吃你。"

蒋泽把小沈曜带回了特殊事务执法总队，又给小沈曜弄了间宿舍。毕竟论防范魔物，天底下没有比这里更安全的地方了。魔物来执法总队袭击沈曜就像强盗去警察局抢钱一样，属于找死的行为。

于是小沈曜就无可奈何地在执法总队的宿舍住下了。这些年来，小沈曜白天去学校上课，晚上回总队训练，十二岁之前沈曜主要学习魔物理论知识，十二岁之后开始渐渐增加高强度体能训练。

蒋泽本来对沈曜不抱什么期望，他死拽活拽把沈曜弄进队里只是为了让沈曜有能力自保。毕竟沈曜那个软趴趴的性格，还有那干吃不胖瘦弱的小身板，看起来就不是当猎魔人的料。但令蒋泽万万没想到的是，沈曜在训练中的表现居然惊人的可观。沈曜的肌肉力量、神经反射速度、战斗直觉、武器操控，乃至记忆力以及对战术的理解，全都甩出同期训练的小队友们一大截。

不得不承认，这世上就是有一种叫天赋的东西存在，队友们累死累活做不到的事，沈曜轻轻松松就能做到，真是人比人气死人。

看出沈曜的天赋后，蒋泽就把沈曜当成了重点培养对象。沈曜成为正式队员后的任务表现果然很强，从十八岁到现在，个人猎魔成绩已连续三年维持总队第一，才二十一岁就当上了副队长。照这样下去的话，等蒋泽退休了，这个执法总队队长的位子肯定就是沈曜的了。

不过就算猎魔技能已经这么强了，沈曜那软趴趴的性子却还是没改。

大部分时间看着都还行，但撒娇耍赖时那股又甜又黏人的劲儿，就像块甜津津的牛皮糖一样，每每都让蒋泽与一众队友头疼得不行。

软萌的沈副队背着大书包沿着人行道奔跑。

前方是一面城市人工湖，过了这面湖再往前五百米就是沈曜的家了。今年年初的时候沈曜用这些年攒下的积蓄付了首付，买下一套高层的单身公寓。屋子的使用面积只有五十平方米，但一个人住也绰绰有余了。沈曜这么多年从没有过一个自己的家，所以对这房子很上心。虽囊中羞涩，但装修时一点也没小气，装修材料和家具都买了最称心的。一趟装修下来，沈曜彻底变成了穷光蛋，每个月还完房贷就要精打细算着过日子了。

不过沈曜还是对现状特别满意，每天下班一看到自己温馨的小家就觉得什么都值了。几个月前沈曜还从流浪动物之家抱回一只小橘猫，一人一猫相依为命。现在小橘猫已经被爱滋养成了一只大橘猫，清晨每每以雷霆万钧之势轰然坠落在沈曜的胸口，催沈曜起床给自己挣猫粮。

快要跑到人工湖时，沈曜忽然听见湖的方向传来歌声。歌声空灵缥缈，甚是悦耳。但沈曜的脸色却是一变，眼神变得凌厉起来。

这歌声八成是寄生水怪发出的！

人工湖旁行人很少，毕竟今天晚上降温降得厉害，不是什么散步的好天气。看来那寄生水怪也是看这附近人少才敢冒出来搞事情，寥寥无几的行人对水怪的歌声并没有什么反应。毕竟对普通人而言，在外面听见歌声时正常的想法往往是“哪家音响声音开大了”或者“有人在附近唱歌”，不会去深究。而如果行人不停下脚步一直听的话，水怪短短几秒钟的歌声无法迷惑住他们，除非碰巧有人在湖边站着不动……但要命的是，此时湖边的围栏旁恰巧就站着一个人。那人倚着围栏，上半身向湖水方向高度前倾，一只脚踏在栏杆下的横档儿上，目光定定地望向湖面冒出半个身子的水怪，显然是不幸被水怪的歌声迷惑住了，看起来分分钟就要翻下去送人头。

“你！醒醒！”沈曜一个箭步冲过去，揪着那人的衣领猛力向后一拽，将那人甩离围栏一米开外，然后在那人的手臂上死命一拧！

教科书上讲的，剧烈疼痛是让人从水怪的迷惑中快速脱离的最佳办法。

我这个反应速度简直了，今天救下两名受害者，必须让蒋队再给发一笔奖金！金牌猎魔人沈曜得意扬扬地想。

然而这位金牌猎魔人没有看见的是，在夜色掩映下，一条细长的触手正急急忙忙地从湖水中抽出，穿过围栏，“咻”地缩回到这位受害人的身上。

“不好意思，你清醒过来了吗？”沈曜左手死死钳着受害人的手腕，右手捏着受害人的胳膊，随时准备再掐个狠的。

受害人的表情无比复杂，略略低头望向沈曜。

沈曜这才发现自己救下的这位受害人居然长得还挺帅。

沈曜自己容貌高，所以看谁都觉得一般般，就连明星也少有能被沈曜发自肺腑地赞一句“好看”的，所以这受害人的颜确实是无可挑剔。

受害人眼中泛过一丝无奈的神情，肚子“咕噜噜”地响着，忍痛配合演出道：“我清醒了，刚才是怎么回事？”

好不容易发现的水怪大餐，眼看就要抓住了，结果就这么泡汤了……

沈曜没有多解释，手往后一摸，从那百宝箱一样的裤腰带上卸下一副手铐，二话不说就把受害人铐在湖边的栏杆上，随即又以最快的速度在那人身上摸了一圈，从他裤子口袋里掏出手机没收以防止他拍照。

消除记忆需要时间，当务之急是先把湖里的水怪给解决掉。

受害人活动了一下被铐住的手腕，又看看被沈曜收走的手机，不满地扬起眉正要说话，沈曜已抢先一步摸出工作证，在受害人眼前一晃。

工作证上有单位钢印、沈曜的姓名、编号以及一寸照片。在看到那张工作证的一瞬间，受害人的眼睛不可置信地睁大了。他的嘴唇轻轻动了动，虽没有发出声音，但看唇形像是在念“沈曜”两个字。

沈曜语速飞快地道：“特殊事务执法总队！作为本次事件的目击者，你有义务配合我的工作，不许乱动也不许大叫，在这儿老实等着。”

受害人的鼻翼紧张地翕动着，似乎是在急切地嗅闻着什么。片刻后，他摆出一副天真无辜的模样问：“水里那个是什么？”

沈曜没搭理他，只是动作利落地把工作证和手机收进书包里，又把藏着手铐钥匙的书包放在受害人绝对够不到的地方，然后摘了碍事的围巾往地上一丢，拔出腰间的军刀翻过围栏就一个猛子扎进了水里，径直朝着水怪游去。

不同的魔物在执法总队有不同的危险评定等级，最低评定等级是E，E级魔物的标准是性情温和，武力值等于或低于人类平均水准，智商高可沟通，能够很好地融入人类社会等等。而等级越往上排的魔物对人类的威胁就越大，享有的权利也就越少。像吞噬者与寄生水怪这类魔物，它们的危险评定等级都是A级。A级魔物没有生存权，猎魔人遇到时可以就地对其进行处决，只要事后补报告即可。

寄生水怪这种危险魔物本来在Z国境内从没有出现过，它们主要分布在欧洲东南部，是希腊神话中海妖塞壬的原型。然而十几年前，这种魔物不知为何突然现身于Z国水体中，并且由于缺乏天敌，在一段时间内爆发性繁殖。虽然后来它们大多数都被Z国的执法总队捕杀了，但因为它们平时生活在水下，具有一定的隐蔽性，所以很难完全清除干净。这么多年来，人类被寄生水怪残害的案件仍时有发生。

深秋湖水冷冽，沈曜一跳进去就先冻得打了个寒战。那水怪看出沈曜是来对付自己的，扭头就朝远处游去，布满灰鳞的身体在幽深的湖水中穿行自如，同时歌声不停，似乎想用歌声来迷惑沈曜。

沈曜在心里默念：不听不听，王八念经。

追着水怪游了片刻后，人与怪的距离被越拉越远，沈曜也像是被歌声迷惑般突然停止了追击。水怪扭头朝沈曜看去，眼见对手的眼皮渐渐耷拉了下去，双目呆滞平视前方，四肢皆停止了摆动。很快，失去平衡的沈曜就像截木头一样沉了下去，水面“咕噜咕噜”泛起一片气泡。

被铐在岸上的男人原本一副看戏的样子悠然自得地托着下巴，见沈曜溺水，男人的脸“唰”地就绿了。他手腕一转，被铐住的右手霎时化作流体般的柔软状态……

与此同时，那只水怪也游到了被迷惑的猎物面前，一双细缝似的小眼中写满了残忍的喜悦。它满意地用爪子钩住神情呆滞的沈曜，张开气味腥臭的大口朝着沈曜的肩膀咬下去。

在这千钧一发之际，一根粗壮的触手闪电般从岸边的方向朝着水怪疾刺而去！不过比触手更快的是沈曜的刀，触手还没碰到水怪，那柄刚刚宰杀了一头吞噬者的军刀便已势如破竹般突入水怪的口中。随着一阵肌肉筋膜被撕裂的闷响，军刀刀尖“嚓”的一声从水怪后颈冒了出来——那水怪竟猝不及防被沈曜扎了个对穿。

压根儿没被迷惑到的沈曜抹了一把溅到自己脸上的血沫，对着水怪露出一个狡黠的笑容，道：“嘿嘿，想不到吧？”

死水怪默默翻着白眼……

那条悬停在沈曜上方十几厘米左右的触手尴尬地僵硬了片刻，便悄无声息地缩回到岸边男人的手中。

沈曜把小半条手臂从水怪血糊糊的嘴里慢慢往外拔，小心留意着不让水怪的尖牙划伤自己。就在沈曜以为今晚的事件已完美结束时，一只身形明显比上一只瘦小很多的水怪忽然从湖岸正下方跃出水面，水淋淋的爪子扒住沈曜放在栏杆边的大书包就要往湖里拽——这些水怪的食物来源主要是鱼类，但城市里的湖中哪有那么多鱼可吃，所以这只瘦小的水怪八成是饿慌了，便打上了人类食物的主意。

沈曜此时背对着湖岸，而且这只水怪没有发出很响的声音，被铐住的男人见状，将右手小拇指化形为触手，想要伸过去驱逐那只偷东西的水怪。然而仿佛与巧克力血脉相连的沈曜精确地感应到了巧克力有危险，猛地一扭头朝岸边望去，男人只好又把那小触手收了回去，憋屈地瞪着水怪。

“我的巧克力！”沈曜此时远在湖中心，只能眼睁睁地看着那只小水怪把自己惦记了一晚上却只吃了三颗的手工巧克力连盒拖进了水里。

沈曜在湖心捶胸怒吼：“啊啊啊！”

沈曜悲愤欲绝地游回岸边时，那只小水怪早已不见了踪影。只得又冷又气地爬上岸，从包里翻出一块大毛巾擦去头上和脸上的水，被冻得直哆嗦还不忘谴责那个男人：“你就眼睁睁看着那个怪物偷我的东西？”

男人晃了晃被铐住的手腕提醒道：“我够不着。”

沈曜无法反驳，气鼓鼓地从书包里掏出自己的特制手机按了几下，用那种能消除记忆的光照着男人的眼睛，故技重施道：“你在湖边逗留了一会儿，湖面很黑，你什么都看不见。”

男人：“我什么都看见了，湖里刚刚有两个怪物……”

心情欠佳的沈曜：“闭嘴！”

沈曜重复操作了几次，可男人似乎完全不受影响。

沈曜皱着眉缓缓放下手机，意识到这个男人的反应似乎不大寻常。普通路人在见到怪物时不应该这么镇定，他们要么是情绪激动地问个没完没了；要么是吓得说不出一句完整的话；要么……总之，就没见过这么淡定的。

沈曜狐疑地把男人从头到脚打量了一遍。

高级魔物虽大多有变形成人类的能力，但或多或少都会暴露出破绽，能完美变化人形的魔物是少数。不过男人的模样看起来没有任何异常，一定要说有哪里不对的话，怕就是那张脸长得太好看，好看得像是一点点精心捏出来的一样。

男人眨眨眼：“怎么了？”

沈曜攥着刀柄戒备地问：“你是人类还是魔物？”

男人端详着沈曜，无辜道：“我是人类。”

沈曜眼睛一眯，冷声道：“被这么问的时候人类一般会反问我‘魔物是什么’。”

男人露出一个很好看的笑容道：“我知道你们，特殊事务执法总队，我和你们打过交道。”

沈曜瞪大眼睛：“什么？”

“我的脑部构造比较特殊。”男人微微一偏头，用左手食指轻点自己的太阳穴，微笑道，“你们现有的技术无法消除我的记忆，我曾经是两起特殊事件的目击者，被带去总队签过两次保密协议，所以对你们的事情知道一点。你们的队长叫蒋泽对吗？我没有撒谎，你可以带我回去和他对质。”

这个世界上有大约百分之零点五的人类具有较他人略为特殊的脑部构造，这种微小的差异在记忆消除仪发明以前并没有被医学界发现。但当这种仪器在特殊部门得到实际应用后，很快就有人发现记忆消除仪对极少数人是完全无效的。

当执法总队在执行任务过程中遇到这样的目击者或受害者时，他们会要求这一小部分无法被清除记忆的人签署保密协议。而如果沈曜面前的男人没撒谎的话，那么他就属于那罕见的人之一。

沈曜迟疑着给蒋泽拨了个电话，走开几步用手掩着嘴低声说了些什么。过了一会儿，沈曜走回男人面前，取了他的手铐，板着小脸严肃地道：“跟我去队里走一趟。”

男人语调宠溺地道：“好。”

沈曜：“你叫什么名字？”

男人：“沈亦清。”

这个名字和刚刚蒋泽在电话里说的名字对上了，沈曜的警惕又少了些，语气也跟着软下来：“你也姓沈，真巧。”

男人“嗯”了一声，又道：“我喜欢姓沈，好听。”

这人可真是够自恋的，沈曜心想。

## 第二章

# 大明星与翻车鱼

沈曜把沈亦清带回总队。

今晚蒋泽正好在队里值班，一见沈亦清走进问询室还热络地向他打了个招呼：“又来啦，大画家。”

听见大画家这个称呼，沈曜头微微一偏，好奇地向沈亦清的侧脸瞄去。

“蒋队长，又要麻烦你了。”沈亦清优雅地向蒋泽点了点头，又拉开桌前的两把椅子，和沈曜一起坐下。

“听说差点儿让水怪给骗进湖里去？”蒋泽大大咧咧地调侃道，“你说你怎么这么倒霉呢？”

沈亦清前两次遭遇特殊事件的善后工作也碰巧都是蒋泽处理的，加上记忆还消不掉，所以蒋泽对他印象深刻。

沈亦清自嘲地笑了一下，面露无奈道：“只是想出去散散心，没想到又碰见这种事。”

“估计你也是长得好吃。”蒋泽说着，把桌上早已准备好的协议朝沈亦清的方向一滑，道，“老规矩，签吧。”

沈亦清接过保密协议，快速扫视着，蒋泽在一旁懒洋洋地念叨着那些自己已倒背如流的条款：“禁止将魔物存在的事实以任何形式泄露，包括但不限于……”

“我签完了。”一分钟后，沈亦清合上笔帽，将保密协议递回去，蒋泽扫了一眼就把协议收起来了。

沈曜觉得蒋泽的态度未免太随意了，于是不放心地沉着小脸向沈亦清重复强调道：“这件事性质很严肃，我必须再提醒你一遍，如果有消息从你这边走漏，你可是要负法律责任的，你不可以向任何人泄露今天晚上发生的事，甚至包括你的父母，你的妻子……”

沈亦清打断：“我未婚。”

沈曜解释：“我就是说那个意思。”

沈亦清充耳不闻，自顾自地道：“也没有谈恋爱，单身。”

沈曜愣愣地眨了下眼睛，一边在嘴里嘟囔着：“谁问你这个了？”一边就要转过脸，可沈亦清却并拢五指搭在太阳穴上，向沈曜敬了个不太标准的礼，神情严肃道：“保证不泄露机密，长官。”

他嗓音低沉，语气貌似严肃，却带着隐约的揶揄意味，沈曜一怔，侧过小半个身子用四分之三背面对着沈亦清，窘迫地拨拨头发，随即求助般望向蒋泽，问：“可以让他走了吧？”

蒋泽被沈曜那副手足无措的模样逗乐了，大手一挥道：“走吧走吧，都没事儿了，沈曜你记得周一补报告。”

沈曜闷闷地应了一声，坐在椅子上不动，沈亦清则先行起身离开了问询室。

沈亦清一走，问询室里只剩下沈曜和蒋泽两个人。

蒋泽叼了支烟点上，道：“他是个大画家，还挺出名，听说过没？”

“没听说过。”沈曜摇头，将话题引到报销的方向上，“蒋哥，我刚出任务的时候有一盒手工巧克力让水怪给弄进湖里去了，可贵了，你得给我报销。”

“巧克力？”蒋泽像盘踞在金币上的恶龙一般死守着经费，“几十块钱的玩意儿，都不值得一报。”

“哪几十块钱啊！”沈曜趴在桌上幽怨地嘀咕道，“好几百呢，我平时根本舍不得买，今天难得下决心买一次，才吃了三颗就喂水怪了……”

蒋泽厚着脸皮拒绝道：“反正就算没掉水里这宿过完也没了，你就当你已经吃进肚了。”

沈曜委屈得趴在桌上：“我不管，我明明没吃进肚，我晚上连杀了两个魔物，晚饭都没来得及吃呢……”

蒋泽不耐烦：“起来起来！你少吃口巧克力能死？”

沈曜越过大半个桌面伸手扯着蒋泽的袖口晃来晃去，眨着大眼睛软绵绵地拖长声音撒娇道：“我能死！我又饿又累又馋又冷又难过，蒋哥！给我报了吧，蒋哥！”

蒋泽嫌弃地抽回袖子，粗声道：“去去去，我可不吃你这套！”

这时，问询室的门被人推开一条小缝，沈亦清从门后露出半张脸，道：“我吃。”

沈曜一脸发蒙，一时没转过弯儿来，疑惑道：“你吃什么？”

沈亦清推门而入，语气中带着一丝隐约的迫切道：“我吃你这套。”

沈曜意识到自己刚才撒娇卖萌的话全被沈亦清听了去，脑子里“嗡”的一声，羞耻得恨不得钻进桌子下面，虽然脸上强行绷着没流露出什么尴尬的表情，但面颊上的红潮已经蔓延到脖子了。

“怎么回事！小刘呢？怎么没把你送出去？”蒋泽抻长脖子往门外看，“又跑哪儿偷懒去了？”

沈亦清无辜地看着沈曜，解释道：“我不是故意要听的，我就是在门口等你出来。”

“等我干什么？”沈曜别扭得不行。

沈亦清：“为了感谢你今天救了我，想请你吃个夜宵。”

沈曜正尴尬得要死，想也不想就拒绝了：“不去，谢谢，我不饿。”

沈亦清一板一眼地复述道："你刚才和蒋队说你又饿又累又馋又冷又难过。"

蒋泽没心没肺地哈哈大笑："对对对，是这么说的，大画家记性真好。"

于是几分钟后，沈曜披着从值班休息室顺来的制服大衣和沈亦清一起走出执法总队大门。

沈亦清："想吃什么？"

沈曜顽强地矜持道："我不去，我回家吃。"

沈亦清仿佛没听见沈曜的拒绝并强行报菜名："我知道一家不错的店，他家的嫩煎鹅肝、铁板牛肉、芝士龙虾和奶油蟹汤味道都很好。"

听见这些菜名，沈曜不争气地吞了一口口水，眼中充满向往，失去了再次拒绝的勇气。

沈亦清扬手拦了辆车，换了个说法："我现在肚子很饿，不过我不习惯一个人在餐厅吃饭。你就当帮我个忙，陪我吃个饭，怎么样？"

吃吃吃，不吃白不吃，不是为了救他，巧克力也不会丢啊！

肚子咕咕叫的沈曜飞快地上了车！

沈亦清嘴角微微扬起，用看一只小猎物一样的眼神用力盯了沈曜一眼。

两人到了店里，沈亦清轻车熟路地点了几份店里的招牌菜，随即对沈曜道："随便点，不用客气，吃不下可以打包。"

沈曜左看看右看看，指着菜牌问："芥末章鱼，可以吗？"

沈亦清嘴角僵硬了一瞬，随即飞快调整好表情，笑道："当然可以，还想吃什么？"

"先这样吧，"沈曜道，"差不多够了。"

沈亦清的神色略显忧郁。

菜很快上齐了，沈亦清用宛如见到天敌一般的微妙眼神看着沈曜欢快地夹起一片又一片芥末章鱼送进嘴里，看了一会儿，沈亦清小心地问道："你喜欢吃章鱼？"

沈曜美滋滋地点头："喜欢，我还会做章鱼小丸子呢，味道没外面好吃，但是章鱼肉放得足。"

沈亦清感到身上到处都在隐隐作痛。

"你也吃。"沈曜把那份芥末章鱼朝沈亦清的方向推了推。

沈亦清含糊地应了一声，别过视线低头切牛肉，不去看盘中凄惨的章鱼碎尸。

这家店的菜品十分美味，治愈了沈曜常年被单位食堂伤害的味蕾。胃得到充分抚慰时，整个人也会跟着开心起来，沈曜边吃边和沈亦清天南海北地聊着，不用在旁人面前刻意隐瞒身份，沈曜心情难得的放松惬意。

交谈中沈曜得知沈亦清是一位小有名气的画家，年纪轻轻就拥有一间自己的画廊，还在某座小山的半山腰上购置了一栋别墅，过着半隐居式的创作生活。

"真好，"沈曜咽下一片章鱼肉，眼中流露出不加掩饰的憧憬，"简直是我梦想中的生活，不过干我这行的，这辈子就不用想了。"

沈亦清扬起嘴角："这可说不定。"

"不可能的。"沈曜没领会到他话里的意思，托着腮自嘲地笑了，面颊上泛起两个浅浅的小梨涡。

沈亦清看着那两个小梨涡，他清了清嗓子，问："以后我可以偶尔约你出来吗，我对一些事情很好奇，想向你请教。"

沈曜迟疑："呃……什么事？"

沈曜常年与魔物打交道，对陌生人自带三分警惕。

"有时间的话我想请你去画廊参观我的作品。"沈亦清腔调慵懒，一本正经地说："我作品的题材以西方魔幻为主，怪物、猎魔人，我对这些元素很感兴趣……说起来，我目前正在创作的作品名为《晨曦中的独角兽》。"沈亦清柔亮的眼中泛起一丝天真的神情，轻声问道："世界上真的有独角兽吗？你告诉我，我不告诉别人。"

成熟俊美的男人不经意间流露出孩子气时的样子格外让人心软，沈曜嗖地低头，狂吸了几大口冰饮料，随即含糊道："有的。"

沈亦清柔声道："那你来帮我看看我画的对不对，行吗？"

总感觉这人哪里有问题……沈曜抿了抿嘴唇，冷着脸道："那你请蒋队帮你看吧，他经验多。"

沈亦清："……"

沈曜："哼。"

"好吧，我投降。"沈亦清举起双手，坦白从宽，"你身上的气质非常独特，让我有一种创作的冲动，所以我想请你做我的模特……当然，你不愿意也没关系，但和我交个朋友应该不为难吧？"

"模特肯定不行，我们队里有规定。"沈曜把头摇得飞快。

"只是交个朋友呢？"沈亦清目光坦诚。

他一坦诚起来，沈曜反倒不好意思拒绝了，一个"不"字在舌尖上走形式地转了一圈就被咽了回去："……好。"

最后，沈曜迷迷糊糊地交出了自己生活用的手机号和微信号，坐上沈亦清帮忙叫的车回了家。

沈曜回家后的第一件事就是给被冷落了一整晚的橘哥开猫罐头，橘哥就是这只橘猫的名字，叫它哥是因为它体型庞大得很有气势。

沈曜坐在床边看橘哥吃罐头。

这房子隔音很好，连墙上挂钟秒针嘀嗒走动的细微响动都能听得一清二楚，沈曜听着听着，忽然觉得屋里静得让人发慌，于是掏出手机挑了个风格轻快的歌单放起了音乐，边听边随手翻了一圈沈亦清的朋友圈。沈亦清没在里面发什么东西，全翻下来也就只有几张拍摄角度随意的风景照，看起来像是某个海岛，沈曜无趣地把手机丢到一边。

这时，橘哥吃完了猫罐头，沈曜捧着它的毛脸狠狠吸了一口，随即神清气爽地往后一倒，整个人陷进柔软的床垫中。

"喵——"胖得宛如一头小猪的橘哥也跟着一跃而上，并瞬间占领了大半张床。

沈曜一翻身把橘哥揽进怀里撸着，猫咪柔软的茸毛拂过指尖时整个世界仿佛随之变得柔和了。沈曜惬意地眯起眼睛，冷静下来后再想想，不禁觉得有点儿好笑。

我可能真是孤单太久了，快精神病了吧……沈曜无奈地想。他因为工作性质特殊，需要极度保密，因此除去队友之外完全没有朋友，不，朋友这个词语太奢侈了，准确地说，沈曜连个能正常说话的、与工作无关的熟人都没有，加上常年独居，有什么话都只能对猫说，和沈亦清这样的普通人随意、放松地聊聊天，仿佛都已经是上辈子的事了。

与此同时，在某栋别墅的后院里，沈亦清正抚摸着一头小牛，这头牛还没完全长成，身上的肉虽少了些，但好在嫩。

沈曜撸猫他撸牛，可以说是比较同步了。

小牛悠闲地吃着草，用尾巴懒洋洋地驱赶蚊蝇。沈亦清轻抚它的头，右手无名指化作一条柔软湿润的触手，悄悄钻进小牛的耳朵里，小牛不耐烦地扭头躲闪，不过几秒钟它就被那条触手分泌出的催眠液体弄得睡死过去，“扑通”一声趴伏在地。

尽量让温顺的食物死得没有痛苦是沈亦清的原则之一。

今天晚上那顿饭，沈曜是吃了个十分饱，但沈亦清却只吃了十分之一饱，几乎快要饿到晕倒，非常惨。这头牛本是明天的早餐，不过“在前一晚准备好的早餐不慎变成夜宵”这种事显然无论在人类界还是魔物界都是时常发生的。沈亦清两只手上的手指化作十条触手，分别卷住牛身的几个部位将小牛举了起来，小牛睡得不省“牛”事，浑然不知自己即将被吃。

沈亦清舔了舔嘴唇，那张唇形优美的嘴巴缓缓张开一条缝，露出内里洁白整齐的牙齿……随即，那张嘴就像吞噬猎物的蛇口一样骤然扩大了不知多少倍，皮肤、嘴唇与关节皆如橡皮泥般液化变形，那线条俊朗的下巴也“吧嗒”一声完全消失，在这一瞬间从正面看过去的话沈亦清整个人就是一张大嘴。不过他这个恐怖的形象实际上只持续了一秒钟不到，他一张嘴，那十条触手便迅速将一整头牛丢进了他的嘴里，而牛进嘴后，沈亦清就立刻恢复了原样，腹部没有丝毫隆起，也不知道那头牛是被他吃到哪去了。

一位风度翩翩的俊美青年，披着一袭清霜般的月光，站在一树盛放的粉白色木芙蓉下，一口活吞了一头牛。

沈亦清揉揉肚子："嗝。"

总算是吃饱了。

秋季花园中开花的植物少，除了那一树木芙蓉，也就是各式各样的菊花，沈亦清脊背挺直，双肩端平，优雅地在花园的小径上散步，因为散步有助于消化。

走着走着，沈亦清"呸呸"地吐了几口牛毛。

又走着走着，沈亦清突然"哇"地张开血盆大口，从嘴里吐出一个完整的牛头骨，随手丢在花园的泥地里。

又走着走着，沈亦清吐瓜子皮一样"噗噗噗噗"地吐出四个黑牛蹄子。

把不容易消化的东西都吐了出去之后，沈亦清也正好走到了别墅外露天的泳池边。他站在泳池前一件件脱掉身上的衣服，他穿着衣服时看起来并不健壮，反而稍有些清瘦的感觉，然而随着衣物慢慢褪去，那健美而充满力量感的身体便在月光下展露出全貌。沈亦清的肌肉线条与身体比例堪称完美，简直与某尊出自艺术大师之手的著名男性雕塑分毫不差……

而这是因为，沈亦清就是按照那尊雕塑变出来的身体！

不像才怪！

不过很快，这具完美的人类男性身体就像一摊泥一样软化了，在短暂的变形后，沈亦清变成了一只头部直径三米多的灰色巨型章鱼，章鱼沈亦清迈开触手"扑通"一声掉进游泳池里，二十多条柔软的灰色触手在水中颤抖出一阵阵惬意的小波浪，这是北海巨妖开心时的表现。

沈亦清先生，一位高产天才画家，常被迷弟迷妹们亲切地称呼为"大触"，他们不知道的是，他们的男神真的是一只字面意义上的大触。

沈亦清是一头北海巨妖，他出生在班尼克斯岛附近的海域，今年二十六岁。他这个年龄在人类社会早已是不折不扣的成年人了，不过在生命以百年为单位计算的北海巨妖标准中，他还是一个拟态期的小宝宝。直径三米多的头部以人类的标准衡量已经很是巨大了，但沈亦清的父亲可是能把长逾百米的游轮像玩具一样顶在头上玩的超级深海巨怪。不过一般来说，从一个头径三米的小宝宝长到那么大大约需要几百年的时间，沈亦清对自己目前的大小很满意，毕竟长到父亲那么大的时候要消耗很多食物，每天许多时间都用来捕食和进餐，而沈亦清现在一顿饭只要吃一头小牛就饱了，方便得很，所以沈亦清不太急着长大。

况且，就算他真的急着长大也没有办法，北海巨妖的生长发育有幼年期、拟态期与成熟期三个阶段，可沈亦清目前只能尴尬地停留在拟态期，无法进入成熟期。

“吼——”北海巨妖宝宝眯起篮球大小的绿眼睛，舒服地泡了会儿月光浴，然后舞动起柔软的触手，波浪形游到泳池岸边，用岸上的衣服擦了擦触手，从裤子口袋里掏出手机点开相册翻看起来。

相册里都是在回家路上从沈曜朋友圈里扒下来的自拍。

沈曜虽然是一个人类，但身上散发着浓郁的、魔力的味道……而魔力正是沈亦清严重缺乏的东西，就是因为缺少魔力，沈亦清才无法突破拟态期进入成熟期。

当然，即使抛开魔力的味道不谈，沈曜对沈亦清而言也有着特别的意义。

巨妖宝宝看着那些沈曜的自拍照片，灰色的章鱼皮渐渐变成粉红色的了。

皮肤颜色会随心情变化而变化，这是北海巨妖的特征之一，而粉色就意味着开心和幸福……

“吼！吼！”巨妖宝宝沈亦清看着看着，羞涩地把手机一抛，二十多条粉粉嫩嫩的触手“唰唰唰”地盖在头上，把他的头全包了起来，沈亦清变成了一颗章鱼大丸子并“咕噜咕噜”地冒着气泡沉进了泳池底！

周一上午，沈曜在办公室补写上周五的两份任务报告。

阴沉欲雨的云层提示着又一次降温的来临，屋子里开始变得有点冷，有同事打开了空调，干燥的热风将办公室熏染得温暖惬意，沈曜哈欠连天困得睡眼蒙眬，工作效率低下得令人发指，眼看一个上午就要过去了，报告才写到一半。

蒋泽胡子拉碴的黑脸猝不及防地出现在上方："沈曜！"

沈曜忙挺直腰杆，满脸写着精神："蒋队，报告我正补呢。"

"我看你都快睡着了！"蒋泽在沈曜背上重重拍了一巴掌，声若雷霆道，"精神点儿！二号会议室下午一点有个会，上头点名要你参加，你中午快点吃饭提前过来，别迟到了。"

被上级点名参会的话一般都是有特殊任务派发，沈曜来了精神，好奇地问："有特殊任务？"

"会上再说。"蒋泽"嘿"地一笑，眼神里有点儿看好戏的意思，"快把报告写了，下班之前交上来。"

沈曜心里一阵发怵："好。"

心里发怵倒不是因为沈曜怕危险，如果是特别危险的任务，蒋泽不可能幸灾乐祸，幸灾乐祸只能是因为这个特殊任务不危险但是很坑爹……

沈曜正绞尽脑汁地猜着，突然一条微信发了过来，沈曜眼角瞟过屏幕，是沈亦清的微信。上次留过联系方式之后沈亦清一直没动静，沈曜也没什么需要主动找他的事情，所以两人没再联系过。

屏幕上是简单明了的一句话：在忙？

沈曜抻长脖子，像只出洞探查敌情的小土拨鼠一样四下看了一圈，见蒋泽已经回办公室了，便拧过身子低头打字：在单位补报告，你呢？

沈亦清：在单位楼下，你的。

沈曜拿起杯子，起身走到窗边的饮水机旁，装成要接水的样子探头往外看。

他们办公室楼正对着大院门口，院门外的马路对面停着一辆轿车，一个身材高而挺拔的男人正靠在车上低头看手机，虽然距离太远看不清脸但看那身形应该就是沈亦清无误。

沈曜拿着空杯子回到座位上，打字：看到你了，我十二点下班。

现在沈曜手机上显示的时间是十一点五十五。

沈亦清发了条语音过来：“那么还有三百秒就能见到你，我要倒计时了，二百九十九，二百九十八……”

沈曜着急：“我又不会瞬移，还要下楼，多算两分钟出来。”

沈亦清声音中含着一点耍无赖的笑意：“我不管，算你迟到。”

沈曜正想继续摸鱼和他闲扯，脊背却忽地一阵恶寒，心里“咯噔”一下，一抬头，果然看见对面办公室窗后蒋泽正叼着烟一脸冷漠地看着自己。

沈曜赶忙板起脸，手机丢在一旁，奋笔疾书写报告。

十二点一到，沈曜快步走出办公楼。

沈亦清已经等在院门口了，他身披一件黑色长风衣，腰部微微收束的设计衬托出完美身材，衣摆与垂下的围巾被凉薄秋风吹得一齐斜斜飞起。他抬手朝沈曜挥了挥，另一只手中拿着一个扁扁的盒子。

“等了多久？”沈曜问。

“没多久。”沈亦清嘴角一翘，把手里的盒子往沈曜怀里一递，“赔你的巧克力，上次那盒不是掉进水里了吗？”

沈曜轻轻“啊”了一声，不好意思地推拒道：“不用你赔……”

“收着。”沈亦清动作轻柔抬手捋了一下沈曜被风吹乱的头发，温声道，“听话。”

沈曜心里泛起一丝疑惑，忍不住多看了沈亦清几眼——沈亦清完美得有点儿不像真人，他看人的每一个眼神，举手投足的每一个动作，嘴里吐出来的每一个字，都带着一种精工细作的雕琢感，仿佛是从漫画中走出来的一样。

沈曜不知道的是，沈亦清今天这一套举动还真就是熟能生巧，练出来的。

二十四小时前，在那栋半山腰上的别墅中，沈亦清打开视频网站，开启每天的“人类行为模仿学习”，并傻乎乎地点开了网站的特别推荐——

一部浮夸的偶像剧，严谨地模拟起剧中扮演霸道总裁的男主角来。

人类的成年男性就是这样的，沈亦清想。

沈亦清心满意足地欣赏了片刻沈曜的表情，自觉对人类行为的模仿很成功，转身道："上车，带你吃饭。"

沈曜抱着巧克力盒，遗憾地拒绝："我去不了，下午一点开会，不能迟到。"

沈亦清："晚上呢？"

沈曜点点头："晚上可以，我五点下班。"

沈亦清对沈曜眨了一下右眼，道："晚上我来接你。"

说完，转身上了车。

沈曜嘴角一抽："……喔。"

沈亦清自觉今天上午在镜子前练眨眼练到脸抽筋的努力得到了回报。

沈曜猛地甩甩头，觉得自己现在的样子太蠢了，便强行冷酷道："但是晚上我说不定会有紧急任务。"

"那么我就听你安排。"沈亦清道。

十二点五十，吃了一肚子巧克力的沈曜来到二号会议室。

这次会议的与会人员有执法总队的队长蒋泽以及外交联络部的领导和几个部员，对外联络部是负责与魔物外交联络的部门。和执法总队不同，对外联络部平时打交道的魔物大多是已具备一定规模的智慧种群，这些自具规模的魔物并不像那些数量稀少的智慧魔物一样需要依托人类社会生存，它们有自己的社会体系与规则法度，大多可以自给自足，与人类是和谐共处互帮互助的关系。

"那魔物代表呢？"蒋泽一进会议室就大着嗓门问，"刚才我路过还看见了。"

对外联络部的何铭面无表情地看着他："你路过的时候被你吓晕了，因为你看了他一眼，现在他在休息室。"

蒋泽瞪圆了眼珠，愤恨地摸了把自己的胡楂儿："事儿真多，我长得有那么吓人吗？"

何铭推了推眼镜，没有回答这个问题，只是皱着眉冷声提醒道："你记得等下不要在代表面前说粗话。"

对外联络部的工作人员一个个都是西装革履文质彬彬的样子，与执法总队的大老粗队长对比鲜明，沈曜好奇地竖起耳朵，想从他们的言语中找出这次任务的线索。

"那代表缓过来没？"等了一会儿，蒋泽不耐烦地敲桌面，"要不我们先开始吧，反正他什么要求什么想法你们不是都知道吗？那就甭走形式了，不然待会儿他好不容易醒了我打个喷嚏他再晕过去……阿、阿——嚏！"

蒋泽一个喷嚏刚打完，会议室门口方向便传来"咚"的一声响。

好不容易醒转赶来开会的魔物代表又晕倒了！

何铭快步上前查看情况，着手下将代表送回休息室后，他无奈地转身用手指隔空点了点蒋泽道："说了叫你不要打喷嚏。"

蒋泽惊了："又晕了？"

何铭眼镜片闪过寒光，一字一顿道："你打了喷嚏。"

蒋泽十分委屈："打喷嚏也不是我能控制的啊！"

沈曜一脸惊悚地扯扯蒋泽衣角，有气无力地小声问："蒋队，不会是人鱼吧……"

蒋泽"扑哧"一声乐了："嘿嘿，就是人鱼，这回够你呛的，看你俩谁能娇气过谁。"

沈曜欲哭无泪。

"代表的状态不是很适合出席会议，那么我们先这样开始吧。"何铭把文件在桌上顿了顿，一板一眼地道，"这次我们外交联络部要向执法总队派发一次特殊任务，本次任务的成功与否会影响到我们与人鱼一族的外交关系，所以希望总队的各位能够严肃对待，下面我来详细讲解任务内容……这次执法总队需要派出一名资深队员，来担任人鱼一族中某位贵族的保镖，负责保护这位翻车鱼人鱼贵族近期在人类社会进行活动时的人身安全……”

保护翻车鱼人鱼！沈曜的脸青得更厉害。

翻车鱼和翻车鱼人鱼其实是两个种族。

翻车鱼是动物，而翻车鱼人鱼则是继承了一部分翻车鱼基因的高等智慧魔物，翻车鱼人鱼可以利用魔力在翻车鱼、人鱼和人类三种形态间自由切换。

网络上曾经有过一些翻车鱼的段子广为流传，大意就是说翻车鱼是一种极度玻璃心的生物，阳光太强烈了会晒死，眼睛里进气泡了会吓死，被海龟超车了会抑郁而死……这些段子虽有过于夸张的嫌疑，但翻车鱼的自保能力弱也是事实，翻车鱼种族之所以能够延续至今有一个重要原因就是能生，雌性翻车鱼一胎能产两千五百万到三亿枚鱼卵，不过能活到繁殖期的也就三十来只。

而继承了一部分翻车鱼基因的翻车鱼人鱼，不仅自保能力差，而且还多愁善感到精神病的地步，弱得惊人。沈曜虽然没实际接触过翻车鱼人鱼，不过其矫情娇弱早就以段子的形式在猎魔人之间传遍了。

翻车鱼人鱼繁衍的能力远远不及翻车鱼，反倒是和人类差不多，理论上本来是非常容易灭绝的，不过实际上翻车鱼人鱼一直是人鱼同盟重点保护的对象。因为翻车鱼人鱼可以主动分泌出一种神奇的物质，这种物质能恢复鱼类伤口以及治疗各种鱼类疾病，血统越纯正的翻车鱼人鱼分泌出来的物质疗效越好，王族成员更是人鱼族神医一般的存在，所以其他种族的人鱼十分乐意向翻车鱼人鱼一族提供物资与保护，以换取其医疗资源。

随着何铭的讲述，沈曜了解到了这次任务的细节，这是一个与《海的女儿》有些相似的故事。

不久之前有一个人类，这个人类某次乘船出行时不幸遭遇海难，船只解体后人类抓住一块浮木漂在海上等待救援。而那天某位翻车鱼人鱼贵族正好不甘寂寞，变成人类的样子偷偷从海底溜出来玩，碰巧看见了那位漂在海上的幸存者，于是翻车鱼人鱼贵族就被海难事故现场吓至昏迷，原地露出了白白软软的小肚皮，浮尸般仰面朝天漂在海面上。

看见漂浮在海上的翻车鱼人鱼，那位幸存的人类还以为这条变成了人类形态的翻车鱼人鱼是与自己同船的旅客，于是勇敢地游过去捞起人鱼，将浮木分给人鱼一半。人鱼贵族醒来后因目睹事故现场而惊恐万状，人类见状温柔地安抚人鱼并给人鱼唱歌，驱散了人鱼内心的恐惧。救援船来到时这位人鱼贵族害怕地游开了，因为逃得太急所以没有留下任何人类的联系方式，而在那之后人鱼贵族就对在海难现场救过自己的人类念念不忘……

本来以为这是现实版《海的女儿》的沈曜越听越觉得不对劲。

《海的女儿》是人鱼救人类，这位人鱼是被人类救，完全反过来了啊！

蒋泽听得直乐，烟灰抖了一桌子："哈哈哈，真牛，人鱼在海里还要人类救？真能给人鱼族丢脸。"

沈曜也狠狠地心疼了一把那位海难幸存者。

"可是，这位人鱼不知道自己要找的人类是谁吗？"沈曜问，"毫无线索？"

"我们知道。"何铭推了推眼镜，"我们根据这位人鱼贵族提供的日期和事故地点找出了发生海难的船只，并且整理了船上乘客的照片给人鱼辨认，最后确定人鱼要见的人类是一位艺人，名叫秦亦琛，你也许听说过。"

沈曜的确听过，秦亦琛是前段时间新出道的一位偶像歌手。因为容貌唱功俱佳，一出道便迅速走红，目前网络热度很高，沈曜不怎么关注娱乐圈都觉得前段时间经常听人说起这个名字。

沈曜思索了片刻，问："那这位翻车鱼人鱼的目的是什么？"

何铭语气机械道："这位人鱼贵族想要向秦亦琛报恩，陪伴在恩人身边。"

沈曜试图逃避任务："报恩？那就自己去报呗，找我们干什么？"

何铭一板一眼道："翻车鱼人鱼是十分娇弱的种族，他们在陆地上无法很好地照顾自己，也不明白人类社会的运转法则，所以需要我们在陆地保护他们的安全，并对这位人鱼贵族的报恩行为进行指导，在不暴露人鱼贵族真实身份与物种的前提下安排人鱼贵族与秦亦琛相识。”

“不能让秦亦琛知道人鱼的真实身份？为什么？”沈曜只是想一想这个任务的麻烦程度就觉得快要窒息，“这样的话我们就不能给秦亦琛发传召令了，只能想办法让他们偶遇？”

“是的。”何铭委婉道，“这是因为这位人鱼贵族认为自己人鱼形态的外形不是那么的……美观，所以除非对方自己发现，否则不愿在对方面前暴露身份，不过人鱼愿意主动隐瞒身份也可以为我们省去一些麻烦。”

沈曜眼珠一转，想起教科书上翻车鱼人鱼的样子，不禁“扑哧”笑出声。

翻车鱼因为没长尾柄所以尾部奇短无比，鱼类形态看上去就像被人从后面削去了一半似的，而人鱼形态则更是惨烈，上半身是修长优美的人形，下半身则是短到令人发指的鱼尾……特别有种小短腿儿的感觉！

所幸人鱼在变化成完全人类形态时模样还算正常，所以翻车鱼人鱼要么是完全鱼形，要么是完全人形，极少以人鱼形态示人。

“怎么样？”何铭问，“对任务的细节还有什么不明白的地方吗？”

沈曜踊跃举小手：“有！”

何铭：“请说。”

沈曜不解：“为什么选我？”

何铭正要说话，蒋泽便抢答道：“因为你长得好看。”

蒋泽憋笑憋得辛苦：“本来昨天派小刘去了，但那人鱼贵族一看见小刘就昏迷，嫌小刘长得不好看辣眼睛，小刘被打击崩溃了，今天上班一直戴口罩。”

沈曜：“我还有问题。”

何铭：“说。”

沈曜诚恳地发问：“可以让这位贵族哪儿来的回哪儿去吗？这个任务我怕我胜任不了。”

蒋泽哈哈大笑：“你也有今天！”

何铭遗憾地摇头：“我知道这个任务有些超出常规，但是，不可以。人鱼一族可以为人类提供许多帮助，原则上我们要尽全力与人鱼一族维护友好合作关系，况且本次任务报酬十分丰厚，除去大量物质性报酬之外，这位人鱼贵族还同意配合生命研究院进行一系列实验，这对我们研究翻车鱼人鱼的超强治愈能力帮助巨大。而且本次任务时限为三十天，从今天起算，三十天后无论这位人鱼的报恩目的到达与否，都算任务成功。”

晚上本来约好和沈亦清一起吃饭，这下八成要泡汤了。沈曜满肚子不高兴，瘫在会议桌上，拖着长声有气无力道：“知道啦……”

何铭见沈曜毫无动力，缓缓道：“本次人鱼一族支付的报酬有一部分会以奖金的形式派发给你个人，数额非常可观。”

还有二十年房屋贷款要还的沈曜腾地就跳了起来，眼中闪烁着拜金的光芒昂首挺胸立正敬礼一气呵成，字字铿锵有力地道：“收到！保证完成任务！”

蒋泽、何铭不禁感慨，年轻一代的猎魔人真的太不像话，太不像话了！

# 第三章

## 巨妖宝宝与灯塔水母

人鱼们被何铭安顿在本市最高档的五星级酒店中，参加会议的人鱼代表醒来后，便带着沈曜等人一路回酒店面见这次任务的委托人——也就是那条人鱼贵族。

总统套房门前，何铭屈起单根食指，像在敲鸡蛋壳一样用指关节在门板上小心地敲了两下。

沈曜按捺住心中的情绪，心中默念：想想奖金，想想二十年的房屋贷款。

过了一会儿，门开了。

人鱼贵族正趴在套房的大床上，薄而柔软的毯子将人鱼的身形勾勒得很清晰，看起来娇小又纤细。套房中弥漫着淡淡的香气，空调的温度调整得恰到好处，床角四台加湿器开得屋子里云山雾罩，两排人鱼侍从分立在人鱼贵族两侧，忙着给这位贵族修剪指甲、按摩身体，还有一个人鱼侍从正在用小扇子扇着床头柜上的熏香，侍从们有男有女，共同特点是长得好看，中间那位众星拱月的贵族人鱼正闭目养神着，精致的脸庞看起来有一种瓷器般的脆弱感，略长的黑发在床单上柔顺地铺散着。

这就是那位传说中神经极度脆弱，一言不合就晕倒的翻车鱼人鱼贵族了。

沈曜一嗅到空气中那股熏香的味道鼻腔中便是一阵难以忍受的痒，然而，当沈曜意识到大事不妙时事情已经来不及了……

静得落针可闻的房间中，沈曜打了一个荡气回肠的大喷嚏：“阿——嚏！”

人鱼贵族和十个人鱼侍从齐刷刷地打了个激灵，随即，片刻前还脸朝下趴在床上的人鱼贵族忽地一个翻身，头一歪，眼一闭，小舌头一吐，露出了白白软软的小肚皮。

翻车鱼人鱼贵族又翻车了！

何铭不忍直视地扶着额头转过脸。

沈曜目瞪口呆地看着躺在床上翻白的人鱼，忙道歉道：“对不起，我可能对这个熏香的味道有点过敏……”

在熏香旁扇小扇子的人鱼侍从听沈曜说对这味道过敏，立刻端起熏香炉跑出去扔，生怕沈曜再打个大喷嚏出来。其余的人鱼侍从则一拥而上试图叫醒那只贵族人鱼，有的掐人中，有的细声呼唤，有的轻轻摇晃人鱼贵族的身体。

沈曜半是好笑半是愧疚地看着人鱼侍从们忙活，和何铭小声咬耳朵：“这些侍从怎么没翻车？”

何铭轻声解释：“越是血统纯净的翻车鱼人鱼神经脆弱的程度就越高，这些侍从大多是混血，不是特别容易晕。”

沈曜憋笑：“那怎么不干脆找其他种族的人鱼当侍从，那样不是更保险吗？”

何铭：“隔壁房间其实有一队人鱼侍卫，是由鲨鱼人鱼、电鳗人鱼和虎鲸人鱼组成的。他们的意志坚韧且战斗力很高，不过被外族人鱼随侍的话翻车鱼人鱼会觉得精神紧张，所以外族人鱼不可以出现在翻车鱼人鱼的视线范围内，只能在暗中保护。”

沈曜佩服道："这就是传说中的影卫啊！"

这时，娇弱的小人鱼醒转了。

"刚才是谁在打喷嚏？"人鱼贵族开口，声音软糯得像棉花糖，"吓翻我了。"

"是我，对不起。"沈曜诚恳保证，"下次不打了……或者我跑到外面打。"

人鱼贵族在侍从的搀扶下坐起来，人鱼贵族的面容是纯东方人的长相，看起来比沈曜小两三岁的样子，人鱼的眼角微微泛红，隐约残留着被喷嚏吓出来的泪痕，小模样儿十分的惹人怜。

人鱼贵族看清沈曜好看的脸蛋后松了口气，坐得稳稳的，一点儿都没翻。

沈曜大大方方地自我介绍："您好，我是您的新保镖，在未来三十天内担任您的护卫工作，我叫沈曜。"

人鱼贵族娇弱地点了点头："我的人类名字叫于帆帆，是这位外交联络部的何先生为我起的。"

于帆帆的谐音不就是鱼翻翻吗！沈曜"噗"地笑出来，又轻咳一声迅速调整好表情。

于帆帆面露疑惑，微微睁大眼睛："这个名字不好吗？何先生说这个名字寓意着一帆风顺，无论做什么都会很顺利。"

"没有，这名字很好，一听就有一种特别顺利的气息！"沈曜板起小脸胡吹，心想这何铭平时看着正儿八经的，原来是个笑面虎。

于帆帆轻抚胸口，舒了口气。

何铭又向沈曜交代了一些细节后便离开了，沈曜最近三十天的工作主要是在于帆帆出行时负责护卫并且提醒于帆帆一些人类社会的常识，不让于帆帆在外面做出什么不合常理的事情来。而于帆帆每天晚上回到酒店休息后，沈曜当天的工作就宣告结束，可以就近在酒店开房住下，也可以回家。考虑到家里还有一只嗷嗷待哺的橘猫，沈曜决定还是麻烦一点，每天等于帆帆休息后自己就坐出租车回家，反正车钱可以报销。

“您今天的出行安排是怎样的？”何铭走后，沈曜问道。

“我还没想好……”于帆帆说着，揉了揉小肚子道，“我饿了，要先吃东西。”

于帆帆话音刚落，一个早就等在那里的翻车鱼侍从便端着一个汤盅走过去，恭敬道：“属下为您准备了新鲜的花笠水母。”

沈曜好奇地抻长脖子一看，汤盅里面盛着一整只白色的大水母，看起来好像还没死，柔软透明的触须在水中优美地舞动着。

翻车鱼喜欢吃水母，翻车鱼人鱼也一样。

“我吃腻了。”于帆帆不开心地噘着小嘴，把汤盅一推，“水母水母，天天都吃水母，好不容易上岸一次，我也想尝尝人类的食物啊！”

“可是，”侍从一脸为难，“上岸前老爷与夫人特意叮嘱过我们，说不可以让您胡乱吃东西，因为人类的食物您也许会吃不惯……”

“你居然反对我的要求？”一向说什么是什么的于帆帆惊呆了，一双漂亮的眼睛瞪得圆圆并瞬间噙满了泪水。

沈曜顿时有种不太好的预感。

侍从急忙辩解：“不不不……”

“居然还对我说不！”惨遭属下语言暴力的于帆帆头一歪，小红舌头一吐，又仰面翻了过去！

“鱼翻翻”又翻车啦！

侍从们再次一拥而上猛掐于帆帆的人中，沈曜趁机给沈亦清发微信：真有紧急任务了，我正在和委托人碰面，晚上不能和你吃饭了。

沈亦清秒回：什么任务？

沈曜：要保密的，不好意思。

沈亦清在轿车里一脸不高兴地抬头望向不远处的酒店，猜测着沈曜在哪个房间里。

是的，他中午给沈曜送完巧克力后，就一直等在楼下没走，见对方出门还偷偷地一路开车跟了过来！

沈曜发完消息，觉得自己刚刚拒绝透露任务详情的语气有些生硬了，便岔开话题道：你在做什么？

沈亦清坐在车里，厚着脸皮扯谎：我在作画。

话题切换到高端的领域了，沈曜正思考说点儿什么能显得自己比较不俗，沈亦清那边便来了一条消息：想看吗？

沈曜忙道：想。

沈亦清：这周末来我家看？

沈曜：周末我可能也没时间。

沈亦清淡定回应：好的，那以后再说。

觉得自己表现得好像有些没诚意，沈曜最大限度地解释道：这是一次护卫任务，我要给人当一个月的保镖，所以这一个月里我的时间都不自由。

沈亦清：那你们需要住在一起吗？

沈曜很快地回复：不需要，晚上我回家住，我还得喂猫呢。

沈亦清盯着手机屏幕看了一会儿，目光一闪，点进了沈曜的朋友圈。

沈曜是个晒猫狂魔，虽说橘哥胖嘟嘟的，容貌客观来讲不算很高，但沈曜还是乐此不疲。毕竟在铲屎官们的眼里自家猫主子都是天下最可爱的。

屏幕上橘哥的照片一张张被滑过，沈亦清稍稍歪着头研究了片刻。随即，他的左手再次软化成了流体的样子并立刻重新塑形，固化……几秒钟后，沈亦清的左手变成了一只橘色的猫爪，猫爪一翻，掌心便是一个粉嘟嘟的小肉垫，还原度非常高。

沈亦清捏了捏那只足以以假乱真的猫爪，眉梢微微一扬，张口轻轻叫了一声："喵——"

另一边，于帆帆终于醒了过来。

于帆帆吸了吸鼻子，很委屈："我嘴唇上面有点疼。"

沈曜心情复杂地看着于帆帆被侍从们掐得通红的人中，都红了，能不疼吗，沈曜心想。

“你有什么好吃的人类食物推荐吗？”于帆帆期待地问沈曜。

沈曜不敢乱说话，生怕自己推荐的东西于帆帆不喜欢，翻个三天三夜，于是掏出手机点开一个美食点评网站递到于帆帆面前道：“您看，这上面的店都可以去。”

于帆帆翻了翻，指着一张火锅的图片，道：“我想试试这个。”

“好的，现在就带您去。”沈曜点点头。

酒店楼下停着三辆总队派来的车，专门用来接送于帆帆及侍从。

路上，因为车喇叭声太响于帆帆翻车两次，火锅店门口迎宾小哥欢迎光临喊得太洪亮，翻车一次；涮肉时被一小滴开水溅到以为自己要被烫死，翻车一次；捞肉的时候看着沸腾的锅底精神高度紧张，翻车一次；因为好奇尝了一点辣椒油，翻车一次；醒来后嘴里辣味儿没退，连续翻车三次；回程路上，又因为车喇叭声太响翻车一次……翻来覆去的“鱼翻翻”把头倚在侍从肩膀上，又一次吐出红红的小舌头。

沈曜强忍住伸手在于帆帆的小舌头上拽一下的莫名冲动，冲想要唤醒于帆帆的侍从们摆摆手，小声道：“就这么睡着吧。”

侍从们恍然大悟并学会了偷懒的方法。

于帆帆回到酒店后自然醒了，心有余悸地表示自己以后再也不吃人类的食物了，还是吃软嫩多汁的水母才安心。

心力交瘁的沈曜说：“现在是晚上八点，您今天还有出行计划吗？”

“今天没有了。”于帆帆娇弱道，“我翻累了。”

小心翼翼了一天的沈曜终于回家了。

于帆帆已经在何铭的帮助下取得了秦亦琛的住址，并打算明天早晨去人家家门口制造偶遇。

考虑到明天要起早，沈曜从酒店大门出来便叫了出租车直接回家。

在酒店楼下等候多时的沈亦清偷偷地开车跟在出租车后面，宛如一个变态跟踪狂。

沈亦清一路跟踪沈曜的出租车到小区大门口，沈曜走进小区，沈亦清也急忙停靠在路边下车。

沈曜在前面走着，沈亦清不紧不慢地跟在后面，走进一处路灯照不到的阴影中时，沈亦清的身体开始了软化。

他先是原地跳了几下，软化后的身体被这几下跳跃的力道顿得矮了十厘米。随即沈亦清一巴掌拍塌了自己高挺的鼻梁，手指一抹，抹平了双眼皮，又掐住左右面颊往两侧一抻，抻了个大饼脸出来。最后，沈亦清用手将额发朝后捋去，随着这一捋，他的发际线顿时以肉眼可见的速度后退了两厘米，发量变得岌岌可危……

变脸后的沈亦清大大方方地和沈曜走进同一个单元门，又跟进电梯。

沈曜按完自己的楼层，扭头问沈亦清："去几层？"

沈曜天生嘴角长得有点翘，即使是面无表情的时候，落在别人眼里也是含着一抹笑的。

沈亦清回以微笑，并顶着那张丑脸朝沈曜眨了下左眼，柔声道："和你一层。"其实他也不是故意想用丑脸恶心沈曜的，只是自己在家练多了，一开口就条件反射地想要个帅。

"哦。"沈曜下巴的线条绷紧了，忍住揍人的冲动攥紧拳头，凶巴巴地盯着不断变化的楼层数字。

这人乱朝别人抛什么媚眼啊！

"叮——"电梯到了十二层，沈曜快步走出电梯开门回家，沈亦清顶着大饼脸装模作样地在十二层走了一圈，确认好沈曜的门牌号就离开了。

沈亦清走在夜色中，双手托住自己的下颌向上推了推，那身形便再次变得修长起来，随即他又用手指甲划出双眼皮，捏着塌鼻梁往上拉并重塑发际线……等走到车前时沈亦清已整容成功，变回了之前那副俊美的模样。

第二天一早，沈曜出门去于帆帆那里报到。

沈曜前脚刚走出小区大门，蓄谋了一整夜的沈亦清便走进沈曜家所在的单元门，进电梯按下十二楼。

沈亦清身后跟着一个与他年纪相仿的青年，这青年五官生得也不错，打眼一看不比沈亦清差。但整个人的气质不大好，病歪歪的，还散发着一种诡异的脆弱感，薄薄的一层皮肤白得几乎能瞥见下面的淡青色血管，仿佛把他撵到太阳下面晒上一个小时他就会脱水死掉。

这位青年名叫江沐溪，是一只灯塔水母，和人鱼族一样属于半人半水母族的高级魔物，也是巨妖宝宝沈亦清在海洋里的好伙伴。可能是因为怀念幼年在水中的生活，江沐溪给自己取的名字看起来特别有一种五行缺水的感觉。他和沈亦清一样是青年新锐画家，由于灯塔水母的触手数量不仅多而且纤细，因此江沐溪擅长细致的描绘。他画出来的人像仿真度极高，虽然时常因为画作的还原程度和照片相差无几而被评论家们质疑作品的艺术性，但他的画作售价仍然极高。

英俊的灯塔水母从口袋里掏出面巾纸，擦拭着额头上渗出的汗水，又拧开手里的矿泉水咕咚咕咚狂喝一通。这是因为水母一族要时常注意补水。

两人走到沈曜的家门口，沈亦清用食指堵住门上的锁孔，随即，软化后的食指如液体般流进锁孔中，“吧嗒”一声轻响，门应声而开，正在沙发上趴着的橘哥抬起头，威严地看着这两个浑身散发海鲜味儿的家伙。

橘哥：“喵，喵。”

听不懂猫语的沈亦清二话不说便开始融化身体，几秒钟后，他变成了一只和橘哥一模一样的橘猫。

橘哥惊呆了，一双碧绿的猫眼瞪得溜圆，甚至开始怀疑自己的眼睛。

“一模一样吗？”沈亦清版橘猫跳到沙发上，和真正的橘哥肩并肩。

“嗯……一样。”江沐溪观察了片刻，肯定道，“绝对看不出来。”

“好，你把它抱走吧。”沈亦清抬起猫爪，指了指震惊得几乎精神错乱的橘哥，不放心地叮嘱道，“沈曜很喜欢这只猫，你好好养，别欺负它。”

“哪能呢，猫罐头管够。”江沐溪露出一个友善的笑容，伸手抱起了橘哥，“什么时候要送回来你提前告诉我。”

这时，橘哥一扭头，朝着江沐溪的手指就是一口！

橘哥发出喵喵的抗议声。

江沐溪手一抖，连忙放开橘哥。

水母先生被橘哥咬得滋水了！

因为一受伤就会喷水，所以江沐溪身上常年配备创可贴，他轻车熟路地给自己贴上创可贴，哀怨地戳了戳沈亦清，道："你让它睡觉。"

"好。"沈亦清应了一声，猫爪变成触手，像前几天杀牛那次一样，触手动作轻柔地探进橘哥的耳朵里释放催眠液体，橘哥小山般的身体轰然倾塌，又被江沐溪稳稳接住抱进怀里带走了。

巨妖宝宝伙同灯塔水母绑架了无辜的橘哥！

可以说是一个非常可恶的犯罪团伙了！

另一边，沈曜正带着于帆帆蹲守秦亦琛。

秦亦琛目前的住所是公司给他租的一套高档公寓，根据蒋泽提供的线报，秦亦琛没有通告时一般会在八点左右下楼吃早餐。而按照计划，于帆帆会打扮成在附近晨练的样子与秦亦琛进行偶遇。

而现在，是七点五十五。

我们堂堂猎魔人居然像狗仔队一样关注明星的起居时间，还在人家家门口蹲点……沈曜一脸痛苦地想。

于帆帆和一众人鱼侍从待在沈曜身边，从五分钟之前开始，每过三十秒，于帆帆就要忐忑地问一次时间。随着秦亦琛平时出门的时间越来越临近，于帆帆整个人都要窒息了，侍从们也一脸紧张，一个用扇子给于帆帆扇去新鲜空气，一个用手帕给于帆帆拭去额头上的冷汗，两个一左一右像对待即将上场的拳击运动员一样给于帆帆放松肌肉，还有一个在不断软语安抚于帆帆，一个则一眨不眨地盯着于帆帆的人中准备随时扑过去按，过路的行人都用关怀傻子的眼神打量他们，沈曜面红耳赤地站到距离他们三米远的地方试图撇清关系。

于帆帆问："现在几点？"

侍从答："七点五十九分三十二秒，请您注意呼吸。"

于帆帆开始做深呼吸了："呼——呼——呼——"

沈曜担忧地问："等一下您遇见他，会不会直接翻过去？"

于帆帆斩钉截铁地说："会！"

沈曜心想，那还偶遇个屁啊！

可能是为了分散注意力，于帆帆没话找话，和沈曜闲聊起来："我如果能像我姐姐一样坚强就好了。"

"您的姐姐也是纯血翻车鱼人鱼？"沈曜问。

"是的。"于帆帆精致的小脸蛋上流露出崇拜之情，"虽然是纯血，但她十分勇猛无畏，号称海上铁玫瑰。"

"这么厉害啊？"沈曜来了点兴趣。

于帆帆不遗余力地吹捧道："是的，她状态好的时候甚至可以忍受打雷的声音。"

这时，疑似目标人物秦亦琛从公寓楼门口出现，那人身材高而精瘦，挑染着浅栗色的头发和前些日子娱乐新闻上的形象吻合了。他戴着口罩和棒球帽，帽檐压得很低看不太清模样，但只看气质与身材也是帅哥无疑。

于帆帆很没出息地开始结巴："我、我……"

"快去，您先不说话也可以的，从他面前跑过去混个脸熟也行啊！"眼见秦亦琛离他们越来越近，沈曜恨铁不成钢地催促道。

"呼，呼……我不能翻，不能翻……"于帆帆开始剧烈地喘气，脸色虽已苍白如纸但没有翻车，看起来似乎是正在顽强地和自己的本能做斗争，可试图克制本能是一回事，能不能克制得了却是另一回事——于帆帆的双脚扎了根一样长在地上，完全没有要朝秦亦琛走过去的意思。

任务期只有一个月，怕是没时间让于帆帆慢慢适应，况且能不能适应得了还两说，不如就……先让他们见个面再说别的！沈曜想着，牙一咬心一横，反身抄起于帆帆夹在肋下"噔噔噔"跑到秦亦琛面前三米处，把木桩一样僵硬的于帆帆杵在地上，随即“噔噔噔”地转身跑开了。

秦亦琛看清了于帆帆的脸，缓缓睁大眼睛。

“不能翻，不能翻……”于帆帆胸膛剧烈地上下起伏着，脸红得仿佛分分钟就要爆血管，在和本能抗争了最后几秒钟后于帆帆终究还是壮烈翻车，那纤细的身体原地左右摇晃了片刻，便直直朝后仰去。

躲藏在树后的侍从们正要扑过去接住于帆帆，秦亦琛却一个箭步冲上前，一把勾住了于帆帆的腰。

于帆帆绵软无力地瘫在秦亦琛怀里，脑袋枕着秦亦琛的肩膀，吐出了红红的小舌尖。

见于帆帆昏迷得彻底，毫无醒转迹象，秦亦琛焦急地朝躲在树篱后暗中观察的沈曜与侍从们望去，大声问：“你们是一起的吗？”

几个翻车鱼侍从你推我我推你，全都得不敢出面，沈曜只好尴尬地从树篱后转出来：“是一起的。”

秦亦琛收紧了环在于帆帆腰上的手：“这是怎么了？”

沈曜扯谎：“低血糖。”

“低血糖？”秦亦琛反问，眉毛拧了起来，眼神狐疑，似乎不大相信低血糖这个说法。

沈曜一脸无辜地说：“对啊，就低血糖。”

秦亦琛含义不明地哼笑一声，调整姿势让于帆帆在自己怀里倚得舒服一些，他垂眼定定地望了于帆帆片刻，抬头问：“你们认识？”

“对，我们是朋友。”沈曜说着，仔细观察秦亦琛的表情，想看看他有没有认出于帆帆，可秦亦琛大半张脸都被口罩遮住了，露在外面的眼睛则写满了不信任。

状况不明，沈曜不敢多说什么，只想帮于帆帆争取一些和秦亦琛相处的时间，于是厚起脸皮道：“您家住这附近吧？不然您帮个忙，把我这位朋友带回去休息一会儿？”

树篱后的翻车鱼侍从们纷纷点头表示同意沈曜说的话。

看起来非常像一个碰瓷儿团伙！

一个戏精负责假晕，一个军师负责交涉，还有几个打手埋伏在旁边。

糟了，我这要求提得太突兀，话一出口沈曜就有点后悔。

然而秦亦琛却幽幽道了句：“好啊！”说完，抱起于帆帆，大步往公寓楼的方向走去。

沈曜急忙跟上，又回身冲侍从们摆摆手，示意他们在原地等候。

三人进了秦亦琛家门，秦亦琛小心地把于帆帆放在自己卧室床上，随即摘掉口罩，动作轻柔地帮于帆帆脱鞋盖被，他掖被角时于帆帆很争气地自己醒了过来，大眼睛迷茫地眨巴眨巴，娇弱地问：“我在哪……”

秦亦琛眼睛一亮，光速贴近，语气急切道：“我找你很久了，你也是来找我的吗？”

“你……你还记得我！”于帆帆激动得眼圈一红，然而还没来得及哭出来再次含泪翻车。

“醒醒。”秦亦琛唤道，伸手在于帆帆的小红舌头上拽了一下，于帆帆一个激灵猛醒过来。

一直想做但是不敢做的事，终于被人做了，沈曜爽得长出一口气。

秦亦琛扳住于帆帆的肩膀，迫不及待地问：“你是来找我的，你也一直记得我，对吗？”

于帆帆眼中噙泪拼命点头。

秦亦琛如释重负般松了口气。

于帆帆预支光未来一百年的勇气，结结巴巴直奔主题道：“谢、谢谢你在海难那天救了我！我……我要向你报恩，请、请让我留在你身边吧！你是歌手，我们人鱼一族最擅长音乐创作，我能帮上你的忙，而且……我、我还会哭珍珠！啊……”

语毕，一口气说了太多话的于帆帆再次翻车，并在翻车前流下了激动的泪水，泪水如断线的珠子叮叮当当砸在地上。

人鱼落泪成珠，说断线珠子，就是字面意义上的断线珠子，十分讲信用。

这么如魔似幻的一幕居然发生在普通人类面前，沈曜吓了一跳，手忙脚乱地蹲下捡珍珠。

不是所有人鱼都能哭出好珍珠的，普通人鱼哭出来的珍珠往往又瘪又小，光泽又暗淡，观赏价值基本为零，也就能磨个珍珠粉。不过于帆帆这样血统高贵的王室成员流出来的珍珠，品质绝对算是上乘，卖钱的话能卖不少。被房贷蒙了心的沈曜边捡边在心里默念，下个月的房贷，下下个月的房贷，下下下个月的房贷……捡着捡着沈曜发现明年二月份的房贷滚到床底下去了，而秦亦琛的脚挡在那里钻不进去。

“麻烦您脚挪一下，谢谢。”沈曜轻轻戳了一下秦亦琛的小腿。

秦亦琛表情复杂地挪开腿，让出空间方便沈曜捡珍珠。

沈曜捡完五颗圆润光亮的大珍珠，喜滋滋地揣进裤子口袋里，此地无银三百两地帮于帆帆掩饰道：“我这裤口袋太松，一弯腰珍珠就洒了……这些珍珠本来是我裤兜里的。”

莫非我看起来很像一个傻子？秦亦琛心想。

沈曜看看床上翻到飞起的于帆帆，弱弱地建议道：“你再拽一下舌头？好像挺有用的。”

秦亦琛很懂地表示：“拽多了不好。”

沈曜试探问：“呃，关于我这位朋友的事……你知道多少？”

秦亦琛戒备地说：“你又知道多少？”

沈曜不屑地说：“绝对比你多很多很多，和他们有关的事我都是当知识点记的，所以你先说。你说完，我再决定要不要把我知道的告诉你。”

秦亦琛犹豫片刻，开始了讲述。

一切的开始就是那次海难。

秦亦琛会游泳，翻船的一瞬间没有过于惊慌，而是穿起救生衣第一时间抱住一根粗壮的浮木，冷静地漂在水上等待救援。

他等了没多久，不远处的水中忽然游出一个人来。

那人就是于帆帆了……

于帆帆长得极精致，美得令人挪不开眼。虽然是从水中钻出来的，头发和露在水面上的衣服却分毫未湿，一双不谙世事的眼睛澄净如海。于帆帆用脚踏着水，怀中抱着满满一捧水母，仿佛海心深处最温柔的一泓水中诞出的精灵。秦亦琛一开始就知道眼前人大约不是寻常人类，他正欲开口，于帆帆却两眼一闭身子一躺，在海面上翻白儿了。

色彩各异的水母挣得自由，在缥碧海水中漂游，渐渐四散而去。与此同时，风暴后天色亦开始转晴，熔金般的阳光将云层镀上了细致的边，于帆帆上方正巧有一小块天空没有云朵遮掩，阳光从那一方云的空隙中落下，宛如天堂之门，光芒温柔挥洒在海面上，映着于帆帆与海洋中的水生物，景象神异有如梦境。

“我……我无法忘记那一幕。”秦亦琛用梦呓般的语气描述着记忆中的场景，“那一幕太美了，一切都太美了。”

“听起来真的很美。”沈曜乖巧地点头附和，并不忍心告诉秦亦琛那些水母只是于帆帆准备带上岸的干粮，而秦亦琛看到的神秘人与海洋生物共舞的唯美一幕只是干粮集体逃逸现场，换算成人类差不多就是熊孩子捧着饭碗昏倒在一地大米饭粒里……

秦亦琛游过去，一只手抓住浮在海上的于帆帆，另一只手攀着浮木。没过一会儿于帆帆醒了，脸色惨白，嘴唇不住地抖，似是被眼前海难事故的景象吓到了。

那时于帆帆听人说话没有很大障碍，但自己说起来却颠三倒四的，只能用单个词汇或简短的句子来表达自己的意思。

“怕，怕船。”于帆帆指着支离破碎的船，小奶猫一样颤抖着依偎在秦亦琛身边。

秦亦琛性格一向开朗大方，但面对于帆帆时却笨嘴拙舌不知如何是好，于是他只好伸手挡住了于帆帆的眼睛。由于太过紧张不知道说什么，秦亦琛干脆给于帆帆唱起歌来，毕竟唱歌是秦亦琛除了容貌之外最拿得出手的特长。于帆帆静静听着，全程乖巧地贴着秦亦琛，虽然随着夜晚临近海水渐渐变凉，两人间的气氛却温馨得一塌糊涂。

其间，于帆帆因为海鸥把排泄物拉在了脑袋上而翻车一次，因为突然发现水母都逃跑了气得翻车一次，红红的小舌尖露出来一点点，非常欠拽。秦亦琛脑子一抽，真的伸手拽了一下，于帆帆一激灵醒过来，并鼓着腮帮子气呼呼地表示不要乱拽，秦亦琛急忙告罪称好。

秦亦琛一直没敢问于帆帆究竟是什么，他怕一旦问出口就会戳破这个肥皂泡一样的梦境。救援船来到时秦亦琛想把于帆帆拉上船，但对方似乎很害怕海面上那个缓缓驶来的庞然巨物。于是，于帆帆拼命甩开秦亦琛的手并钻进海水中，箭一般地游远了……

“我很后悔当时没问清楚，可我根本不知该如何找起。”秦亦琛长长地舒了口气，“幸好……”

沈曜这时想起秦亦琛前段时间发行的新专辑，恍然大悟：“我知道了，你新专辑的主打歌《海心深处》就是写这件事的！”

秦亦琛一笑：“是的，我对那件事念念不忘，实在是太奇妙了。”

“所以说……”秦亦琛从回忆中脱出，整了整衣服正襟危坐准备面对现实，“现在是什么情况，你们究竟是什么人？人鱼吗？”

沈曜手揣裤兜，庸俗地摸着里面的大珍珠，默默腹诽：反正秦亦琛已经知道于帆帆不是人了，身份已经暴露了，那我说了也不算违规吧……

沈曜犹豫片刻，望向秦亦琛正色道：“于帆帆……是人鱼。”

沈曜首先向秦亦琛科普了翻车鱼人鱼神经极度纤细的特征，并且对此表现了善意的担忧。

“如果真的让于帆帆留在你身边的话，你可能会面对一些这方面的问题，”沈曜委婉道，“你连打个喷嚏都要预告一下。”

“这个没关系。”秦亦琛不假思索地道。

那些童话般的美好回忆已成为秦亦琛生命的一部分，虽然目前只是很小的一部分，但不可或缺。

沈曜把手插进裤子口袋里，带着庸俗的喜悦摩挲五个月的房贷，心想你们搞艺术的的确感性。

既然秦亦琛表示自己可以接受，沈曜便向他科普了一些其他人鱼一族相关的知识，并将一翻不起的于帆帆送回酒店休息。安顿好于帆帆后，沈曜将秦亦琛带回单位，向蒋泽与何铭汇报本次任务情况，同时也是让秦亦琛来签保密协议。

按照规定，危险评定等级处于D、E两级的魔物可以在人类社会长期定居，并享有一切人类公民享有的权利，但申请在人类社会长期定居的D、E级魔物需要一位共同生活的人类监护人，毕竟自古就有“非我族类其心必异”的说法，不可以脱离人类的监管范围，而且长期定居的魔物与其监护人需要定期去距离居住地最近的特殊事务执法部门报到，以确保相关部门能够掌握他们的近况。

“这么快就完成了？”蒋泽听说秦亦琛同意了于帆帆在自己身边长期居留的请求，惊得半支烟掉在地上。

本来蒋泽还以为就于帆帆那个样儿，八成会在人类社会磨叽满一个月然后铩羽而归，没想到两天就把目标搞定了。

沈曜得意扬扬：“怎么样，金牌猎魔人不是盖的吧？”

蒋泽“嘿嘿”一笑：“不错。”

沈曜见蒋泽心情愉快，急忙给自己争取福利：“蒋哥，这次任务这么坑爹，换个人你说是不是肯定完成不了？那我这次的任务奖金是不是应该适当地多发一点……”

“哎那个谁！”蒋泽“嗖”地一扭头招呼属下，朝秦亦琛一努嘴道，“小刘你带他去签保密协议和魔物监护协议，别的流程先不用走。”吩咐完，转身快步走开：“我去跟老何汇报任务。”

沈曜像个小背后灵一样幽怨地跟在蒋泽身后：“蒋哥你转移话题很快嘛。”

蒋泽健步如飞溜得特别快。

沈曜黏上去追问："那我这算提前完成任务了吗？蒋哥，奖金，蒋哥，奖金，蒋……"

"还不能就算你完成，"蒋泽道，"估计你还得跟进几天，再帮那人鱼适应适应人类社会。"

沈曜不太高兴地鼓着腮帮子，正要说话，忽然想起裤子口袋里的五个月房贷。眼珠一转，小脸蛋立刻阳光灿烂起来："好啊好啊，我这人就是特别喜欢帮人鱼适应人类社会。"

照顾人鱼是好事儿，回头找部《泰坦尼克号》给于帆帆看，争取让于帆帆多哭出几年的房贷来。

蒋泽很懂地盯着沈曜裤兜，"嘿"地一乐，在沈曜脑袋上重重揉了一把道："捞外快行，别过分了啊！"

沈曜笑得眉眼弯弯，美得不行。

秦亦琛今天没有通告，走完保密流程后就和沈曜一起回酒店看于帆帆，于帆帆还是那么不争气，一听见秦亦琛说话就紧张到翻车。见秦亦琛也大有在隔壁间住下的意思，于帆帆今天也不可能再走出酒店了，沈曜待到下午五点便回家了。

# 第四章

## 泰坦尼克号与麻油蘸棉签

为了庆祝房贷早日偿还有望，沈曜在家附近的夜市买了一大堆烤串、小吃和啤酒，包括两串肥肥的烤鱿鱼和一大盒章鱼小丸子，打算回家和橘哥一起庆祝。

“我回来啦。”沈曜刚一推门而入，橘哥便一反平日高冷慵懒的模样，抱住沈曜的左腿好一通撒娇。沈曜一腿拖着橘哥，一瘸一拐地走到餐桌旁把吃的放好，坚守原则道：“烧烤你不能吃，会消化不良的，我给你开罐头。”

沈曜说着，把腿上的橘哥扒下来抱在怀里，托举着比起哑铃也不逊色的橘哥去柜子里翻猫罐头。橘哥今天表现得很反常，但沈曜觉得这是因为橘哥闻到烤串的香气了，所以一点也没多想，任由怀里的橘猫疯狂舔自己的脸，痒得缩着脖子直笑：“哈哈哈，好了别舔了，你想吃哪个罐头？”

沈亦清叫了一声：“喵——”

“就这个吧。”沈曜拿起一个罐头开了，把怀里的沈亦清牌橘哥放在地上，语气轻快道，“快吃快吃，你主人我就要发达啦，这些存货清完了我给你买更贵的罐头！”

沈亦清敷衍地用嘴碰了一下猫罐头就扑回沈曜怀里，用猫头在沈曜身上狂蹭，拼命吸收从沈曜身上溢出的魔力。

“干吗，非要吃我那些？”沈曜不疑有他，无奈地笑着坐到桌边，一边由着沈亦清在自己怀里翻滚卖萌，一边打开袋子翻检里面的东西，自言自语道，“这个鸡肉串我拿水洗洗给你吃应该可以……”

沈亦清正卖萌卖得开心，忽然瞥见袋子里的两只肥美的烤鱿鱼，那些被烤得略带焦煳的触手让沈亦清心里“咯噔”了一声，而旁边的一大盒章鱼小丸子更是瞬间让沈亦清清醒过来。于是沈曜迷茫地看着怀里热情似火的橘猫突然拧着身子跳下地，一溜烟跑开了。

沈曜愣了一下，笑着说：“看着还是没猫罐头好吃吧？”

沈亦清走到猫罐头前舔了一下，为了不惹沈曜怀疑，一小口一小口的全吃掉了。吃完猫罐头，沈亦清忧郁地回到橘哥的猫窝，静静等待沈曜吃烤鱿鱼和章鱼小丸子。

沈曜点开一个综艺节目的视频，美滋滋地边吃边看边喝啤酒，慢悠悠地享受晚饭。

沈亦清一猫脸不高兴，威严地人立而起，瞪着沈曜，有时间看综艺节目，没时间给我发个微信？

橘猫形态的沈亦清像人一样二足站立愤恨地瞪着沈曜，沈曜眼角余光瞥去那个方向，恍惚间觉得哪里不对，猛地一扭头，沈亦清却瞬间趴回猫窝并冷静卖萌：“喵——”

结果没有发现任何问题的沈曜腹诽：我一定是被于帆帆传染得神经质了。

吃饱喝足看完综艺，沈曜收拾好桌子，捡起猫窝旁的逗猫棒，对沈亦清道：“来，活动活动。”

沈亦清冷酷地看着逗猫棒，试图维护自己身为海洋霸主宝宝的威严！

然而沈曜把逗猫棒晃来晃去，拉长声音甜甜地招呼道：“来嘛——”

对撒娇毫无抗力的沈亦清骤然化作一道橘色闪电，势不可挡地扑向逗猫棒尾部的玩具老鼠。沈曜见状手腕一挑，逗猫棒随之高高扬起，玩具老鼠从橘猫嘴边堪堪擦过。

沈曜开心得像个小孩，眉眼弯弯道：“再来，看你今天能不能抓到老鼠。”

沈曜话音刚落，地上的橘猫头忽然一转，深深望了沈曜一眼，随即再次飞身扑向玩具老鼠。

沈曜油然生出一种被帝王宠爱的错觉。

猫都这样，沈曜冷静地想，要不怎么叫猫主子呢。

沈亦清配合演出，扑了好一会儿逗猫棒，还为了哄沈曜开心故意卖萌犯蠢，假装扑不中。那胖滚滚的身子在地上极尽翻转腾挪之能事，如果向来不动如山的高冷真橘哥看见这一幕，怕是要被活活气死。

“今天怎么这么配合我啊？”沈曜几乎受宠若惊了。

沈亦清继续疯狂扑击逗猫棒，柔声叫道：“喵喵——”

沈曜玩了一会儿玩腻了，停下手上动作微微偏着头观察沈亦清。

沈亦清也微微偏着头回望沈曜。

沈曜貌似漫不经心地转身把逗猫棒一扔，随即猛地转回来，双手捧住沈亦清的猫脸并飞速逼近，眼睛一眯脸一板，厉声道：“我怀疑你是一只假橘哥！现形吧，魔物！”

居然这么快就被发现了？！装猫还没装够的沈亦清惊呆了，一双碧绿的猫眼不可置信地盯着沈曜。因为太过紧张，沈亦清的外形再次出现不受控制的趋势，猫脸上的那些拟态肥肉以极其缓慢的速度沿着沈曜的手指缝漏了下去。

“哈哈哈——你这是什么表情啊？都可以做表情包了。”沈曜没心没肺地大笑起来。

虽然今天橘哥的确热情乖顺得反常，但沈曜并没真去怀疑什么。高级魔物虽大多有能力变形，却也都有局限，要么只能变出几种固定形态，要么变一次要大费周章，哪个高级魔物会闲得跑到人家里装猫？

沈曜放了沈亦清，在猫头上安抚地揉了两把，随即起身去柜子里翻出换洗衣物走进浴室。

沈亦清跟上去，从门后露出半张猫脸。

沈曜是干吃不胖型，加上天天在队里训练运动量大，所以身材极好，场面十分不可描述。

沈曜走到莲蓬头下开始放水，用浴帘隔绝了沈亦清的目光。沈亦清在浴室门口等了一会儿，无聊地舔了舔嘴巴，悄悄走过去，用猫爪撩起浴帘一角，露出一只猫眼好奇地看着沈曜。

这时，已经洗得差不多了的沈曜看见浴帘后探出半张脸窥视自己的猫主子，好笑地问："你也想洗吗？"语毕沈曜突然一俯身，将猫主子捞了起来，嘴上还念着："都一个月没洗了，也该洗洗了，天天钻我被窝。"

由于之前每次给橘哥洗澡都要费尽九牛二虎之力，所以沈曜先取下花洒照着自己冲了冲，安抚道："不用怕这个，你看我也在冲，今天我陪你洗。"

说完，把沈亦清放在地上，调小花洒的水流，蹲下身子把花洒贴近沈亦清，小心翼翼地让水流顺着猫的皮毛流下，边抚摸沈亦清的猫头边抬手去角落的架子上挤了点宠物香波抹在沈亦清身上，转着圈搓揉起来。

细腻雪白的泡沫温柔地舔舐着皮肤，冷热适中的小水流与沈曜不经意间流泻出的魔力缓缓漫过身体，这令沈亦清十分舒服，他一张嘴，险些冒出人话来："呃……喵。"

"今天真乖。"沈曜凑过去，单手挑起橘猫肥嘟嘟的猫脸，在橘猫湿漉漉的脑门上亲了一下，含笑道，"奖励一个亲亲好了。"

接着，沈曜三下五除二把沈亦清身上的泡沫冲干净，匆匆擦去自己身上的水，随即用大毛巾裹紧沈亦清抱出浴室，蹲在沈亦清面前用吹风机给他吹毛。

几分钟后，看沈亦清的毛吹得差不多了，沈曜才终于大发慈悲起身穿好衣服，沈亦清被吹风机吹得头晕目眩，瘫软在猫窝。

沈曜吹着口哨打开电脑，准备玩几局游戏，可能是神经反射速度高于平均水平的缘故，沈曜游戏打得特别溜，如果不是平时工作太忙没时间，想朝职业级进发也不是不可能。沈曜挂上语音软件，兴高采烈地招呼起来：“小伙伴们来开黑啊，今天心情好，带你们上段。”

沈亦清从猫窝里委委屈屈地坐起来，幽怨地盯着沈曜欢乐上段的背影。

打游戏打游戏，就知道打游戏！不知道给我打个电话吗？

沈亦清忧伤地吸着鼻子，从猫窝下面扒拉出事先藏在那里的手机，随即变出两条小触手，划拉开屏幕给沈曜发微信。

微信提示音响起，正要开游戏的沈曜瞟了一眼手机屏幕，大声喊停：“等等先别开。”

音箱里传出队友的声音：“怎么了？”

沈曜拿起手机：“有人给我发消息，我看一眼。”

微信界面，沈亦清：下班了吗？在忙什么？

沈曜挠挠头，觉得说打游戏显得自己太不思进取，于是虚伪地回复：下班了，在家看书呢。

说着，沈曜飞快地打开网上图书商城并点进美术分类。

猫窝里的沈亦清：……呵呵。

沈亦清：什么书，有趣吗？

虽说吹牛是小事儿，无伤大雅，但沈曜脸蛋仍是臊得发红：有趣，叫《写给大家的西方美术史》。

沈曜回复完，觉得自己骗沈亦清不好，就把书下单了，想着有空的时候也真看看，免得什么都不懂，在沈亦清这位大艺术家面前丢脸。

下完单，沈曜一低头，发现橘哥正站在自己脚下仰着胖嘟嘟的猫脸，用一种“你这小妖精可真会哄本王开心”的眼神看着自己。

沈曜被橘哥看得一阵莫名心虚，像要收买橘哥一样问道：“怎么了，想吃零食吗？”

沈亦清没理，步履轻盈心情雀跃地走回猫窝。

微信铃声再次响起，沈曜怕队友们等太久，便从游戏房间里退出去，又招呼了一个替补队友进去，抱歉道：“你们先开一把，我下局再来。”

微信里沈亦清的消息：那本书我以前看过，内容不错。

没一会儿又是一条消息：其实我也在看书，《博物学家的神秘动物图鉴》，讲怪物的。

打完书名，沈亦清镇定地关掉手机上的图书商城网页。

两人遥相吹牛，都声称自己在看书。

虽然理智上对沈亦清的说法存疑，但沈曜还是打字道：那本我看过，虽然讲的都不对，但挺有意思的，应该可以刺激你的灵感。

沈亦清：说到刺激灵感，还是你比较厉害。

说完，就是一张照片发了过去。

照片中是一个画架，上面架着一幅完成度很高的油画作品，画作的主体是一汪深暗幽静的湖水，一只面目狰狞的水怪从湖中探出上半身，摆出警戒的防御姿态。而画布左侧上方则是一个从桥栏上向水中起跳的身影，沈曜揉了揉眼睛，发现画中人就是自己。

画面中的沈曜身形敏捷轻盈，气势却凌厉十足，手中短刃流泻出的刀芒在夜色中划出一道寒凉弧光，一轮肃杀的血月高挂在电视塔塔尖，昭示着即将来临的杀戮。

沈曜笑了：你画的是我？

沈亦清：我眼中的你，喜欢吗？

沈曜忙道：喜欢，真好看。

沈亦清从一只猫爪上化出几根细小的触手，在手机键盘上飞快打字，丧心病狂地吹捧道：漂亮、可爱、令人心颤且无法抗拒，同时却又强大、犀利、招招毙命，你是一个我从未见过的矛盾体。虽然这样说很唐突，但我这几天满脑子都是你从岸边跳下的样子，我迫不及待地要把那一幕画下来，意识到的时候才发现自己已经一整夜没睡了。

其实在二十多条触手同时作画的情况下，这样一幅完成度很高的作品沈亦清只要半个小时就能搞定，而这幅画其实是他昨天晚上画好的。

可以说是一个心机触了！

被夸得不好意思的沈曜把脸埋进臂弯中狂蹭了几下，自言自语道："这人怎么这么……这么……"

橘猫嘴角微微翘起，模样很是得意！

沈曜在对话框中不停打字又删掉，自言自语道："不行，这么回不太好。"

于是纠结了好一会儿之后，沈曜最后只干巴巴地发过去一句：夸得我都不好意思了，你快点休息，改天我去你家看画。

不过那些因为"不太好"而被删掉的话可是被站在桌上的橘猫看了个一清二楚。

沈曜又和沈亦清聊了几句，把不大情愿的沈亦清撵去休息，心情飞扬地带动全场带队友们上段，连胜几局之后觉得没劲，退掉游戏找出包里上周发下来的资料文件翻看起来。

这些文件中记录了三种新魔物的相关信息，从生活习性到战斗应对预案，事无巨细条条分明——正如人类生物学家尚未发现世界上所有的生物一样，魔物生命研究院的研究员们也还远远没有掌握全世界所有的魔物信息。据推测，目前仍存于世但没有被发现的魔物应有上千余种，但要么数量稀少，要么生存在自然环境严峻的无人区，要么就是隐藏能力太好，混迹于人类社会中而没有被发现。但是对新魔物的探索工作是一直在进行的，所以在最前线的执法队员们时不时就会收到来自研究院的新资料。

今年年底工作评定要继续拿第一名才行！沈曜埋头读起资料，心里暗暗给自己鼓劲儿，希望至少在自己的领域内能变得更优秀一些。

新录入系统的三种魔物危险评定分别是A、D、E。A级魔物是一种半人半蜘蛛的蛛人，数量较少且大多隐居山林，然而食人手段凶残且智力低下，有一只近期出现在邻市作案所以被发现。

D级魔物是一种寿命极长的树精灵，喜欢寄生在樱树与桃树中吸食树汁，半魂体半实体状态，具有控制植物的能力，有过因不满环境污染而蓄意制造作物大面积枯萎报复人类的个例事件发生。

E级魔物则是一种已知菌人的变种，体型比正常菌人大一百多倍，成年雄性身高可达五厘米，智商与人类相当，科技水平尚处于原始水准，但具备一定魔法使用能力，现已濒临灭绝，目前已知仅存的一整个部落总计二百零六人正处于研究院的保护之下。

“魔法世界的小人国啊！”沈曜感叹道，看完最后一页便合上资料，拧灭台灯准备睡觉。

被冷落了好一会儿的沈亦清一跃而起，“砰”一声砸在床上。沈曜像搂一只毛茸茸软绵绵的抱枕一样把沈亦清搂进怀里，嗅到怀中胖毛团散发的宠物香波味道，忍不住低头亲亲橘猫的脑门，又把橘猫掀翻露出白白的肚皮，将面颊贴在橘猫肚子上好一通蹭。

沈曜是沾枕头就睡的体质，尤其是身边还有一只自带催眠效果的胖猫，所以没过一会儿，便迷迷糊糊地睡了过去……

二十分钟后，沈亦清大着嗓门“喵喵”叫了几声，见沈曜全无反应，便偷偷地软化身体变回了人形。于是沈曜的床上便猝不及防地多了一个裸男……

沈亦清一动也不敢乱动，月光穿过窗帘间隙投下一道朦胧的银线，正巧有一部分落在沈曜紧闭的眼部，在白光的衬托下，沈曜的睫毛越发显得黑如鸦羽。确认了沈曜已经熟睡后，沈亦清轻轻挪开沈曜的手臂，下地从沙发下面抽出白天藏在这里的衣物悄无声息地穿上，揉揉咕咕作响的肚子出去觅食。

时间太晚，饭店都关门了，附近只有一家二十四小时营业的快餐店，沈亦清虽已提前把车停在沈曜公寓楼的地下停车场，但他也不想为吃夜宵跑太远。于是沈亦清开车去这家比较近的快餐店点了三十份汉堡套餐，并包圆了店里所有现成的炸鸡烤鸡类产品，最后在店员小哥的帮助下将这些食物尽数搬进车里。

店员小哥走远后，饥肠辘辘的沈亦清忙不迭地坐到后排座开吃，为了提高吃饭效率他一口气放出十条触手，两条负责取食物，四条负责拆除食物外包装，两条负责轮番把拆完包装的食物运送进嘴巴里，一条负责撑着垃圾袋，一条负责把垃圾收进袋子里。

给触手分好工后，沈亦清张开嘴。因为车后排空间有限所以他只是微微把嘴张开到脸盆那么大而已，在北海巨妖中可以说是非常的樱桃小口了，汉堡、鸡腿、鸡翅、一整盒的薯条……食物们被有条不紊地倾倒入沈亦清的“樱桃小口”中，解决完全部的食物后，沈亦清低头含住十根吸管，一口气吸光了十杯不加冰的可乐，十杯结束又立刻换上另外十杯，三轮结束后所有食物饮品都被一扫而空，而时间总共才过了十分钟不到。

饿了一天的沈亦清用小触手在垃圾袋里翻检片刻，确定所有东西都吃光了，才意犹未尽地舔舔嘴唇，安慰自己道：“吃八分饱也不错，养生。”

将车上的垃圾处理完，沈亦清又开车回到沈曜家的地下停车场，用触手开门进屋，脱光衣服变成一只肥猫，美滋滋地钻进沈曜被窝里睡了起来。

接下来的两天，沈曜仍旧每天早晨去于帆帆那边报到，按照何铭的要求继续帮助于帆帆适应人类社会。

何铭的意思是虽然于帆帆和秦亦琛已成功建立友谊，但秦亦琛只是个普通人类，对很多事情还是一头雾水的状态，所以沈曜在于帆帆状态好转或任务期满前不能撒手不管，以免人鱼贵族于帆帆在他们管辖的区域内出现什么意外。

不过于帆帆的状况相当令人忧心，与被自己视为恩人的人类朝夕相对着实太过刺激，于帆帆的二十四小时中怕是有二十二个小时都处于心情激动的翻车状态。前两天秦亦琛几乎寸步不离地陪伴着于帆帆，于帆帆一醒过来，他就无比温柔地拉着于帆帆的小手轻声细语地说着安抚的话。虽然娇弱的人鱼很快就会因心情紧张而再次翻车，但秦亦琛毫无不悦或不耐烦的表现，于帆帆昏厥时他只是安静地等在床边，嘴角噙着笑，用温和的目光一遍遍描摹着人鱼精致的面容。

寸步不离地陪了于帆帆两天后秦亦琛终于要去跑通告了，今天至少一整个白天秦亦琛不能来陪于帆帆。于是在沈曜的建议下，于帆帆在酒店房间里看秦亦琛的MV练胆。

正对大床的投影屏幕上，镜头自远处慢慢推进，伴随着深情而略带忧郁气息的歌声，秦亦琛俊俏的面容渐渐放大，纯黑如墨的瞳仁深深望向屏幕外的观众。于帆帆与画面中的秦亦琛对视片刻，便急忙按住飞快起伏的胸口，下令道："快暂停，我心跳好快。"

一侧的翻车鱼随从立刻按下暂停键，于帆帆做捧心状趴在床上，紧张得无法自拔！

沈曜在一旁看着，半是好笑半是替秦亦琛着急。

五分钟后，于帆帆好不容易平息了心跳，被侍从扶着软绵绵地靠着枕头坐起来，继续观看 MV。半分钟后，于帆帆再次被屏幕上秦亦琛的凝视弄得浑身发飘，捂着脸蛋怂怂地把自己卷进被子里，变成了一个人鱼卷。

在旁观察已久的沈曜终于坐不住了，委婉地开口询问道："请问一下，如果我们继续这样的训练方式，您预测您大约需要多久才能和秦先生用正常的方式相处？"

于帆帆从人鱼卷里挤出半个脑袋，冒着青烟小声道："我也不知道，看着他的时候想要不翻车真的好难。"

"这么练下去未免太慢了，您说要利用自己人鱼一族的音乐天赋在事业上对秦先生进行帮助，这样的话您二位之间一定会需要大量的沟通与交流，您的进展如此缓慢，也会为秦先生带来困扰。"沈曜那双漂亮的眼睛微微一弯，带着一丝狡黠的笑意道，"您有没有试过利用极大的刺激来一口气提高自己的阈值？"

于帆帆困惑地睁大眼睛说："那是什么意思？"

"就是假如您的承受力阈值是十，而您现在正在用十一、十二的刺激来慢慢提升阈值，"沈曜解释着自己尚未被证实过的理论，"那么这样的提升一定是很慢的，不过如果您干脆用一百的刺激来训练自己，那么说不定阈值会很快提升到五十也说不定。好比见过鬼的人也许就不会那么害怕恐怖片……您试过这样训练自己吗？"

于帆帆的小脑袋摇得像拨浪鼓一样："从来没有，其实普通的训练也是这两天才开始的。"

作为尊贵的翻车鱼贵族，于帆帆从小到大都处于严密的保护中，每日在人鱼宫殿中足不出户，过着表面养尊处优实则与禁锢无异的无趣生活，这也是为什么于帆帆之前明知自己神经脆弱却还要摆脱侍卫偷偷溜出去玩。

至于提高翻车阈值的训练，那是根本不存在的，如果不是秦亦琛出现了，于帆帆大概就会这么一直心安理得地脆弱到老死为止。

“那我建议您试试看，说不定会有收获。”沈曜眨眨眼睛，“我这边准备了一部电影，即使是神经坚韧的人类看这部电影时也会难以控制自己的情绪，所以它对您来说一定是极大的刺激，您想试试看吗？”

于帆帆咽了咽口水，一脸敬畏地问：“是什么电影？我还没看过电影呢。”

沈曜板着小脸，一字一顿制造紧张气息道：“泰坦尼克号！”

翻车鱼侍从们纷纷表示这个名字一听就透着一股肃杀之气，说不定连我们都会一起翻过去！

于帆帆沉吟片刻，气势十足地一挥手示意侍从们噤声，随即带着一脸慷慨就义般的神情道：“我想试试看。”

虽然秦亦琛表现出了十足的温柔，但于帆帆仍然担心他会在自己适应之前失去耐性，所以如果能快速提高自己的翻车阈值的话，自然是再好不过了。

房贷稳了！沈曜暗暗一握拳，屁颠屁颠地跑去用电视屏幕连接了自己的手机，打开视频网站点开《泰坦尼克号》，目光灼热地望着于帆帆，准备捡珍珠。

此时窗外乌云消散，午后的一抹阳光侥幸透过遮光窗帘细小的空隙，在地毯上落下一块几何形光斑。然而还没等沈曜发现并遮严窗帘，那块光斑便忽地不见了，一条黏腻的触手攀在玻璃上遮挡了仅存的光线，很快，那条触手待过的地方便又被一只绿莹莹的圆眼睛取代了。

如果从外面看过去，便是有一只怪异的类章鱼生物正用触手将自己黏在某酒店大楼三十层的外墙上，多余的触手被高空凛冽的疾风吹得呈波浪状飘卷翻飞，如同一面迎风招展的章鱼旗！

从沈曜口中套取不到任何任务相关信息的沈亦清终于按捺不住好奇心，偷偷跑来查岗了，他想看看自己有没有什么地方能帮得上沈曜。

这时，电影开演。

在泰坦尼克号沉没之前，于帆帆表现得较为淡定，只有在杰克画露丝的裸体以及那段隐晦的床戏时被刺激得翻车两次，以及当露丝在船头张开双臂时因感动翻车一次，其余观影时间较为平静，甚至几次三番询问沈曜是不是搞错了片子，言语间还隐隐藏着几分得意。

不过从泰坦尼克号遇难之后，柔弱的于帆帆和翻车鱼侍从们便开始了接二连三的翻车，一个翻了另一个救，风吹麦浪般此起彼伏。翻车鱼们或低声啜泣或号啕大哭，搞得总统套房宛如哭丧现场。大颗小颗品质相差巨大的珍珠叮叮当当落了一床一地，而当片尾曲《我心永恒》的旋律响起的一瞬间，翻车鱼们更是干脆集体哭厥了过去。在席琳·迪翁天籁一般的歌声中，多愁善感的小沈曜眼眶微微泛红，趴在地上用衣架拨动滚进床底的珍珠，尽数捡起收进专门带来的大书包里。

“这少说也够还五年了。”沈曜拉上拉链掂了掂沉甸甸的书包，拿手背抹了把湿润的眼睛，瞬间破涕为笑，并双手合十对横七竖八翻了一床一地的翻车鱼们鞠了一躬，自言自语道，“谢谢谢谢，改天一定请你们吃水母。”

经历了催泪神作《泰坦尼克号》的洗礼后，再次醒转的于帆帆眼睛肿得像两只生气的河豚，看起来非常惨。沈曜从冰箱里拿出冰块用毛巾裹好，给于帆帆敷眼睛，生怕秦亦琛赶完通告回来看见于帆帆哭成这样会暴走。

不过令大家感到欣慰的是，于帆帆的翻车阈值似乎真的有所提高。这次醒来后，于帆帆可以一口气观看一整支秦亦琛的MV，虽说心跳的频率仍然快得吓人，但是，没翻。

还好是真的有用，沈曜想着，心有余悸地舒了口气。

“原来强烈刺激真的有用啊！”于帆帆惊喜交加，抓起沈曜手腕晃着，催促道，“你快再找几部这样的电影给我看！”

“先不了吧。”沈曜担忧地看着于帆帆的眼睛，“你……哭了这么久，歇歇眼睛，我们要坚持可持续发展。”

晚上，沈曜背着重重一大书包珍珠回家，路过宠物用品店时还非常大手笔地买了店里最高档的猫罐头，打算从今天开始让自家橘哥过上贵族的生活！

沈亦清假扮的橘哥已经在家里无所事事地待了一天，沈曜推门而入，惯例抱起沈亦清亲昵了一会儿，随即走到猫厕所处翻检猫砂。

“哎，不对啊，我算算。”沈曜掰着手指头算，脸色越来越难看地自言自语着，“好像……一、二、三……三天没拉了？不会吧？”

猫的小便问题沈曜倒没有太着急，因为橘哥经常会跑去洗手间的洗手盆里小便，但是大便从来都是在猫砂里解决的。

沈亦清猛然意识到自己失了策。

一天明明要排好几十公斤，怎么就忘了匀出来一点点儿放在猫砂盆里呢？！

“橘哥你回来，你是不是肠胃出问题了？”沈曜出手如风，反身攫住蹑手蹑脚转身想跑的沈亦清。

沈曜把塞满珍珠的书包卸掉，将沈亦清翻过来在肚皮上揉按了片刻，小声嘀咕道：“摸着倒是挺软的。”

并没有想象中坚硬如磐石的那啥！

“你感觉怎么样，有没有不舒服？”沈曜把沈亦清放在地上，观察“它”的姿势。

沈亦清“喵”地叫了一声，矫健地上蹿下跳，以示自己身体状况良好。

沈曜摸着下巴点点头：“嗯，那就先不去医院了，再观察一天。”

沈亦清暗暗松了口气。

沈曜起身，从洗手池上方的橱柜里翻出一小瓶麻油，又从抽屉里找出一盒棉签，按照宠物论坛上教的给猫通便的方法用棉签蘸饱麻油，回头找猫，准备帮橘哥松松“菊花”。

然而隐约觉得大事不妙的沈亦清已经跑得远远的，站在离沈曜成对角线的最远角落里戒备地盯着沈曜。

沈曜嘴角猫似的一翘，笑出两个甜甜的小梨涡，对沈亦清步步逼近，声调软绵绵地呼唤道：“橘哥乖，过来让我捅一下下就好，一点儿都不疼，还舒服呢。”

沈亦清警惕地弓起背，在沈曜扑来的一瞬间闪电般一跃而起，迅速蹿过矮桌与书架，在书架一角纵身起跳，试图跳到最高的衣柜顶。可沈曜已先一步跑到书架旁，手臂一伸一勾，探囊取物般轻松地将半空中的沈亦清揽入怀里。情急之下沈亦清身子一软，液体似的从沈曜怀中流了下去，随即疾跑两步身形一矮借着冲力与速度“咻”地滑进沙发底下，把自己摊成了一大张圆圆的猫饼，然后在里面转了一圈，挤出一个猫头，吊着眼从下往上盯着沈曜看。

“……”沈曜在原地目瞪口呆了片刻才回过神来。

都说猫是水做的，此话果然不假。

而且堂堂一个猎魔人，居然抓不住一只胖猫？！

沈曜丧气了一小会儿，然后拈着棉签蹲下，抓住沈亦清的猫头轻轻往外拽了拽，嘴上不住安抚道：“只是为了刺激你排便，真的不痛，出来嘛——”

沈亦清最受不了这种软绵绵的撒娇声，但被“爆菊”可是原则问题，就算撒娇撒得再可爱也不能动摇！

“喵——”沈亦清粗声叫着，把沈曜看不见的后腿变成触手，用触手上的一排小吸盘牢牢吸住地板，一脸誓死不出沙发的坚定。

沈曜也不敢真的用力拽沈亦清的猫头，试探着拽了两下见毫无松动迹象，便悻悻然坐在地板上，靠着沙发玩手机，守株待“猫”。

“我就不信你能一直不出来。”沈曜撂下狠话。

然而半个小时过去了，沈亦清仍然像被镇在五指山下的孙悟空一样纹丝不动，露在外面的猫头满是一脸看破红尘的超然。

这猫看来是装不下去了，沈亦清忧郁地想，明天让江沐溪把真猫还回来得了。

今天这事儿倒也不完全算是沈亦清失策，毕竟就算事先想到了这一层，沈亦清也不可能真的把那啥弄在猫砂里让沈曜铲，那未免太破廉耻了！

沈曜见橘哥态度坚决，只好暂时放弃给它通通肠道的想法，当着猫的面把棉签丢进纸篓，举双手投降："好啦，今天先不弄，你出来吧。"

沈亦清收回触手钻出沙发，整个身体扑到沈曜身上。沈曜此时还是背倚沙发坐在地板上的姿势，于是沈亦清便将一只猫爪按在沈曜脸侧的沙发上强势壁咚，另一只猫爪则用软软的肉垫按在沈曜锁骨上，然后猫头一歪，冲沈曜威严地叫了一声："喵。"

沈曜傻傻地瞪着眼睛，这猫是怎么了？

我怎么有种被霸道总裁壁咚的错觉，是工作压力太大疯掉了吗？

夜半三更，月黑风高。

巨妖宝宝偷偷给同伙灯塔水母发微信：猫怎么样了？

江沐溪幽怨地回复：它倒是一切都好。

沈亦清：那就好，明天上午给我送回来。

江沐溪愤怒道：我刚才那句话的弦外之音你没看出来吗？

我们还是不是海洋里的欢乐好伙伴了？

此时此刻江沐溪的画室中，吃饱喝足的胖橘正在棉被围出的简易猫窝里睡得天昏地暗，旁边地上散落着好几个吃空的罐头盒子，很有一种纸醉金迷的感觉。江沐溪站在画架前，右臂分裂成几十条优美修长的透明触手，细若银丝的触手沾着不同的颜料，取代了画笔的功能在画布上细致地涂抹着，画布上描绘的男子栩栩如生，几乎就要破画而出。

江沐溪打算和沈亦清说道说道，左手拿着手机走到沙发旁，气鼓鼓地一屁股坐了下去，臀部压力增强的一瞬间，屁股上被橘哥咬出的两个小洞"刺"的一声开始滋水。江沐溪急忙起身往屁股上拍了两个新创可贴，随即向沈亦清控诉道："它特别喜欢咬我，我皮肤又薄，我现在全身上下都是洞，一动就喷水，你打算怎么补偿我？"

沈亦清这几天过得身心俱爽，遂十分大手笔地道："送你一箱西班牙古金币？"

江沐溪沉稳道："可以，明天上午十点给你送回去，在家等我。"

放下手机，江沐溪捧起一桶四十升的矿泉水，对着自己的嘴咚咚咚地倾泻下去，强势补水。

沈亦清的北海巨妖爸爸平生一大爱好就是收集金光闪闪的宝藏，几百年间不知跟踪过多少偷埋宝藏的海盗船长，不知从海底掘出过多少满载财物的古代沉船，不知搜集了多少珊瑚树，挖了多少蚌珠……巨妖爸爸把这些宝藏都集中收藏在一条隐秘的海沟中，说富可敌国一点也不夸张。

不过巨妖爸爸在海中自由自在地生活久了，懒得也不屑于融入人类社会，这些长满了藤壶和水锈的宝藏对它而言除了看着玩儿之外没有任何实际作用。沈亦清登上陆地之前，巨妖爸爸带着即将独自闯荡人类社会的宝贝儿子去了自己深藏在海沟底部的小金库，叫沈亦清随便拿。沈亦清只取走了其中大约百分之一的财物，不过百分之一也非常多了。稚嫩的巨妖宝宝根本搬不动，最后还是巨妖爸爸亲自用触手卷着宝物们一路护送沈亦清到近海，看起来非常像一位送儿子去大学报到的老父亲。

老父亲慈爱地咆哮叮咛道："吼吼吼——"

"可别再像小时候那样被人类骗去研究室了，傻儿子。"

沈亦清脆生生地咆哮道："吼！"

而沈亦清来到陆地之后，才发现自己的钱压根儿花不完，金币多得没地方放。

看见金币就烦。

沈亦清和江沐溪联系完还猫的事，便变回人形穿好衣服，去白天踩过点的酒店找于帆帆。

作为一只在海里生活过二十多年的北海巨妖幼崽，沈亦清对海洋魔物十分熟悉。今天一看到于帆帆，沈亦清就知道那是翻车鱼人鱼的王室成员，而且他也隐约猜到沈曜目前的任务是帮翻车鱼练胆。

练胆很简单，沈亦清用他的巨妖脑袋思索着。他小时候因为被坏人类骗去实验室研究过，所以留下了胆小的后遗症，身为北海巨妖居然看见鲸鱼都会害怕。于是巨妖爸爸便在一个月黑风高之夜把幼小的巨妖宝宝丢进了一条满是各式各样海怪的海沟里，那个惊魂之夜挨过去之后沈亦清的胆子就大了许多。

就是欠吓。沈亦清想着，从排风管道潜入了于帆帆的酒店房间。

酒店房间的排风口位于玄关处的天花板上，沈亦清化作半液体状，通过排风口的长条细缝流进房间，看起来非常像是一条扁扁长长的面片儿正在从压面机中被压出来，那柔弱无骨的面片儿身体在地上一叠一叠地堆成了一座肉山，视觉效果相当惊悚。

幸好此时已经是午夜一点半，翻车鱼侍从们大多都在睡觉，只有两名值夜的侍从一左一右侍立在于帆帆床头两侧，并没有留意到玄关处的动静。

肢体全部进入房间后，沈亦清没有重塑出人形，也没有变回北海巨妖的原形——虽然十几年前，当他和同为实验体的小沈曜被沈俞明一起关在研究院里做实验时，小沈曜经常嫌弃他北海巨妖的模样丑，但沈亦清并不觉得自己的原形有多么恐怖难看。所以为了更好地起到惊吓于帆帆并快速提高阈值的效果，沈亦清思索了片刻，变成了一条凶残嗜血的九头蛇。

这次变身，沈亦清没有收缩自己的体积，九头蛇的大小和他的原形基本一致，那直径粗逾半米的蛇身遍布着细密坚硬的黑色鳞片，呈S状朝于帆帆的卧室缓缓游去，肚腹与地毯摩擦发出窸窣声，在壁灯昏昧的光照中那粗壮蛇身宛如一条蜿蜒流动的暗河。蛇身上方分裂出九条脖子，九只狰狞的蛇头“嗞嗞”吐着红芯，九双幽绿晶亮的蛇眼密密麻麻地浮现在昏暗的背景中……别说是神经纤细的于帆帆了，就连杀起怪来面不改色的沈曜在半夜迷迷糊糊醒来时突然瞥见这么个玩意儿怕是都要吓得尖叫出声。

侍立在于帆帆床边的两名侍从在看到沈亦清化身的九头蛇的一瞬间就两眼一闭翻了过去。为了不让侍从们捣乱，沈亦清把那条可以分泌催眠液体的触手挨个探进侍从们的耳孔并注入大剂量催眠液体，以确保他们可以一翻到天亮。

料理好侍从们，沈亦清用触手戳戳于帆帆的小白肚皮。熟睡中的于帆帆睁开眼睛，看了沈亦清几秒，甚至都还没来得及坐起来便瞬间吓翻，小脸儿煞白地倒在枕头上。

沈亦清觉得这样不行，正想用触手把于帆帆抓起来晃醒，于帆帆就被噩梦中的九头蛇吓醒了。可怜弱小又无助的小人鱼泪汪汪地睁开眼，“吧嗒吧嗒”掉了两串高品质珍珠眼泪，连叫都没叫出来便再次被现实中的九头蛇吓到翻车。并且由于强烈的精神刺激再次做了一个关于九头蛇的噩梦，十几秒后于帆帆哭着被吓醒，随即再次被吓翻。

被噩梦里的九头蛇吓醒，被现实中的九头蛇吓翻，被噩梦里的九头蛇吓醒，被现实中的九头蛇吓翻……于帆帆泪汪汪地开始无限循环，本来以为恐怕要费一番力气的沈亦清惊呆了片刻，便优哉游哉地站在床边，低着一只头玩起了手机。

就这样翻来覆去了半个小时后，沈亦清发现于帆帆翻车和吓醒的速度都有减缓的趋势，仿佛是阈值有所提升。于是，沈亦清很坏很坏地调整了一下自己的外形，从九头蛇变成了密集恐惧症患者的克星——百眼怪。沈亦清变换形态后于帆帆再次翻到眼花缭乱，并且因为太过惊恐无力维系人类外形，变成了最节省魔力的半人半人鱼形态。上半身是身材修长纤细的人类，下半身短短扁扁的鱼尾还没有上半身长，有一种小短腿儿的既视感。

沈亦清看看于帆帆搞笑的小短尾巴，全身上下一百多只圆溜溜的眼睛突然齐刷刷地笑弯了，瞬间就把于帆帆吓了个口吐白沫！

……

惊恐万分的一夜就这样过去了，沈亦清把自己记忆中各种模样丑陋恐怖的魔物变了个遍，轮番上阵吓唬于帆帆。天将破晓时，被吓至精疲力竭的于帆帆已经连抬眼皮的力气都没有了，自觉做了一件好事的沈亦清变出一条触手探进于帆帆的耳孔，释放出一些催眠液体，身心俱疲的于帆帆两眼一黑，沉睡过去。

见于帆帆没有再被噩梦吓醒，罪魁祸首沈亦清走到排风口下方软化身体，再次像面片儿一样挤过排风口，完美逃离现场。

早晨八点钟，沈曜像前几天一样去于帆帆处报到。为了高效率地搜集珍珠眼泪，沈曜背着一个瘪瘪的空书包，手机里还缓存了《忠犬八公》这部催泪大作。

沈曜来到于帆帆的套房门前，美滋滋地屈起食指，像敲鸡蛋壳一样小心翼翼地用指关节敲了敲门——这是敲翻车鱼人鱼房门时的基本礼节，可以保证他们纤细的神经不受到刺激。

然而沈曜刚敲了两下，屋子里就猛地爆出一声于帆帆凄厉的尖叫，那声浪之强，穿透力之高，简直隔着两层楼都能听得到。

沈曜被于帆帆的叫声吓得脸蛋煞白，一秒把敲门的手缩回大衣袖子里：

是我敲门敲重了吗？

这是沈曜的第一反应。

于帆帆怎么还没被自己的尖叫声吓翻？

这是沈曜的第二反应。

几秒钟后，于帆帆套房左右的两扇房门几乎同时被打开了，左侧门里涌出一群人鱼保镖，右侧门里跑出一个秦亦琛，他们显然都听见了于帆帆的尖叫声，个个神色惶急。

沈曜举起双手以示清白，弱弱道："我就轻轻敲了下门。"

真没干别的！

保镖小队队长——一位帅气冷峻且长着小虎牙的鲨鱼人鱼迅速用备用房卡打开于帆帆的房门并冲进去，沈曜与众人紧随其后。套房中，翻车鱼侍从们慌得没头苍蝇般满屋子乱蹿，地毯上散落着圆溜溜的大珍珠，于帆帆顶着一双哭得红肿的眼睛坐在撒满珍珠的床上。

见秦亦琛来了，于帆帆理都没理上前询问情况的鲨鱼保镖队长，而是光着脚丫跳下床，迈开两条白白细细的小腿儿"噔噔噔"地一路小跑冲到秦亦琛面前，眼窝里瞬间蓄了一包眼泪，边吧嗒吧嗒地哭，边抓着秦亦琛的手凄凄惨惨地诉说自己昨晚遭受的非"鱼"虐待："昨、昨天半夜有好多只怪物潜进我的卧室，有九头蛇，有百眼怪，有半蜥人……我都害怕死了……呜……"

秦亦琛不明所以，一下下抚着于帆帆清瘦的背，软语安慰道："没事了没事了，我们都在，不用怕了……"

"我吓翻了又吓醒，这么重复了好多次，我以为我会被吓死呢……"于帆帆抽抽噎噎地说着，可说话的声音却越来越小，一双泪光闪闪的眼睛缓缓睁大了。

沈曜一边趁乱趴在地上捡珍珠，一边没忘扭头提醒道："秦先生摸您的背，您怎么没翻？"

"对啊！"秦亦琛闻言也是一怔。

于帆帆倒抽一口冷气，这才意识到自己正无比大胆地与秦亦琛进行着肢体接触，可自己完全没有要翻车的迹象。

秦亦琛半是惊讶半是喜悦，微微张了张嘴，问："你……"

于帆帆呆萌地眨眨眼睛："我的翻车阈值提升了！"

两个人凑得很近，叽叽咕咕地说着话，沈曜不想打扰他们，转身向侍从询问情况。从两名侍从的口供中，沈曜了解到今天午夜一点多时有一条暗鳞九头蛇潜入过房间，并给于帆帆造成了严重的惊吓。

"九头蛇……"沈曜摸着下巴思索。

九头蛇是相当嗜血残暴的生物，危险评定是S级，也就是禁止五人以下的猎魔人擅自出击的级别。一经发现必须立刻上报，制定战略后组团围剿。而如此危险的九头蛇，在潜入于帆帆的房间后却没有伤害任何人，只是把他们狠狠吓了一大跳，然后放着满屋子的人鱼刺身一口不动，拍拍屁股就走了。

沈曜一脸困惑，完全不能理解。

那么这位九头蛇莫非是吃饱了撑的？

另一边，秦亦琛正在询问于帆帆受惊吓的事，沈曜凑过去旁听，听于帆帆心有余悸地表示自己今天凌晨遇到各种各样怪物的连番惊吓。

沈曜问："您见到这么多魔物，可它们都没有伤害您？"

于帆帆愤然道："怎么没有，它们伤害了我的心灵！"

沈曜："我的意思是，它们都没有要吃您的意思？您说的那十几种怪物基本都是凶残的肉食系。”

于帆帆带着哭腔控诉道：“没有，它们就是一个接一个地站在我面前吓我！”

简直惨绝“鱼”寰！

这时人鱼保镖小队已经将房间里里外外检查过一遍了，门窗与通风口都没有被入侵的痕迹。沈曜再次确认了这一点后，亲自去找酒店经理交涉，并出示行走江湖时专用的警官证，顺利调取了昨晚于帆帆套房门前的监控录像。

沈曜把昨天午夜一点到天亮的录像仔仔细细地看了好几遍，并没有发现任何问题。于是沈曜不断将时间轴前移，最后干脆把于帆帆入住后的所有监控录像都看了一遍，结果都没有发现问题。

沈曜焦躁得在监控室哼哼唧唧地抓头发，自言自语道：“究竟怎么回事……”

九头蛇、百眼怪这些魔物的变形能力都极其低下，可以排除它们变成人类的样子混进房间的可能，而且如果真的有十几只肉食系魔物先后进过于帆帆房间的话，这些人鱼不可能毫发无损。那么这样一来就只有于帆帆和侍从们看到了幻象这一种可能，能够制造幻象的低等魔物沈曜倒知道几种，其中有一种魂体状态的食梦灵，这东西在三维空间中没有实体，墙根本挡不住，它若想神不知鬼不觉地潜入房间倒是很容易，可食梦灵为什么要吓于帆帆呢？

沈曜坐着一动不动地看了一上午监控，一起身脑袋一阵眩晕，肚子也开始咕咕叫了。

身心俱疲的沈曜回到于帆帆房间时，于帆帆正在哼哼唧唧地作天作地，一会儿嫌沙发不够软，一会儿嫌屋子里阳光太强，秦亦琛智商早已在于帆帆的“嘤嘤嘤”攻势中跌落谷底，笑得春风满面，于帆帆说什么他都笑着点头称是，看起来非常像一个英俊的傻子。

这时有侍从端着一大碗水母过来，恭敬道：“殿下，午餐时间到了。”

于帆帆接过碗，刚端了一秒钟便手腕一抖，气若游丝道：“我手酸，端不动……”

秦亦琛瞬间接下那只在于帆帆手中视觉效果仿佛有一吨重的碗，柔声道：“我喂你。”

沈曜被这两人散发出的强光照射得瞬间风干。

秦亦琛用汤匙边缘抵住水母身体的一角，在碗壁上一划切下来一小块，送到于帆帆唇边，轻声道：“张嘴。”

于帆帆张了一下嘴，又噘嘴道：“这个汤匙太大，我吃不进去。”

秦亦琛笑道：“是你嘴太小。”

旁边的翻车鱼侍从立刻送上小一号的汤匙，秦亦琛喂小人鱼吃起了水母。他把水母一块块切得极小，还时不时帮于帆帆拭去沾在嘴角的汤汁，伺候之精细周到简直就差托着于帆帆的下巴上下活动以辅助咀嚼了。整间套房仿佛被神之手捡起来扔进了蜜罐子里，连空气都变成了黏稠得搅不动的金色糖浆。

沈曜走到沙发前，对于帆帆道：“您的阈值好像提升了不少，连这样近距离的接触都不会翻车了。”

于帆帆委屈地咽下一口水母：“这都是吓的，监控看到什么了吗？”

“一切正常。”沈曜摇头，“目前来看最有可能的是食梦灵。”

于帆帆皱眉：“可食梦灵为什么要吓人？”

食梦灵以生物的情绪为食，但它们绝大多数只喜欢吃正面情绪，所以食梦灵时常会通过给生物制造美梦或美好幻觉来换取食物，恐惧情绪对食梦灵来说是苦涩且难以下咽的。

沈曜猜测道：“可能它口味特殊，异食癖。”

于帆帆顿时无语。

沈曜：“再不就是它学雷锋做好事，想帮你提升提升阈值。”

于帆帆：“学谁？”

“没，”沈曜懒得解释，摆摆手道，“我已经和蒋队汇报了，今晚他派两名队员来值夜班，等您睡着了他们就在客厅里守着，如果再有食梦灵出没的话他们肯定能捉住。”

于帆帆的阈值在一夜之间被提升到和普通人类差不多的高度，从此海上铁玫瑰这个称号怕是就要易主了。于帆帆和秦亦琛没完没了地说着话，沈曜调查过昨晚的事也打完了报告，现下无事可做，便瘫在客厅沙发上吹着冷气玩游戏点开沈亦清的微信，耿直地问：晚上有时间吗？

沈亦清罕见地没有秒回，等待回复的工夫，沈曜随手点进沈亦清的朋友圈，并惊讶地发现里面多了一大堆沈亦清的照片——之前明明只有几张不走心的风景照而已。沈亦清的这些新照片都是上周五加了沈曜后发的，每张都穿着不同的衣服，有风衣、毛衣、休闲装、运动服，甚至还有露出大半个胸口的浴衣照……虽然拍摄的内容都是一些随意的生活片断，但每张照片的光影分布、摄制角度与构图方式都透着一种一丝不苟的专业气息。照片的人像与背景颇具层次感，再加上沈亦清那张五官立体适合上镜的帅脸，简直随便挑一张出来稍微做做后期就能给时尚杂志做封面。

三分钟后，沈亦清回了微信，是一段带着微笑语气的语音：“我三百六十五天，二十四小时，都有时间。”

沈曜甩开瞬间浮现在脑海中的二十四小时便利店，将思维引导回正常轨道上，清了清嗓子也用语音回复道：“那晚上我请你吃饭怎么样？”

沈亦清：“我请，你想吃什么？”

沈曜拒绝道：“礼尚往来，这回该我了，我那个本来要做一个月的任务这周就能完成，会发好大一笔奖金呢！我这不也是想请朋友出去庆祝一下吗，不许扫我的兴。”

沈曜轻快的声音就像从花瓣轻盈滴落到荷叶上的小水珠，听得电话那边的人也忍不住随之弯起了眼睛。

想想自己昨晚也间接帮沈曜坑来了不少珍珠，沈亦清便不再推辞，嘴角翘起，敲下一个“好”字。

橘哥上午已经被还了回来，而沈亦清还待在沈曜家，他头上系着一块干净的白色方巾，身上分出十条触手，一只手一块抹布，似乎正在帮沈曜大扫除。

据沈亦清的观察，沈曜平时都用扫地机器人清洁地面。可那东西宛若人工智障，经常原地打转或者哐哐撞墙，扫得并不怎么干净。听江沐溪说人类长期住在不清洁的环境中容易生病，所以沈亦清打算离开前偷偷帮沈曜打扫一下房间。他用十条触手抓着湿抹布擦拭地板与台面，灵活修长的触手毫无阻碍地钻进各种狭小的地方进行清洁，沙发底下、墙壁与家具的转角，甚至地板缝……所有的卫生死角都轻松地照顾到了。同时，沈亦清又分出另外几条触手，用其中一条操纵手持吸尘器吸去沙发与床上的灰尘与猫毛，另外两条触手则翻出沈曜从买回来就再也没用过的熨衣套装，把衣柜里所有有折痕的衣物都熨烫得板板正正再挂回去。

作为章鱼的远亲，北海巨妖的神经元分布与章鱼较为相似。沈亦清的大脑中只有全身四成数目的神经元，而另外六成神经元则分布在二十多条触手中并形成独立的神经索，这样一来沈亦清的触手便具有相当高的自主活动能力。沈亦清不需要像人类控制双手一样精力集中地控制自己的触手，他对触手下过指令后就不用再管，触手有能力独自完成一些简单指令。

不过如此高端神奇的能力，沈亦清却只是用来大扫除……

橘哥端坐在猫窝里困惑地注视着这只勤劳的小海鲜，过了一会儿它打了个哈欠，去猫砂盆里解决问题。它走出来后，沈亦清变出一只人手戴上一次性手套想帮沈曜把屎铲了，但拿起猫屎的一瞬间沈亦清忽然想起这东西得让沈曜看看。于是他又把猫屎放了回去，并像摆盘一样将那东西精确摆放在猫砂盆正中央，看起来非常显眼。

终于有屎了！扬眉吐气！

全部清洁工作都做完后，沈亦清扯掉头上的白方巾，取下晒好的被子，并将散发阳光气息的被子按原样邋邋遢遢地堆回沈曜床上。

我简直就是童话故事里的田螺姑娘，沈亦清感动地想，我们水产一族都是很贤惠的。

# 第五章

## 老黄牛与小饼干

晚上五点，沈亦清开车去于帆帆所在的酒店接沈曜。

下班高峰期，沈曜怕沈亦清开车不方便，就选了家离酒店比较近的俄式餐厅。这家餐厅沈曜来过几次，味道不错且价格比较亲民，店内没有散座，都是装潢精致的包房。两人落座，服务生送上点菜用的平板电脑便退了出去，沈曜邀功似的看着沈亦清问：“这里环境不错吧？是不是很适合聊天？”

沈亦清淡淡“嗯”了一声，垂着眼帘看菜牌，不太高兴似的。

沈曜有点儿蔫，不放心地问：“你不喜欢这里吧？不然我们换一家？”

沈亦清一脸不喜欢地说：“没有不喜欢。”

沈曜章鱼一样软塌塌地化在桌面上，小声嘀咕：“就是有，看你嘴角像灌铅了似的……”

沈亦清沉默片刻地问：“你和别人来过这里？”

“没有，”沈曜道，“他家店里的罐牛做得好吃又不贵，蒋队手上经费充裕的时候经常在这儿犒劳我们这些队员，我一顿能吃三份呢。”语毕，沈曜埋头在平板电脑上点了两个必点的招牌菜，然后问沈亦清想吃什么。

沈亦清表情重新变得温和，美滋滋地看菜牌，动着歪脑筋琢磨等一下怎么把沈曜拐回家，好享受一顿魔力大餐。

过了一会儿菜上齐了，两人开始吃东西。

沈曜点了一杯盆栽奶茶，喝了一口感觉上面的奶油和巧克力饼干屑太甜，便把它们和奶茶搅混在一起，随即又喝了一口。

沈亦清抬眼瞥见沈曜含着吸管的漂亮嘴唇，目光微微一闪，问："奶茶？什么味的？"

沈曜说："原味，尝尝？"

"好啊！"沈亦清幽幽地道，凑过去含住沈曜含过的吸管，黑亮的眼定定望着沈曜。

沈曜也拿过沈亦清的饮料，用吸管喝了一口，目光闪烁地看看沈亦清，又垂下眼帘。

沈曜正琢磨着和沈亦清聊点儿什么话题好，要不要谈谈自己最近恶补的西方美术史，桌对面的沈亦清却忽然坐立不安起来，在沈曜留意到他的十几秒钟内，他焦躁地接连改变了好几次坐姿，好像屁股下面坐着钉板一样。

"你怎么了，不舒服吗？"沈曜问。

沈亦清仔细审视着自己杯中的饮料，又用叉子拨了拨水果沙拉，疑惑道："我好像吃到巧克力了。"

"啊……"沈曜轻轻叫了一声，忙道，"我这杯奶茶里有一点巧克力饼干末，被我搅散了，你不能吃巧克力吗？"

沈亦清抿了抿嘴唇，道："我对巧克力过敏。"

其实确切来说并不是过敏，而是巧克力中有一种能令北海巨妖体内魔力流紊乱的物质，所以一旦吃下巧克力，沈亦清就会陷入魔力紊乱的状态，无法完美维持人类形态……

北海巨妖，不得食用巧克力！

自然，对于成熟的北海巨妖来说一点儿巧克力不是问题，可沈亦清由于魔力不足被卡在拟态期，尚未到达成熟期，所以一点儿巧克力就够他受的了。

沈曜焦急道：“需不需要去医院？”

体内魔力的流动越发肆意混乱，拟态的皮肉骨骼都出现了松脱滑落的趋势，沈亦清硬着头皮表演出一个从容的微笑，道：“不需要，不严重，过一会儿就好了。”

魔物魔力紊乱时的感觉大约可以类比为人类剧烈运动后精疲力竭、四肢不听使唤的感觉，共同点是都无法很好地控制自己。而沈亦清现在所面临的最严峻的问题就是拟态不稳定，此前被魔力禁锢在拟态皮肤下的本体组织正疯狂涌动着，到处寻找出口想要破肤而出。沈亦清察觉到自己衣物遮掩下的某些部位已经变样子了，白皙光滑的人类皮肤正在被灰溜溜的章鱼身体取代。

现在就算沈亦清想以借口不舒服回去也晚了，因为就连从包间走到餐厅门口这一小段路他可能都支撑不住。

“感觉不舒服一定得和我说，”沈曜懊恼自责道，“都怪我，点菜的时候忘问你有没有忌口了。”

“不怪你，是我自己大意了。”沈亦清放下叉子，优雅地微微一偏头，几绺略长的额发随着这个动作轻柔垂坠在他眼前，遮住了稍许视线。沈亦清用右手肘拄着桌子，右手虚握成拳抵住面颊，稳稳地按住险些疯狂地从右边面颊钻出来的触手，目光深沉地凝视着沈曜。

这么油腻的姿势如果换成普通人做，现在估计已经被尴尬发作的沈曜打死了。

沈曜被沈亦清看得一阵紧张，忙问：“怎么不吃了，还是不舒服？”

“没，我已经没事了。”沈亦清扬起嘴角，隐藏在头发下的额角青筋暴凸，暗自咬紧牙关与极度渴望现原形的本能对抗……

牙齿都咬得咯咯作响了！

幸好小包房里的音箱正在放歌，背景音乐完美地掩盖了沈亦清的牙响。

沈曜睁大眼睛端详沈亦清，问：“……你确定没事吗？”

“真没事。”沈亦清露出一个一切尽在掌握的微笑。

然而沈亦清刚笑了一秒钟就迅速敛起笑容，用手狠狠按住险些不受控制地一路咧到耳根的嘴，并顺便挡住正飞快钻出牙床的一百多颗尖牙。为了不让自己的笑容消失得太突兀，沈亦清一边在手的掩护下努力把嘴缩回原来的大小，一边还恰到好处地稍稍弯着眼睛，以示自己还在微笑。

落在沈曜眼中这一幕只不过就是沈亦清突然掩着嘴笑，虽然掩住嘴笑这个动作有点娘，但美男子无论做什么都是美男子啊！

他笑起来眼睛好亮……沈曜被沈亦清盯得不太自在，手脚有点儿不知道往哪儿放了，只好别开视线假装低头看手机，而眼部刚刚开始变化的沈亦清也迅速抓住这个机会，把脸上那两枚绿色探照灯一般又圆又亮的巨妖之眼飞快叉了回去！视觉效果很像是在自戳双目！

这样不行，很快就会露馅的！沈亦清急得像热锅上的章鱼小丸子一样团团乱转，他现在倒也不是完全无法控制魔力流动，只是不能兼顾全身而已，但如果全力以赴地控制一部分区域应该问题不大。

想通了这一层，沈亦清立刻将全部注意力集中在上半身，尤其留心控制暴露在沈曜视线中的头部以及双手。至于有餐桌与桌布遮挡的腰腹和下半身，沈亦清决定暂时忍痛放弃，反正这小包间里只有他和沈曜两人，而且菜已上齐了，服务生不会突然闯进来。

既已决心有所取舍，沈亦清便干脆地放飞了下半身的自我，那条片刻前还肥瘦适中的裤子瞬间被里面挨挨挤挤的触手撑得如气球般鼓胀起来，沈亦清甚至隐约听见了裤线崩裂的声音。

不行，这样也不行！裤子会被撑坏！沈亦清惊觉下半身放飞计划的漏洞，甚至还脑补出了自己穿着八面透风乞丐裤与沈曜肩并肩走出餐厅的景象，于是他忙不迭地又分回部分精力关照下半身，并立刻急出了一脑袋汗。

“你热不热，把外套脱了吧？”沈曜关切地问。

沈亦清无暇他顾，甚至没精力进行面部管理，片刻前温和的表情如退潮的海水般从他脸上褪去。两秒钟后，沈亦清一脸空洞木然地脱掉外套搭在椅背上，眼神呆滞仿若游魂，直勾勾地盯着沈曜背后的方向。

沈曜回头一看，发现自己身后墙上挂着一幅油画风格的壁画，顿时了然。

艺术家都这样，沈曜天真地想，突然来灵感了这是，真高端。

然而此时此刻，青年新锐艺术家沈亦清心里想的其实是：不行，我得把裤子脱了。

从某种意义上讲，也可以说是非常高端了。

沈亦清先是小心翼翼地脱掉鞋子和袜子，把两根脚趾变成触手悄悄地探到腰部，然后用微小得难以察觉的角度稍稍一欠身，与主人配合默契的触手立刻趁机扒掉了沈亦清的外裤、三层保暖灰色秋裤，以及内裤。

其实沈亦清根本不怕冷，北海巨妖常年生活在海中，而冬季海水温度极低，北海巨妖早已进化出能够对抗低温的生理机制，所以就算把人形的沈亦清脱光扔进雪地里他也不会冻坏。但沈亦清之前听江沐溪说人类在天气寒冷时会穿秋裤，如果不穿的话就会显得很非人类。这些在人类社会混的魔物们时常会互相交流装人的经验，他们甚至还有一个地下魔物论坛，其中有一个装人版块就是五花八门的装人技巧。心思单纯的沈亦清忽略了当时江沐溪脸上一闪而过的狡黠神色，把天冷穿秋裤列为需要留意的细节之一。

不过秋裤这东西穿不穿外人又看不出来，所以沈亦清平时无论天气多冷都不会穿秋裤，只是他今天和沈曜出来玩。而电影电视剧里的两个人晚上一起出去玩的话，回家后时常会互相脱裤子，虽然沈亦清不太明白这是为什么……但严谨的沈亦清还是专门为沈曜穿上了秋裤，以示自己真的是人类。

那两条触手悄悄把沈亦清下半身脱得光溜溜的，然后贤惠地把外裤、内裤，以及三层保暖灰色秋裤叠好放在桌腿旁。沈亦清的下半身终于得到了彻底的解放，于是他重新将全部注意力投入到维持上半身拟态的工作中，并启动面部管理，对沈曜露出一个英俊的微笑。

沈曜幽幽道：“你终于发现我坐在你对面了，刚才你一直看着我后面墙上的画。”

“抱歉，那幅画让我有了一些灵感。”沈亦清光着屁股说道。

“什么灵感？”沈曜好奇地问。

“我很难用语言表述。”脑子空空的沈亦清皱起眉，装模作样地微微眯起眼睛仿佛在凝神思索，片刻后，他瞎扯淡道，“那是一种很缥缈，却又很尖锐的意象，比起现实的场景它更像是一种神秘的哲思，我不知道应该怎么描述我的想法……不过我可以把它画下来给你看。”

说着，沈亦清把自己的人类屁股也变成了章鱼触手，触手挨挨挤挤地藏在桌下，几乎占据了桌子下面全部的空间。最近的触手距离沈曜桌下的腿只有两三厘米，它们随时准备在沈曜动腿的时候躲开。

这时，沈曜在桌下伸长了一条腿，这个动作没有别的意思，沈曜只是坐久了单纯地伸伸腿而已，反正这桌子也大，下面的空间很宽敞。

桌面下，触手立刻慌张地向两边分开一条窄窄的空间容沈曜伸腿。桌面上，沈曜既崇拜又有少许自惭形秽地望着正在瞎扯淡的沈亦清，浑然不知自己这一腿已在桌下造就了宛如摩西分海般的局势。

“你说的我都听不懂……”沈曜在“跟着沈亦清一起装”和“老实承认自己是个俗人”之间犹豫片刻，果断选择了后者。“没关系，等我画出来给你看。”沈亦清柔声道。

见沈曜仿佛开始有点自卑了，自觉不小心装腔作势过火的沈亦清忙补救道：“你也知道很多我不懂的事情，只是需要保密，不能说，对不对？你给我的感觉真的十分神秘。”

“嗯，基本都不能说。”沈曜无奈地笑了起来。

沈亦清搜肠刮肚寻找话题，思索片刻道：“对了，我看过你的朋友圈，你好像在养猫？”

在猫窝里假寐的橘哥打了个大喷嚏。

其实沈曜养没养猫，沈亦清自己心里还是有点儿数的。

沈亦清一脸诚恳："其实我也在考虑养宠物，你觉得我养什么品种的猫比较好呢？"

沈曜自己虽然没养品种猫，不过对这些还是有所了解的，于是开开心心地就这个话题和沈亦清边吃边聊起来。

聊着聊着，沈曜手里的汤匙不小心掉到了地上。

现在桌下全是触手，不能被沈曜看到！沈亦清想着，忙出言阻止道："别捡了，让服务生再送一个来。"

"没事，不然服务生也得捡。"沈曜回应道。

在两人对话的同时，沈曜捡汤匙的动作也一直在进行着。而这短短的几秒钟内，整个世界在焦头烂额的沈亦清眼中仿佛变成了被慢速播放的胶片，他将注意力重新集中在下半身，并瞬间将桌下的触手变回了两条修长、笔直，且光溜溜的人腿。而与此同时，意识到汤匙掉进了桌子下方的沈曜已捏住桌布一角并即将掀开。

坏了，我下半身还光着呢！沈曜肯定会以为我是个变态！在这千钧一发之际，沈亦清猛然意识到自己没穿裤子。

于是，又在那电光石火间，沈亦清忽地灵机一动，想到一个机灵的点子——无论是把桌下空间塞得满满的触手，还是一双违和感十足的光腿加散落在旁的裤子，都毫无疑问地会引起沈曜的注意。但如果桌下压根儿什么都没有，那说不定沈曜眼角余光就不会留意到不对劲，毕竟这桌子大，只要沈曜别刻意去看自己的腿就行，于是……

说时迟，那时快！在沈曜掀起桌布的一瞬间，沈亦清出手如风，疯狂地捞起桌下柔若无骨的双腿高高举起，同时又用触手闪电般卷起放在桌脚处的鞋子、袜子、裤子、秋裤与内裤，将它们也尽数举到桌面上方。

此时沈亦清人形的上半身还优雅地用左手手背托着下巴，俊美的脸上凝固着一个无懈可击的温和笑容，而他的脸侧却挂着两条被右臂强行举起来的腿，这两条腿正在以肉眼可见的速度飞快软化成触手，另外还有五条触手分别卷着五件衣物，如孔雀开屏般从沈亦清背后高高扬起。因为在举起的过程中被抖开了，那条秋裤的裤腿儿还搭在沈亦清的肩膀上，空荡荡的裤管在空调的强劲暖风中猎猎舞动。

此刻，沈亦清内心百感交集。

对桌面上方的诡异景象毫不知情的沈曜掀起桌布顺利捡到汤匙，并且果然没察觉到桌下少了一双腿，捡完汤匙，沈曜便直起身去按桌上的呼叫铃。

在沈曜起身的一瞬间，沈亦清又疯狂地把腿、触手，以及鞋袜裤五件套塞回桌下！

当沈曜望向沈亦清时，沈亦清已拗出一个优雅的造型，容色淡定，仿佛之前的一切都没有发生过。

"您好，请问有什么需要？"服务生推开门。

沈亦清偷偷地用触手从内侧按住垂在地上的桌布角，生怕服务生开关门带起的小风会发现他不可告人的小秘密，同时他又不放心地把毛衣下摆往下拽了拽，更加严密地遮挡住屁股部位。虽然他这个角度服务生应该看不见什么，但毕竟沈亦清心虚。

沈曜礼貌道："麻烦拿一个汤匙过来，谢谢。"

过了一小会儿，服务生回来送汤匙并转身带上门。

沈亦清发自肺腑地松了口气，感觉自己仿佛上演了一场生死时速。

随着时间流逝，沈亦清体内魔力紊乱的情况渐渐好转，等这顿饭吃完沈亦清已恢复正常，下半身变回了人腿。他一边光着屁股与沈曜谈笑风生，一边琢磨怎样才能自然而然地把裤子穿回去。

这种事情无论怎样也不可能自然啊！沈亦清痛苦地想。

为了不露馅，沈亦清不停地东拉西扯，聊无可聊后借着"我想了解你更多"的借口把沈曜几乎祖宗十八代的情况都问了一遍以拖延时间，在长得宛如裹脚布的聊天后，沈曜终于表达了想上洗手间的意愿。

沈曜前脚刚出包房门，沈亦清后脚立刻开始穿袜子穿裤子穿鞋。当沈曜顺便结完账回来时，沈亦清已穿戴整齐站在桌边。

好不容易穿上裤子了，当然要狠狠地站一站！

两人走出餐厅，他们来时餐厅附近的停车位都停满了，所以沈亦清的车停在距餐厅有些距离的地方，他们肩并肩往停车的地方走去。夜风清冽，摇动树冠，枝叶将路灯投在地面上的影晃得零零碎碎。

沈亦清道：“等下上我家去一趟？我想把前几天给你看的那幅画送给你。”

也就是沈亦清画的，沈曜斩杀寄生水怪的那一幅。

沈曜犹豫片刻，道：“太晚了，我明天上午还有事，后天怎么样？”

他们站着说话时，沈曜的视线越过沈亦清的肩膀瞥见一个人，那人不远不近地站在他们身后的一盏路灯下，瘦削且略显佝偻的身体被裹在一件深色长风衣中，肩膀微微耸着，双手带着几分鬼祟感插在风衣口袋里。沈曜觉得这人有些不对劲，于是便抬眼将目光朝男人的脸部扫去，可男人头上戴着一顶黑毛线帽，面部也被口罩和墨镜遮得严严实实，完全看不出长相，也许是因为天冷，他的身体如落叶般在寒风中不住地战栗着。

晚上戴墨镜？沈曜的目光又扫过男人的手，没看到盲杖，而墨镜下男人的视线似乎也正投向他们这边。可沈曜一看他，他就欲盖弥彰地别过头，扭头时男人露出了耳后一小片皮肤，那是一种触目惊心的苍白。

普通人看见这男人只会觉得他有些奇怪，警惕性高的人可能会怀疑他是小偷，而猎魔人则会怀疑这男人有可能不是人。

沈亦清的车就在离这十来米的地方，沈曜稍稍踮脚把嘴凑到沈亦清耳边道：“你先进车，进去把车门锁上，除了我谁叫也别理。”

“怎么？”沈亦清循着沈曜视线方向望去，看见路灯下的怪人，忙装出不知情的样子问沈曜，“是魔物？”

“不一定。”沈曜怕沈亦清害怕，神情柔和地微微一笑，故作轻快道，“可能是我职业病犯了，我就是去看看，你快进车。”

见沈亦清不动，沈曜又霸气地补了一句：“听话。”

人设只是个人类画家的沈亦清只好假装听话地回车，在车里坐了五秒钟，见沈曜没再盯着自己，便调皮地从车里溜了出去。

这一手阳奉阴违巨妖宝宝玩得很溜，他小时候经常趁爸爸出海捕鲸时，偷偷跑去家附近的海沟里玩，然后估算着爸爸回来的时间提前溜回家里。每次巨妖爸爸拎着鲸鱼回来时都看见沈亦清似乎乖巧地在家用金砖盖城堡，却不知道儿子已经在外面疯玩了好久。

那条巨妖爸爸不让沈亦清去的海沟里有一些其他种族的海怪宝宝，巨妖爸爸说他们那些都是小坏海怪，不让沈亦清接近它们。沈亦清小时候不信爸爸的话，非得和它们玩，直到有一次他在那条海沟里发现了几具人类骸骨，从那之后沈亦清就和小坏海怪们绝交了……因为沈亦清和巨妖爸爸从来不吃人，巨妖爸爸给岛民们做了几百年的守护神，对人类有点儿感情，下不了嘴，自然也教沈亦清不许吃人。

北海巨妖是人类最好的朋友，巨妖爸爸如是说。

后来沈亦清上了岸，每次听见人说“狗是人类最好的朋友”这句话时，心里都一阵不得劲。

沈曜把沈亦清撵到车上的时候，那魔物便看出沈曜不是一般人，忙转身快步离开，不想碰硬茬子。

沈曜也疾步追上，撩起毛衣下摆一只手握住腰间刀柄准备随时发难，片刻前在沈亦清面前小声说话的软糯模样一扫而空，闪着冷锐镇定的目光的沈曜活像只即将扑向猎物的小豹子。

那魔物一扭头，见沈曜不依不饶地追上来，便干脆撕去了冷静的伪装拔腿就跑。几乎是同一瞬间，沈曜也突然提速朝魔物袭去。那魔物不知犯什么毛病，边跑边哆哆嗦嗦地打摆子，没跑出几步就被沈曜狠狠地扑倒在地，嘴唇重重磕在路边的石级上，在光滑的石面上喷出一小蓬血花，那血液乌黑黏稠得像柏油一样。

血液乌黑皮肤苍白……符合特征的魔物有十种左右，沈曜一边在脑海中快速筛选可能的魔物一边低喝道：“特殊事务执法总队！老实点儿！”说着，沈曜用膝盖与左手手肘死死抵住身下魔物后心，同时右手抽刀往魔物颈子上一横，逼问道：“什么种族？证件在身上吗？”

那魔物抖得筛糠一样，只咬紧牙关不说话，他脸上的墨镜被甩飞了，沈曜用左手扳住他的下巴不客气地一拧，目光便直直撞进一双怪异的眼中——没有眼白和瞳孔，只有一整片令人不舒服的猩红。见身份暴露，那魔物张嘴发出一声嘶哑的咆哮。

红化吸血鬼？沈曜暗道麻烦，在身上来回摸索，却想起驱魔粉在自己的大书包里，而书包则放在沈亦清车后座没拿出来。吸血鬼是死灵魔物，没有痛觉，除非大脑被破坏否则不会死，所以物理攻击很难压制住吸血鬼。就在沈曜分神的当口，这只吸血鬼忽然身子一软，伴随着一阵令人头皮发麻的扑翅声，上百只小黑蝙蝠从吸血鬼衣服的袖口、领口蜂拥而出一飞冲天，沈曜膝下瞬间只剩一摊软绵绵的衣物。

吸血鬼蝙蝠化的一刹那，沈曜右手军刀银光连闪，风一般使出几记凌厉的突刺与横斩，一眨眼便宰了好几只小蝙蝠，左手还活活攥死两只。最后，沈曜将手中军刀如飞镖般掷出，远远命中了一只蝙蝠。

这些小蝙蝠就是吸血鬼的本体，可以再生但速度缓慢，杀吸血鬼化身的小蝙蝠和从人类身上剜肉没有区别。所以吸血鬼们都会尽量避免蝙蝠化，毕竟小蝙蝠的作战能力差，一旦被杀了，身体对应的缺失部分要很久才能再生。

这就是沈曜丧心病狂的作战风格——打不死也要扯他几块肉下来。

刚才那一幕发生得其实很快，沈曜四下看了一圈没发现目击者，于是腾地跳起来拾起军刀，甩掉扎在上面的死蝙蝠，朝蝙蝠群飞去的方向追击，还边跑边拿出工作专用手机向值班队友汇报情况与坐标。

吸血鬼蝙蝠化的每一秒都要消耗大量魔力，和人类四百米赛跑时的体力消耗差不多，所以飞不多久就得变回去。那吸血鬼的衣服都还在地上丢着，变回原形后肯定是一个辣眼睛的裸男，目标简直不要太明显。沈曜不打算放过那只吸血鬼，吸血鬼的危险评定是B级，可以以人类为食，武力值高于人类平均水准，正常状态下具备智慧与人类情感，但若因饥渴食用血液而不慎红化时，理智会直线下降，对普通人而言相当危险。

蝙蝠群如同一团乌黑云絮飘飞在城市上空，路过一栋大厦时，它们扑着翅膀盘旋降落在天台上，汇聚成一个人形的蝙蝠集群，而这一大团密密麻麻的蝙蝠又瞬间融合成一个一丝不挂的男人。男人双目血红，粗喘连连，他的身体上有几块诡异的不规则凹陷，就像被人挖走了几块肉一样。他面目狰狞地走到天台上锁的铁门前，想破坏门锁进入大厦寻找合适的猎物。

他是一个口味刁钻的吸血鬼，在其他吸血鬼纷纷响应号召只喝味道一般的动物血或者一天三顿毛血旺的情况下，他还坚持着吸食活人鲜血的老传统。但这年头人戒心都强，活人越来越难抓，好几天没找到合适猎物的吸血鬼一不小心便饿得红化了。刚刚沈曜没有落单，其实并不是合适的猎物，但沈曜身上散发着极度浓郁的魔力，他一嗅到沈曜的味道便馋得口水直流，加上红化时脑子不太好使，一门心思只想把沈曜吸成人干，于是他便凭本能行事了，谁能想到沈曜看着弱不禁风结果却是个猎魔人，害自己吃了大亏，损失掉好几只小蝙蝠。

天台铁门门锁牢固，吸血鬼正疯狂地对门进行着攻击，天台边缘的矮墙上忽然冒出几条粗壮的触手。啪啪啪……随着一连串吸盘拔离平面的清脆声响，沈亦清挥舞着触手爬上来，翻过矮墙稳稳落在地上。他大体上还是人形，只是从双臂的位置分出几条触手来。那只吸血鬼还没来得及回头仔细看看，就被一条闪电般弹射而去的触手牢牢卷住脖子，那只触手迅速收紧并将吸血鬼的颈部骨骼勒得寸寸粉碎，随即将半死不活的吸血鬼高高吊起在空中……

没穿衣服，正好，沈亦清愉悦地想着。

没穿衣服的吸血鬼在沈亦清眼中和一只剥了壳的皮皮虾没有很大区别。沈亦清在吸血鬼正下方张开血盆大口，卷着吸血鬼脖子的触手一松，那只倒霉的吸血鬼便整个掉进沈亦清的巨口中，沈亦清喉结上下滚动，咕咚一声把猎物整只吞了。

他不太想嚼，因为吸血鬼的味道真的很一般，他们本质上只是有魔力支撑运转的死尸而已，死尸的味道能好到哪儿去？肉又干又柴，还泛着一股淡淡的苦味儿，就算配上百搭的老干妈辣酱也拯救不了那糟糕至极的口感，所以沈亦清吃吸血鬼时基本不嚼，只是单纯地填补空虚的胃袋。

“嗝——”沈亦清打了个嗝，用触手上的小吸盘从大厦顶端爬下去，并用最快速度赶回车里坐好，不仅把车门全锁了，甚至还虚伪地系了安全带，以示自己真的是一个特别听话的好朋友。

另一边，沈曜在估算的吸血鬼降落地点附近转来转去，甚至还跑到一座大楼的顶层四下瞭望，但仍是徒劳无功，到处都找不到那只吸血鬼。直到今晚当值的两名队友赶到，沈曜才停止寻找并不放心地叮嘱道：“降落地点应该就在这边，不过现在肯定跑远了，不然你们联系一下这一片的巡警，叫他们看到任何异常现象都马上向我们这边汇报。”

两名队友应下并接替沈曜继续搜捕工作，沈曜见自己帮不上什么大忙了，便用百米冲刺的速度朝沈亦清停车的地方跑去。

这时，沈曜收到一条沈亦清的消息：“怎么样了？一定注意安全，我这边一切正常，不用担心。”

沈亦清虚情假意地发完消息，满足地揉了揉肚子，消化着沈曜和两名队友几乎找到癫狂的任务目标。

沈曜改跑为走，喘着粗气断断续续地给沈亦清发语音：“我没事，呼……目标跑了，呼……我两个队友在找……我这就回去。”

沈亦清道：“别跑了，发个定位给我，我去接你。”

沈曜暗骂自己蠢，忙停下脚步给沈亦清发定位，沈亦清很快赶到。沈曜却站在旁边不上车，只在车玻璃上敲了敲，沈亦清摇下车窗，沈曜不好意思地问：“车上有面巾纸吗？”

沈亦清递出两张，一看，沈曜从背后拿出一把血淋淋的刀细细地用纸擦起来，刀上有的蝙蝠血已经凝固。沈曜便用口水沾湿纸巾，把刀身擦得锃亮，随即撩起宽松的毛衣下摆，“嚓”一声收刀回鞘，这才上了车。沈曜坐在副驾驶座上，一身大学生式的清新装扮，两只手乖巧地搭在膝盖上，眉眼弯弯地对沈亦清一笑，声音软软地解释道：“我怕把你的车蹭脏了……而且刀鞘里有血也不好洗。”

沈亦清点头，明知故问道：“你没受伤吧？那个人真是魔物？”

“没受伤，真是魔物。”沈曜神采飞扬地自夸道，“我把他打残了，但他溜得太快。”

“那就好。”沈亦清心有余悸般悠悠吐了口气，臭不要脸地道，“我一直在车里担心你，可是什么都帮不上。”

沈曜忙又自吹了一番：“不用担心我，我在队里连续三年猎魔成绩第一，还没遇到过打不过的魔物呢。”

沈亦清神情纵容地随声附和，心里却想：不，你遇到过，就是我。

沈亦清发动车子朝沈曜家的方向开去，同时拼命运转他的巨妖脑袋，琢磨着怎么才能把沈曜拐回去吸魔力。

红灯亮起，沈亦清停车等灯，余光瞥见一个身披长风衣、半张脸都被围巾遮住的无辜路人甲远远走来，沈亦清心念一动，指着路人甲明知故问：“他是魔物吗？捂得那么严。”

沈曜扫了一眼便道：“大概率不是，肤色和瞳色挺正常的。”

沈亦清故作讶异地说：“为什么说大概率不是，不能排除？”

“有少数高级魔物可以完美伪装出人类外形，”沈曜简略解释道，“所以在面对一个不知底细的人时，我们不会立刻判定对方是人类。”见沈亦清像是有些被吓到，沈曜忙安抚他：“但高级魔物很少，普通人可能一辈子都不会近距离接触到一只，你不用担心。”

“话是这么说。”沈亦清虚伪地叹气，“但我这已经是第四次遇到魔物了，可能是我倒霉。”

其实有记录在案的那三次都是沈亦清在进餐前碰巧撞到猎魔人，为免身份暴露，被逼无奈只得装人。

见沈曜没什么反应，沈亦清加大卖惨剂量，假装害怕地说：“自从上次险些被水怪吃掉后，我每晚不是失眠就是被噩梦吓醒，你们也许看惯了魔物，但对我来说它们很可怕，我对湖水已经有心理阴影了。”

好不容易找到了营养丰富且魔力充沛的晚餐，正要美滋滋地开动却被猎魔人半路截胡，这种失落感的确可怕，给幼小的巨妖宝宝造成了心理阴影。

沈曜冷静提出解决方案：“寄生水怪是昼伏夜出，你只要在太阳落山后远离有水的地方就绝对不会再碰到它们。”

沈亦清暗暗地对自己眼周的皮肤颜色进行微调，让眼圈稍稍泛起一抹青黑色。调好颜色后他凑到沈曜面前，用半开玩笑的语气道：“你看，我因为睡眠不好，都熬出黑眼圈了。”

这一切都是在为等一会儿的求同住做铺垫，可以说是非常用心良苦了！

“啊，真的。”沈曜定睛一看，发现昏暗光线下沈亦清的确显得有些憔悴，“我刚才都没注意。”

沈亦清以两指捏揉双眼间的穴位，又貌似困倦地用力眨了眨眼，演技飙得不亦乐乎。

沈曜见状忙安慰道：“等再过些天记忆淡化就好了，而且我们这边的研究院也一直在改良记忆消除仪，说不定过段时间就能开发出可以对你起作用的新产品了……”

沈亦清低声道：“就算真的可以消，我也不会消。”

沈曜略为困惑地睁大眼睛。

“那些记忆很重要，我不会让它们消失。”沈亦清深沉地说。转头望向沈曜的一瞬间，他还微调了一下自己眉毛和眼睛之间的距离，因为据说眉毛离眼睛近一些会显得目光比较深邃！

可以随意变形就是这么任性，想怎么调就怎么调。

沈曜微怔，沈亦清忽然又凉凉地抛来一句：“况且如果真的不想忘，就算用记忆消除仪也消不掉。”

沈曜挠挠头，科普道：“不是的，记忆能不能被消除只取决于大脑结构，和被消除人的主观意愿没有关系……”

沈亦清仿佛被自己引出的话题勾起了什么不愉快的往事，一脸不高兴道：“哦。”

沈曜不说话了，在心里暗暗地猜测。

难道是他的前任把他们之间重要的事情给忘了？

沈亦清一脚轰下油门，像在赌气一样道：“反正不管怎么样，能把重要事情忘掉的人，都挺没心没肺。”

这肯定是想起前任的事了，沈曜在心里下定结论，顺着沈亦清说道：“是挺没心没肺的。”

就说你呢，没心没肺的小坏蛋！居然把我忘了！沈亦清气呼呼地扭头瞪了沈曜一眼！

沈曜感觉旁边仿佛刺来了一道锐利的视线，然而，当沈曜循着视线方向望去的一瞬间沈亦清却迅速变脸，温和地注视着沈曜。

沈曜：……总感觉我回头之前他不是这个眼神。

车开到沈曜家小区门口，沈曜挥挥手道：“那我先回去了。”

“等等，”沈亦清厚起脸皮道，“我不敢自己回家。”

沈曜晶亮的眼在浓密睫毛下一闪，问：“那我送你回家？”

沈亦清怂道：“我也不敢自己睡觉，你们不是有义务保护公民的生命与财产安全吗？”

“我不能去你家住……”沈曜无奈。

“那我去你家住？”沈亦清给车熄了火，大有赖住不走的架势。

——为了偷偷吸取沈曜身上的魔力，也是拼了老脸不要了。

“我家只有一张床。”沈曜撒谎道，“还是单人床，还没沙发。”

沈亦清心想胡扯，我白天还给你晒被呢，明明一米八大床还有沙发，嘴上却顺着话调笑道：“没关系，我睡猫窝。”

其实他这几天还真没少睡猫窝，但沈曜不明真相，被他逗笑了，笑完，沈曜定了定神，仍是拒绝：“我家里好久没好好收拾了，特别乱。”

沈亦清心想是挺乱，从卫生死角扫出来的猫毛都可以团只小猫了，然而他嘴上却道：“那去我家怎么样？明天我给你做早餐，我做东西特别好吃。”

沈曜挠头：“我明天白天有事。”

“你明天要去哪儿，我开车送你。”沈亦清一眨眼，微调了瞳仁的光度，让眼睛显得更明亮。

人类的眼睛自然不会发光，但北海巨妖却可以把眼睛当探照灯用，亮暗还能自己调，十分方便。

沈曜晕乎乎的说："我明天早晨还得喂猫。"

"把猫也带到我家，"沈亦清豁出老脸不要了，"我喜欢猫。"

"呃……"沈曜仍迟疑。

"怕什么，我又不是坏人，"沈亦清诚恳道，"况且就算我是坏人，我也打不过你。"

沈曜一想也是，松口了，笑问道："那你要几天才敢自己睡觉？"

沈亦清臭不要脸地道："我不知道。"

沈曜好气又好笑："不知道？那我可管不了你了，我又不可能天天晚上这么保护你。"

沈亦清狮子大开口："一个月？"

沈曜一阵无奈："太久了吧。"

沈亦清吝啬地让了一小步，道："那二十九天。"

沈曜凶残地砍价："三天，三天没事就各回各家。"

"好吧。"沈亦清点点头。

于是沈曜回家简单收拾出要用的东西，带着慈爱的微笑铲起橘哥久违的猫屎，随即扛起橘哥就跟沈亦清走了。

沈亦清家在半山腰上的一片别墅区中，因为交通不大便利所以很多业主在这儿买完房便闲置着，只是偶尔来度假，真正常住的人家并不多，大多数建筑的灯是灭的。半途中沈曜摇下车窗，山间清凉水汽穿林打叶而来，冲洗着沈曜被雾霾摧残的肺。沈曜深呼吸，一双漂亮的眼睛惬意地弯起，道："山上空气真好。"

沈亦清温和地应着："早晨可以沿着山间小路跑步。"

其实山上不仅空气好，魔力也足，而且隐匿在这座山间的魔物多，沈亦清吃饭方便。对于人类来说这就约等于家楼下有一间味美价廉的餐馆，这也是沈亦清在这儿买房子的原因之一。

车开到沈亦清家门前停下，沈曜一边安抚着从上山开始就有奓毛倾向的橘哥，一边下了车。沈亦清拎着装满日用品的袋子在后面偷笑，并且因为太高兴一时得意忘形，嘴不小心咧到了后脑勺，露出五十多颗牙。在沈曜回头前沈亦清忙用手把嘴捏回去，快步上前打开门，优雅地微微一躬身道："请进，我的保镖大人。"

沈曜走进院门。

沈亦清家院子很大，一侧是露天泳池，另一侧被设计成了一个小花园。花园中青石砖铺就的小路交错纵横，园中一棵木芙蓉正在盛放，随秋风轻送落花飘洒，如同积在草丛中的粉色落雪。在这精致的院落正中央，则是一座色彩与建筑风格颇具童话感的三层别墅。

"真漂亮啊！"沈曜正感叹着，耳中却忽然传进"哞——"的一声牛叫。

沈曜、沈亦清面面相觑。

糟了，明天早饭忘放冰箱了。

本来沈亦清应该把牛宰了，切分开来，放进冰柜冷藏，明早起来偷偷吃，但今天白天给沈曜收拾家收拾得太兴奋，所以他居然忘了这码事。

沈曜定了定神，道："我好像听见牛叫了。"

沈亦清思索片刻，放弃了立刻冲到后院把牛和牛棚一口吃掉然后装成无事发生的想法，毕竟那样太容易露馅了！

而且牛棚真的难以下咽。

于是沈亦清演出一个从容的微笑，坦白道："嗯，我养的。"

"在院子里？"沈曜小心翼翼地问。

沈亦清："对，在后院。"

沈曜扛着橘哥好奇地绕到别墅后方。

和明显经过精心规划的前院不同，沈亦清家的后院完全是野蛮生长的状态。荒草恣意蔓延，泥土路坑坑洼洼，一个简易牲畜棚违和感极强地矗立在颇具童话感的建筑后方。一头老黄牛从牲畜棚里探出半只牛头，目光呆滞，慢吞吞地反刍着，嘴里嚼个不歇。

沈曜全然不能理解："你为什么要在自己家院子里养牛？"

这风格根本不搭啊！究竟是有多热爱田园生活？

而且还不是奶牛，连牛奶都喝不到！

沈亦清自暴自弃道："这是我的宠物。"

"艺术家，艺术家，沙特那些土豪还养狮子老虎呢，老黄牛算什么……"沈曜在心里疯狂说服自己，想起沈亦清刚才见到橘哥时，不住嘴地夸橘哥可爱，沈曜觉得自己必须得礼尚往来才行，不能让沈亦清觉得自己是个只知道吸猫的俗人，于是沈曜小心翼翼地赞美道，"真可爱。"

沈亦清用一种很难描述的目光看着沈曜，心想你原来你这个人这么虚伪的吗？

沈曜也觉得自己夸得不对劲，遂改口道："说可爱不太准确，怎么说呢，嗯……它看上去……很老实。"

看起来非常像是一个媒婆在向女方称赞一无是处的相亲对象！

沈曜："它叫什么名字？"

沈亦清思考了一秒钟，脱口而出："小饼干。"

毕竟这就是这头牛在他心目中的真实定位！

沈曜一阵眩晕。

艺术家，不能用俗人的思维去衡量艺术家。

这话题实在继续不下去了，沈亦清痛苦地抹了把脸，道："外面冷，我们进去说。"

沈曜跟沈亦清走进屋子。

沈亦清先带沈曜去了客房，虚伪地道："有你在家，我今天总算能睡一个好觉了。"

沈曜一笑，顺着话问："你住哪间房？半夜如果有魔物杀进来我得冲过去救你。"

"就在隔壁，"沈亦清扬手一指，含笑道，"我突然有点希望半夜会有魔物杀进来了。”

主动送来的外卖，不吃白不吃！

其实沈曜隔壁的主卧沈亦清已很久没住过了，他平时晚上都是变回原形睡在泳池里。因为北海巨妖维持拟态需要持续消耗魔力，而且拟态维持久了机体也会疲倦，所以周围没有人时沈亦清向来都是放松地展露原形。

时间才九点半，离上床休息还早，沈曜安顿好后，沈亦清提出要给沈曜看自己的作品。

“要去画廊吗？”沈曜问。

“不用，”沈亦清引着沈曜去三楼的收藏室，边走边道，“我家里有一些从未公开的作品，只给自己的几个朋友看过。”

说着，沈亦清用随身携带的小钥匙打开收藏室的门，室内四壁挂满了油画作品。其中有一幅是沈亦清画的沈曜，沈曜在那幅画前停下脚步欣赏了好一会儿，随即又去看下一幅。那幅画的背景是深海，主角是一只类章鱼魔物，沈曜琢磨了片刻，问：“这幅画的是北海巨妖？”

画的是我爸，沈亦清想着，脸上却扮出一副天真神色，道：“是，我看过很多关于北海巨妖的神话传说，一直对这种神秘、强大、邪魅、优雅而美丽的生物十分着迷。”

沈亦清恨不得把所有正面的形容词都用在自己身上！

“美丽？”沈曜托着下巴，努力想从这只恐怖的深海巨怪身上看出一丝美丽的迹象。

沈亦清听出沈曜话里的不赞同，站在沈曜身后一脸不高兴地撇着嘴。因为实在太不高兴了，沈亦清的嘴咻地撇到下巴，紧接着又冲破脸的边境线势如破竹一路南下，把趴在沈曜肩膀上的橘哥惊得虎躯一震。

“橘哥怎么了？”沈曜撸着猫一回头，沈亦清一秒恢复常态。

沈亦清试探着问：“北海巨妖真的存在吗？”

沈曜迟疑了片刻道：“十几年前这种魔物的存在的确得到过证明，但是由于缺乏研究样本，所以我们对北海巨妖的了解程度其实和你们差不多。”

沈亦清淡淡“哦”了一声，沈曜便继续观赏那幅画。画中的北海巨妖高高举起两条触手，而那两条触手中卷着一只娇小的巨妖宝宝，看起来非常像是一个在举高高哄宝宝开心的老爸。而这只大北海巨妖身旁，还有一只和它同样体型庞大的乌贼，两个美味的水产温馨地依偎在一起，乌贼也伸出一条触手逗弄着巨妖宝宝。

“好像全家福啊！”沈曜打趣道，“北海巨妖爸爸，巨型乌贼妈妈，还有混血宝宝。”

不是妈妈，是叔叔，沈亦清心想。

北海巨妖是一种很神奇的生物，它们在性成熟后可以寻找同类繁育后代。但当它们的大脑判定周围环境中缺少异性时，它们便可以通过相对痛苦但同样有效的自分裂方式进行繁殖，沈亦清就是巨妖爸爸自分裂出来的幼崽，而那只巨型变异乌贼……是雄性，和沈亦清并没有血缘关系。

这只巨型变异乌贼是巨妖爸爸从千里之外的海沟里强行挖出来，和自己搭伙过日子的。毕竟深海中的生活十分压抑寂寞，没个同类陪伴的话日子真的很难挨，而这种强行逼着乌贼和自己一起生活的事情换成人类的话就约等于一段霸道总裁巧取豪夺的狗血戏码了……

沈曜欣赏了片刻海怪全家福，便继续看下一幅画。

下一幅画的背景以白色为主色调，线条简洁利落，像是实验室。画中主角有两个，一个是方才全家福中的巨妖宝宝，还有一个大约四五岁的人类小孩。

看见小孩的一瞬，沈曜生出一种莫名的熟悉感，但一时也说不出这小孩和谁特别像。

画面中，大小和小孩差不多的巨妖宝宝正用它的二十几条触手把小孩缠得死紧，生满尖牙的嘴巴大张着，占据了巨妖宝宝的大半张脸，如果北海巨妖有脸的话……沈曜打眼一看还以为它是想吃了那小孩，但仔细观察却发现小孩表情淡定，还在二十多条触手的包围下艰难地伸出一只手抚摸着巨妖宝宝圆溜溜的大脑袋，而巨妖宝宝绿幽幽的眼睛里蓄满了泪水。

“这个孩子在安慰这个小巨妖？”沈曜恍然大悟。

沈亦清语气轻柔地“嗯”了一声。

沈曜摸着下巴，猜测道：“你画的是一只被抓进实验室的小巨妖，那个小孩是它的朋友？”

沈亦清纠正道：“确切地说，是青梅竹马。”

沈曜无语。

沈曜努力从高大上的角度去理解这幅作品：“这幅画的主题是呼吁科研人员善待实验生物吗？”

“不，”沈亦清斩钉截铁，目光炯炯有神，“这一系列的主题是青涩的、纯美的、始于绝境之中的友情的萌芽！”

沈曜听得眉梢直跳。

艺术家，艺术家！沈曜不断暗示自己。

沈曜沿着挂满画的墙边走边看，发现这收藏室中三分之二的作品主角都是巨妖宝宝和小孩，而且背景几乎都是白得晃眼的实验室，但两者间的互动却大多充满生活化的温馨感。

一幅画中巨妖宝宝张开大嘴，小孩高高举起一袋水果糖，将五颜六色的糖果倾入巨妖宝宝的血盆大口；一幅画中小孩手捧一大箱玩具站在巨妖宝宝面前，巨妖宝宝用一条触手从箱中卷出一只戴着黑色礼帽的玩具兔子；另一幅画中小孩和巨妖宝宝分别用蜡笔在绘画本上作画，小孩的画纸上一团乱，巨妖宝宝每条小触手都卷着一根蜡笔，血盆大口得意扬扬地咧着，画纸上画着一个还原度极高的小孩；还有一幅画中巨妖宝宝的一条小触手受伤了，不知是不是被实验人员弄坏的，小孩噘起嘴对巨妖宝宝的伤口吹着气，巨妖宝宝绿莹莹的圆眼睛忧郁地耷拉成半圆形……

这个系列最后一幅画的背景回归到了幽暗的海底，巨妖宝宝在一张珊瑚搭成的巨妖儿童床上睡觉，圆脑袋枕着一条从画面外伸进来的大触手，而它自己的小触手则紧紧卷着一只戴黑色礼帽的玩具兔。那玩具兔虽已有些陈旧褪色，但仍能看得出是前面某幅画中小孩送给它的那只。

沈曜看得嘴角不住上翘，这些画中的巨妖宝宝虽丑丑的但神态很可爱，透着一种不一样的萌感。而且通过这些画作沈曜能感觉到沈亦清传递出来的童真与温情，人类小孩和巨妖宝宝的友情虽然透着一点淡淡的诡异，但整体上还是十分令人动容的，只是结局看起来多少有些伤感。好像是巨妖宝宝带着小孩送自己的玩具逃离了实验室，回到海中与爸爸团聚了。

“这是这个系列的最后一幅吗？”沈曜回头问沈亦清。

沈亦清眼中泛起淡淡的怀念：“嗯。”

沈曜眼睛亮亮的：“它后来还见过那个小孩吗？”

听见这个问题，沈亦清的眼角眉梢似乎一瞬间变得柔和起来了，他笃定地点头，道：“后来他们重逢了，只是我还没来得及画。”

看完画时间差不多了，沈曜去洗澡，橘哥忧心忡忡地镇守在浴室门口，准备随时冲进去拯救玩水的二脚兽。在很多猫的眼中，洗澡是一件极度危险的事，也就只有二脚兽这么不知死活的生物会天天洗澡。

沈亦清徘徊在走廊上，侧耳聆听着浴室中的水声，他思索了片刻，回到自己的主卧，伸手轻轻把眼球拽了出来，脱离眼眶的眼球后面连接着一条纤细且伸缩自如的灰色组织，看起来很像一条触手。

由于沈曜体内隐藏的魔力是海洋属性，因此当沈曜接触到水元素时，这种海洋属性的魔力就会进入激活状态，大量释放……自然，沈曜本人对此毫不知情，但对沈亦清来说，这时的沈曜就像一顿魔力大餐，沈亦清想先侦查一下敌情，看看沈曜对他是否有防备。

这条连接着眼球的触手不断延伸变长，灵蛇般沿着墙根蜿蜒爬行在走廊上，没一会儿就爬到浴室门前并敏捷地绕过了门口的橘哥。正当沈亦清准备二次变形让眼睛从门缝中挤进去时，橘哥忽然恼火地喵了一声，高高扬起猫爪“啪叽”一声就把那只不安分的眼球拍扁了！

可以说是一位非常称职的护花使者了！

沈亦清的卧房中传来惨叫声，那条触手忙不迭地带着眼球疯狂向主卧逃窜。橘哥一击得手士气大涨，对眼球怪物奋起直追，风驰电掣一路狂奔至主卧门口。就在它的猫爪与眼球只差几毫米的当口，眼球先一步逃回主卧，而另一条触手极其默契地迅速关门将橘哥挡在门外，橘哥气得在外面疯狂挠门，喵喵直叫。

屋子里，被橘哥吊打的巨妖宝宝拧开主卧卫生间的水龙头冲洗被猫拍过的眼球，咸涩的泪水混合着自来水一同流入下水管道。把眼球冲干净后沈亦清忧伤地甩了甩上面的水珠，将它塞回眼眶转了一圈，把瞳仁调整到正确位置，随即走出卫生间坐在床沿揉眼睛。

一只猫的力量虽然没办法真正伤害到沈亦清，但被拍过的眼球也酸痛得厉害，控制不住地要流眼泪。

这时，沈曜的声音透过门板传来："橘哥怎么了？别闹。"

然而橘哥仍然拼命挠门。

沈曜小心翼翼地敲了三下门，沈亦清急忙拗好造型，道："请进。"

沈曜带着一身沐浴乳的香气把门推开一条缝，探进一张好看的脸，目光先是在地面上略略扫了一圈，随即轻声道："橘哥好像想进来，是不是它把猫玩具落在这屋了……"

沈亦清如思想者般单手扶额，遮住不停流泪的右眼，只用左眼注视着沈曜，左侧嘴角微微一翘，语气深沉道："应该没有，它没有来过我房间，我一直关着门。"

这个姿势好像漫画男主角，虽然有一点可以原谅的油腻……沈曜想着，声音软软地道了晚安，扛着还在空气中疯狂挥舞着猫爪想要和沈亦清决一死战的橘哥走开了。

沈亦清重重松了一口气，变回原形，右眼流着泪，挥舞着小触手挤进卫生间开始洗漱。他先是分出几条触手，一条卷起一支牙刷，又用另一条触手给这几支牙刷分别挤上牙膏，随即，沈亦清张开血盆大口开始刷牙。牙刷们各司其职，分别在上下左右不同的区域内细细清洁着沈亦清一百多颗尖锐的牙齿。

虽说沈亦清如果变成人形刷牙的话，只要刷三十二颗就够了，而且人类形态的牙齿很小，需要被清洁的表面积也少，刷起来省时间。但沈亦清变形时身体中多余的重量与物质其实是在魔力的作用下被隐藏进异次元空间的，也就是说，人类状态下的牙齿其实只是沈亦清真正牙齿中的一小部分。所以如果只刷那一小部分牙的话，就相当于大部分的牙齿都没有得到清洁，属于自欺欺人的行为。

牙刷用起来不是很方便……沈亦清心想，太小了，刷毛又太软。

他在海底时每天刷牙都是用河豚刷的。这种鱼类幼年时生活在河水中，成年后便居住在海中。沈亦清和巨妖爸爸不喜欢吃这种鱼，只把它们戳得气鼓鼓，然后用它们胖胖又多刺的身体清洁牙齿。不过鱼类在陆地上保存起来可比牙刷麻烦多了，于是沈亦清也便入乡随俗了。

沈亦清吐了口牙膏沫，用漱口盆接了满满一盆水哗啦一声倒进嘴里，漱了漱又一口喷出来。刷完牙，他爬进专门定制的大号浴缸，软软的身子把浴缸塞得满满的。他先用莲蓬头把身子浇湿，随即拿起一瓶新沐浴露拆开包装直接拧开瓶口，将里面的液体尽数倒在自己光溜溜的大脑袋上，用二十多条触手愉快地搓洗着身体，边洗还边小声哼着歌："吼吼，吼吼吼……"

用了大约半吨水把身子冲干净后，沈亦清从浴巾架上取下五条大浴巾抖开把身子擦干，同时还用一条触手拿起拖布擦净浴室地上的水，最后爬出浴缸挥舞着小触手掀开被子爬到床上。他一上床就把床整个遮得严严实实，二十多条触手如藤蔓般从床上垂下，柔软的大脑袋边缘也从床沿上稍稍流了一点下来，这是因为巨妖宝宝正处于长身体的时候，体积增大得比较快，前两年定制的大床现在已有些嫌小了。

爬上床后，沈亦清把棉被盖在自己的头顶，看起来就像顶着一块小手帕儿似的，虽然巨妖不盖被也冻不坏，但沈亦清觉得睡在床上时就是要盖被子才温馨。

一切睡前准备都做好了，香喷喷软乎乎的巨妖宝宝伸长触手，关灯锁门，闭上黑暗中明亮宛如灯塔的双眼，甜甜地坠入梦乡。

## 第六章

## 假狼人与驱魔粉

第二天，沈亦清清晨五点就起床变回人形，溜到一楼厨房准备早餐。

楼下牛棚里的“小饼干”沈亦清是没法儿吃了，不过他倒是也在冰柜里储存了一些冻肉，虽然他还是更喜欢新鲜血肉的口感，不过偶尔吃吃冻肉也可以接受。昨晚沈亦清抽空把冷冻室里的肉转移到了冷藏室里，现在已经化得差不多了。

沈亦清把冰柜冷藏室里的牛肉全取出来堆成一座牛肉山，从里面挑出最好部位的一块肉切下两斤，随即在十秒钟内把剩下的上百斤牛肉一股脑全塞进了嘴里。

简单粗暴地填饱了自己的胃后，沈亦清懒洋洋地坐在餐桌旁的藤椅上分出几条触手干活儿。两条触手负责切牛肉并在浸泡牛肉块的盆边看守，定时换水，另两条触手和面加操纵面条机，娴熟地用机器压出细细白白的面条随即裹上一层面粉。最后还有三条触手专门控制手机，沈亦清滑动着手机屏幕在地下魔物论坛看帖灌水。

论坛中……

海怪宝宝揉搓着触手说道：我喜欢的人是猎魔人，我是有任意拟态能力的魔物，身份未暴露，现在好不容易把我喜欢的人拐回我家里暂住几天，想问问怎么才能让对方常住，我们前几天在街上看到一只狂化的狼人，所以我现在借口说我害怕狼人不敢自己住……

虽说他的真实目的是想吸收沈曜散发的魔力，但那种事情解释起来太复杂了，不如简单粗暴一点，解释成感情问题。

下面的魔物们纷纷跟帖。

狼小毛不瘦到两百斤不改名：居然打猎魔人的主意？兄弟你很强，我躲都躲不过来，话说你就不怕露馅儿了被人家打死？

硫黄小甜饼：估计楼主的危险评定等级是小于等于 D，不怕露馅儿，羡慕……楼上是狼人吧，你不躲着谁躲着？

努力不熬夜的夜魔：楼主有任意拟态能力的话，我提个小办法，你可以装成其他危险等级高的魔物在自己家周围转悠，假装盯上你家了，然后故意让那个猎魔人看见你，这样你就有借口了。你家附近有危险等级高的魔物，猎魔人肯定不会不管的。

沈亦清惊呆了。

海怪宝宝揉搓着触手说道：那个出主意的，你可真坏，你太坏了。

努力不熬夜的夜魔：夜魔不坏还有脸说自己是夜魔？你就说这主意好不好吧？

海怪宝宝揉搓着触手说道：咦嘻嘻嘻，真好。

一个多小时后，两大碗热气腾腾的牛肉面新鲜出炉。

面出锅没一会儿，饥肠辘辘的沈曜就被面的香气馋醒了。

沈曜简单洗漱过便快步跑下楼准备吃饭，此时沈亦清已收好触手站在案板前用人类的手切着橙子，薄薄的刀刃水一般滑过橙皮与橙肉相连的部位，将散发着芬芳气息的多汁果肉切下来放进盛水果的玻璃碗里。沈亦清微微偏着头捕捉沈曜下楼的脚步声，计算好沈曜即将出现的一刻并精准地抬起头，露出一个居家男人式明朗温和的笑容，柔声道：“早安。”

沈曜软绵绵地说：“早安……你做的面好香啊，我口水都快流出来了。”

“快趁热吃。”沈亦清解开围裙，端着切好的水果落座。

沈曜定了定神，夹起一口面条吸溜进嘴里。沈亦清自己压出来的面比直接买来的面条更有嚼劲更吸汤，根根都煮得入味。大块肥瘦适中的牛腩肉被文火炖得细嫩软烂，泡在厚重浓郁的汤头中，每一根肉丝都浸足了汤汁，入口即化。沈曜起初还知道保持文雅的吃相，但吃了没几口就被香得形象全无，三下五除二就把面条和肉捞得干干净净，随即端起面碗把汤咕咚咕咚全喝了，一碗面吃下来后背都泛起一层薄汗。

“味道不错吧？”沈亦清含笑问。

“简直太好吃了，我从来没吃过这么香的牛肉面。”沈曜眼睛贼亮地舔着嘴唇，活像只没吃饱的小狼。

沈亦清低笑，心里充满了老父亲般的满足。

沈曜见他笑，立刻不好意思起来，低头搔搔鼻尖道：“抱歉啊……我刚才吃相太吓人了。”

沈亦清摇头道：“我觉得很可爱。”

毕竟说起吃相吓人谁也比不过肚子里还装着一百多斤生牛肉的沈亦清……

两人吃过饭，沈亦清像昨晚说的那样送沈曜去于帆帆处报到，昨晚有两个猎魔人在于帆帆的套房里守夜，一整夜没有出现任何异状。沈曜今天起晚了，赶到酒店时，于帆帆已经和秦亦琛出去了，于帆帆有一整队人鱼保镖跟着，而人类社会常识方面的问题秦亦琛就可以搞定，沈曜已经起不到作用了。

沈曜和酒店里的两名队友碰过头后，回单位向蒋泽汇报情况，得知这个任务已经可以算完成后便着手写起了任务报告，等报告上交后沈曜就可以等着领奖金了。

沈曜本来以为自己这次照顾翻车鱼人鱼肯定要累得剥层皮，但实际上一点儿功夫都没费，顺利得超乎想象，奖金几乎就是白捡的。沈曜乐呵呵地回忆着整件事，运笔如飞地写着报告。

写完报告，沈曜在队里处理了一些杂事……

上午有精灵族投诉邻居制造噪音，高挑精致的精灵表示自己隔壁的黑铁矮人已经叮叮当当地狂抡了三天的锤子。而当沈曜去找矮人沟通时，扎着胡子麻花辫的矮人羞涩地表示自己正在打造一枚黑铁重戒，打算过些天向隔壁精灵求爱用。沈曜犯愁地看着那枚几乎可以当手镯戴的黑铁重戒，表示你再制造噪音的话可能就要孤独一生了。矮人遂慌忙给自己戴上耳塞并心有余悸地继续打铁。

沈曜费尽九牛二虎之力，终于帮缺根筋的黑铁矮人捋清了这其中的逻辑，矮人表示自己今天开始会将打铁时间控制在八小时以内，事件完美解决。

解决了精灵的投诉后，沈曜又回队里受理了一起吸血鬼与狼人的民事纠纷。

吸血鬼表示自己昨晚一时鬼迷心窍跑出去吸人血，没想到运气不好吸到一只狼人头上，被体重二百多斤的健壮狼人掐着脖子坐在屁股下镦了好几下不说，还被狼人徒手掰断了上下四枚獠牙，在牙齿长出来之前他只能靠涮血豆腐度日了。吸血鬼表示自己心灵非常受伤准备索赔，却猝不及防地被沈曜下了一纸拘留通知。

吸血鬼张大嘴指着四颗半截的獠牙，不服气道："我牙都被掰断了你还拘留我！"

沈曜几乎翻白眼翻到脱眶："明明是你违反魔物管理条例擅自吸血在先，没造成伤亡算你运气好，先拘留了，好好学习条例吧。"

就像警察每天也要处理许多鸡毛蒜皮的小事件一样，猎魔人平时的工作也并不都那么惊险刺激。

一天琐碎忙碌的工作结束了，沈曜走出办公楼，正低头搜索着回沈亦清家的最优公交路线，便听见前方传来沈亦清笑意盈盈的声音："这边。"

沈曜一抬头，看见沈亦清背倚着车，站在自己前面几米处。

"我正查公交线路呢。"沈曜背着大书包蹦蹦跳跳地跑过去，怕麻烦到沈亦清，遂认真道，“其实坐公交车也挺方便的，下班又不着急，明后天我自己回去就好。”

“公交车太慢了，我反正也是闲着，”沈亦清接过沈曜的包放在后排座上，回身时看似顺手实则蓄谋已久地揉了一把沈曜的头发，吸了一大口魔力，语气温和道，“而且你和我客气什么。”

沈曜缩了缩脖子，问：“对了，你昨晚睡得怎么样？”

每天都睡得很好的沈亦清露出一脸如释重负的表情，收回揉沈曜头发的手，虚伪道：“睡得很踏实，我已经很久没睡过这么好的觉了，你如果能一直住在我家就好了。”

肯定是在逗我玩！沈曜想着，机警地观察沈亦清的表情，却没有找出任何破绽。

“我不能住太久的，”沈曜道，“我陪你两天，你知道没事，以后就没那么怕了。”

沈亦清温和地“嗯”了一声，抬手按按沈曜的头发，吸魔力吸到癫狂。

将逝的暮光将城市渲染得温暖又苍凉，余晖将地面分割出橙黄与灰蓝的不同阵营，又从沈亦清的一侧照过来，使那颇具立体感的五官显得越发精致俊美。

想再吸一口……算了忍一忍，沈亦清收回按在沈曜头上的手，心想那句话说的真好——在意一个人就是想要碰触，却又收回触手。

两人在外面吃过饭便一起回到沈亦清家，沈曜在客房开着电脑打游戏，时不时撸一把沉沉地压在大腿上的橘哥。

玩着玩着，沈曜忽然觉得眼角余光中的东西有些不对劲，扭头一看，发现窗外阳台上出现了一个健硕的黑影。那黑影正弓着腰贴在窗玻璃上朝屋内窥视，如果站直的话估计身高得有两米多，他全身上下都被粗黑油亮的硬毛覆盖着，黑得几乎与夜色融为一体，唯独大约头部的位置闪烁着两个绿幽幽的光点。

“呜嗷——”那东西仰天长啸。

狼人！还是没打抑制剂的那种！沈曜立刻下了结论。

狼人是危险评定等级为B级的魔物，见月则狂化，满月疯得最厉害。根据特殊事务执法部门的规定，所有狼人种族居民必须注射狂化抑制剂并且在第一次注射后每半年强化一针。注射过抑制剂的狼人情绪不受月亮影响，可以自主变身。但打过抑制剂的狼人即使变身也不会完全狼人化，只会在人类外形的基础上变得更健壮一些，毛发更浓密一些，牙齿咬合力更强一些，甚至打眼看起来和人类都没有区别。

像此时此刻阳台上的这种完全化狼人明显是没打抑制剂抑或是打过又失效的。对这种危险的狼人，猎魔人有必要第一时间进行羁押。

为了不打草惊蛇，沈曜垂下眼帘没有去直视狼人，只用余光瞟着他的动向，随即镇定地从脚边的大书包里掏出军刀和驱魔粉。

然而那只狼人却等不及了，他像是生怕沈曜没注意到自己似的，不仅用指甲重重敲击落地窗，还摆出一个健美先生选秀的姿势，以展示他那钢铁般的肌肉，一个姿势做完不够，还连着做了好几个。

沈曜一脸蒙，不打抑制剂，还挑衅我？这狼人是欠收拾了！

沈曜气得一阵眩晕，大义凛然地抛弃了游戏中嗷嗷待哺的队友们，一手拿驱魔粉一手攥军刀从座位上一跃而起，眨眼的工夫已冲至狼人近前。见沈曜气势汹汹地杀来，狼人扭头便跳下阳台，显然是想撩完就跑。沈曜拉开落地窗，眉梢都没颤一下就穿着小熊睡衣跨过栏杆从二楼一跃而下，追击间还大喝道：“特殊事务执法总队！给我站住！”

狼人原本已跑出一小段距离，听见阳台传来动静回身一看，见沈曜正从二楼往下跳，他一脸惊惧，不仅当真听话地站住了而且还张开双臂疾步朝阳台下方冲去，像是想接住沈曜。然而，他还没跑到地方，沈曜便已稳稳落在花园的草地上，出脚如风穿上落地时飞到一边的拖鞋，同时扬手就是一把驱魔粉朝狼人撒去。

驱魔粉是一种可以中和魔力的神奇物质，对各种魔物都有不同程度的催弱作用，对付皮糙肉厚拳头硬的狼人可以说是必备佳品。狼人怔了一下，迅速往后跳避过弥散在空气中的粉末转身就跑。沈曜见状立刻把军刀咬在嘴里，一把死死拽住狼人粗壮的尾巴，随即将左手还剩下半保鲜袋的驱魔粉再次朝狼人撒去。

现代的猎魔人都是用保鲜袋装驱魔粉的，密封性好，防潮防漏防虫。

狼人疯狂挣扎着向前蹿，沈曜被他拖着向前踉跄了好几步，随即一脚蹬住地上一个石礅子稳住身形，一张漂亮的脸蛋因使力憋得通红。其实普通狼人就算完全狼人化在力量上也压制不住体能变态的沈曜，但今天这只狼人显然属于狼人中的精英，明明被驱魔粉虚弱化了却还是力大如牛。两者僵持片刻后，狼人便生生用蛮力挣脱了沈曜的掌控，那条油光水滑的狼尾巴“刺溜”一下从沈曜手中滑出。但沈曜手劲儿也真是不小，狼人这一挣之间竟是活活被沈曜撸掉了一大把毛，尾巴尖儿都差点儿薅秃了，狼人吃痛，张口低低地叫了一声：“好痛……”

沈曜听见，愣了一下。

这狼人说话声有点儿耳熟！

狼人一获得自由，撒腿便跑，沈曜在其后狂追不舍，拍了拍手上的狼尾巴毛便取下口中衔的军刀遥遥一掷，银亮刀身“噗”的一声在狼人大腿上扎出一朵血花。狼人疼得一激灵，速度却分毫未减，连续使出几个极高的纵跃消失在一片黑茫茫的后山中。

沈曜负气地“啧”了一声，忘了自己还穿着拖鞋，抬腿便狠狠踹了一脚路边石头泄愤，结果一秒钟后疼得眼泛泪花单脚直蹦。

“真倒霉，白浪费一把刀和一袋驱魔粉，屁都没抓着……”沈曜小声嘀咕着转身往沈亦清家走，并没留意到自己刚刚站过的地上洒着不少细如毛发的柔软灰色组织，那些东西片刻前还是狼毛的样子，但从那狼人身上脱离下来后就变了样子。

沈曜回到沈亦清家里，第一件事就是上楼去主卧敲门确认沈亦清的安全。

沈亦清不安的声音透过门板传出来：“谁？”

沈曜："是我。"

门立刻开了，沈亦清面色苍白，显然是受了惊吓，可他似是不愿表露出来，眉眼中带着一种强自压抑出来的镇定，关切道："你没事吧？刚才那个是狼人吗？"

"这话应该我问你，"沈曜确认道，"你都看见了？"

沈亦清咬着嘴唇点点头："你们搏斗时我也在阳台上，我怕害你分神，就没出声。"

"我已经把他打跑了，"沈曜安慰道，"他应该是从后面的山里跑出来的，我明后天去山里转转，一定把他抓出来，你别害怕。"

的确被沈曜的暴力一面吓得不轻的沈亦清像在撒娇一样低声道："我害怕。"

刚刚被活生生薅掉一小块肉，小触手也被军刀扎伤了，巨妖宝宝觉得自己非常有理由狠狠地害怕一下！

"好啦，"沈曜拍拍沈亦清的背，"我肯定把它抓住。"

自觉把怂如狗子的沈大画家安排明白了，沈曜走出卧室，关上门。

听着沈曜的脚步声远去了，沈亦清锁好卧室门，脱光衣服变回原形。

巨妖宝宝的两条触手都受伤了，一条是刀伤，一条则是掉了一小块皮肉。巨妖宝宝眨眨篮球大的绿眼睛，噘起嘴巴对伤口吹气。海洋中的生物都没有对伤口吹气的习惯，毕竟水里只能吐气泡，沈亦清这个习惯是从沈曜那里学来的。他幼年时在实验室被当成实验体，每次受伤时同为实验体的小沈曜都会凑过去对他的伤口这样吹气，还会边吹边说"痛痛飞飞"。沈亦清明白那只是心理作用，但小沈曜吹完气之后他总是会觉得真的没那么疼了。

就好像痛痛真的飞飞了。

沈亦清回忆着童年，长达一米的大嘴不禁微笑了起来。他和沈曜都在童年时走过一段极黑暗的路，不过还好他们用温情发出的光照亮了周围的一小块天地，虽然那光很微弱，但也足够他们看清彼此了。

沈曜，你休想再忘记我！沈亦清霸道狷狂地想着，十厘米长的超大嘴角邪魅地翘起！

这真的可以说是极度邪魅了！

随即，沈亦清挥舞着小触手爬到储物柜前翻出一个药箱，打开盖子卷起一瓶疗伤药，将黏答答的药膏涂抹在两处伤口上。

这是由翻车鱼人鱼分泌出的疗伤物质制成的药膏，在人鱼联盟中有稳定的发行渠道和价格。沈亦清每次回海里探望爸爸和乌贼叔叔的路上都会拐个弯去人鱼联盟买一些药膏囤起来，翻车鱼人鱼产出的疗伤物质对水生物有奇效，疗伤速度比普通的鱼药快很多。

抹完药，巨妖宝宝乖乖地爬上床关灯合眼。

与此同时，沈曜则在电脑前为安抚突然被自己抛下的队友们疯狂带动全场杀到超神，还猛灌了一口浓茶提神。

这大约就是成年人和宝宝的区别了。

安静的一夜过去了。

清晨五点，沈亦清去厨房，从冰柜冷藏室里拎出二十只去毛去内脏的鸡，简单冲了冲便分放在几只大盆里，随即端着盆去露台，跷着腿坐在精致的小藤椅上。

花园中的植物们尚未从夜晚的寒凉中完全脱离，枝叶花朵尽笼着一层若有似无的秋霜，沁凉晨风从梢头扯下几片脆黄的叶，卷着它们飞向远方。花园景色宜人，沈亦清心情愉快，拎起一只生鸡塞进大嘴里，“咔嚓咔嚓”两口嚼碎，“咕咚”一声咽了，随即又拿起一只鸡往嘴里一塞。

“咔嚓咔嚓，咕咚，咔嚓咔嚓，咕咚。”

沈亦清悠闲地看着风景享用早餐，非常符合时下被文艺青年鼓吹的“慢节奏”生活理念。

二十只鸡下了肚，沈亦清又用意式咖啡机做了一海碗卡布奇诺，坐回露台上捧着碗豪迈地大口喝干，耳畔时不时传来一声憨厚的牛叫。

就感觉自己是很有生活情调的一个人。

解决完自己的肚子，沈亦清又从水槽里捞出昨天买的螃蟹，开始给沈曜做早餐。

直到沈亦清第二次加热早餐，沈曜才顶着一撮摇摇晃晃的呆毛从二楼飘下来，哈欠连天，显然是昨晚仗着今天不上班熬夜打游戏了。

沈曜半睁着眼睛凑到沈亦清背后："嗯——好香啊，你做什么了？"

沈亦清温声道："我自己包的蟹粉小笼包。"

沈曜赞叹道："你还会做这么高难度的东西？真厉害。"

"也没什么，照着菜谱做而已。"反正我手多干活不费劲，沈亦清想着，踢踢脚旁的垃圾桶道，"秋天螃蟹肥，正是好时候，早晨吃蟹粉小笼包，中午我给你蒸螃蟹。"

沈曜低头一看，见沈亦清脚边的垃圾桶里都是被挖干净蟹黄蟹肉的螃蟹壳，上面还沾着新鲜的水痕，也不知道沈亦清大早晨起来挖了多久。

沈曜十分不好意思，忙道："晚上我们一起做，中午别麻烦了，我请你出去吃……"话刚说到一半，沈曜忽然想起今天自己本来打算巡山抓那个逃跑的狼人，于是忙改口道，"不对，我中午不回来。"

虽然沈曜昨晚嘴上安慰沈亦清不用怕，但其实自己心里也没谱。没打抑制剂的狼人到了晚上就和野兽差不多，行为无法预测，何况那东西确实就出现在沈亦清家的阳台上，一次没得手，难保下次不会再来。沈曜昨晚熬夜时一直留心着沈亦清房里的动静，临睡时还跑去沈亦清房门口想偷偷开门看看确认安全。不过沈亦清锁着门，沈曜就只好把耳朵贴在门上听了一会儿，没听见什么异常，这才回房睡下。

沈亦清端着热好的小笼包放在桌上，按捺着失望道："中午去哪儿，我送你。"

巨妖宝宝可是一分钟也不想和他的小伙伴分开！

沈曜摆摆手，朝山的方向一指："不用送，我待会儿吃完饭就去那山上找狼人，那东西太危险了，我非得把它逮住不可。"

"别去抓了，反正也跑了。"沈亦清一脸不高兴地说，"上午我们在家看电影怎么样，地下一层有放映室，我收藏了很多蓝光光碟，你想看什么电影？”

“电影不着急看，抓狼人要紧，”沈曜困惑地一皱眉地问，“你不害怕吗？”

沈亦清斩钉截铁地说：“害怕……我只是担心你。”

“狼人白天战斗力弱，不用担心。”沈曜说着，夹起一个小笼包放进嘴里。柔软的包子皮被咬破的一瞬间，内里饱满的肉汁与蟹粉便“嘭”地爆了出来，以压倒性的美味轻松攻占味蕾，味道鲜香浓厚，沈曜的眼睛惬意地眯了起来：“怎么可以这么好吃啊，我都快被香哭了。”

这时，沈亦清又端来一碗海鲜粥，颗颗饱满晶莹的米粒上缀放着红红的大虾、珍珠似的贝肉与乳白柔滑的鱼片，粥面上点点洒落的鲜绿香葱碎提色又增味。

显然，巨妖宝宝今早无情地屠杀了一大群海洋里的欢乐小伙伴。

早饭后，沈曜背好百宝箱一样的大书包，把备用匕首别在腰上，吃得滚瓜溜圆地上山了。

沈亦清悄悄地跟在后面保护沈曜。

昨晚的狼人是他自己变的没错，但这山上的确有不少低级魔物。虽然低级魔物白天大多会蛰伏，而且应该不是沈曜的对手，但沈亦清也依旧不放心。如果因为自己搞事害得沈曜受伤的话，沈亦清是绝对无法原谅自己的，甚至可能会自断触手泄愤！

为了避免这样的惨剧发生，沈亦清决定沈曜巡山的时候自己要全程偷偷随护。

即使只能这样偷偷跟在沈曜身后他也很开心。

一上午的巡山没有任何收获。中午，沈曜找了块平整的大石坐在上面休息，打开大书包拿出压缩饼干和水，一口饼干一口水地对付自己的肚子。

猎魔人平时出任务时吃饭经常就是这么随意糊弄，属于常态。不过这几天经常和沈亦清一起吃香喝辣，沈曜开始有点儿挑剔了，吃了半块压缩饼干就觉得难以下咽，猛灌了几口水就皱着小眉把东西都塞回包里。

在沈曜吃东西的时候，沈亦清也从地里撅出一条正准备冬眠的魔蚺，跑到不远处的小溪旁把那倒霉的魔蚺冲洗干净，然后一口吃了。倒霉的魔蚺被“人”从被窝里拽出来强行冲了个冷水澡之后就被吃掉，十分惨绝“魔”寰！

日暮降临时沈曜已经把这座小山头搜了个遍，虽然这条山脉中还有其他山，不过距离沈亦清家最近的这个暂时安全。沈曜走了一天山路体力也消耗了不少，便决定先回去休息，明天下班再来。

沈曜回到沈亦清家时，沈亦清正站在院门前开门，他抬眼望见沈曜，虚伪地一笑道：“好巧，你也刚回来。”

“嗯，”沈曜略丧气，“什么都没抓到……你去忙什么了？”

沈亦清从容道：“我出去采风找灵感。”

顿了顿，沈亦清用略带一丝委屈的语气问：“你之前说在我家住三天，那明天你就不在这儿住了，狼人没抓到我会有危险吗？”

沈曜坦诚道：“白天没事，晚上我不在的话……说不准。”

“那我该怎么办呢？”沈亦清拉开院门不开心地问。

沈曜无奈地说：“我再住几天，好好找一找吧。”

沈亦清嘴角泛起一抹强行压抑着的浅笑，道：“太好了。”

沈曜像是想笑，又像是有点儿生气地盯着沈亦清。

沈亦清想起中午沈曜坐在石头上吃压缩饼干的样子，发自肺腑地道：“你多住几天我就可以给你做很多好吃的了，你看你这么瘦。”

沈曜鼻翼翕动片刻，问：“你今天没喷香水？”

沈亦清笑笑：“忘了。”

其实是怕喷了香水在山上跟踪沈曜时会被闻出来。

沈曜轻咳一声，飞快上前一步揪住沈亦清的衣领，小狗一样呼哧呼哧地闻了几口，沈亦清一阵茫然，忙问：“怎么了？”

“闻闻你是不是狼人。”沈曜狠狠嗅了嗅，凶巴巴地道，“我怀疑昨天那个狼人就是你，你贼喊捉贼，好让我一直在你家住。”

自己的小阴谋被道破，沈亦清吓得心脏都漏跳了一拍，他赶忙定了定神故作轻松地笑道：“又怀疑我是狼人了？闻出来了吗，究竟是不是？”

完全化的狼人无论怎么洗澡身上都会残留着一种小猫小狗似的动物味，但沈亦清身上的确没有任何味道，只有一股极淡的洗衣液清香。

“哼！”沈曜不答，只在沈亦清胸口上轻轻一推，转身走进院子。

显然是觉得自己理亏了！

沈曜进屋后第一件事就是上楼冲热水澡，冲完澡后身体的疲乏感减轻了许多，穿着乖巧的棉质睡衣元气十足地跑到厨房，脸上透着热水熏染的潮红，浑身散发着香气，语声活泼地问：“有什么我能帮忙的吗？我会洗菜、烧水，切菜应该也行……”

沈曜正说着，水槽下方忽然传来一阵细微的“吧嗒”声。

沈亦清寻着声源望去，只见两只螃蟹相携翻出水槽溜到地面，想要结伴远走高飞。沈亦清凶狠地瞪了两只螃蟹一眼并瞬间释放恐怖的威压，作为水族的食物链顶端成员，北海巨妖拥有通过释放威压控制一定范围内低等水族的能力，于是两只惨遭控制的螃蟹笨拙地依次转身，挥舞着八条小细腿儿“哒哒哒”地跑回水槽里等着挨蒸……沈亦清把身体挡在水槽前，阻隔住沈曜的视线，道：“没什么你能帮忙的。”

厨房水池里的螃蟹个个都是活的，不过由于刚刚沈亦清释放了巨妖威压恐吓两个越狱者的缘故，目前方圆一百米内的水族们都比较慌。距离恐吓源最近的螃蟹们更是战战兢兢不知所措，一只只不仅全然丧失了逃跑的勇气，甚至还在水池里自觉列队，可怜巴巴地等着北海巨妖来吃自己。

沈曜什么都没看见，也感觉不到巨妖威压，无知且欢快道：“我刷螃蟹吧？”

“我来，都是活的，你别夹了手。”沈亦清忙一侧身挡住宛如阅兵现场的水池，弯腰从菜筐里摸出一大块姜放在沈曜手上道，“你帮我把它切成丝，待会儿蒸螃蟹用。”

沈曜应了一声，从刀具架上抽出一把刀，在手上帅气地转了个圈，随即用平时砍魔物的手法“咚咚咚”地剁起那块可怜的姜。刀锋银芒连成雪亮的一片残光，没一会儿就把那一大块姜切成了蓬松的一小座姜丝山。

沈亦清也从水池里抓起一只沾着泥的螃蟹在盖上刷了几下，螃蟹惊恐地趴在沈亦清掌心不敢乱动，宛如死蟹。但是当沈亦清刷到它的大螯时，螃蟹竟像个老老实实让幼儿园阿姨帮洗手的小朋友一样举起大螯方便沈亦清刷洗，一只刷完了，便放下举起另一只。

真的是非常自暴自弃了。

沈曜切完姜丝，又自告奋勇去烧水，两个人一起在厨房里忙活，有一种特别温馨的感觉。

# 第七章

## 暴打喷火龙与下班吸吸牛

第二天是周一，沈曜白天照常上班，晚上仍是被沈亦清接回家。吃过晚饭后，沈曜全副武装又跑去巡山。

入夜后的大自然展现在人类面前的完全是另一幅样貌，林立的树在墨黑背景中投下一整块浓黑的影，如同恶形恶状的鬼魂。黑暗中不时传出三两声粗粝嘶哑的鸱鸮的怪叫，天空被树冠挤压成窄窄的一条，上弦月寂寞地悬在天边。

沈曜打着狼眼手电步伐轻快地走在林中，时不时猛地朝密林间隙一晃，突击检查。偶有一两只战斗力较弱的低级魔物兔子般在光照下仓皇逃窜，沈曜也懒得去管，只一门心思抓狼人。

默默跟在沈曜后面保护的沈亦清又喜又忧，喜的是沈曜看起来能在他家继续住很久，忧的是沈曜一有空就上山打狼，根本不陪自己这个巨妖宝宝玩耍！

沈亦清正郁闷着，却听见前方沈曜轻轻“呀”了一声，沈亦清以为沈曜遇到厉害魔物，身体先大脑一步化出好几条触手进入战斗状态。然而他看到沈曜不仅没有要和魔物打架的意思，反而还关了手电。树林沉入浓郁的黑暗中，但很快那黑暗里便透出一团柔和的光，光不是来自天上的月亮，它是一种混合着孔雀蓝、幽绿与明黄的光，有许多飘忽摇曳的、不同色彩的小亮点从某个方向乘风而来，它们绒绒的，就像会发光的蒲公英种子。

沈曜拔腿就朝发光的方向跑去。

沈亦清悄悄跟上沈曜，两人一先一后，循着光步入一块林间空地。

空地碰巧被高大的落叶松围成一块规整的圆，金黄的松针在地上积了厚厚一层，从松针铺就的被子下一簇簇蘑菇正接二连三探出头来，菌盖钻出土壤的一刻仿佛能听见“噗噗”的细微破土声。那些蘑菇比一般成年男人的手掌还大一圈，菌盖的颜色是灰突突的，下方的菌褶里却荧荧地发着光。

蘑菇破土而出后，有一个个体型极小的光溜溜的小人儿从菌褶中钻出来掉在松针上。那些小人儿看起来还没有正常人类的手指甲大，背后折叠着一对形如柳叶的透明翅膀，他们展开翅膀的一瞬间，沾染在上面的发光孢子便被振入空气中，被风吹着浮了起来。

每一枚蘑菇都像是一个小家族，小人儿们从自己的蘑菇房子里出来，都奔放地光着屁股飞去找其他蘑菇房子里的小人儿玩耍。发光孢子慢悠悠地浮在空气中，充当着小人儿们的照明工具，这些小人儿本身也在微微散发着白色的荧光，一个个像是白玉刻出来的微雕一样。

“哇，上弦月精灵……”沈曜站在空地边缘处看了片刻，忽然想起这么难得的美景应该叫沈亦清来看看，反正沈亦清已经知道不少了，多知道一点和少知道一点并没有本质区别。

可沈曜刚转身没走出去几步，就看见身后林木中透出一道手电光，紧接着一根粗壮的树枝被拨开，后面露出沈亦清的脸。

“你怎么在这儿？”沈曜吃了一惊。

“我担心你一个人遇到危险，”沈亦清低声道，像做错事的小孩一样垂下眼帘，“所以我就偷偷跟上来了。”

真的可以说是戏精本精了！

“你这样做才有危险呢，我都不知道你在后面，万一有魔物一口把你叼走了我都来不及救你……”沈曜气他自作主张，说话语气便冲了点儿，结果就见沈戏精咬着嘴唇别过头委屈地望着右侧，将自己的右脸完全暴露在沈曜视线中。他受了一点小伤，右侧面颊上有一道细细浅浅的红痕，像是被树枝刮的。

然而事实上，那是心机巨妖用自己小触手上吸盘里的牙故意划的，为了营造一种自己为保护沈曜受伤的感觉！

“呃……”沈曜满肚子的话被苦肉计噎住，不仅瞬间消气还有点儿小内疚！

沈亦清在心里偷笑，语调温和又难过地表示忍让：“我错了，你别生气。”

“没错，你也是担心我，我看看你的脸。”沈曜凑过去，就着沈亦清的手电亮光看他的右脸，“怎么弄的？”

沈亦清：“树枝刮的，没事。”

沈曜见那划痕确实不严重，放下心来，道：“手电关了，带你看个好看的。”

沈亦清关掉手电，让沈曜领着自己走进那块林间空地。

长翅膀的小人儿们在发光孢子的雨中穿梭嬉戏，他们在说话，只是语速奇快且声音很小，落在人类耳中比起语声更像是昆虫的嗡鸣。带着朦胧晕圈的发光孢子质量极轻，它们随着空气的微小振动徘徊摇曳，一阵稍微明显的风拂过就会把它们吹得大幅度飘飞而去，流星雨般坠落入密林的深处，唯余一道道悠悠的光之轨迹。

“好美……这是什么？”沈亦清问，伸手去捕捉发光孢子，可那光点却随他手臂活动带起的风上下乱窜，仿佛在和人类捉迷藏一样。

其实沈亦清自然知道眼前这是什么，而且这片蘑菇田就是他在罩的，之前有过一些小魔物总来这儿偷挖蘑菇吃，结果一个个都被沈亦清抓住吃掉了。久而久之就没有小魔物敢打这些蘑菇的主意了。至于保护蘑菇们的原因，没有别的，只不过是沈亦清觉得这一幕景色很美，不想让它消失而已。

不明真相的沈曜解释道：“名字很多，不过我习惯叫他们上弦月精灵，因为他们只有在上弦月的夜晚才会出来，他们寄生在这种蘑菇里，靠食用这些发光孢子为生。”

两人像小孩子蹲在蚂蚁洞旁看蚂蚁一样蹲在一簇长在一起的蘑菇群边，这蘑菇群看起来像是许多小家庭合并出的大家族，上弦月精灵们手捧发光孢子小口小口地吃着，或语速飞快地交谈，或交叉飞舞在空中，看起来像个大派对。

“他们在做什么？”沈亦清明知故问。

“嗯……就是出来玩玩啊！”沈曜脸热了一下，“都在地里闷了一个月嘛。”

沈亦清：“哦。”

沈曜越发别扭，岔开话题：“给你讲个事，不要跟别人说。之前有个人不小心误食了这种蘑菇，他吃完之后，这些小精灵没有家了，就缠着他算账，在他眼前飞来飞去，吓他，欺负他。他以为是自己食物中毒出现幻觉，就跑去医院看。可是他一出门这些小精灵就躲起来，所以医院什么都查不出来，这个人辗转去了好多医院检查都是一切正常，最后实在没办法了干脆跑去报警，报警之后这件事转到我们手上，这才查出来他是被小精灵报复了……最后我们给这些小精灵另外找了一颗大蘑菇，那个人的‘食物中毒’才终于治好了。”

沈亦清笑了起来，道：“真有意思，如果最后没找到你们，他现在应该在精神病院了。”

沈曜深以为然地点头道：“对，其实我们偶尔会去精神病院捞人。”

精神病院里的不一定都是精神病，有时还有魔物目击者。

沈亦清笑得肩膀都在抖。

这时，一阵从苍穹降下的夜风搅起一簇发光孢子，将它们从两人之间的缝隙中吹送过来，二人面前淌过一条汩汩的光的河流，有莹莹的浪花溅跃在他们脸上。沈曜的睫毛上挂了两星细碎的光点，被沈亦清伸手拂掉。

美景看得也差不多了，沈曜不想带着沈亦清找狼人，怕他会有危险，只好道："今天先回家吧。"

两人下山的路上，月夜下的树林收起了恐怖黑暗的那一面，变得神秘而唯美起来，月色如霜，涟涟挥洒，空气中充满奇妙的分子，仿佛下一秒树后就会转出一匹银色的独角兽。

今晚月色很美。

几天过去，又到了周五。

沈曜这几天每天都是下班回去就去巡山，可狼人再也没有出现过，这令沈曜很纠结。狼人这么久都没出现说明那天可能只是一次意外，狼人可能早已离开这片区域了，再找下去意义不大，可沈曜又有点舍不得离开沈亦清家……因为沈亦清做饭真是太好吃了！

这时，下班时间到了。沈曜穿上外套系好围巾，一只脚刚迈出办公室门，便听见不远处传来轰隆一声巨响，还伴随着玻璃碎裂的声音。与此同时，刺耳的警报声灌满了整座办公大楼，几秒钟后蒋泽的咆哮声从扩音器中传出："全体队员注意！研究院北门遭遇龙族魔物袭击！全体队员立刻整装开始行动，两分钟内务必携带武器赶往现场！重复一遍……"

龙族袭击！原本都准备好下班的猎魔人们纷纷开始行动，沈曜把刚背上肩的书包一抛，以减少负重，拔腿便朝大楼东侧的武器库跑去。龙族魔物的物理防御极高，且鳞片可以免疫驱魔粉，对付龙族必须要用特殊武器……不过这都只是纸上谈兵罢了，龙族数量极度稀少，沈曜活到这么大也只在书中和影像资料里见过龙族魔物，还从没见过真的。

沈曜赶到武器库时，几名队友已取好武器往外跑了，沈曜也冲进去抢了一把大刀。因为猎魔人们已经太久没有对付过龙族了，所以专门猎杀龙族的武器装备长期缺乏更新维护，根本不够这么多猎魔人分。沈曜掂了掂手里豁口的砍刀，快步跑出武器库，下楼时沈曜透过走廊窗子向外一瞥，研究院北门已被撞出了一个黑漆漆的大洞，洞中冒着滚滚浓烟，穿着白大褂的研究员尖叫着抱头从里面冲出来，无头苍蝇般四处乱窜。

“吼——”一声悲愤的龙啸不真切地传来。

“后勤组长去哪儿了？”无处不在的播音喇叭中再次传出蒋泽的吼声，“后勤组组长马上来我办公室报到！我数十个数！十……”

后勤组长提着裤子从一楼厕所夺门而出，险些撞到沈曜。

魔物不会刻意挑人少的地方出现，很多魔物现身时会有普通人类的目击者，目击者少时猎魔人一般就自己用记忆消除仪善后了，但当目击者多的时候，收拾烂摊子的工作就要交给后勤部门了。根据魔物信息泄露的严重程度，后勤组可能会派出组员帮助消除目击者记忆、上网封锁消息，还会请出专家辟谣。当处理一些社会影响大、难以蒙混过关的魔物事件时，后勤组甚至会以攻为守，专门做一期电视节目公开播出。这系列节目的前半段往往会疯狂渲染事件的神秘性，后半段则编出个狗屁不通的理由强行解释，故意制造出满满的笑料供老百姓取乐，把真实发生过的魔物事件往扯淡的方向上引导。

沈曜是最快到达事发现场的队员之一。研究院被毁的北门后是一楼正厅，厅中此时烟尘滚滚，满地碎石瓦砾，四周虽未见明火，但沈曜一迈进楼门便感到一阵炙烫热浪扑面袭来，灼得皮肤微微发痛。

“吼——”前方又是一声龙啸传来。

龙族有龙形与人形两种状态，按照教科书上的说法，龙族虽智商勉强在线，但性情大多狂暴狠戾。而脾气最燥的当属喷火龙，它们的种族性格注定了它们难以融入人类社会，所以历史上很少有龙族学习人类语言与社会习俗、与人类和谐混居的例子出现。眼前这只喷火龙大约也是个不会说人话的主儿，只是不停地嘶声狂啸，仿佛受了天大的委屈。

莫非是有亲族在研究院中做实验体？这是沈曜之前听见龙啸时的第一反应，不过这个可能性很快被沈曜否决了。那种事在十几二十几年前倒是有可能发生，但是随着猎魔人机构的不断进步完善，现在研究院关于魔物实验的规章制度已十分严格，且有专人监督。具有高等智慧的魔物除非自愿，否则不会成为实验体，而且少数自愿配合实验的高等智慧魔物也会得到丰厚的物质报酬或政策福利，强行抓魔物回来做实验这种事早就被严格禁止了。况且如果真有稀少的龙族出现自愿做实验体，沈曜这些一线队员肯定会被派去观摩学习，不会不知情。

一阵穿堂冷风从南门灌入，在正厅呼啸而过，吹散了不少烟尘。一头身长三米有余，翼展超过六米，通体赤红如熔岩的喷火龙赫然出现在沈曜视线里。硝烟弥漫的战场中，地上已横七竖八地躺了几个队友。和沈曜一个小组的队友刘盛正偷偷地半跪在一面落地镜后，探出上半身，手持弩箭瞄准喷火龙，随着一声破空锐响，一支材质特殊的猎龙矢径直向喷火龙射去。

喷火龙双翼轻振，闲庭信步般飘悠飞起，龙爪一缩，那猎龙矢便擦着它的趾甲飞过，“铮”的一声钉进后面的墙壁。躲过这一箭的同时喷火龙闪电般掠至刘盛面前，叼住刘盛衣领昂头猛地一甩把人狠狠掼到大厅中央，随即张大嘴巴猛吸一口气，上下四枚打火牙“嚓嚓”相碰，眼看就要喷火……

“小心！”这时去阻止喷火龙已来不及，沈曜只好朝离自己更近的刘盛疾跑几步，身子一矮腿一蹬，借着冲力一脚把刘盛踹出喷火范围，刘盛被踹得转着圈侧飞出去，螺旋升天！

刘盛大叫着掉在不远处的队友身上，感觉屁股都被沈曜踹得凹进去了，非常惨！

与此同时，喷火龙喷出的烈火“嘭”的一声全招呼在沈曜身上，沈曜上半身完全被吞没，刘盛撕心裂肺地号了一嗓子，正要跳起来和杀了队友的恶龙拼命，沈曜却带着满身火一骨碌滚出喷射范围一跃而起，随即像只从水里跳出来抖毛的小狗一样抖抖身上的火星，扭头朝刘盛一瞥，“哧”地笑出一口小白牙，道：“嘿嘿，没事儿！”

沈曜本人毫发无伤，只是身上衣服被熏黑了，发型也被吹乱了，略长的额发全被烈焰冲击得朝后方背去，露出一整个光洁的额头，双眼明灿如星，好看得不行。

然而刘盛无心欣赏，只“噗”地喷出一口老血。

早知道喷火龙喷人没事儿就好了，白挨沈曜一脚飞踹！

喷火龙见沈曜毫发无伤，也是愣了一下，随即它像是想试试自己喷火技术是不是不够强一样扭头对准那面供人整顿仪表的落地镜，“吼”的一声喷出一大团火，落地镜被火舌吞没，四边的木质材料立刻熊熊燃烧起来，发出“噼噼啪啪”的火声。

喷火龙一脸迷茫，自己的喷火技术明明很强啊！

“你们还是小心别被喷到！”沈曜觉得不太对。

沈曜两年前有一次和队友们去围捕一小群危险的蝎狮兽，被蝎狮兽尾刺蜇过的人回去后全中毒了，上吐下泻发高烧，伤口溃烂经久不愈。唯独沈曜被蜇了却没中毒，而且伤口以正常速度痊愈了。当时研究院抽了沈曜的血研究，发现沈曜居然天生自带蝎狮兽毒素抗体，虽找不出原因，但沈曜知道自己的身体素质和其他人可能不太一样。

“你能听懂我的话吗？”沈曜一跃而起，在半空中扬起大刀借着落地冲势朝喷火龙斩去，同时和善地问，“你有什么困难可以提啊，我们和平解决不好吗？”

喷火龙灵敏地躲过，沈曜一刀斩在楼梯扶手上，把扶手整根劈裂了。

真的非常和平！

喷火龙扭头猛吸一口气，再次朝沈曜喷去。沈曜不闪不避，反而一记横刀前斩，削断了喷火龙的一根打火牙。喷火龙疼得抻长脖子倒抽一口冷气，没喷完的火都抽回肚子里去了，烫得它在地上打滚，庞大的身躯滚来滚去，险些碾到地上那几个受伤动弹不得的猎魔人。幸而这时大部队赶到现场，见状立刻将伤员们拖离战斗区域。

“不好意思，书上说这个是你的要害，不过应该可以接回去的，你别慌。”沈曜把砍刀往肩上一搭，弯腰捡起半颗牙，再次询问，“你是不是听不懂我说话？”

喷火龙发出一声惊天动地的怒吼，不敢张嘴喷沈曜，生怕再被敲掉半颗牙，只不过龙族就算不喷火本身的武力值也很高。喷火龙不再轻敌，全力以赴与众猎魔人缠斗。猎魔人们使用的特殊武器是由一种精灵族培育出来的珍稀树木制作而成，虽是木头但质地非常坚韧，且针对龙族有破防作用，所以和龙族战斗时这种木质冷兵器甚至比枪炮还要好用。像在游戏里带队友上段一样，现实中的战斗沈曜也是带动全场的那个。喷火龙的仇恨基本全在沈曜身上，战况胶着了一阵后，喷火龙像是想起了什么，扇动着翅膀从战团中央高高飞起随即一个俯冲，用龙爪死死捏住沈曜双肩，飞出了研究所大楼。

“它想把沈曜摔死！”一个队员大吼。

喷火龙似乎确有此意，它扇着翅膀飞快盘旋上升。沈曜手中虽有武器但肩膀被龙爪捏住施展不开，情势危急之下，沈曜猛地收紧腹部肌肉，在半空中将两条腿高高抬起，使出吃奶的力气在龙肚子上狠狠蹬了一脚！

喷火龙“呕”一声喷出一小口没消化完全的硫黄，两只龙爪立刻松了开来。沈曜从半空直直掉在地上，落地时左脚踝传来“咔嚓”一声脆响。沈曜疼得倒抽一口凉气，躺在地上蜷着左腿滚来滚去，喷火龙降落在不远处哇哇呕吐，显然是被沈曜刚才那拼死一脚踹得够呛。

其他猎魔人趁机围上去群殴喷火龙。这时，本应躺在地上休息的伤员刘盛脸色苍白地跑过来一把抱住沈曜，撕心裂肺地大吼：“曜曜你怎么样？！”

沈曜一抬眼，就看见刘盛那张痘痘星罗棋布的大黑脸极近地贴在自己眼前，身为一个颜控沈曜被差点儿被丑得昏过去，一瞬间连脚疼都忘了：“你叫我曜曜干什么？”

我们并不怎么熟啊！只是队友而已！

“对不起，是我没保护好你。”刘盛眼睛发红，泪光闪闪地看着沈曜的伤腿。

沈曜坐起来，揪着刘盛衣领子疯狂摇动咆哮：“你是不是被龙打傻了啊！”

“我这就去给你报仇。”刘盛起身朝喷火龙走去。

沈曜被突然性情大变的刘盛吓得够呛，忍着脚腕骨折的剧痛大声道：“我刚才救你只是因为你是我队友，你可别多想啊。”

刘盛一回头，笑意盈盈地冲沈曜挤了挤眼。

沈曜险些被丑昏过去。

仿佛鬼上身的刘盛掠入战团，左手一把拽住喷火龙嘴前的胡须，随即一记刚猛无比的右勾拳狠狠揍在龙脸上。喷火龙被他这一拳直直击飞出五米远，“砰”地撞断了一棵树。

猎魔人全体石化，沈曜也张大嘴巴不可置信地看着刘盛。

刘盛朝三米外的喷火龙走去，他每走一步，地面就被压出一个浅浅的凹印，一步一步，几乎有些地动山摇的意味了。

刘盛张大嘴巴，摇头晃脑地冲着喷火龙咆哮：“吼——吼吼吼！”

喷火龙被这一拳打蒙了，它似乎也看出眼前人类的异样之处，那双赤红的龙眼中流露出一丝恐惧，它抖抖翅膀飞了起来，似乎要跑。刘盛却一跃而起死死抓住它的龙爪，喷火龙惊慌失措，拍动翅膀一飞冲天，带着那个诡异的刘盛狼狈地逃走了。

“怎么回事……”沈曜几乎都忘了疼。

“不对啊，刘盛还在这儿呢！”这时，一个队友大喊道。

众人循着他手指的方向望去，只见伤员刘盛正安静地躺在一处树荫下，外套毛衣和外裤都被人扒下来了，穿着一身颜色喜庆的秋裤秋衣昏迷在秋风中。

一个队友一拍大腿：“刚才那个不是刘盛，是魔物啊！”

喷火龙一飞冲天，直入云层之上。坠在喷火龙下方的不明生物一只手死死钳着龙爪，另一只手在自己脸上揉面团似的搓揉捏弄，很快刘盛憨厚的黑脸消失了，取而代之的是沈亦清那张俊美得有几分妖艳的面容。

喷火龙朝城市边缘的巢穴飞去，同时拼命甩着爪子想把沈亦清摔下去。

沈亦清化出几条触手将喷火龙缠得死紧，顺势攀爬到喷火龙背上稳稳骑住，打开体内次元开关释放出全部质量，以吨位计算的体重瞬间把喷火龙压得一沉！

在战况如此激烈的时刻，沈亦清竟还不忘掏出手机分出几条细小的触手，假装心里没数的样子给沈曜发微信：曜曜你没事吧？我来接你下班，你办公楼旁边那座白楼怎么在冒烟？失火了吗？

真的可以说是非常虚伪了！

背上的不明生物实在太重，喷火龙飞得七扭八歪，拼命扑着翅膀试图维持平衡。这时，沈亦清火上浇油地在喷火龙背上狠狠镦了两下。喷火龙被镦得咳出两团小火苗，再也支撑不住，挣扎着朝一片小树林坠去。

随着“轰”的一声巨响，喷火龙载着沈亦清一头扎进泥地。沈亦清从容地掸了掸身上飞溅的灰尘，从喷火龙背上跃下，趁喷火龙被撞得七荤八素的当口用触手把它身体整个牢牢捆住，随即对喷火龙张开血盆大口，把龙头塞进嘴里“吭哧”一口咬了下去。

喷火龙活到这么大还是第一次被人塞进嘴里，龙脸上写满惊恐，然而它颈部鳞片极度坚硬，沈亦清上百颗尖牙抵在龙脖子上“咔嚓咔嚓”地干磨，一时却也咬不到里面的肉。喷火龙一边朝沈亦清嘴里喷火一边拼命扭动，全身肌肉虬结龙鳞怒张，试图挣脱束缚，可沈亦清的触手看似柔软实则坚韧有力，任喷火龙如何挣扎也丝毫不见松动。喷火龙无奈，身周光芒一闪，瞬间从龙形变成人形。这喷火龙年纪不大，人形看起来只有十六七岁的样子。趁触手没有再次收紧，龙族少年“咻”地从空隙中钻出去滚在地上，沈亦清还欲伸触手捕捉，龙族少年却几个腾挪闪身逃到远处，再次化身龙形屁滚尿流地飞走了。

脖子上还带着一圈渗血的牙印儿，看起来非常像一条项链。

巨妖宝宝失望地看着晚餐远去的背影，咂咂嘴，感觉嗓子眼火烧火燎的。

喷火龙太辣了，沈亦清想，我们北海巨妖果然吃不惯。

这就和北方人类普遍不太能吃辣是一个道理。

沈亦清摸出手机一看，沈曜还没回消息，于是他整了整衣服边往树林外跑边给沈曜打电话。

沈曜这边一团乱，没受伤的队员们跑来跑去忙着善后，有人把脚踝受伤的沈曜送上救护车。沈曜疼得脸色发白，脑袋却飞速运转着。

刚才伪装成刘盛的魔物为什么要叫我曜曜，还说要给我报仇？难道……沈曜眉头紧拧，正思索着，电话响了，沈曜低头一看正好是沈亦清，便忍痛接起来："喂？"

沈亦清的声音响起："你怎么样？刚才的微信你没回。"

沈曜眼珠一转，问："你在哪儿？"

狂奔在树林中的沈亦清努力分辨着电话那头救护车的鸣笛声，狡猾道："我在你单位对面，我看见刚刚有救护车开进去，你受伤了吗？"

"嗯……"沈曜迟疑道，"刚刚有魔物袭击办公大楼，我脚踝可能骨折了。"

沈亦清用十分心痛且惊讶的语气倾情吟诵道："怎么会这样！骨折了？你等我，我马上过去陪你！"

"你进不来，我马上去医院了，等下你直接来医院找我。"沈曜"嗞嗞"吸着冷气，道，"你叫我曜曜，我想听。"

沈亦清从善如流："曜曜。"

沈曜努力比较着两句曜曜的语气相似度，觉得有些像可又不太一样，至于音色那更是完全不同，于是道："再叫。"

沈亦清："曜曜，是不是很疼？"

沈曜："再叫。"

沈亦清："曜曜，痛痛飞飞。"

"算了，见面再说。"沈曜放下电话。

沈曜还是无法确定，可周围的气氛已经不对劲起来了。

沈曜一怔，讪讪地辩解道："不是你们想的那样，我……"

医疗人员说："裤子挽起来我看看，曜曜。"

旁边烧伤的队友龇牙咧嘴地慰问道："脚疼得厉害吗，曜曜？"

备受呵护的沈曜曜一阵无语。

沈曜被救护车送进医院，沈亦清跑出小树林就打车回到沈曜单位对面取自己的车，在车里换回自己的衣服，然后心急火燎地赶往医院，路上等红灯的时候喝了一整箱瓶装矿泉水以冲洗被喷火龙灼伤的食道。

下次碰见喷火龙可不能再往嘴里塞，沈亦清告诫自己，直接用触手勒死完事。

沈曜被送去的是当地规模最大的一家三甲医院，这家医院有一座楼不对外开放，隶属于特殊事务执法部门，专门用来治疗受伤的猎魔人。魔物攻击人类的手段多种多样，比如魅魔制造的精神错乱、蝎狮兽的特异毒素、寄生水怪种下的寄生卵等。很多问题要么是普通医生无法解决的，要么是有办法解决却可能会造成魔物信息泄露的，所以猎魔人受伤时会被统一送来这家医院的特殊病患楼。这里患者少，环境好，医护人员都经过特殊训练，其中甚至有一些友善的魔物，猎魔人在这里治疗完全不用担心保密问题。

沈曜先是被送去拍片子，确定是脚踝骨折，然后在沈亦清赶来前进了手术室。三个小时后手术结束，沈曜出手术室时看见沈亦清已经等在门口了，胸前挂着一个临时通行证。

沈曜穿着一身肥肥大大的病号服，坐在轮椅上，眨眨眼睛一偏头，略怀疑地打量着沈亦清。

"你怎么样？"沈亦清眼圈发红。

"就是骨折。"沈曜轻描淡写道，"以前也折过，小事情。"

沈曜身后站着一个穿白大褂的年轻医生，这男医生五官虽然生得很精致，但眉宇间却透着一股让人不舒服的邪气。一头黑发的发根隐隐泛着银色，好像是天生银发染黑了，新长出来的部分还没来得及补染。

"我送你去病房。"男医生柔声道。

沈亦清神色不善地盯了男医生一眼。

陈主任也用略带敌意的目光回敬沈亦清，随即推着沈曜的轮椅往病房走去，脸上挂着一个无论怎么看都透着油滑意味的笑容。他边走边对沈曜说着术后注意事项，沈曜面无表情地应着，仿佛不太待见这个陈主任。

陈主任打开病房门推沈曜进去，笑容和煦，如春风般温暖：“……不要吃油腻辛辣的食物，最近降温注意保暖，有哪里不舒服就按呼叫铃。”

沈曜惜字如金：“嗯。”

陈主任转头望向沈亦清，表情如秋风扫落叶般冰冷地说：“探视时间到九点。”

沈亦清看着陈主任的眼神就像看着一盘炒肉，试探地问：“家属不可以陪床？”

陈主任斩钉截铁地说：“不可以，我们楼有规定。”

沈曜叹了口气没反驳，因为这规定倒是真的有。

“陈主任您可以去忙了。”沈曜冷淡地说，“有事我会叫护士帮忙。”

陈主任把沈曜从头到脚打量了一遍，然后恋恋不舍地关门出去了。

沈亦清神色不悦地说：“我感觉这陈主任看你的眼神有点奇怪。”

“他的确有点儿……变态。”沈曜点点头，压低声音散布小道消息，“我听别的队友说，他有个违规的地下实验室，偶尔会抓魔物什么的去做非法实验。”

听见“地下实验室”五个字，沈亦清目光一凛，道：“那医院还让他当主任？”

“因为只是传言，没有证据。”沈曜道。

“无风不起浪。”沈亦清皱眉道。

沈曜无奈道：“没办法，他医术好，经他手治的病人好得快。尤其是外伤，我这种骨折正常要卧床三个月，到他手里，如果他高兴的话，可能我一周就能下床。” 沈亦清皱眉：“怎么可能……他是魔物？”

沈曜眉毛一挑，话里有话道：“嗯，这年头，是魔物其实也没什么好藏着掖着的，除非是极度危险的种族，否则我们又不会怎么样，顶多就是要求补办魔物证。”

沈亦清沉默片刻，没接沈曜的话茬儿，只问："陈主任是什么魔物？"

沈曜心不在焉地道："他啊，独角兽。"

独角兽具有加速外伤恢复的特殊的魔力，不过独角兽的神奇并不止如此。上个世纪猎魔人与魔物界中流传着一种说法，说将独角兽前额的角切下来碾碎服用可以令人不老不死。这个说法令独角兽一度遭到毁灭性打击，族群数量锐减，虽然被切角的独角兽不会死亡，而且角可以以极缓慢的速度再生，但在被捕猎的过程中伤亡在所难免。至于吃了独角兽的角是否真的能不老不死，一直没人给出过确切的证据，毕竟会不会变老不是短时间内能看出来的。后来，为了保护野生独角兽，Z国将独角兽列为国家一级保护魔物，捕猎独角兽成为重罪，滥杀滥捕现象才得以控制。

沈亦清惊奇地笑了："他是独角兽？真是想不到。"

沈曜默默盯了他片刻，忽然语气凶恶道："沈亦清！"

沈亦清吓得一哆嗦。

沈曜开门见山地问："你究竟是不是人？"

"当然是。"沈亦清一阵腿软，忙半跪在沈曜的轮椅前以作掩饰，手指轻轻拂过沈曜打石膏的小腿，眼神无辜得像只被抛弃的小奶狗，不解地说："为什么这么问？"

"刚才有一只魔物变形成我同事的样子，还叫我曜曜。"沈曜说着，突然伸手捏住沈亦清的两边脸一抻，又一松手，沈亦清的脸蛋咻地弹了回去，沈曜又用手指头在沈亦清脸上戳了几下，仍然一切正常。

沈亦清乖乖地半跪在地上任人搓揉。

身体弹性和皮肤软度都正常，可以排除石像鬼。恢复性好，不是一戳一个坑，可以排除泥浆怪。沈曜回忆着教科书上那些可以变形的魔物，又双手按住沈亦清两边脸蛋，用力往中间一挤。

沈亦清英俊地噘着嘴，眼神幽怨。

压力之下没滋水，不是灯塔水母，沈曜又排除了一项。

"曜曜，"沈亦清一脸受伤，疯狂撇清，"叫你曜曜的未必就是我……

万一是陈主任呢？他不是也认识你吗？”

沈曜摇头：“不可能，独角兽只有一种人类形态，不能随意改变外形。”

沈亦清挣扎：“那也不能说就是我，你是猎魔人，平时接触的魔物很多，说不定是其他认识你的魔物呢？”

沈曜暂时也没了别的试验方法，只好叹了口气，道：“我们猎魔人什么没见过，这年头，很多危险等级评定不高的魔物都是受到法律保护的，你就算真是魔物我也不会怎么样你。”

沈亦清假装随意地问：“假如我是魔物的话，你也觉得没关系，不仅不会把我切片，而且还会继续拿我当朋友，对吗？”

“只要你的危险评定等级不高，那就无所谓。”沈曜观察他的表情，“所以你真是魔物的话，就直接告诉我。”

“我不是。”沈亦清负隅顽抗，又像闲聊一样试探道，“但是有些魔物的原形应该挺可怕的吧？如果是我的话，我只能接受和原形不可怕的魔物做朋友，你说呢？”

沈曜用万分复杂的眼神盯着沈亦清：“……你原形很可怕？”

沈亦清俊脸涨得通红，道：“我是人类啊。”

这脸红得好可疑！沈曜默默把轮椅往后退了一点点。

沈亦清慌了神，迅速调整脸部颜色，因为太紧张，所以不小心调过了头，瞬间从通红通红调得煞白煞白！

“你信我。”沈亦清急得直冒汗，忙解释道。

沈曜推动轮椅往后退出一米远，沉稳道：“嗯，我信你的。”

沈亦清非常受伤地问：“那你离我那么远干什么？”

沈曜幽幽道：“怕你咬我。”

沈亦清内心万分纠结，不知道该不该坦白。

幼年时小沈曜与小巨妖在实验室里相依为命，但这并不耽误小沈曜嫌弃小巨妖的外形。小沈曜嫌弃小巨妖的圆脑袋光秃秃的没有一根毛，嫌弃小巨妖嘴咧得太大牙齿太多，嫌弃小巨妖聚光灯一样耀眼的绿色大眼睛，嫌弃小巨妖的触手软绵绵滑溜溜搓动起来“咕叽咕叽”响……刚开始小沈曜一看见小巨妖就会被吓哭，小巨妖又想爸爸又伤心，因为自己被可爱的小人类嫌弃，于是两个小家伙天天在实验室里以泪洗面，后来小沈曜渐渐适应了小巨妖惊悚的外形，这才和小巨妖建立了友谊。

沈亦清知道自己的原形严重不符合沈曜的审美，所以生怕会见光死，如果再被沈曜嫌弃一次，沈亦清恐怕会伤心得钻进马里亚纳海沟再也不出来。

沈曜眼帘低垂，在脑海中迅速梳理了一遍这段时间有关沈亦清的回忆，许多自己之前没在意的细节此时再推敲起来，都隐隐透着可疑。

沈亦清半跪在一旁疯狂擦汗，隐藏在拟态下的小北海巨妖急得煞白煞白的，二十多条触手两两成对焦虑地揉搓着！

沈曜想起三个疑点，忽地一抬头，目光犀利地望向沈亦清。

沈亦清立刻吓得一激灵！

“我之前就觉得奇怪了，”沈曜负气地鼓了鼓腮帮子，道，“院子里那头牛，其实是你的储备粮吧？”

沈亦清一口咬定：“是我的宠物。”

沈曜一脸不信：“你平时理都不理它。”

沈亦清汗如雨下，假装镇定地说：“我理的，只是你没看见。”

沈曜的嘴唇缓缓抿成一条线，顿了顿，又道：“你画了那么多北海巨妖，而且还收藏在自己家的陈列室里，不对外展出。”

沈亦清急得像铁板上的鱿鱼一样，焦虑道：“我说过，那是因为我很喜欢北海巨妖这种生物。”

沈曜轻咳一声，道：“我觉得一般人不大会喜欢北海巨妖。”

沈亦清不服气：“为什么？”

沈曜斩钉截铁地说：“丑啊，喜欢点儿什么不好，偏要喜欢一只大章鱼。”

说完，沈曜目不转睛地盯着沈亦清，不放过他任何一个表情。

沈亦清再度惨遭嫌弃，灵魂瞬间出窍，漂洋过海号啕大哭着钻进马里亚纳海沟最深处！

“哈哈。”沈亦清强行牵动嘴角干笑两声，眼角隐约有泪光闪烁，“也许是我的审美异于常人吧？”

沈曜的表情复杂得难以描述。

两人僵持片刻，沈亦清生生把眼泪憋回去，岔开话题道：“你晚上还没吃东西吧？”

“嗯，饿死我了。”沈曜揉揉肚子，决定先不和沈亦清磨嘴皮子，等出院后直接弄些他的头发指甲拿去研究院化验。

“我去给你买点吃的。”沈亦清逃命似的疾步走出病房，沈曜用猎人看猎物一样犀利的目光锁定住沈亦清的背影。

离探视结束没多少时间了，去外面买饭恐怕来不及，于是沈亦清去医院食堂打包了菜和汤。他回去时，沈曜正躺在病床上用微信和同事讨论可以自由变形的魔物有哪些，见沈亦清回来，沈曜迅速收起手机。

沈亦清把几个一次性饭盒摆在病床上的小桌上，殷勤地依次掀开盒盖，掰开一次性筷子，道：“今天先凑合吃，明天开始我在家做好饭带过来。”

沈曜心烦意乱地摆摆手，道：“不用麻烦了，我吃食堂就好。”

“什么麻烦不麻烦，和我不要说这么见外的话。”沈亦清坐在床边，霸气四溢道。

沈曜泄愤似的用筷子扎起一串肉丸，也不往嘴里送，只没好气儿地嘟囔道：“真话都没一句，还不让我和你见外。”

沈亦清有气无力道：“我说的都是真话，你怎么这么……”

沈曜冷静道：“这么聪明。”

沈亦清负隅顽抗道：“这世界上有什么魔物是像我这样的吗？你怀疑我是什么？”

“我不知道。”沈曜镇定道，“但这个世界上有很多魔物还没有被人类发现，有我不知道的魔物存在也很正常，比如北海巨妖的习性我就不知道，自然也不会知道你的生活习惯和北海巨妖像不像。”

巨妖宝宝的脸红了白，白了青，五颜六色切换得非常迅速，他匆忙低头看表，硬邦邦地岔开话题：“……探视时间到了，我先回去，你有什么事就给我打电话，我随叫随到。”

沈曜一字字缓缓重复道：“你能随叫随到？”

沈亦清开心地说：“没错。”

沈曜狐疑地问：“你会飞？”

沈亦清摇头：“不会！你明天想吃什么？我做给你吃。”

沈曜凶残道：“想吃你亲手做的章鱼小丸子。”

沈亦清后背冷汗涔涔。

这朋友得绝交了！话里句句都是套！

沈亦清逃也似的回到家里。

喂完对自己敌意满满的橘哥，沈亦清匆匆跑到牛棚里和小饼干合影，试图彰显自己的爱宠之心。

于是晚上闲着无聊看朋友圈的沈曜猝不及防地刷到一张沈亦清与爱宠互动的照片——沈亦清搂着老黄牛对镜头比出V字手，还相当不嫌脏地亲吻老黄牛的脸颊。

而这张照片的配文则是：小饼干真可爱，晚上回家吸吸牛，一天的疲劳都没有了。

沈亦清这家伙绝对不是人！绝对不是！沈曜心里暗暗地说。

## 第八章

# 独角兽与大章鱼

很快，一周过去了。

这一周里沈亦清一直任劳任怨无微不至地照顾沈曜，家和医院两头跑，变着花样儿给沈曜做好吃的，而且十分注重和“小饼干”的互动，每天必在朋友圈里发一张爱宠照片，有遛牛的、有给牛洗澡的、有铲牛粪的……简直是欲盖弥彰！

沈曜起初还时不时话里话外地试探试探沈亦清，见他死活不松口，便也不再多费口舌，干脆就装无事发生，只一门心思养伤。这些天陈主任每晚查房时都会用独角兽的特殊能力给沈曜开小灶，用魔力加速伤口的痊愈速度，这一周时间过去，沈曜的伤已经好得差不多了，估计再让陈主任治两次就能活动自如了。

虽然能快速痊愈是很好的事，但来自陈主任的骚扰也是烦得要命，不知道为什么，这个陈主任一直对沈曜十分感兴趣。之前沈曜因为在任务中受伤被陈主任治疗过几次，每次陈主任都会事无巨细地追着沈曜问东问西，大有把沈曜祖宗十八代都挖出来盘查一遍的架势。而且每次沈曜来看病，陈主任都会拉着沈曜做一大堆根本用不上的检查。这还不算什么，最恶心的是，陈主任有时会偷偷采集沈曜的指甲、头发等，擦过沈曜血液、汗液的纱布陈主任也会偷偷收起来，看起来特别像一个变态，如果不是陈主任的疗伤能力的确神奇，估计沈曜早就忍不住要上手揍他了。

这天夜里，陈主任按惯例来查房。

病床上，沈曜正睡得昏天黑地，宽松的病号服被蹭得卷了起来，肚子和腰全露了出来。随着走廊上陈主任的脚步声逼近，两条触手从病房的衣柜里偷偷地钻出来，老父亲似的扯了扯沈曜病号服的衣角，将病号服下摆拽下来遮住沈曜的肚子，随即又扯住被角，将沈曜从头到脚都蒙住了。

做完这些事，两条触手又悄无声息地缩回衣柜里。

衣柜门刚关好，陈主任就一脸鬼祟地推开门，蹑手蹑脚地走到沈曜床边，仿佛有什么阴谋。

“呼，好闷。”沈曜呢喃着，焦躁地一脚踹飞被子，同时迷迷糊糊地醒了过来，揉着惺忪的睡眼道，“陈主任？”

陈主任一怔，忙道：“是我，脚感觉怎么样？”

“还是疼。”沈曜打了个小哈欠，道，“不敢用力。”

“我看看，裤腿挽起来。”陈主任和蔼地道。

沈曜把裤腿拽上去一点点。

陈主任：“多挽一点。”

沈曜又把裤腿往上扯了扯，露出半截白皙漂亮的小腿。

衣柜里的沈亦清气得狂搓触手！

陈主任目光灼热宛如变态，用手掌轻轻握住沈曜纤细的脚踝，赏玩古董般小心翼翼地来回摩挲着，语气中是压抑不住的激动，颤声道：“我再给你治一下。”

沈曜被火烫了一样猛地一抽腿，脸黑如锅底，低喝道：“不是那只脚！”

陈主任贼笑：“我看错了。”

沈曜恨不得一拳把他揍出去：“石膏都看不见，你瞎了吧？”

“怎么说话呢？”陈主任脸一绷，语气却仍在故作亲昵，他伸出一只手按在沈曜打着石膏的伤腿上，一边灌注魔力一边道，“要不是我，你得卧床三个月。”

沈曜：“……”

“你也不说报答报答我？”治伤的魔力已经灌输够了，陈主任的手却仍放在沈曜脚踝处没挪开，持续输送着另一种魔力。

沈曜觉得他持续灌输魔力的举动好像不太正常，急忙抽回腿，语气冷漠道：“又不是没给你包红包，还要怎么报答？”

陈主任露出个让沈曜浑身不舒服的微笑，道：“待会儿你就知道了。”

“什么意思？”沈曜皱眉。

“没什么，你先歇着，我继续查房。”陈主任笑嘻嘻地摆摆手，转身出去了。

沈曜被陈主任猥琐的笑容激起一身鸡皮疙瘩，感觉怕是要不妙，遂不敢再睡，甩甩头坐直了，摆弄着手机提神。

几分钟过去，沈曜打了个巨大的哈欠，眼皮沉重如灌铅。

“怎么回事……”沈曜拉开床头抽屉翻出一盒强力劲爽薄荷糖，往嘴里丢了两颗，薄荷辛辣的凉气直冲脑门儿，却无法缓解那潮水般汹涌的困意。

沈曜在自己大腿根处狠狠拧了一把，用疼痛勉强保持住清醒，随即撑着床头柜翻下地。这个下地的动作仿佛打开了什么开关，片刻前沈曜还只是困倦想睡而已，但脚甫一触到地面，一阵猛似一阵的睡意便如开闸洪水般轰隆一声失了控，它们轻而易举地流进沈曜身体的每一个角落。沈曜被冲击得头晕目眩，一心只想就地趴下睡个三天三夜。

“催眠？胆子不小，就不怕我醒了揍死他……”理论上沈曜知道独角兽的魔力在治愈之外也可以催眠，只是没想到陈主任会对自己下手，联系陈主任一直以来对自己莫名的关注、猎魔人之间关于陈主任的传言以及自己异于常人的神奇体质，沈曜心里不禁慌了起来。

不会是想拿我做实验吧？沈曜想着，狠狠咬了一下舌尖，一路单脚蹦跳到病房门口锁上门，又躲进卫生间再锁了一次门，把头塞进水池里，拧开水龙头，任由冰凉的水冲击自己困倦不已的神经。

这时，估计着时间差不多了的陈主任用钥匙打开病房门，推门而入，又把门反锁了。

病床上没人，倒是卫生间的门紧闭着，门缝里透出光。

陈主任在门上敲了几下，用猥琐的腔调唤道："哪里不舒服，出来我给你治一治。"

昏昏欲睡的沈曜喘着粗气喝骂道："滚——"

陈主任贱兮兮地一笑，还欲开口，他的侧面却闪电般弹射出一条触手，瞬间绕着他的头卷了好几圈，把他的整张脸都盖得严严实实！

"唔唔……"陈主任张不开嘴也转不动头，只有两个鼻孔还能出气儿，他闷哼着试图去拽那触手，可手臂刚刚抬起就被另外一条触手死死箍缠在身体两侧。陈主任彻底慌了神，抬脚想踹门，双腿却被接踵而至的触手紧紧缚住。短短几秒钟的时间，陈主任整个人就被触手缠裹成了一具分毫动弹不得的木乃伊，直挺挺地被抬起来一路带到病房窗边。

沈亦清已躲在衣柜里窥视了好一会儿，此时对不知何故催眠沈曜的陈主任气恨至极，如果不是还想要他原形头上的角，现在八成已经把陈主任当饼干咔嚓咔嚓嚼了。

沈亦清推开窗子，用吸盘吸着大楼外墙，带着被裹成木乃伊的陈主任一路攀爬到无人的天台上。

正攥着马桶刷准备和破门而入的陈主任打一架的沈曜万分迷茫，心想怎么没动静了，让他滚就滚了，陈主任那个变态这么听话吗？

"听说你有个地下实验室，你想对沈曜做什么？"天台上，沈亦清审问陈主任。

陈主任闷哼了几声，极力扭动，试图摆脱沈亦清触手的束缚。

沈亦清冷笑一声："你不说我也知道，沈曜体质特殊，你想把沈曜绑走做研究？你们这种人……”

陈主任又不舒服地哼哼了几声。

“给我变出原形。”天台上，沈亦清命令道。

陈主任闷哼了几声，却没有变形的举动，显然是在抗议。

沈亦清威胁着说：“不变？”

陈主任固执地答：“嗯嗯嗯！”

沈亦清松脱缠在陈主任身上的大部分触手，只留一根堵嘴的和一根缠着脚的，把陈主任大头朝下吊起来，另外一条粗壮的触手则像鞭子一样狠狠抽击在陈主任身上。

啪！啪！啪！

陈主任被抽得扭来扭去，却连叫都叫不出来，非常惨。

这么吊着抽了一会儿，沈亦清再次命令道：“变出原形。”

陈主任在半空中狂扭、舞动，誓死不从。

沈亦清冷哼，张开足以吞下三头独角兽的血盆大口，随即将陈主任悬吊在自己的巨口上方，一点点把他往嘴里送，同时还飞快地上下叩了几下牙，一百多颗锋利的牙齿彼此摩擦，发出钢铁般清脆响亮的“嚓嚓”声。

陈主任疯狂挣扎，脸都涨成了猪肝色，可他即使使出全力也无法让沈亦清缠在自己身上的触手松动分毫。很快，陈主任半个身子都没入沈亦清的巨口中了，而沈亦清卷在陈主任脚踝上的触手力道越来越轻，仿佛随时都会松脱……

“嗯嗯嗯——”陈主任拼命哼唧着，周身漫过一阵水波般柔和的白光，白光中的人形迅速变化，陈主任终究是在沈亦清的威胁下变回了原形。一头外形圣洁美丽的银色独角兽无助地悬在沈亦清的大嘴中，兽身上还挂着变形时被撑得破破烂烂的衣服。

“我只要你的角，不要命。”沈亦清语气平静地威胁道，“但是如果你敢说出去，我就杀了你，这个城市的所有猎魔人一起上也不是我的对手。”

而全国的一起上，也不是我爸爸的对手！

海怪二代就是如此的飞扬跋扈。

独角兽拼命点头，独角磕在沈亦清的牙上，当当作响。

沈亦清满意地用一条小触手卷住独角兽的角，独角兽丧气地悲鸣了两声，却没挣扎，随着一声骨骼碎裂的脆响，独角兽的角被沈亦清徒手掰了下来。独角兽疼得哇哇直叫，还没来得及从这剧痛中缓过神来，就被沈亦清用触手卷着像抛垃圾一样从天台上抛下去，摔断了四条腿！

这回沈曜就算想再揍一顿也没地方可打了……

沈亦清把独角兽的角收好，准备以后有机会偷偷喂给沈曜吃。

吃独角兽的角可以不老不死这个说法是夸张了，但人类吃了这东西寿命的确可以得到大幅度的延长，达到和沈亦清一样的水平应该没有问题。沈亦清自从知道陈主任是独角兽的一瞬间就打上角的主意了，这回总算有借口光明正大地掰角，心里还有点儿高兴！

沈亦清原路爬回沈曜的病房，推开窗子跳进去，揣着独角兽的角心潮澎湃地走到卫生间门前，敲了敲门，柔声呼唤："开门，是我。"

然而沈曜已经熟睡在马桶上，怀里还抱着一卷手纸，一串欢快的小呼噜透过门板传到门外，沈亦清听见了，便将触手软化变形探进锁孔，咔嗒一声开了洗手间的门，将睡在马桶上的沈曜抱到病床上。

沈曜是被独角兽的魔力催眠的，一时半会儿根本醒不过来，沈亦清老老实实地在床边坐了一会儿，自己的眼皮也开始打架，单人病房只有这么一张床，于是沈亦清将沉睡中的沈曜往边上挪了挪，自己也跟着躺下，挤挤巴巴地在沈曜旁边睡了过去，在沈亦清睡过去之前，他谨慎地和沈曜保持着大约五公分的距离，并没有碰触到沈曜。

然而……

天将破晓时，沈亦清被自己体内汹涌狂乱的魔力流惊醒，他睁开眼睛，发现沈曜像只小章鱼一样缠在自己身上，光洁的小腿与自己的贴在一起，魔力正源源不断地涌进沈亦清体内。不知不觉间吸了太多魔力，拟态不稳定的巨妖宝宝感觉自己眼看着就要绷不住了。

而这时，沈曜也睁开了眼睛。

沈亦清语气急切道：“早安，我走了。”

沈曜睡眼惺忪，一时没反应过来，只呆呆地睁大眼问着：“什么，往哪儿走？你怎么在我床上？”

沈亦清不答，只神色慌张地翻身下地，可他刚刚站到地上，体内狂乱的魔力流便如海啸般不由分说地席卷而来，沈亦清低呼一声，身子倏地一矮，半截小腿忽然软得像烂泥一样，两条修长的人腿如同遇热的蜡烛般飞快融化，变成了某种诡异的灰色物质。

沈曜直起身子，猛地一甩头，眼底瞬间回复清明，问：“……你要现原形了？”

“不是！”沈亦清负隅顽抗。

他虽知自己不是人的事已瞒不下去，但还是不想让沈曜看见自己的原形，沈亦清拼尽全力把巨妖化的两截小腿变回了人腿！

沈曜危险地眯起眼睛质问道：“沈亦清，你觉得现在狡辩还有意义吗？”

然而沈亦清正全神贯注地维持人形，全部的注意力都集中在分配为数不多的魔力以维持形态上了，连听话和说话的精力都没有，脸部表情管理也全然失控，只一脸呆滞地目视前方一言不发。

沈曜忽然想起那天自己请沈亦清吃饭，沈亦清不慎喝了一口带巧克力的奶茶，然后也是突然这么一脸呆滞一言不发的，自己当时以为他是突然有了什么灵感，而沈亦清自己也是这么解释的，所以沈曜当时并没有怀疑……

众多线索在脑中迅速穿成一线，沈曜眼珠一转，机智道：“巧克力会让你现原形？”

沈亦清惊恐无比地看着沈曜，一脸被说中了的表情反驳道：“没有！”

沈曜面色阴沉地抿起嘴唇。

看来就是这样没错了。现在回想起来沈亦清那天晚上的表现的确有点怪怪的！

眼看人形就要崩坏，沈亦清不敢再耽误，可是穿好衣服从医院走廊走出去显然已经来不及了，于是走投无路的沈亦清只好抱着衣服撒开两条大长腿飞奔到窗边！

沈曜目瞪口呆地叫：“你干什么！”

沈亦清呼啦一下推开窗户，就义无反顾地跳了出去！

沈曜也光溜溜地跑下床，三步并作两步地跑到窗口探头朝下面一看，然而窗下的花坛空空如也，附近没有人，也没有魔物。

不在下面……那就是在上面！沈曜猛地一抬头，果不其然，发现上方的楼壁上正攀附着一个怪东西，那魔物通体惨白，没有一丝血色，主体是一枚直径约有三米的圆溜溜、光秃秃的大脑袋，脑袋下方则生着一圈同样惨白的触手，整个儿就是一只巨大的白色章鱼。沈曜发现它时，它正慌慌张张地挥舞着触手往天台的方向爬去，每次它抬起一条触手就是一连串清脆的啪啪声传来，仿佛是吸盘拔离平面的声音。

幸亏沈曜是个猎魔人，对外形惊悚的魔物早已见怪不怪，若是换个普通人过来，看见眼前这一幕怕不是要直接吓到心脏停摆。

沈曜做了个深呼吸，气沉丹田，一字一顿高声咆哮道：“沈！亦！清！”

大白章鱼被沈曜这一嗓子吓得整个都是一抖，柔软的身体抖出一阵滑稽的小波浪，但抖过之后这大章鱼却爬得更快了，如离弦之箭般“啪啪啪”地朝天台直蹿上去。

沈曜气壮山河地怒吼道：“沈亦清！你给我滚下来！”

大章鱼又是吓得一哆嗦，整只章鱼僵硬在原地。

沈曜威胁道：“我现在就拉黑你微信和手机号！”

“别拉黑我。”大章鱼发出沈亦清的声音，随即不情不愿地退了回来。

退回的过程中沈亦清全程都没有回头看沈曜，退到沈曜房间的窗子上方时，他迟疑着停住了。

“快进来啊，待会儿对面楼的人全看见你了。”沈曜急切道，“我没拉黑你。”

沈亦清生怕暴露，赶忙将柔软的球形身体从长方形窗口挤了进去，刚刚被挤进屋子的身体看起来非常像一个长方体。沈曜看着那喜感十足的长方体，“噗”的一声笑出来。沈亦清听见笑声，急忙把平板带棱角的身体弄圆了。他刚一恢复原形就急急忙忙地一转身，用圆溜溜的后脑勺对着沈曜，生怕沈曜嫌弃自己一米长的大嘴和那双篮球一样大的发光绿眼睛。

“转过来，我看看你正面长什么样。”沈曜悠悠地叹了口气，心想这原形果然丑得让人想哭，不过当食物看的话倒是挺好吃的。

沈亦清不愿让沈曜看见自己的正面，虽然他觉得自己原形挺不错的，英俊又柔软，但很可惜，自己并不符合沈曜的审美。

沈亦清两只绿色大眼睛亮得像深海探照灯一样，眼睛发出的绿光盈了满室，沈曜转身拉上窗帘，问：“你的眼睛能别那么亮吗？外面看见这屋肯定都是绿的。”

“能。”沈亦清急忙调暗眼睛的光度。

沈曜松了口气，再次命令道：“转过来。”

“你听我说，我只要稳定一下魔力就能变回人形了……”沈亦清心虚地说。

“我要看你正面。”沈曜试图从沈亦清身后转到前面一睹大章鱼的尊容，然而沈亦清也挥舞着小触手跟着沈曜的脚步转。沈曜腿还没好利索，而且地上全是滑溜溜的触手，几乎没地方下脚，所以根本跟不上沈亦清的速度，不管怎么转看见的都是煞白的大圆后脑勺。

沈亦清飞快转着圈儿，同时调整声带，用温和的声音提议道：“你就当这一切都是一场梦好不好？”

“少和我扯那些有的没的，我站在后面都看见你嘴角了！”这嘴究竟是有多大！沈曜想起之前沈亦清骗自己的一幕幕，越想越来气，扬手就是一巴掌重重打在沈亦清后脑勺上，气鼓鼓地道：“你这个骗子！”

沈曜生起气来的模样也很可爱，说起骗子两个字来时不像骂人，反倒像撒娇，沈亦清听得心神一荡，柔软的脑袋被沈曜拍出一阵涟漪，果冻般抖了三抖。

沈曜看着沈亦清荡漾的脑波，忙做了个深呼吸稳住情绪，不悦地道："你停不停下？我的伤还没好呢，脚都跑疼了。"

一听见沈曜说跑得脚疼，沈亦清立刻定在原地不敢动了。

沈曜冷哼一声，踢开绊脚的触手，扶墙一样扶着沈亦清的大脑袋艰难跋涉到正面，定睛一看。

只见沈亦清眼里蓄了两汪眼泪，正强忍着不让它们落下来，他自己难受得不行，却还张开血盆大口露出一百多枚尖牙勉力安抚沈曜道："我原形不好看，你别害怕……"

沈曜嘴角抽搐，望着沈亦清的巨脸，一时竟无话可说。

沈亦清神色忧郁地与沈曜对视片刻，读懂了沈曜心里嫌弃却强忍着不流露出嫌弃的微妙表情，于是"咻"地用二十多条触手包住自己的头，难受得不想见人。

片刻前紧张得煞白煞白的章鱼巨丸子，以肉眼可见的速度变成一种天空般的湛蓝色。

"你究竟是什么魔物？我在书上没学过。"沈曜定了定神，问，"真的是北海巨妖吗？"

沈亦清闷闷地应了一声，体表的蓝色逐渐加深，蓝得几乎都有点发黑了。

居然真是……职业习惯使然，沈曜的好奇暂时压过了被欺瞒的愤怒，问："北海巨妖都像你这么小吗？"

好歹有个巨字，体型不是应该很大？

"不是，我爸爸头径有上百米长。"沈亦清扁着嘴解释道，"我年纪还小，所以只有三米。"

沈曜心情复杂："年纪小？你不是二十六岁吗？连这个都是骗我的？"

"没！"沈亦清急忙否认，"真是二十六岁，但我们都能活上千岁，所以……我还在长身体。而且，我都还没进入北海巨妖的成熟期呢。"

沈曜惊悚地意识到沈亦清居然是一个巨型宝宝，表情顿时复杂得难以言喻。

“但是我的心智是二十六岁的心智，所以你还是把我当同龄人看，别当我是小孩。”沈亦清怕沈曜误会，忙解释道。

其实你心智好像也没有二十六岁，沈曜腹诽着，又开口道：“知道了……对了，你怎么还带变色？一会儿白一会儿蓝。”

沈亦清蔫蔫地解释道：“我的颜色会随心情变化，本体是灰色的……你还生我气吗？”

“生气。”沈曜想起来自己该生气了，立刻斩钉截铁道，“骗了我这么久，我问你你都不承认，实在瞒不住了才坦白，简直毫无诚意。”

沈亦清委屈地吸了吸腮，保持着用触手包头的姿势低声道：“对不起，我只是怕你嫌我原形吓人。”

见沈曜面色犹豫不定，似乎不知该继续发难还是放他一马，沈亦清继续倾情卖惨道：“我现在是蓝色的，这个颜色说明我很忧郁，很难过。”说完，沈亦清拿两只绿眼睛从触手缝里暗暗地瞟着沈曜。

沈曜哭笑不得，一方面拳头痒痒的，只想把这只大章鱼揍一顿，另一方面又被沈亦清卖惨弄得下不了手，只好呆站在那里，攥着拳头愤恨地磨牙。

沈亦清见沈曜仍是一脸想绝交的表情，伤心地眨了眨眼睛，用触手捂着大脸，“吧嗒吧嗒”地开始掉眼泪。他眼睛大，眼泪体积也大，很快就把地面氤湿了一大块。

沈曜看看沈亦清身下莫名其妙多出来的一摊水，眉毛一挑，问道：“你尿了？”

沈亦清崩溃：“我在哭！”

沈亦清吸溜着腮，十分难过地说：“我只是外形像章鱼，但智力程度和生活习惯都和人类一样……你刚才是不是把我当成狗了？”

沈曜心里升腾起一阵诡异的愧疚，忙道：“对不起。”

“而且，”沈亦清睁大了绿眼睛，带着一种谜一般的自豪语气道，“我一次十几升，地上怎么会只有这么点儿。”

沈曜气得直跺脚：“这种事不要告诉我啊！”

什么男神，什么高富帅艺术家，说不定背地里都是一口气要尿十几升的大章鱼！这个世界太疯狂了！沈曜想。

沈亦清理亏地抿紧大嘴，不说话了。

“呼……算了，不生气。”沈曜不住深呼吸，喃喃自语着安抚自己，强压下想打人的情绪，转身往卫生间方向走去。

“你要去哪儿？”沈亦清伸出一条小触手，紧张兮兮地卷住沈曜大腿。

“洗把脸，刷个牙。”沈曜道。

“真不生气了？”沈亦清确认道。

沈曜带着几分负气地重重“嗯”了一声。

沈亦清通过触手缝瞥着刚刚睡醒，呆毛林立，小鸡仔一样可爱的沈曜，身体渐渐从深蓝色变成了粉红色。

沈曜嘴角一抽：“怎么又变粉了？”

沈亦清不好意思地道：“我开心的时候就会变成粉色，因为你说你不生我气了。”

沈曜将沈亦清从头到触手打量了一翻，扑哧一声笑了：“你这个颜色倒是有点儿可爱。”

沈亦清被夸得巨脸微红，害羞地轮番用触手抹脸抹头。

沈曜走进卫生间关上门，掬起一捧水洗脸，边洗边试图将那个荷尔蒙爆棚的美男子和门外那只每个毛孔都透着浓浓委屈气息的巨妖小宝宝联系在一起，然而这似乎有些困难。

差太多了好吗？沈曜心想。

察觉到沈亦清不是人类后，沈曜对他的态度和感觉也慢慢发生着变化，原本沈曜一直觉得沈亦清是高高在上的艺术家，在对沈亦清时说话时总有些小心翼翼的。不过从喷火龙袭击研究所那天开始，沈亦清的形象就渐渐地在崩塌，沈曜发现他不仅没那么完美，好像还有些蠢萌……

至于今天，沈亦清的形象终于彻底崩坏了，不仅根本不是沈曜想的那种人，甚至根本不是人，然而不知为何，沈曜心里却泛起一种莫名的轻松，之前什么都被对方比下去的压力此时已荡然无存。

沈曜洗漱完毕，刚一推开卫生间的门就看见门外横着几条触手，每条触手都卷着一件衣物，内裤、长裤、上衣……内裤还是新的，十分殷勤周到。

沈曜循着触手伸来的方向望去，见沈亦清正满眼期望地看着自己，神情看起来就像一只给主人叼拖鞋的小狗一样。

沈曜叹气，从触手中接过那些衣服，一件件换上，这时，沈亦清的两条触手钻进卫生间，拧开水龙头娴熟地洗着沈曜换下来的衣服。

"……我自己洗就可以了。"沈曜拍拍那两条勤劳的触手。

"我来。"沈亦清很有心机地说，"以后家务我全包了。"

沈曜瞬间抓住重点，一记白眼飞过去："说得好像我还要和你住在一起似的。"

沈曜真的不好骗！沈亦清失望地想，眼皮耷拉下来，小声嘟囔："住在一起不是挺好的吗……"

"好哇沈亦清，我想起来了！"沈曜猛然惊觉，一个箭步冲过去揪住沈亦清的巨脸，愤怒道，"那天晚上的狼人是你装的对不对？你故意那样做好让我留宿？"

粉红色的沈亦清瞬间吓得煞白，顾左右而言他："那个，衣服洗完晾架子上可以吗……"

"我知道了，"沈曜目光犀利地瞪视着沈亦清，一下下地点着头，缓缓道，"变白就意味着你害怕、心虚，刚才你跳窗户之后也是白的。"

沈亦清痛苦地揉搓触手："你怎么这么聪明？"

"亏我还担心你的安全，傻乎乎地天天去巡山，你这个混蛋……"沈曜掐住手里滑溜溜的巨妖肉，狠狠地转着圈一拧，气得直跺脚，"你向我道歉！马上！"

"对不起，你别生气了。"沈亦清忙不迭地道歉，并伸出十多条触手一起拥抱沈曜，发自肺腑地忏悔道，"我错了，我就是想多和你在一起，我骗了你很多，但是我对你真的没有恶意。”

被触手缠得严严实实的沈曜：“我要喘不上气了……”

沈亦清讪讪地将触手松开。

“我不是很明白，”沈曜将两人相处的回忆又翻出来梳理了一遍，深深地表示疑惑，“你为什么会这么处心积虑地接近我？别说是救命之恩，那天你站在湖边应该是想吃了那只寄生水怪吧？它根本不是你的对手，你从认识我第一天开始就想方设法地套路我。”

沈亦清冷汗涔涔，有种底裤都被沈曜扒干净了的感觉。

虽然他现在的确也没穿！

沈亦清忧郁得发蓝：“你真的什么都不记得了？”

“不记得什么？”沈曜困惑地问，同时朝床边走去想坐下歇歇。

沈亦清见状，忙殷勤地用一条触手卷住沈曜的腰，把人整个儿地从地上拔起来咻地荡到床边，像放一个洋娃娃一样把沈曜稳稳地放在床上，并趁机自卖自夸：“我可以让你连路都不用自己走。”

沈曜摆手：“别，我又不是没长腿，你刚才说我不记得什么了？”

沈亦清沉吟片刻，小心翼翼道：“其实我们小时候是认识的，而且还是青梅竹马。”

“你和我是青梅竹马？”沈曜忽然想起了沈亦清的系列画作——实验室中相依为命的北海巨妖宝宝和人类小孩。

还不待沈亦清开口，沈曜便抢先问道：“上次你给我看的那些画，画的难道是你和我？”

沈亦清疯狂点头，大圆脑袋像果冻一样前后摇来荡去，体表颜色从深蓝渐变成娇艳的粉。

这个颜色说明巨妖宝宝很开心！

沈曜发了会儿怔，问：“你怎么能肯定我就是那个小孩？”

沈曜的确觉得画中的小孩有种莫名的熟悉感，可是……沈曜把那幅画从自己的记忆中调取出来，将小孩的五官细细回忆了一番，却觉得那个小孩和小时候的自己并不相似。

沈曜的养父沈俞明是个相当冷漠的人，对沈曜完全没有感情，所以沈曜七岁之前没有留下任何照片。沈俞明死后蒋泽变成沈曜的监护人，沈曜幼年的照片几乎都是出自蒋泽之手，有七岁刚入少先队时戴着红领巾的纪念照片，有八岁过年时和蒋泽一家照的全家福，有九岁被蒋泽带去公园春游时骑着旋转木马照的相……虽然大多数照片的取景角度和构图比例都很清奇，但好歹都能看清脸，沈曜打小就长得非常漂亮，像精雕细琢的人偶娃娃一样，连蒋泽神鬼莫测的拍照技术都没能毁掉那张脸，可沈亦清画作中的小孩只是清秀可爱而已，并没有像小沈曜那样好看到夸张的地步。

沈曜笃定道："你画里那小孩和我不像，没我好看。"

沈亦清理直气壮地补充道："你们名字一样，年龄也对得上，都和特殊事务执法部门有关联，而且你，在被……那个……"沈亦清突然舌头打结，仿佛在犹豫是不是要说出口。

"快说，我被哪个？"沈曜问。

沈亦清蜷起二十几条小触手紧张地护卫在身边，好像怕沈曜听了会突然冲上来打自己一样，字斟句酌道："你的记忆被他们清理了，所以你什么都不记得，但我下面说的都是真话……我小时候被那个叫沈俞明的人抓回他私人的地下实验室研究过。当时你和我一样，是沈俞明的实验体，你的容貌在实验过程中被改变了，我画的是你改变之前的样子。"

沈曜深黑的瞳孔放大了一瞬："我是沈俞明的实验体？"

这个消息并没给沈曜带来多大的震撼，因为收养孤儿做违规人体实验的确是沈俞明那种人干得出来的事。沈曜对沈俞明这个所谓的义父没有半点感情，沈俞明看自己时的眼神的确像看一只实验用的小白鼠一样，没有一丝温度。

"我们都是。"沈亦清说着，庞大的身体刺溜蹭到床边，语声低沉又温柔地安慰道，"别难过，至少……我们因为这个认识了，不然我们永远不会有交集。"

沈曜揉着额角，拼命试图从童年记忆中搜寻出与实验室或是沈亦清有关的线索，但全部失败了。沈曜一直知道自己的童年记忆非常不连贯，但小孩子的记忆不连贯实属正常，很多人的童年记忆都只是由一些印象深刻的事件拼凑成的，至于日常生活其实大多数人都想不起来，所以沈曜没觉得这有什么问题。但听沈亦清这么一说，沈曜顿时觉得那些记忆不连贯的地方都变得可疑起来了。

沈曜回忆无果，反倒是大脑深处隐隐传来一阵绵密的刺痛，只得放弃思考，直起身道："具体怎么回事，给我讲讲，我真的一丁点印象都没有。"

沈亦清绘声绘色地开始了讲述。

## 第九章

# 血盆小口与青梅竹马

事情要回溯到十七年前。

在因为一箱饼干被沈俞明拐上科考船后，巨妖宝宝被秘密运回 Z 国，成了一只没有自由的实验体。

当时沈亦清还没有人类名字，他的巨妖爸爸给他起名叫“吼吼吼吼”，在北海巨妖语中那个音调的四声吼是“嘴大得能吞下一群鲸”的意思。在海怪文化中这属于一种美好的祝愿，寓意着海怪宝宝能茁壮成长，和人类给孩子起名叫 × 健、× 壮的感觉差不多。至于巨妖爸爸，巨妖爷爷给他起的名字是“吼吼吼”，在巨妖语中是“触手能掀起百丈波浪”的意思，一听就十分霸道威猛。

然而，在被沈俞明掳去实验室后，再也没有人会亲切地用“吼吼吼吼”来呼唤巨妖宝宝了。可怜的宝宝被沈俞明在触手上打了个固定环，环上刻着一串冷硬的数字，而那串数字在很长一段时间内充当着巨妖宝宝的新名字。

当时研究院还不像现在这么规范，加上沈俞明是一手遮天的院长，所以巨妖宝宝并没有被上交给国家，而是被沈俞明带回自己的私人地下实验室进行研究。这对于巨妖宝宝来说是很不幸的，国家科研院毕竟有专人监管，规章制度执行严格，高等智慧的实验体会受到比较人性的对待。可沈俞明的私人实验室完全是他自己说了算，他手下的几个研究员都对他唯命是从，巨妖宝宝在这里的待遇并不比小白鼠好多少，能保证的只有“可以吃饱饭”这一件事，而且连这都是通过配合沈俞明进行各种实验换来的，其中还不乏一些对身体有伤害的痛苦实验。

巨妖宝宝当时的年龄是九岁，九岁的人类小孩已经明白很多事了。但巨妖宝宝常年与爸爸幽居在深海，思维方式简单，能获取到的知识也非常有限，心智比起同龄的人类小孩差上一大截，突逢巨变时毫无办法。整天就知道咧着“血盆小口”，“吼吼吼”地哭着要爸爸，沈俞明也懒得理，只由着他哭。

巨妖宝宝暗无天日的生活一直持续到沈曜出现才宣告停止，沈曜在明面上是沈俞明收养的孤儿，不过实际上却被沈俞明拿来做基因融合实验的实验体。沈俞明一直想解开寄生水怪的基因融合之谜，一个寄生水怪如果把卵产在人类身上，那么通过吞噬人类孵化出的第二代寄生水怪就会具有很多人类的特征。沈俞明对这种现象很感兴趣，并试图有选择地将强大的魔物基因片段与人类融合，以期制造出更优秀的人类来……

基因融合的过程很痛苦，但自私冷漠的沈俞明并不在乎，毕竟受苦的人不是他。沈曜先后被融合了十几种魔物的基因片段，有成功的，也有失败的，其中包括蝎狮兽的毒素免疫基因，龙族的火焰抗性基因，魅魔美丽容貌的基因，等等。沈俞明也试图将北海巨妖的基因与沈曜融合，不过巨妖基因太强大，沈曜的身体无法承受，几次险些丧命。沈俞明不想让这么珍贵的实验体死亡，只好停止了这样的实验。

沈曜在实验室的待遇比巨妖宝宝好一些，毕竟沈曜是个人类，而且更重要的是，在认清现实后，沈曜对沈俞明的实验十分配合。作为配合实验的奖励，沈俞明允许沈曜在实验室中进行一些无伤大雅的日常活动，包括吃零食、玩玩具、看书、画画、自由走动，甚至还可以与其他的实验体一起玩耍。没有任何伙伴的小沈曜对这样的机会十分珍视，可实验室中的魔物实验体要么性情凶残，要么智力低下，巨妖宝宝虽然长得丑了些，但脾气好又聪明，沈曜最后选了他。

“叔叔，我想和他玩。”沈曜怯怯地指了指玻璃水缸后的巨妖宝宝。

沈俞明面无表情地点点头，着人将巨妖宝宝放出来。

巨妖宝宝“啪”的一声掉在地上，深蓝色的身体忧郁得像大海，绿莹莹的眼睛里蓄着两汪泪。

沈曜穿着一身雪白的实验服，像个小天使一样蹲在巨妖宝宝面前，用小手轻轻摸了摸巨妖宝宝的大光头，小声道：“你长得真吓人。”

巨妖宝宝愣怔片刻，“吼”的一声就哭了，两只眼睛哭成了一对荷包蛋。

“对不起。”小沈曜打了一下自己的嘴巴，道歉地说，“但是你不坏的吧？”

巨妖宝宝十分委屈地叫道：“吼！”

不仅不坏还巨乖呢！

小沈曜小心翼翼地牵起巨妖宝宝的一条触手，用小手握住，安慰地说：“那我们做好朋友吧。”

巨妖宝宝叫道：“吼。”

巨妖宝宝用吸盘紧紧吸住小沈曜的手心，又伸出另一条小触手，用吸盘吸住沈曜的脸蛋又拔开，随着“啪”的一声轻响，沈曜脸上多了个圆圆的红印。

小沈曜摸摸自己的脸，笑出一口小豁牙，开心地说：“你在亲我呀。”

“吼——”巨妖宝宝轻柔地应了一声。

小沈曜便也凑过去，用脸蛋在巨妖宝宝的巨脸上贴了一下作为回礼。

巨妖宝宝变成了淡淡的粉红色。

为了不让基因融合实验的秘密泄露，沈曜平时吃住都在实验室，而每次完成一个阶段的融合实验，沈俞明就会把沈曜这段时间内的记忆清空，然后带沈曜回家过一段时间正常孩子的生活，下一阶段的实验启动时，再将沈曜带回实验室。

沈曜做了三年实验体，这三年间与实验有关的记忆被沈俞明清空过许多次，其中自然也包括对巨妖宝宝的记忆。可不知道是不是当时的记忆消除仪功能没有现在完美，那些记忆似乎消除得不彻底，每次回到实验室开始新一轮实验时，沈曜都会再次选择巨妖宝宝做自己的玩伴。

第一次、第二次、第三次……巨妖宝宝一次又一次地在水缸后被沈曜的手指点中。

小沈曜每次重复地说：“你长得真吓人。”

巨妖宝宝悲愤地挥舞着小触手叫道：“吼！”

为什么每次重逢都要提醒我这件事！

小沈曜用小手托着下巴陷入沉思，对着它说：“我怎么觉得刚刚那句话我好像对你说过呢？”

巨妖宝宝气到飙血：“吼——”

本来就是说过啊！

研究所里，巨妖宝宝和小沈曜相依为命。

沈俞明平时懒得管沈曜，只提供生活必需品。沈曜的零食、玩具、小人书之类的东西都是蒋泽买的，小沈曜把它们视如珍宝，专门弄了个大纸盒装着。沈曜的基因融合实验每次要连续进行一至两个月，这期间，作为实验体，沈曜需要寸步不离地待在研究所，所以沈曜每次回到研究所进行下一阶段的实验时都会把自己的全部家当带过去。

大纸盒中有一小半空间装着零食，听说这次实验会连续进行四十天，于是聪明的小沈曜把每天可以吃的零食分量计划好，以保证零食可以一直吃到实验结束。

每天三颗麦丽素，两块水果糖，一块饼干，再加上四分之一包干脆面或者辣条，还是很多的，多得吃不完，小沈曜满足地想。

不过十天之后，沈曜的零食配给就被砍了一半。

因为小沈曜结交了一个北海巨妖小伙伴，巨妖宝宝没有零食可吃，每次都眼巴巴地在水缸里面隔着玻璃看沈曜吃。沈曜觉得小巨妖很可怜，于是每次不管吃什么都分给巨妖宝宝一半。

“你张嘴，给你个好吃的。”小沈曜背着手，神秘兮兮地走到巨妖宝宝面前说。

这时巨妖宝宝的体型已经比刚来时长了不少，他喜滋滋地把嘴巴张到最大，大得都可以吃小孩了。血红血红的大嘴巴里是九十多颗参差不齐的牙，有锋利的大尖恒牙，也有稚嫩的小尖乳牙，还有一些本该有牙的地方是空缺的，因为巨妖宝宝正值换牙期，那些乳牙已经掉了。

沈曜看着眼前的大嘴，一阵眩晕，紧张地问：“你能不能把嘴张小一点呀，我晕牙。”

巨妖宝宝轻轻吼了一声，把嘴合上一半。沈曜松了口气，把手里紧攥的水果糖往大嘴里一丢。

小小的一颗水果糖落在巨口中，就像沧海中的一粒沙。

但巨妖宝宝还是成功品尝到了那股美妙的、酸酸甜甜的橙子味，他幸福得整个身体都变成了暖融融的橙色。

沈曜笑了，露出小豁牙笑道：“你好像一个大橙子啊！”

“大橙子”伸出小触手，小心地点了点沈曜的豁牙，接着说：“吼。”我也在换牙。

沈曜没听明白，一低头，自己也吃了一枚水果糖，品着口中糖果的味道，沈曜漂亮的大眼睛美美地弯了起来。

巨妖宝宝嘴里的橙子水果糖已经融化了，他贪心地用触手轻轻碰了碰沈曜的小手，问：“吼？”还有糖吗？

沈曜明白他的意思，张开空空如也的掌心，随即用手比了三次一，道：“一天一人一颗，这样我们总有得吃。”

巨妖宝宝乖巧地点头。

因为觉得巨妖宝宝不会说人话沟通起来太费劲，所以小沈曜开始试着教他说话认字。沈俞明虽然没教过沈曜任何东西，但幸运的是小沈曜在孤儿院里学过一点拼音，后来在蒋泽那儿把拼音学全了，而儿童读物大多都是有注音的，所以沈曜完全可以自学。

两个小实验体空闲时便常常依偎在一起看书，巨妖宝宝把几条触手平铺在地上，再把另外几条竖起来组成一个靠背，这样就成了一个简易的触手沙发。小沈曜舒舒服服地窝在柔软的触手沙发里，用手指指着书上的字一个个念给巨妖宝宝听。触手温度比人类体温低，夏天坐起来解暑降温，而天气转凉时，巨妖宝宝就通过自主燃烧脂肪调节体温，把自己弄得干燥又热乎，小沈曜冬天坐在触手沙发里时总会因为太暖太惬意而不小心睡过去。

读到一半的书从沈曜手中滑落掉在地上，又被巨妖宝宝捡起来，珍重地收进纸盒箱。

读书之余，沈曜还会教巨妖宝宝画画，那阵子蒋泽买了几个绘画本和一套豪华的四十八色蜡笔，小沈曜喜欢得不行，大方地拿出来和小伙伴分享。

“你看，”小沈曜在纸上画了一个大红圆圈，又用黄笔在圈外画了一些不怎么直的直线，像个小老师一样道，“这是太阳，你画一个试试。”

巨妖宝宝用几根触手分别卷起几只不同颜色的蜡笔，“唰唰唰”地在纸上涂出一张画，虽然蜡笔的表现精度有局限，但也画得很像样儿了，沈曜一眼就看出来他画的是一个小北海巨妖。

“你画得真好……”沈曜片刻前画了大太阳的骄傲劲儿全没了，小腮帮子鼓鼓的，有点淡淡的嫉妒。

巨妖宝宝咧开巨嘴矜持地一笑，又在画纸另一半空白的地方画了一个小沈曜。

沈曜看见他画了自己，心里淡淡的嫉妒顿时转化成浓浓的友爱，惊叹道：“你画得真好，你练过画画吗？”

巨妖宝宝点头，他以前在海里时经常趁水流缓慢时用触手在海底的沙子上画画，所以有些基础。

“你以后可以当个大画家！”沈曜的眼睛亮晶晶的，亮得像海中最美的发光水藻，“你当上大画家之后，就把我们的事情画下来，好不好？”

巨妖宝宝用触手卷成一个小拳头，攥紧触手中的蜡笔，望着沈曜郑重地点头，道：“吼。”

一言为定。

触手多的好处不止在于画画画得快，巨妖宝宝玩游戏也是一把好手。小沈曜有个打地鼠的游戏机，玩法很简单，就是用手指把冒出头的地鼠按下去而已，每过一关地鼠冒出来的速度就加快一些。沈曜刚刚拿到游戏机时爱不释手，每天都要玩一玩，有一次爆手速好不容易通了第三关，于是沈曜得意扬扬地拿着游戏机去找巨妖宝宝炫耀。

“这个我玩得特别厉害，都过第三关了。”沈曜的小尾巴翘飞到天上。

巨妖宝宝眨眨绿眼睛，接过游戏机好奇地打开，这个地鼠机上有十五个供地鼠冒头的孔，巨妖宝宝在每个孔上方都安排了一只触手……十分钟后，巨妖宝宝通了十关，游戏机欢快地播放起通关音乐。

巨妖宝宝勾起大嘴角笑了笑，叫道：“吼。”毫无难度。

“你这个是作弊，你那么多手！”沈曜非常不服气，鼓着腮帮子夺回游戏机，“不给你玩这个了。”

不高兴了？巨妖宝宝伸出几条触手挠沈曜的痒痒，沈曜尖声大笑着逃开。

虽然两个实验体相处的时候很欢乐，但实验室中的日子其实很难挨。沈俞明设计的实验很多是痛苦的，甚至会伤害到身体。有一次沈曜发现巨妖宝宝的小触手短了一小截，触手的横截面被涂了伤药，露出内里灰不溜秋的肉。

“大坏蛋切了你的触手？”沈曜心疼得不行，捧起巨妖宝宝的触手小心翼翼地抚摸着。

沈曜当面管沈俞明叫叔叔，不过私下里和巨妖宝宝提起沈俞明时称呼都是“大坏蛋”。

“吼……”巨妖宝宝情绪低落极了，眼皮无精打采地耷拉着，不住地叫道。

他的肢体可以再生，只要大脑不被破坏，无论哪儿被切掉了都能长回来，但心理上的痛苦却很难平复。

“呼呼——”沈曜对着那横截面小口小口地吹气，心疼地说，“痛痛飞飞。”

巨妖宝宝巨大的心脏里仿佛有暖流漾过，蓝色的身体渐渐变成淡粉色，心里和身上的疼痛都随着那软软的拂在自己伤口上的气流飞走了，他用吸盘轻柔地吸了一下沈曜的脸。

“我给你唱歌吧。”沈曜哄着巨妖宝宝。

虽然已经不难受了，但为了让沈曜给自己唱歌，巨妖宝宝还是勉力耷拉着眼皮，装出一副忧郁的样子。虽然体表的粉色早已暴露了他的内心，但当时沈曜并不知道他会随着心情变色，还以为他是随便乱变的。

沈曜唱完一首歌，巨妖宝宝又佯装委屈地把脸凑到沈曜脸旁，示意要亲亲。沈曜马上乖乖从命，凑过去亲巨妖宝宝的巨脸，从脸东头一路亲到脸西头。

骗了一顿友爱之吻的巨妖宝宝粉得都发红了，开心得不行。

从小就是个戏精！

当两个小东西在实验室里受苦受难时，巨妖宝宝的爸爸也一直没有停止寻找自己的小孩。

巨妖宝宝被沈俞明拐走后的当天晚上，巨妖爸爸才发现孩子没影了。起初它以为宝宝又跑去别人家的海沟里疯去了，不过找遍了所有海沟，问遍了所有自己认识的海怪家长，巨妖爸爸都没有找到宝宝的下落。爸爸慌了，在其他海怪的提醒下才意识到可能是人类把宝宝掳走了，可这时科考船早就不知开到哪里去了，绝望的巨妖爸爸漫无目的地在海中狂游了几百公里，沿途询问遇见的海怪，可没找到任何线索。

从那天开始，巨妖爸爸每天除了找儿子什么都不干，它疯狂地搜索每一条海沟，每一个海底地穴，甚至每一丛珊瑚，每一簇水草……因为它的宝宝还很小，非常有可能躲在哪个隐蔽的小角落里。巨妖爸爸搜寻过的海域几乎寸草不生，所有东西都会被它翻个底朝天。

在意识到自己可能永远不会在海中找到宝宝后，巨妖爸爸又崩溃地冲上自己守护了许多年的班尼克斯岛，在岛上咆哮着找儿子。

“吼吼吼吼——吼？”巨妖爸爸深情又焦灼地呼唤。

嘴大得能吞下一群鲸！你在哪里？

可是惊慌失措的岛民们并不知道守护神的绝望，他们先是诚惶诚恐地向守护神献祭食物，在发现守护神根本不感兴趣且攻击性十足后，恐惧的岛民们开始试图驱逐它。巨妖爸爸沐浴在纷乱的箭雨中，绿色的巨眼写满了愤怒与伤心。它不忍伤害人类，只好带着一身细密的小伤口哭吼着回到海里，身后淌着一条咸涩的眼泪的河。

在巨妖爸爸到处找儿子的同时，它的海怪朋友们也都在帮忙，有一只人脉很广的灯塔水母打听到距离班尼克斯岛很远的某个国家中有一个臭名昭彰的地下魔物研究机构，提供情报的海怪就是从那里被放出来的。

提供情报的海怪是一只灯笼鱼人鱼，在被从头到脚研究了一遍之后，失去价值的灯笼鱼人鱼被放回大海。那头上赖以生存的小灯笼与拟态花被可恶的研究员切除了，他没办法再捕猎，只能天天宅在珊瑚房子里靠伴侣养着，虽然它独占欲极强的伴侣并不介意这一点，但它对此耿耿于怀。出于报复心理，它向痛失爱子的北海巨妖提供了它知道的一切情报，包括研究机构的大概位置以及其中的骨干人员，这机构中的人类把一切非人类生物都当成低等生物，恐怕他们不会想到这只头顶滑稽拟态花与小灯笼的人鱼会把他们的老底抖得干干净净。

在得知宝宝很有可能被抓去做研究后，巨妖爸爸即刻启程，日夜不停披星戴月地赶往Z国。那只人脉很广的灯塔水母朋友也跟着它一起去了，灯塔水母碰巧在Z国生活过一段时间，会说Z国语言而且对当地的风土人情有一定了解。

两只游动速度极快的海怪没用几天就进入了Z国海域。在上岸前，灯塔水母像变魔术一样从它的伞盖下掏出两套人类衣服，用触须比画着示意巨妖爸爸变出人类拟态换衣服。

巨妖爸爸接过水母递过来的十分符合直男审美的粉色连衣裙、蝴蝶结、小皮鞋和水钻发卡，脸上浮现出诡异的表情。

灯塔水母忙从巨妖爸爸手里夺回连衣裙，又塞给他一套人类男装。紧接着，水母在巨妖面前变化出人类拟态——一个前凸后翘的长发美少女。

它和巨妖一样，是极少数可以自由变化拟态的魔物。

巨妖爸爸万分不解地看着眼前的好友："吼？"

你不是雄性吗？

它虽然没有人类社会的常识，但是守护小岛那么多年也没少和人类打交道，男人女人它分辨得出。

灯塔水母变出几条触须比画着："我就喜欢这样子。"

显然是个女装大佬！

单纯的巨妖爸爸不是很懂，而且它也没心思纠结于小事，于是很快也变成了人类模样——一个剑眉星目的俊美男人。不过因为巨妖爸爸审美清奇，所以拟态的嘴特别大，几乎快要裂到耳根，灯塔水母吓了一跳，忙伸出触须把好友的嘴捏小了一大圈。

这么小的嘴巴连只螃蟹都塞不进去，一看就很弱。巨妖爸爸无奈地穿好衣服，顶着一张无懈可击的男神脸和灯塔水母一同上岸。

巨妖爸爸刚踏上沙滩，便迫不及待地揪住一个拖着渔网的渔民，摇头晃脑地咆哮道："吼，吼？"

自己想表达：人类，见过我儿子吗？

渔民一脸惊悚地看着眼前神经病一样的美男子："干，干什么？"

"不好意思，我朋友脑子有病。"灯塔水母急忙把不甘心的巨妖爸爸拖走。

巨妖爸爸仰天长啸："吼——"

灯塔水母一高跟鞋狠狠踩在巨妖爸爸的脚面上碾了两圈，凶巴巴地道："不想被猎魔人发现就给我闭嘴！Z 国的猎魔人很厉害！跟我走，我们先去找个落脚的地方。"

曾经逃出过实验室的灯笼鱼人鱼向灯塔水母提供的只是一个大概的实验室方位，毕竟时隔久远而且人鱼对陆地地形并不熟悉，所以研究所的具体位置还要靠它们自己找。

在巨妖爸爸踏上 Z 国土地的同时，巨妖宝宝的妖生中也发生了一件很有意义的大事件——它发现自己的身体进入拟态期了。

那天研究员们都下班了，他们反锁了研究室，将实验体们关在里面。在前两天的实验中被融合了魔物基因片段的小沈曜正在发高烧。瘦小且滚烫的身体瘫软在实验台上，连接着各种乱七八糟的管子与电线，有输液针，还有检测身体指标的电极与探测器，每隔一小时就会有值班的研究员过来查看情况。

巨妖宝宝心疼极了，值班的研究员刚一离开，它便挥舞着小触手爬到沈曜身边。就像人类用湿毛巾或冰袋给高烧的病人降温一样，巨妖宝宝也将一条凉丝丝的触手覆在沈曜滚烫的额头上，放了一会儿触手变温了，他就换一条触手。

沈曜好受了一些，睁开眼睛难过地望着自己的小伙伴，眼底满是这个年纪的小孩不应该有的凄凉。

"小花。"巨妖宝宝用人类的语言说道。

它已经和沈曜学会说话了，虽然说得还不太流畅，但沟通起来没什么问题。

"什么……"沈曜哑声问。

"给你小花。"巨妖宝宝重复着，晃了晃举在沈曜眼前的触手。沈曜这才发现那只触手上有一朵小花，那花生得极精致，天蓝色的花瓣边沿缀着一圈银白的细边，仿佛女孩子的裙带，蓝与白的组合很容易让人联想起蓝天白云，花蕊中娇嫩的鹅黄色充满生机。

沈曜牵动着苍白的嘴唇勉力露出一个微笑，小声问：“哪来的花？真好看。”

巨妖宝宝松开卷得紧紧的触手，道：“我变的。”

沈曜定睛一看，发现那碧绿花茎的底部居然连接着巨妖宝宝的触手，它是从触手中“长”出来的。

“你会变形？”沈曜惊讶极了。

“今天才会的。”巨妖宝宝见沈曜来精神了，深蓝色的皮肤渐渐转变成害羞的紫色，它用触手包住头，只在沈曜面前留下举着小花的那一条，不好意思道，“我……进入拟态期了。”

北海巨妖的身体进入拟态期意味着两件事：一是代表这只巨妖已经不是小宝宝了，就好比人类从儿童期进入青春期；二是说明这只巨妖的拟态系统发育完备。对北海巨妖来说拟态的运用方法是写在基因中的，并不需要谁去教，只要身体进入了拟态期的阶段，它们自己就会自然而然地学会拟态。北海巨妖的拟态能力极强，甚至连细腻的毛发、皮肤的纹理都可以轻松模拟。

沈曜目不转睛地看着那朵小花，巨妖宝宝见自己的小伙伴喜欢，便将每条触手都变出一朵花来，二十多条触手聚在一起，成了一个花束。花束里的花各不相同，而且都不是现实中的花朵，巨妖宝宝很有艺术天赋，它拟态出来的花都是它自己想象的，多漂亮的都有。

沈曜开心地抬起一只插着针头的手碰了碰其中一朵，虚弱地说道：“还有七色花呢。”

巨妖宝宝轻柔地吼了一声，用软绵绵的大光头蹭了蹭沈曜的胳膊。

沈曜看了会儿花，机灵通透的眼底忽地掠过一抹奇异的光，好奇地问道：“你能变成人吗？”

巨妖宝宝笃定道：“能。”

“能变成我吗？”沈曜又问，“一模一样的那种。”

“能。”巨妖宝宝咧开大嘴笑了，他急着想哄沈曜开心，忙道，“我变，你看。”

“别。”沈曜忙制止，瓷娃娃似的小脸蛋一板，严肃得像个大人，解释道：“你先别变，花也别变了，千万不要让大坏蛋知道你能变形。”

巨妖宝宝困惑地问：“为什么？”

沈曜狡黠地一笑，露出豁牙说：“我想出来一个逃亡计划。”

基因融合后痛苦的反应期持续了好几天，沈曜这一次也成功地挺了过来，一个阶段的实验也随之结束了。

这一阶段的实验结束就意味着沈曜即将被清除相关记忆，并被带离实验室一段时间，在沈俞明家等待下一阶段的实验，一直以来程序都是这样走的，而这一次也不例外。沈俞明清理了沈曜最近一个月零十天的所有记忆，记忆消除仪的光芒闪过后，沈俞明半跪在沈曜面前，问：“知道这是什么地方吗？”

平日里机灵聪慧的沈曜目光呆滞地望着沈俞明，缓缓摇了摇头。

反应迟钝、目光呆滞是记忆消除的后遗症，持续一两天后就会自行好转，十分正常。沈俞明嘴角一翘露出一个阴郁刻薄的微笑。他又问了沈曜几个问题，沈曜呆萌呆萌的，表情僵硬，一问三不知。

“走吧。”沈俞明拉住沈曜的小手，把人带离研究室。

沈俞明不知道的是，此时此刻真正的沈曜正躲在两排装着魔物实验体的箱笼后，距离沈曜最近的箱笼中关押一只被注射了变异药剂肌肉暴涨如异形的倒霉狼人。这只狼人眼瞳赤红，口角流涎，牙床都被药剂腐蚀得溃烂流脓，狼人立在沈曜身前，密切地留意着研究员们的动向，并且装作不经意地在箱笼中挪动自己的身体掩护沈曜，遮挡住研究员从各个角度投射来的目光。

沈曜躲在箱笼后，瘦小的身体赤裸着，抖得像筛糠一样。

这就是沈曜的计划——让有拟态能力的巨妖代替自己走出实验室。虽然巨妖宝宝变成沈俞明的样子带着沈曜一起逃跑是最佳选择，但是巨妖宝宝变成沈俞明的话实在太容易露馅了，而且沈俞明的衣服也很难找，所以沈曜终究还是放弃了，决定让巨妖宝宝变成自己的样子先出去，而一旦出了实验室，想逃跑就容易多了。

计划进行前，巨妖向实验室中所有有智力的实验体做出了承诺。

“我出去了就叫我爸爸过来，”巨妖宝宝大如碗口的绿眼睛闪烁着灼亮坚毅的光，“我爸爸是全海洋最厉害的海怪。它能，它能……”巨妖宝宝在脑海中飞快搜索着人类词汇，并且成功用出了一个非常难的四字词语，“它能把这里夷为平地！”

“我们等你。”小沈曜坚定地道。

巨妖宝宝担忧地望着小沈曜，不难想象，一旦自己离开，沈俞明撞破阴谋，第一个倒霉的一定是沈曜。

于是……

巨妖宝宝将两条触手笼在自己额头前，嘴里发出几声轻柔的吼叫，很快，有一个小东西从它的额头上破肤而出，那东西的体积大约只有成年人的拇指大小，形状变幻不定，质地柔软，呈现出美丽的海蓝色，像一滴飘浮在空中的水。

“我们管这个叫海之精魄，每个北海巨妖都有一个。”巨妖宝宝说着，用触手尖在这个水滴一样的东西中间轻轻一划，一分为二，它将一半按回自己的额头，另一半拍进沈曜心脏的位置，“它连接着大海的能量，是生命的象征，在你有生命危险的时候，它会保护你。”

小沈曜懵懂地伸手摸了摸自己的心口，却没有任何感觉。

巨妖宝宝咧开大嘴笑了：“平时没感觉，关键时候才会有用，这个是我送给你的……嗯，护身符。”

巨妖宝宝又用了一个很难的生词，整个宝宝都骄傲起来了。

通过变成沈曜的样子，巨妖宝宝顺利逃离实验室，并且趁沈俞明不注意逃出了他的家。几天后，正巧搜索到这一带的巨妖爸爸嗅到了宝宝稚嫩的海鲜味，欣喜若狂的巨妖爸爸一秒将灯塔水母的殷切叮咛抛在脑后，在人来人往的菜市场附近仰天狂啸：“吼吼吼吼——吼？”

灯塔水母崩溃地捂住脸。

附近行人俱是一脸惊诧地看着这个英俊的傻子。

几秒钟后，熙攘的人群中，一个脏兮兮的人类小孩儿拼命拨开眼前卖菜大妈的腿与菜篮子，踏着菜市场满地的泥泞，嘴里死死咬着一只螃蟹，手里提着一尾活鱼，泪流满面地往巨妖爸爸的方向狂奔。一个系着围裙的水产摊位小老板正在穷追不舍，放声大叫："小兔崽子！把东西给我放下！"

虽然外形变了，但巨妖爸爸一闻味道就知道眼前的小孩儿其实是自己学会了使用拟态的儿子。

"吼吼吼吼——吼吼吼吼吼？"巨妖爸爸放声咆哮，撒开两条大长腿朝宝宝跑去。

嘴大得可以吞下一群鲸——你现在怎么连一只螃蟹都吞不下？

灯塔水母又喜又忧，一边朝宝宝迎上去一边焦急地对巨妖爸爸道："你可闭嘴吧，我求求你了！"

巨妖爸爸一弯腰，一把捞起久别重逢的宝宝，同时用约莫几百分之一的力量把宝宝身后穷追不舍的水产摊老板一掌推飞了，倒霉的老板直直飞进身后的蔬菜店，砸烂了一筐西红柿。

"对不起对不起！他孩子走丢了好不容易找着……"灯塔水母怕事情闹大，忙上去赔礼，给水产摊老板和蔬菜店老板一人塞了厚厚一沓钞票，两人拿了钱，都不吱声了。

"吼！吼！吼！爸爸！爸爸！爸爸！"巨妖宝宝一把鼻涕一把眼泪地在爸爸怀里撒娇翻滚叫着。

"我求你们了，要么闭嘴要么说人话。"灯塔水母安抚完两个老板，急忙又把这摇头晃脑对着咆哮的父子拖离人群带到一条僻静无人的小巷，让这两父子在巷子里吼。

巨妖父子先是抱头痛哭了好一阵，带着哭腔互相吼来吼去，情绪稍微平复下来后，巨妖宝宝立刻向爸爸狠狠告了一状，把自己在沈俞明实验室遭遇的惨事一五一十地说了一遍，并且表示自己最好的好伙伴还在里面受苦，要爸爸赶快去打坏蛋救小伙伴。

“吼吼！竟然敢这么对我的儿子！”巨妖爸爸气得几乎无法维持人形地叫着，迅速膨胀的身体几乎快把他们藏身的小巷撑至开裂，两侧的民房岌岌可危，眼看就要被压塌。理智的灯塔水母急忙制止道：“别冲动！那个家伙和猎魔者协会有关系，我们如果就这么冲过去报仇肯定会被猎魔人盯上，不如慢慢找机会……”

巨妖爸爸收回膨胀的身体，双目赤红道：“吼，吼！”

“盯上就盯上，人类无法战胜我！”

灯塔水母迟疑地说：“但是……”

巨妖爸爸变出一条触手怜爱地吸住儿子的脸，么么么地亲了好几口，随即道：“吼？吼！”

“研究院在哪儿？爸爸给你报仇！”

巨妖宝宝马上开始指路，逃出来的路线它可是记得清清楚楚的。

爸爸单臂托着宝宝，气势汹汹地一脚踹塌小巷尽头的墙，取最短直线距离朝研究院的方向狂奔。

“你等等，我叫个出租车啊！”灯塔水母崩溃地拖住自己的二傻子好友，在路人赶来围观之前将一脚轰塌一堵墙的巨妖爸爸拖到马路边打车。

“吼，吼！”巨妖宝宝急不可待地催促道。

“爸爸快去啊，我的好朋友还在里面呢。”

“吼？我们得坐车去对吧？”爸爸一阵热血上涌地问，瞟了灯塔水母一眼，随即飞身冲到马路上，徒手生生按住一辆行驶中的出租车，拉开车门像拎小鸡一样把车里的人一个接一个拎出来。

“你把司机放回去，”灯塔水母心力交瘁，“他是负责开车的。”

爸爸闻言，把被自己拎出来的出租车司机塞回车里。

司机吓得魂不附体，不敢有半点反抗。

三个海怪上了车。

在巨妖宝宝的指挥下，司机一路飞驰。

然而，沈曜此时此刻并不在实验室。

发现巨妖宝宝失踪后，沈俞明梳理了整件事情的经过，以他的智商不难推理出巨妖宝宝有拟态功能这一结论。可当他询问沈曜时，这个一向乖巧顺从的实验体却一反常态地嘴硬起来，一问三不知。实验体失踪很有可能会造成信息泄露，为了从沈曜嘴里挖出巨妖宝宝的行踪，沈俞明采取了十分残酷的手段逼供。他将两个电极连接在沈曜身上，利用电流模拟痛觉信号，在不切实造成身体伤害的前提下，他想让沈曜要多痛就能有多痛。

为了忍受疼痛，沈曜稚嫩的小手心里满是自己抓握出来的月牙儿形血印。可即便如此，沈曜也没有说出任何有助于沈俞明追查巨妖下落的信息。无论沈俞明怎么问，沈曜的答案永远只有带着哭腔的三个字："不知道。"

沈俞明拿沈曜没有别的办法，对他来说沈曜是十分珍贵的实验体，毕竟并不是所有人都能承受基因实验带来的伤害。沈俞明之前也拿其他人类做过实验，但全都进行得不顺利。沈曜天生体质特殊适合做实验，这也是他收养沈曜的原因——他需要长时间地掌控并利用沈曜。而在榨干沈曜作为实验体的全部价值之前，他不希望沈曜提前死掉。

眼见沈曜的身体无法再承受更多的疼痛，沈俞明只好放弃拷问，为了避免从沈曜这边发生信息泄露，他清除了沈曜的相关记忆并把沈曜送回了家里。

作为魔物生命研究院的院长，沈俞明自己弄一个私人秘密实验室固然违规，但以他的手段，这种程度的违规即使被曝光也压得下来。只有人类实验才是真正没有转圜余地的重罪，所以沈俞明自以为只要清除了沈曜的记忆自己就可以高枕无忧，却没想到最可怕的惩罚并不是来自机构上层，而是……

随着"轰"的一声巨响，实验室的墙壁突然被生生撞出一个人形的大洞。砖砾崩飞，烟尘弥漫，众研究员一边被呛得咳嗽一边停下手头工作望向声源方向，可还没等他们看清，滚滚烟尘中便闪电般弹射出一条触手。触手"咻"地缠住一个研究员的脖子，那研究员都没来得及吭一声就被骤然收紧的触手活活勒死了，触手一松，研究员便滑脱在地，瘫软成了一堆人形垃圾。同时，一个男人的身影从烟尘中走出来，他整体看上去是人类的模样，但右手小指却是触手的形态，他长着一张俊美无俦的面容，只是那赤红的双眼中盛着满溢的仇恨与怒火，让他的脸狰狞如修罗。随着一声地动山摇的怒吼，他的嘴巴张开到一个极度不合理的大小，研究员们几乎都能通过喉咙看到他的胃了。

“吼！”巨妖爸爸摇头晃脑地咆哮。

“我要杀了你们！”

顷刻死寂后，实验室里爆发出成片惊恐的尖叫，胆小的研究员们抱头鼠窜，胆大的则慌忙去取对付魔物的武器，可这样的混乱只持续了几秒便宣告终结——二十多条触手从呛人的烟尘中依次弹射而出，一条攫住一个研究员，骨骼寸寸碎裂的声音从实验室不同的方向传来，听得人牙酸。这些被触手缠住的研究员，顽强的还能惨叫上两声，大多数却是当场毙命。原本正在电脑前整理研究数据的沈俞明是实验室中反应最快的人，在触手来袭时他一把揽过身侧一个手下用力往自己身前一推，那条触手便暂且放过他，卷住了距离自己更近的猎物。

沈俞明咬紧牙关强迫自己不发出声音，在场面极度混乱时猫着腰朝实验室后门跑去，试图借着手下的掩护悄悄逃脱。然而这时，被灯塔水母抱在怀里远远在一边观战的巨妖宝宝突然挣脱水母的怀抱，“吧嗒”一声掉在地上，仗着爸爸的威势“啪啪啪”地挥舞着触手追上沈俞明，在距沈俞明几米的地方突然起跳，像枚章鱼炮弹一样飞弹到沈俞明身上，张开血盆大口对着沈俞明的大腿吭哧咬了一口。

沈俞明吃痛，额角青筋暴起，大腿血流如注，可他仍是咬牙不出声，一瘸一拐地朝后门跑。巨妖宝宝把自己的一百多颗牙从沈俞明腿里拔出来，对爸爸大吼道：“吼，吼！”

“爸爸，打他！”

于是，就在沈俞明一只手搭在后门把手上的一瞬间。巨妖爸爸的触手袭来，卷住沈俞明的腰往空中一掼，沈俞明一头磕碎了天花板上的照明灯，随着“哗啦”一声脆响，他的脑袋顿时烂得像个血葫芦一样。

巨妖宝宝吧嗒跳回地面，悲愤地向爸爸告状道：“吼，吼！”

就是这个人把我拐走的，他天天虐待我！

沈俞明的眼睛已被血糊了，他瞪大双眼看看面前成熟体的北海巨妖，许是因为知道自己已经没救了，沈俞明看起来反倒没逃跑时那么害怕，他带着将死的疯狂目不转睛地凝视着巨妖爸爸，瞳仁中迸发出几缕灼亮的光，身体因激动而战栗着。

“你的孩子已经被我从头到脚研究遍了，我得到了我想要的，就算你杀了我，我也满足了……”沈俞明声音嘶哑，他似乎觉得自己的话很有趣，说着说着便咧开嘴阴险地笑了起来，瘦削得病态的肩膀筛糠般抖动着。

巨妖爸爸恨极了这个人类，张开大嘴就要把沈俞明丢进嘴里生吞了。这时，巨妖宝宝突然用稚嫩的小触手在爸爸的大触手上拍了拍，制止了爸爸的行为。随即，巨妖宝宝用触手指了指实验室中记录数据的那一排电脑，道：“吼，吼。”

“爸爸，把这些弄坏。”

沈俞明的瞳仁蓦地扩大了，他用怨毒又不可置信的目光瞪视着眼前的小巨妖，他甚至还没来得及进行徒劳的制止，巨妖爸爸粗壮有力的触手就将那一排电脑砸了个稀巴烂，里面珍贵的实验数据转瞬间付诸东流。与此同时，巨妖宝宝又从一个研究员的尸体上摸出一串钥匙，将被困在箱笼中的实验体一个个放了出来。做完这些，巨妖宝宝示意爸爸将沈俞明放倒在一处实验台上，爸爸愣头愣脑地照做，用几根触手将沈俞明像待解剖的实验青蛙一样死死地按在台上。

“吼，吼。爸爸，扒开他的眼皮。”巨妖宝宝一边说着一边从一片狼藉的实验室中找出记忆消除仪，按照记忆中的步骤调好仪器的消除时间，随即将照射孔对准了沈俞明的眼睛。

“你要干什么！你这个小怪物！”沈俞明全身上下都剧烈地颤抖起来，

眼瞳中流泻出真实的恐惧与绝望，片刻前那副混不吝的模样消失无踪。

“曜曜说，”巨妖宝宝怕沈俞明听不懂，遂生涩地改说人话道，“你这种人最怕的不是痛和死，而是实验成果被破坏，还有变成傻子……所以我把这个东西的强度调到最大了。”

记忆消除仪的强度调到最大时，足以在消除大量记忆的同时对人类大脑产生不可逆转的伤害，被这样的光线照射到的人类会变成白痴。

“拿走！拿走！”沈俞明不要命地挣扎起来，全身肌肉痉挛般地抽搐，他挣得太用力，整张脸都跟着扭曲变形。当巨妖宝宝触手中的记忆消除仪灯光亮起时，沈俞明的喉咙中爆发出一阵不似人类的绝望惨号。

仪器的光芒暗淡下来之后，沈俞明流着口水目光呆滞地躺在实验台上，他再也看不懂自己的研究成果了，他所有的骄傲都被那缕光芒击得粉碎。

白痴化的沈俞明傻乎乎地望向眼前形貌可怖的北海巨妖，随即颤抖着失声尖叫起来。

“吼？可以杀掉了吗？”巨妖爸爸问。

“吼。好。”巨妖宝宝点头说道。

“扑哧”一声，血花四溅。

“你们完事了吗？”灯塔水母踩着高跟鞋，灵敏地迈过满地尸体“哒哒哒”地朝巨妖父子跑过来，尖声道，“完事了我们得赶快走，猎魔人杀过来了！”

杀红了眼的巨妖爸爸愤怒地喊：“吼，吼！”

“杀过来就杀过来，他们打不过我。”

“哎呀你是不是傻，这些猎魔人又没欺负我们吼吼吼吼，这个实验室是他私人的！”灯塔水母急急地指了指身上被戳出二十多个洞的沈俞明，对巨妖爸爸道，“和 Z 国的猎魔人作对对我们一点儿好处都没有，何必自找麻烦，快抓紧撤！”

“吼……我的好朋友不见了……”巨妖宝宝犹豫着四下环视，他从进来开始就在搜索沈曜的身影，可是没看见，他知道沈曜每隔一两个月就会被带走一段时间，所以倒也不意外，只是见不到人心里不踏实。

“先走，我回头给你打听！”灯塔水母焦急道。

于是三只海怪便在猎魔人赶到前匆匆逃离现场。

另一头，被清除了记忆的小沈曜正在沈俞明的大宅中孤零零地坐在沙发上看电视，浑然不知沈俞明已恶有恶报惨死在实验室。沈宅里空空荡荡的，屏幕上卡通人物鲜艳可爱的形象投映在沈曜黑不见底的眼中，演到有趣的地方时，沈曜自己笑了两声，那笑声在沈宅中激起寥落的回音。

沈曜觉得自己脑子混沌沌的，像是忘了很多事，可又说不出个所以然来。

这时，房门被敲响了，外面传来蒋泽的声音：“曜曜，我是你蒋哥，开门。”

沈曜眉眼弯弯，光着脚丫飞奔到门口打开门。

蒋泽身上散发着浓浓的烟味儿，他刚从一个十分惨烈的魔物袭击现场出任务回来，魔物没抓着，净给人收尸了。他怕身上的血腥味吓着孩子，所以敲门前狠抽了几根烟。

“曜曜。”蒋泽蹲下身抱住瘦小的沈曜。

沈曜什么也没说，只用一双漂亮的黑眼睛期待地看着他，想看蒋泽像往常那样突然变出一袋零食或者一个玩具。

蒋泽咬了咬牙，笨拙地在自己身上摸来摸去。他这回来之前没准备，所以最后只摸出半包皱巴巴的红塔山往沈曜手里一拍。

“蒋哥跟你说个事儿，你……”蒋泽顿了顿道，“你沈叔叔刚才出车祸去世了。”

沈俞明违规私建实验室，又疑似被寻仇的魔物虐杀，这件事影响极度恶劣，蒋泽这些猎魔人已经收到保密通知，目前队里统一口径对外宣称沈俞明车祸意外身亡。

想起沈俞明的脸，沈曜心里泛起一阵没来由的厌恨，所以他的死讯并没有给沈曜带来什么负面情绪，小孩儿平静得像个假小孩儿。

“来，我帮你收拾收拾东西。”蒋泽叹了口气，揉揉沈曜的头发，“今天晚上先上我家凑合一宿。”

沈俞明死后，沈曜被沈俞明的一位远房姑妈收养了。这位姑妈虽结婚多年但无法生育，一直膝下无子，夫妇二人本也没有领养孩子的计划，可沈曜长得实在招人疼爱，性格又安静，老两口喜欢沈曜喜欢得不行。沈俞明的这位姑妈不像她那个变态侄子，她是个实实在在的好人，沈曜被送过去后三人相处得十分和睦。

另一边，号称人脉很广的灯塔水母打探到沈曜的下落后，第一时间就带着巨妖父子去找人。

那是一个初夏的黄昏。

沈姑妈和姑父当时都退休了，老两口住在郊区的一处大宅里，巨妖父子站在宅院的栏杆墙外巴巴地往里看。繁茂的蔷薇从墙头沉甸甸地坠下，熏暖夏风撩动帘幕般的紫藤萝。小沈曜穿着一身漂亮的新衣服，在院子里的花架下脏兮兮地搓泥巴球，精致的小脸蛋上有两道擦汗时蹭上的泥印子，滑稽又可爱。院子里还有一只小狗崽，在泥巴地里发疯似的滚来滚去。

四下里除了他们几个就没别人了，巨妖宝宝变回原形，整只巨妖都是粉色的。

灯塔水母瞥了它一眼，戳戳巨妖爸爸，笑眯眯地道：“你们家吼吼吼吼一看见这个小孩儿就变粉了。”

巨妖爸爸看看儿子，欣慰地笑出一口大尖牙，道：“吼。”

这个小孩是我儿子的好朋友。

巨妖宝宝不好意思地听着爸爸和叔叔说话，举起小触手挠挠后脑勺，大脸越来越粉，粉得发红。

巨妖爸爸变出两条触手，小心地将自家小巨妖举起来越过围墙，把它稳稳地放在地上。

“曜曜！”巨妖宝宝急不可待地挥舞着小触手朝紫藤萝架下的沈曜跑去。

沈曜一抬头，被这只猝不及防出现在眼前且会说人话的触手怪物吓得一激灵，撒开小腿儿扭头就往屋里跑。

“你又不记得我了？”巨妖宝宝瞪圆了碗口大的绿眼睛，看起来更可怕了。

沈曜边跑边回头看，目光对上巨妖宝宝探照灯一样炫目的绿眼睛，吓得被门槛绊了一跤，“扑通”一声摔在地上，把膝盖蹭破了。

巨妖宝宝难过得嘴角都撇到下巴上了，可沈曜看着他时目光中除了恐惧什么都没有，仿佛他们这些日子的友谊都是假的。

粉扑扑的巨妖宝宝伤心得浑身无力，在院子里瘫软成一大坨深蓝色的橡皮泥，在妖生中第一次体会到了心碎的滋味。

这时沈曜已跑进屋子里，围墙外，灯塔水母用触须狂抽巨妖爸爸，焦急道：“快把你们家吼吼吼吼弄出来，那小孩儿进去找人了！”

巨妖爸爸忙变出两条触手伸进院子，把牢牢吸附在地上不愿离开的儿子“啪”的一声拔起来弄到墙外抱住，又侧身躲到有爬山虎掩映的墙柱后。这时，屋子里走出来一个面相和善的老伯伯，他抱着沈曜来到院子里，好脾气地安慰道：“世界上没有怪物，都是自己吓自己。”

沈曜眼圈红红的，不放心地看看这儿，看看那儿，刚才的触手怪的确消失了。

“嗯。”沈曜也不犟，只是一脸心有余悸地点了点头。

沈曜被老伯伯抱进屋，没过一会儿，屋子里便飘出了诱人的饭菜香气与缥缈的欢笑声，还有卡通节目片头曲的声音。

屋子里面的人很幸福。

巨妖宝宝站在屋外，眼皮一点点地耷了下来，将圆溜溜的绿眼睛遮成了忧郁的半圆形，伤心地叫：“吼吼……”

曜曜又不记得我了……

而且这次连“你长得可真丑”都没说，直接就吓跑了。

这些日子巨妖宝宝已经摸清了规律——每次沈曜被带离实验室前都会被消除记忆，所以现在的情况实属正常。

见儿子难过，巨妖爸爸急忙抚摸儿子的大圆头，安抚道："吼吼。"

爸爸回去给你捕鲸吃。

可巨妖宝宝完全没有被安慰到，大颗大颗的眼泪顺着触手滚下来，把巨妖爸爸的衣服沾湿了一大片。

巨妖爸爸见不得宝宝哭，头脑一热便道："吼！"

我把那个小人儿抓进海里！

巨妖宝宝狂摇头喊："吼，吼，吼……"

曜曜没有腮，在海里住着不方便，而且海里也没有动画片……

巨妖宝宝泪眼汪汪地看着那座房子，心里想把他们的回忆一股脑地告诉沈曜，但是看着沈曜现在过着这么开心的生活，有人疼爱，有人关心，不再记得实验室里的那些绝望痛苦，眼底的阴霾一扫而空，它就不舍得再将那些黑暗的回忆灌输进沈曜的脑袋里了。

虽心有不甘，但巨妖宝宝明白，遗忘对于沈曜来说或许不是坏事。

灯塔水母伸手揉了揉巨妖宝宝的大圆头，安慰道："等你长大以后，能在人类社会独立生存了，你再回来。"

场面看起来很像是即将被转学拆散的两个小学生。

巨妖宝宝重重一点头。

它用触手牢牢卷住沈曜之前送给自己的兔子玩偶，恋恋不舍地和爸爸叔叔一起回大海了。

……

# 第十章

## 巨可爱与小可爱

说到这里，沈亦清暂停了讲述。

沈曜听得很认真，一直没怎么插话，所以沈亦清的说话声一停，病房里立刻就安静下来了。

几秒钟的沉默后，沈曜眼皮微微一抬，问："讲完了吗？"

沈亦清怔了怔，只觉得沈曜落在自己身上的目光像是有温度，暖暖的，烫烫的。那双望着自己的眼睛墨玉似的流着柔光，于是沈亦清脑子一抽，道："没讲完。"

"那继续。"沈曜正抱膝坐着，闻言便将下巴搭回膝盖上，根据沈亦清的说法重新梳理自己这些年的记忆。自己的身体被改造过，这一点与自己身上一些难以解释的现象吻合了，比如天生免疫蝎狮兽毒素，天生的火焰抗性，还有自己仿佛镌刻在基因中的战斗本能与战斗直觉……其实这些东西和沈曜本身的体格并不贴合，沈曜一直觉得自己不是那么凶残好战的性格，如果说这一部分特质并不是自己与生俱来的，那么事情就解释得通了。

不仅如此，还有沈曜一直很困惑的一点——自己为什么会特别招食人魔喜欢，可能也能通过这件事解释。也许是自己被改造过的身体太完美，惹得魔物垂涎，也许是自己被融合了某种食人魔常吃的魔物的基因片段……不过确切的原因沈曜是猜不到了。

忆起自己小时候经常遭遇魔物的经历，沈曜表情复杂地注视着沈亦清道："原来那天院子里的触手怪就是你，吓得我……"

"不要叫我触手怪，"沈亦清不高兴地揉搓着触手，"我是北海巨妖。"

"尊贵的海洋霸主！"

沈曜的嘴角翘起一个微妙的弧度，仿佛在憋笑。

"你送给我的兔子玩具我一直留着，虽然已经很旧了，但我一样每天都抱着它睡觉……还有，你说过如果我将来当上大画家就将我们的事情画下来，我画了，你也看了。"沈亦清很有心机地将回忆中的催泪点重复提起以加强回忆效果，"而且，你的记忆被消除过那么多次，可每次再见到我你都会选择我……"

真的是一个心机触。

沈曜"嗯"了一声，鼻音很轻很软。

听沈亦清讲完那些回忆之后，沈曜对他的距离感少了很多，虽然因为自己仍然想不起来所以没什么实感，但那些相濡以沫的细节，哪怕只是听人说也足够动容了。

沈曜沉默地梳理了一会儿记忆，道："所以你之前千方百计接近我，就是因为这些？"

"不止。"沈亦清别扭地用触手抹脸，难以启齿道，"其实还有一个原因……当然，想和你重逢是最主要的，你是我最好的朋友，另外一个是次要原因。"

"什么次要原因？"沈曜问。

沈亦清犹豫片刻，道："我逃出实验室之前，为了让你有办法保命，把半个'海之精魄'放在你的体内。"

沈曜点点头："所以？"

沈亦清的巨妖脸粉得发红："之前没告诉你是因为怕你不收，但我们北海巨妖一定要有海之精魄才能长大，我把那个东西给了你，就一直被困在拟态期，进入不了成熟期……"

沈曜了然，爽快道："那你快收回去吧，本来就是你的东西，现在我有能力自保，用不着了。"

"这么多年过去，它应该已经和你长在一起了，强行收回来你会很疼……"沈亦清大力摇头，"其实我需要的只是海之精魄产生的魔力，进入成熟期需要的是大量魔力，而我只要接触到你，就可以吸收到你体内海之精魄的魔力，所以只要你能和我住在一起……就不用把海之精魄还给我，你的工作这么危险，留一个关键时刻保命的东西我也放心。"

沈曜嘴角一扬，拉长声调慢悠悠道："好吧——"

沈亦清的体表颜色高兴得从浅粉变成了玫瑰红。

两人此时已在病房中说了很久的话，东方蒙蒙亮，天光破云而出。

沈亦清收回触手，变回人类的样子。

沈曜心情纠结，眼睁睁地看着那只蠢萌的大章鱼融化并重塑成英俊的男神。变回人形的沈亦清一件件穿上人类的衣服，因为不需要再伪装什么，所以他果断抛弃掉忠诚地追随了自己一个多月的三层保暖秋裤，把秋裤团吧团吧往纸篓里一扔。

沈曜眨眨眼睛："怎么把秋裤扔了？"

"我不怕冷，不需要穿。"沈亦清语气低落地解释道，"之前一直穿只是为了装人装得更像一点。"

沈曜好笑："装给谁看？又没有人会闲着没事检查你里面穿没穿秋裤。"

沈亦清坦诚地说出自己之前的顾虑："那万一你突然脱我裤子呢？"

沈曜眼神成谜："你想得有点儿多，我们人类并不会闲着没事儿乱脱别人的裤子……"

沈亦清背对着沈曜穿好衣服，沈曜看着他，忽然想起心怀不轨的陈主任，遂问："对了，陈主任是被你撵走了吗？"

沈亦清一副要邀功的样子，猛点头："是我是我。"

"他现在在哪儿呢？"沈曜摩拳擦掌，恨恨地磨着牙，"敢打我的主意，我今天非得把他的腿掰折不可！"

沈亦清踱到床边，挨着沈曜坐下，道："你不用亲自打，他的腿已经折了。"

沈曜："……"

沈亦清："四条都折了。"

沈曜："你打的？"

"对，我把他抓到天台上，揍了一顿就扔下去了。"沈亦清用讨好的语气道，"你不解气的话我就去吃了他。"

"算了。"沈曜理智尚存，忍着恶心道，"他虽然是个败类，但独角兽的疗伤能力很珍贵，而且你去吃了他的话会惹上麻烦，我回去会把今天的事向蒋队汇报，让他派人仔细调查陈主任，走正规流程收拾他。"

沈亦清重重一点头："都听你的。"

病房里静寂了几秒钟，沈曜目光一闪，猛地盯住沈亦清，突然问道："但是你怎么会突然出现在病房里的？"

沈亦清悚然一惊！之前他被无耻的独角兽气昏头了，教训完对方紧接着就向沈曜坦白身份，这一通折腾下来他都忘了自己原本不该出现在病房里！

沈亦清不抱希望地问："我说碰巧路过你信吗？"

沈曜用看变态的眼神细细端详他片刻，一言道破："我知道了，你跟踪我。"

沈亦清无法反驳，只好一脸痛苦地看着沈曜。

沈曜机敏地扫视病房，抬手指向衣柜："就这么个能藏人的地方，你躲在那里面？"

"你别生气，"沈亦清半跪在地上，讨饶道，"我知道跟踪你不对，我就是担心你，你自己住院我不放心，而且我这不是歪打正着救了你吗？"

沈曜的嘴巴默默抿成一条线，仍然不太高兴。

沈亦清立刻卖惨："你看衣柜那么窄那么小，我在里面都被挤成长方形了……"

沈曜听见长方形三个字就一下想起沈亦清那庞大的原形通过窗子往病房里钻的一幕，不小心破功笑了出来："哈哈，挤成什么形都是你活该。"

"是，我活该。"沈亦清一抬手，手指变成触手，闪电般弹射到床对面的桌前，把沈曜带来打游戏用的机械键盘从笔记本电脑上拆掉卷回来放在地面上，随即又多变出一条触手，将那两条触手并排铺在机械键盘上，软语哀求道，"你看，我都跪键盘了。"

沈曜面部肌肉抽搐，凶巴巴地瞪着沈亦清，不说话。

沈亦清又变出一条触手，三条粗壮的触手拥挤地压在键盘上，仰头用小奶狗一样无辜的眼神望着沈曜，道："再跪一条腿，再多就跪不下了。"

"噗……"沈曜再次破功，被沈亦清逗笑了。

"以后不许再跟踪我，听见没？"沈曜严肃确认道。

"听见了，以后不了。"沈亦清疯狂点头，顿了顿，小心地问："你……嫌不嫌我的原形吓人？"

沈曜从容道："比你吓人得多的魔物我也天天看，你这才哪到哪。"

沈亦清松了口气。

沈曜又安慰道："你原形其实……还有一点点可爱。"

沈亦清悬了一整晚的心总算放下了。

巨妖宝宝的小朋友没有嫌弃他。

此时天已大亮，好好休息了一夜的阳光元气满满地通过窗帘缝隙挤进来，房间里的一切都被渲染得光亮明快，沈曜把伤脚踩在地上感受了一番，道："我觉得我的脚没问题了，今天办出院手续吧，我回家养几天就去上班。"

沈亦清忐忑地确认道："出院回我家？"

沈曜轻轻"嗯"了一声。

沈亦清笑了。他原本是俊美中带着点邪气的长相，刻意端着时脸上简直就写着“花花公子”四个大字，可抛去所有的伪装后他现在的模样简直就像个懵懂的高中生。一双桃花眼弯了起来，眼中满是少年式澄澈的热情喜悦，还笑出一排小白牙。

沈曜幽幽地望着沈亦清咧到耳根的嘴，一时竟是词穷，不知该如何提醒是好。

幸亏我是猎魔人，见怪不怪，不然怕是已经吓出心脏病了，沈曜想。

“抱歉，我得意忘形了。”沈亦清察觉到沈曜诡异的目光，忙把嘴拢回正常大小，笑得十分英俊！

“……”沈曜不禁想用记忆消除仪把刚才那一幕消一下！

不过仔细想想还是算了，那个东西已经消掉了很多珍贵的回忆，从现在开始，沈曜不想再缺失哪怕一秒钟的记忆。

沈亦清为沈曜办理好出院手续，回病房时，沈曜正在收拾东西。

“你去歇着。”沈亦清用一条触手卷住沈曜的腰把人拎起来放在床上，另一条触手卷起桌上的手机塞进沈曜手里，霸气命令道，“你玩，我收拾。”

说完，沈亦清分出几条触手效率极高地干活，给沈曜归拢各种衣物与日用品，清理留下的垃圾，等等。

这场面虽然有种淡淡的惊悚，但沈曜心里居然有点儿暖。

沈曜打开手机点进沈亦清的朋友圈，用不一样的目光重新认识沈亦清，他们刚交换联系方式时沈亦清的朋友圈里只有几张小岛的风景照，沈曜把那几张风景照放大仔细看了会儿，问：“这是一座小岛吗？”

沈亦清凑过去一看：“对，这是我爸守护了很多年的班尼克斯岛。”

沈曜松了口气：“我还以为这是你爸。”

沈亦清：“不是，班尼克斯是个大岛，我爸比它小很多，不过有些特别小的海岛的确装不下我爸。”

沈曜不禁想象了一下沈亦清他爸把一座小岛整个盖在身下的画面。

东西收拾完，沈曜出院了。

好笑的是，沈曜前脚刚离开这间骨科病房，陈主任后脚就被护士推了进去。陈主任身体多处骨折，被包扎得像个粽子。因为头顶上方的角被折断了，必须要对头部伤口进行处理，所以原本长相也不差的陈主任被剃了光头，看上去真的凄惨到连沈曜都气不起来了。

沈亦清驱车带沈曜回家。沈曜昨晚被陈主任弄醒后就一直没睡好，又听巨妖讲了三小时的故事，现在困得眼睛都睁不开，简单吃了口沈亦清弄的早餐，抚慰了一下一周不见的橘哥，回到客房倒头便睡，一口气睡到傍晚。

一觉睡醒，沈曜直起身坐在床边，迷迷糊糊地用光脚丫在地上划来划去地找拖鞋，可拖鞋没找着，却踩到一个冰冷坚硬的东西。

“嗯？”沈曜条件反射地一缩脚，探头朝地面望去。

地上有一枚古金币，这金币看起来颇有些年头了，刻着花纹的一面被水流侵蚀，斑驳模糊。而这一枚金币与其他的金币一同在客房的地板上铺就了一条金灿灿的小路，这条小路一直延伸到客房门外，在门口拐了个弯，又朝楼梯的方向蜿蜒而去。

原本还有点没睡醒的沈曜瞬间就被眼前金灿灿的小路刺激精神了，迅速趿着拖鞋起身，身体先于大脑行动，出手如风地捡起几枚金币，还边捡边往门口走。

走了几步，睡衣的口袋撑满了，被金币蒙了心的小沈曜才清醒过来。这金币小路肯定是沈亦清弄的，而他的目的显然不仅是让自己捡金币，于是沈曜抚平自己凌乱的头发，揣着沉甸甸的一兜古金币循着小路走出客房，走下楼梯，楼梯的每一阶上都堆着一座金币的小山。走到一楼时沈曜发现橘哥正盘在一个金币堆砌成的猫窝里，用猫爪玩着金币，一脸君临天下的表情睥睨着沈曜，仿佛以为自己登基了。

小路延伸到地下一层的一扇铁门前，这扇门沈曜之前见过，一直都是锁着的状态。而现在这两扇看起来就很沉重的铁门正虚掩着，里面传来人活动的声音，光线透过门缝在地板上画出一道明亮的直线，沈曜在门外唤道：“沈亦清？”

沈亦清：“进来。”

沈曜遂推门而入，在看清眼前景象的一刹那，沈曜震撼得魂儿都从头顶蹿了出去，灵台一片清明——这铁门后的空间很大，墙面地面只经过最简单的装修，但四壁的灯却明显精心设计过，道道光柱交相辉映，没有留下任何照明死角，这一层的每一道缝隙、每一寸角落，都被那肆意泼洒的光芒灌满了。而代替家具填充了整间地下室的，是一片片连绵起伏的微型山脉，组成这些山脉的元素琳琅满目，有流水般从带着青铜锁扣的宝箱中溢出的古金币，有星辰般错落点缀在金山间的剔透钻石与水晶，有鸽子蛋大小宝光流转的各色宝石，有仿若浮着淡淡蜃气的圆润珍珠，有温碧通透的翠玉玛瑙，以及各式古董、首饰……不一而足。

山脚下甚至还有一排大金牙！

在这宝藏的微型山峦前，沈亦清优雅地转过身与沈曜对视了片刻，随即微微张开双臂，语声澄澈，像是一阵裹挟着星辰碎屑从苍穹降下的风："这些送给你。"

沈曜呆立在原地，全身血液都仿佛被灌注了金粉一样，几乎难以流动。不只是沈曜，全世界怕也没有多少人亲眼见过这么多的金银珠宝。沈曜很没出息地傻掉了，脸蛋被金山折射的光芒映亮，眼睛都迸发着金光。

沈亦清回身掬起一大捧珠宝金币，天女散花般朝空中一扬，珠宝叮当零落的声响清越动人，如风激玉碎，一下把沈曜从混沌游离的状态中惊醒了。

沈曜艰难地咽了口口水，思忖片刻，终究还是喃喃地拒绝道："我不能要。"

顿了顿，沈曜又一脸呆萌道："而且我房贷已经够还了，没有用钱的地方。"

沈亦清听沈曜说不要，眼眉像是化了一样丧气地耷下来。他沉默了一下，变出一条触手卷住沈曜，把人拎起来放在金山的山尖上，同时另一条触手卷着一把钥匙探到沈曜身前，那触手灵巧地翻起沈曜的睡衣口袋把里面的金币都倒空，随即将那把钥匙轻巧地投了进去。

"这是这扇大门的钥匙。"沈亦清轻声道，"给你，你以后可以随意进出这间地下室，这里的东西你随便拿，全拿走也没关系，反正都是你的。”沈亦清语气平静从容：“我当年在实验室吃了你那么多糖，现在礼尚往来还你一点金子，你千万不要客气。”

沈曜站在金山上，崩溃道：“你管这叫一点吗？”

“是一点。”沈亦清笃定道，“我爸爸的海沟里还存着一百多倍，海里有很多古代沉船和宝藏，我爸爸平时最喜欢挖那些。”

沈曜被震撼得连话都说不出来，把手伸进口袋里握住那把钥匙摩挲着，心神激荡，很是幻想了一番富豪的生活，可最后，沈曜还是咬着牙把钥匙丢还给了沈亦清。

沈亦清愣愣地看着钥匙掉回自己脚边。

沈曜不好拂了沈亦清的好意，弯腰从地上抓起一小把金币塞进另一侧睡衣口袋，道：“糖钱，我收这些够了。”

“你不喜欢金币吗？”沈亦清发自肺腑地困惑道，说完，又自己低头嘀咕道，“你有龙族基因的片段，应该特别喜欢金币。”

对啊，我有龙族基因！沈曜恍然大悟并立刻为自己的财迷找到了一个非常合理的借口！

沈曜坐下，滑滑梯一样从金山上慢吞吞地滑下来，道：“我当然喜欢金币，不过再喜欢也不可能平白无故拿你这么多钱。汉语里有句话叫无功不受禄，听过吧？”

沈亦清语气执拗道：“你真的不用和我见外，我什么都可以送给你，我上岸后一直在找你，为了找你我还侵入过警察的网络系统，但是所有和你同名同姓的人都不是你，我后悔得不行，一直在想当年为什么要回大海，为什么不一直留在能看见你的地方……”

沈曜抓住重点，解释道：“猎魔人的身份信息是加密的，用常规手段查不到。”

“我猜到了。”沈亦清哀怨道，“我爸爸说，等我找到你，顺利进入成熟期后，他就把海沟里的一半财产搬过来给我当成人礼，另一半留给我妹妹当嫁妆……五十倍这么多的金子，我们怎么花都花不完。”

沈曜在心里勾画出了一位含辛茹苦满脸皱纹的老父亲，每天辛苦地挖掘沉船给儿子攒老婆本儿，可儿子却特别败家，拿着金子到处送人！

“你还有妹妹？没听你提过。”沈曜感觉自己分分钟就要被金币蒙了心，急忙岔开话题想让自己冷静下来。

一提到妹妹，沈亦清的语调更柔和了几分：“嗯，我妹妹长得很漂亮，她的触手就像海草一样飘逸。”

沈亦清：“有机会的话让你们见见。”

“好。”沈曜好奇宝宝一样追问，“她也像你一样生活在岸上吗？”

沈亦清突然不说话了，他眼睛微微一眯，道：“你在岔开话题。”

沈亦清幽怨地把触手在沈曜面前晃来晃去，道：“我变成蓝色了，很深很深的蓝色。”

沈曜一看，那触手的确蓝得发黑。

沈亦清耐心地劝道：“收下吧，你是我最重要的人，当时在实验室，如果没有你，我可能已经死了，这点儿金币就算是我还给你的糖钱……虽然那些零食和玩具不值这么多钱，但对于当时的你来说，那都是最宝贵的东西，你把你所有宝贵的东西都分享给我，我也要把所有我认为宝贵的东西都分享给你。”

他的这番话就像一星小小的火种落在久旱的原野上，几乎是一瞬间，天地间的一切仿佛都熊熊燃烧起来。

再拒绝下去，就是在辜负沈亦清的诚意了，沈曜深吸一口气，梦游一样道：“好。”

沈亦清惊呆了，他不知道沈曜心中感动的情绪是慢慢累积至顶峰的，所以在被婉拒好几次后猝然成功令沈亦清有些不敢相信。他稍稍退开些，用钻研一道困难高数题的眼神细细观察着沈曜的表情，还以为自己幻听。

“哎，你别看了。”刚收了人家一堆金山，沈曜被看得挺不好意思。

沈亦清从自己口袋里摸出一瓶口服液，喜滋滋地喝了。

沈曜："……这是？"

沈亦清："不好意思，我情绪有点亢奋。"

沈曜："你在喝什么？"

沈亦清晃了晃手里的口服液空瓶子，解释道："我还没长成，拟态不稳定，情绪亢奋时会维持不住拟态，所以要吃魔力稳定剂，这种药能让我的魔力流在三个小时内保持稳定，足够我在各种情况下维持拟态，不过缺点是药效消退后的三个小时魔力流会混乱，所以……"

沈曜了然："魔力稳定剂嘛，我知道。"

沈亦清手舞足蹈夸张道："你居然也知道？这种黑市的秘药是很珍贵很稀有的，要一箱金币一支，是我的朋友江沐溪帮我买的……"

沈曜揪住沈亦清的衣领晃了晃，痛心疾首道："你不是被人骗了吧？魔力稳定剂黑市满地都是！一枚金币我能给你买一箱！你居然一箱金币换一支？"

单纯的巨妖宝宝惊呆了："这么便宜吗？"

沈曜直翻白眼："不然呢？这东西换算到人类社会约等于一罐红牛。"

吼吼吼吼吼！下次见到江沐溪我非把他榨了不可！被损友坑惨了的巨妖宝宝在心里愤怒地咆哮。

榨干绑在柱子上撒点儿盐用太阳暴晒一天！面前再放十桶纯净水！

对于水母一族来说这真的是酷刑了……

"算了，"沈曜见沈亦清仿佛遭遇重大打击，忙安抚道，"你不知道黑市在哪儿吧？下次我带你去，我几个月前还去突击检查过。"

魔物黑市虽然名字叫黑市，但随着魔物管理条例的逐渐完善，现在一些太不和谐的商品，譬如魔物奴隶之类的已经不许卖了。猎魔人时不时就会去突击检查，如果查出有问题就会处罚管理黑市的几个地头蛇魔物，所以近年来黑市已经不怎么黑了，而且有规范化的倾向。

沈亦清垂着头让沈曜摸，郁闷道："那我被坑惨了。"

"没关系，"沈曜安慰道，"反正你钱多。"

沈亦清面露幽怨："你肚子也差不多该饿了吧？我去做饭，骨头汤三个小时前就煲上了，应该快好了，我再炒几个菜。"

"我去给你打下手。"沈曜活泼踊跃举小手。

"不用你，"沈亦清冲沈曜一眨眼睛，"我手多，干得过来。"

手多是什么鬼啊！沈曜蹲下身笑成了一棵小蘑菇。

沈曜跟沈亦清上到一楼厨房，坐在小沙发上撸着橘哥欣赏沈亦清做饭。沈亦清十指变成十条触手，自己站在厨房中央指挥触手做事，有的触手洗菜，有的触手切肉，有的触手热锅煮饭。

沈曜眉毛扬了扬，好奇地问："我听说章鱼的触手中有丰富的神经元，在一定程度上可以独立于大脑行动，你也是这样吗？"

"是。"沈亦清解释，"它们可以独立完成一些简单的指令。"

"有意思。"沈曜低头看自己的手，想象着它们自主工作的样子。

"你想吃海鲜吗？"沈亦清愉悦地问。

"不了吧。"沈曜道，"做太多吃不了。"

"不多。"沈亦清指指自己的肚子，用夸耀的语气道，"我一顿饭能吃下一头牛。"

虽然现在离吃下一群鲸还很遥远，但巨妖宝宝还在长啊！

沈曜："那就做吧。"

"看。"沈亦清帅气地打了个响指，同时释放巨妖威压。

沈亦清家的厨房里有几个玻璃水箱，里面分别存放着各色活蹦乱跳的新鲜水产，海洋霸主的威压一经释放，片刻前还在欢快玩耍的海鲜们立刻像是听见课间操哨响的小学生们一样齐刷刷地呈方阵状站好，乖得丧失一切求生欲，只等列队游进海洋霸主的大嘴里。

从来没见过这等阵仗的沈曜十分惊奇："哇，皮皮虾还会排队。"

沈曜只知道一些人鱼可以用歌声操控少量海洋生物，但像沈亦清这样打个响指就能同时快速操纵这么多海鲜的情况沈曜还真没见过。

沈亦清的一条触手卷着大捞勺，另两条触手合力端着一个大盆，捞勺一放进水箱里，海鲜们便井然有序地走上捞勺，捞勺很快装满、出水、倒盆，只过了半分钟，水箱里的海鲜就全被转移出来了。

海鲜们被分别倒进两个水池里，一只灵活的螃蟹踩着水产小伙伴们的身体爬出水池，左螯右螯同时压下两个出水钮，两侧水龙头开始放水。

“肚子里的脏东西都吐一吐。”沈亦清命令着，又释放了一波威压。

第二波威压放出来，海鲜们当场就被吓傻了，蚬子吓得疯狂滋水，海螺吓得噗噗喷泥，螃蟹吓得口吐白沫……

沈亦清淡定地向沈曜解释道：“吃之前再让它们清清里面。”

沈曜目瞪口呆，叹为观止。

其实沈亦清自己吃东西没这么讲究，在陆地上都是洗洗就吃了，在海里的话更是张大嘴连海鲜带海水一口吞，但给沈曜做就再怎么细致都不为过了。

“里面吐干净了再冲冲外面。”沈亦清下令道。

海鲜们听令，争先恐后地涌到水龙头下，冲了一会儿，沈亦清见差不多了，便道：“可以了，关水。”

站在水池上方的那只螃蟹立刻用左螯右螯同时夹住出水钮往上一拔，水停了。

这只螃蟹，可以说是一只螃蟹奸细了……

沈亦清用触手卷起那只螃蟹亲自给它洗了洗，随即第一个扔进蒸锅的笼屉中。

满以为能逃过一劫的螃蟹奸细悲剧了。

灶台上，一口蒸锅和一口煮锅同时欢快地冒着水蒸气，触手分别卷着一只笼屉和一个盆放进水池里。沈亦清板着脸，语气严肃道：“适合蒸着吃的进笼屉，适合煮着吃的进盆，自己想想怎么走，别进错了。”

海鲜们战战兢兢地分别自动走进去。

看到这里，沈曜是真的不能淡定了：“海鲜还知道自己适合被蒸还是适合被煮？”

沈亦清："它们不知道。"

沈曜眨眨眼睛："那……"

沈亦清："是我控制的。"

沈曜觉得太不可思议。

沈亦清一笑，一双桃花眼弯得很动人："我逗你开心呢，开心吗？"

沈曜被那笑容晃得怔了片刻，才说："开心。"

接着，可怜的小海鲜们慢慢地被蒸熟了。

在触手齐心协力的合作下，沈亦清很快弄出一大桌菜。桌上最显眼的就是一大盅骨头汤，那汤汁被熬成浓郁的乳白色，汤面上还浮着一颗颗艳红的枸杞，一看就十分养生，仿佛喝了就能长生不老！

"来，尝尝我的手艺。"沈亦清用汤勺给沈曜舀出一碗汤，却没给自己盛。

沈曜心里暖融融的，喝了两口汤才发现沈亦清没给他自己盛。

"你也喝啊！"沈曜道。

"这是专门给你煲的。"沈亦清眼神贼溜溜的，"骨头汤，喝了骨折好得快……我煲了好几个小时，你可得一滴不剩全喝光。"

沈曜心里一暖，垂着眼帘细细品了品，道："好喝，很香，很浓。"

就是每一口都有点沙沙的牙碜，可能是骨头碎末没撇干净，但沈曜怕沈亦清听了不开心就没说。这骨头汤虽然口感差了些但毕竟味道很香，沈曜最后还是把满满一盅汤喝光了，喝得小肚子滚圆，身子动一动都感觉肚子里水波荡漾。

"对了，"沈亦清给沈曜剥着螃蟹，指了指自己俊美得毫无瑕疵的脸道，"你觉得我这个长相在人类中算好看吗？"

沈曜老实答："好看的。"

作为一个外貌协会的老牌会员，沈曜对自己的审美很有自信。

沈亦清："你如果觉得我哪儿不好看就告诉我，我改。"

说着，把自己的鼻梁拎高一厘米，又按了回去。

从来只听说过“你觉得我哪儿不好，我改”，还没听说过哪儿不好看改哪儿的！

沈曜端详着沈亦清的脸，发自肺腑地说道：“你特别符合社会主流审美，哪儿都好看。”

“那你有喜欢的明星吗？”沈亦清好脾气地问，“我可以照着变，让你过把瘾。”

“没有！”沈曜立刻否认，随即一脸服气地道，“而且就算有我也不想让你变，你就是你，不是别人。”

“变成什么样不都是我吗？”沈亦清把一个堆满螃蟹肉的蟹壳推到沈曜面前。

沈曜的头摇得像拨浪鼓，接过那个蟹壳用筷子夹肉吃：“我不想让你有什么心理障碍，你人类的样子，你的原形，你有决定自己外形的权利，不应该被我左右……”

沈亦清起身，道：“那正好，药效时间到了，我要变回原形了。”

英俊男神再次膨胀成粉嘟嘟的巨妖宝宝，沈曜做了个深呼吸，安慰自己以后这都是常态，要学会适应接受。于是沈曜做了几秒钟心理准备，十分主动地伸手摸了摸巨妖宝宝的大圆脑袋，以示亲近。

北海巨妖的手感很好，软且弹性十足，摸起来像一个巨型草莓棉花糖。躺在上面睡觉的话一定很舒服……沈曜看着他的头默默地想。

“你能适应我的原形吗？”巨妖宝宝忐忑道，“如果你觉得别扭，我可以先回避……”

沈曜定了定神，道：“不用，我们……继续吃饭。”

见沈亦清明显地松了口气，沈曜再次默默庆幸自己是看惯魔物的猎魔人，如果换成普通人，就算再想怀着平常心对待沈亦清，肯定也需要很多时间慢慢适应这B级片一样的生活场景。

沈亦清继续用灵活的触手帮沈曜剔螃蟹肉，剥皮皮虾。沈曜则又细细观察了一番沈亦清。

作为一个资深吃章鱼爱好者，沈曜发现沈亦清的原形和章鱼还是有区别的，章鱼的头部大多偏竖长，可沈亦清的头圆溜溜的，甚至还有点儿扁，再加上两只感情十分充沛的大眼睛……比起真实的章鱼，沈亦清看起来更像是毛绒玩具或卡通动画中被萌化的章鱼，看习惯了还有点儿诡异的可爱。

桌上的菜太多，沈曜吃饱喝足后还剩下大约五分之四的量，沈曜揉着超负荷的肚子问沈亦清："这些你都能吃光吧？"

沈亦清一挤眼，自信道："这只是餐前点心。"

"你吃你吃。"沈曜催促道，眼底闪烁着好奇的光芒，似乎是职业病又犯了，想看看北海巨妖怎么吃饭。

沈亦清不想吓到人，于是他只是文雅地把嘴巴张开一点点，张到一个盘子的大小，随即端起一盘没去壳的皮皮虾，用筷子把皮皮虾哗啦一下全倒进嘴里，随即闭上嘴巴无声地咀嚼片刻，再咽下去。

我一定是这世界上吃相最优雅的北海巨妖了，沈亦清略带得意地想。

如果换巨妖爸爸来，他八成会一口把眼前的木头餐桌吞了。还能顺便补充补充植物纤维！

沈曜服气地看着他吃东西，关切道："不用剥壳吗？"

沈亦清摆摆触手："吃得太多，剥不过来，而且连壳吃补钙。"

这可真是十分懂得养生。

桌上剩下的食物一盘接一盘地被倒进沈亦清嘴里，虽然沈亦清刻意放慢速度保持吃相文雅，但十几个盘子还是两分钟就空了。

沈曜叹为观止，沉吟片刻后道："我有个问题。"

"你问。"沈亦清的触手卷起餐盘放进洗碗机。

"你们的食量这么大，海里有足够的食物吃吗？"沈曜问。

一只巨妖还好，如果繁衍多了的话怕不是会把一片海域吃破产！

"这个问题不用担心，"沈亦清解释道，"我们巨妖成年之后就会离开父母所在的海域独自生存，而且每个巨妖一生只有两次繁衍后代的机会，所以我们种族的数量极度稀少，我活到这么大其实也没见过除了我爸爸和妹妹之外的同类……”说到这里，沈亦清的语调有些低落，圆圆的眼睛耷拉成忧郁的半圆形，“说不定我们是这个世界上最后三只北海巨妖。”

沈曜觉得哪里不对，小心翼翼地问：“那你的妈妈呢？”

“我没有妈妈。”沈亦清淡定地道，“北海巨妖可以通过自体分裂繁殖，我是我爸爸分裂出来的。”

沈曜心思电转：“那你岂不是也……”

沈亦清轻轻应了一声，道：“我可以生孩子。”

生孩子！你身为雄性的尊严呢？沈曜宛如被炸雷劈中，怕沈亦清不高兴，违心赞美道：“这么厉害……那、那不然你……生一个？”

沈亦清摇摇触手：“不了，我小时候很皮，分裂出来的宝宝随我，养起来会很头疼。”

已经开始帮沈亦清回忆附近哪儿有幼儿园的沈曜既松了口气，又有些担忧，于是问：“如果你不要后代的话，北海巨妖会灭绝吗？”

“不会，我妹妹很喜欢小孩，她一直想当妈妈。”沈亦清用追忆过往的怀念语调说，“她小时候在海底过家家，为了体验真实的当妈妈的感觉，她抓了两条鲨鱼回家养，摇晃它们睡觉。”

沈曜有些无语。

沈亦清说着说着，咧开大嘴笑了起来：“我妹妹真可爱。”

沈曜尴尬而不失礼貌地附和道：“嗯，真可爱。”

但那两条鲨鱼怕是不觉得。

桌子上的剩菜都被一扫而空，沈亦清又去冰箱冷藏室取出大块大块化冻的牛肉，冲洗过后便把那堆小山一样的牛肉全吃光了。

沈曜像好奇宝宝一样跑去查看冰柜，冷藏室里已经空了，冷冻室里则塞着满满的冻肉。沈亦清填饱肚子，“啪啪”地走过来，将冷冻室里的冻肉搬到冷藏室化冻，这样既可以让肉解冻，又不怕放到明天早晨不新鲜。

“这个化好了明天当早饭。”沈亦清碗口大的眼亮晶晶的，“里面最嫩的部分我切下来给你煎着吃。”

“原来你每天要吃这么多……”沈曜想象了一下沈亦清去市场采购时的景象，“你每天采购这么多食物没人怀疑吗？”

沈亦清目露机智道：“我告诉他们我是开饭店的。”

说着，沈亦清的小触手不知从哪儿灵活地变出一张假名片，上面印着“×× 饭店”的字样。

“做戏做全套。”沈亦清仿佛很会过日子一样精明地算计道，“还可以拿批发价呢，一斤便宜好几块钱。”

就好像那个用一箱金币换一支魔力增强剂的冤大头并不是他。

沈亦清继续道：“有时候我会去农户家直接收活的猪牛羊，吃新鲜的，后院的小饼干就是我从农户家收来的。”

一提到小饼干沈曜就觉得好笑：“这回你终于可以把小饼干吃了。”

沈亦清愣了一下，尴尬地用触手挠挠后脑勺，道：“不吃了，就那样养着吧。”

沈曜好奇地问：“养出感情了？”

沈亦清用几条触手在脸上抹来抹去以掩饰窘态，有点扭捏地说：“嗯……我为了让你相信我，摆拍了不少照片。”

拍照时又遛牛又吸牛又给牛铲屎的，看久了竟也觉得小饼干那张无时无刻不拉得老长的牛脸中透着一种亲切！

巨妖宝宝的心灵就像他的触手一样柔软又敏感，也难怪他会对童年的小伙伴如此念念不忘。

## 第十一章

# 长生不老与走进奇迹

第二天早晨，沈曜准时被橘哥排的“对空导弹”轰醒，沈曜好脾气地把蹲在脸上的橘哥拎起来撸了一会儿，随即起身下床。不知是不是无良陈主任的治疗魔力持续生效的缘故，沈曜发现昨天还不敢踏踏实实踩地的伤脚已经完全没有痛感了。沈曜一喜，健步如飞地跑去找沈亦清。

沈亦清正在厨房煎那块最嫩的牛肉，一见沈曜下来，立刻期待地问：“脚踝怎么样，还疼吗？”

沈曜身轻如燕地蹦了两下，兴高采烈道：“一点儿都不疼了！”

“我看看。”沈亦清关了火，放下锅铲，边拿小围裙擦手边走过来，掀起沈曜的睡衣下摆检查。

沈曜迷茫：“我脚踝不长肚子上。”

沈亦清指着沈曜小腹上的某个部位，问：“你这里是不是有块疤来着？”

“嗯？”沈曜不明白他为什么突然问这个，“有啊！”

沈曜小腹上有一块很显眼的伤疤，是三年前猎捕一只石像鬼时被对方坚硬锐利的石尾留下的。除此之外，沈曜的小腿与后背上都有战斗留下的伤疤，不过都比较小，没有肚子上这个明显。沈曜倒不在意这个，毕竟不是伤在脸上，平时穿着衣服根本看不出来，况且猎魔人的工作很危险，任务中受伤是很正常的事，哪个猎魔人身上一块疤都没有？

“你看。”沈亦清半跪在沈曜身前，带着一种邀功似的喜悦表情道，“疤没了。”

沈曜飞快一低头，发现自己小腹上的伤疤果然不翼而飞。

“怎么回事？”沈曜惊讶地说，弯腰把睡裤挽到膝盖上方，检查自己小腿上原本有疤的地方。

发现自己小腿处的疤痕也不见了，沈曜低低惊呼出声，又急忙把手伸向背部摸索起来，片刻后，沈曜发现之前背上浮凸的一条疤痕也没影了。

“我身上的疤全没了。”沈曜惊讶道，“怎么回事？你知道会这样？”

沈亦清扬扬得意道：“其实，你昨天喝的汤不是骨头汤……”

沈曜瞬间捋清所有线索，机智道：“你把陈主任的角掰下来了？”

沈曜的小脑袋瓜转得可真快，我这么大的脑袋都快不过，沈亦清想。

“是，掰下来了。”沈亦清沉声道，“他敢打你的主意就要付出代价。”

“你昨天给我喝汤的时候怎么不说？”沈曜惊讶未消，仍在自己身上有过疤的地方摸来摸去。

沈亦清眼中掠过一丝厌恶地说：“我怕你嫌恶心。”

沈曜想起陈主任那张透着猥琐气息的脸，深以为然道：“的确是有点恶心。”

“独角兽角的功效是真的吗？”顿了顿，沈曜问。

为了保护濒危魔物独角兽，关于兽角功效的研究是被禁止的，特殊事务执法部门中也有“禁止传播独角兽角长生不老说法”的规定，所以连沈曜都不知道那个说法究竟是真是假。

“是真的，只不过没有传言那么夸张。”沈亦清道，“兽角可以将生物身体的各方面修复到巅峰状态并延缓衰老。如果没有意外的话，你的寿命已经等同于北海巨妖了，我们都能活上千岁。”

长生不老，一场古往今来多少人求而不得的大梦，此时忽然变成现实落在自己身上，沈曜一时说不出话，只是定定地垂着眼帘把沈亦清望着。

这两天沈亦清带来了太多的惊喜，沈曜怀疑自己已经被刺激得有些麻木了，不然现在就算激动得穿着睡衣下楼跑圈都不为过。

沈亦清起身："我们可以一起变老了，我们可以把这个世界走遍，等陆地上走完了，再去海里，海里有很多有趣的地方我都想带你去看看。"

沈曜深深吸了口气，坚定地一点头，道："一起变老，说好了。"

这天晚上，沈曜在客房里收拾自己百宝箱一样的大书包，清点里面各种驱魔用具的数量，为明天周一回到工作岗位做准备。

是的，虽然一夜暴富了，但沈曜暂时没有辞职的打算。

门口，沈亦清幽幽地露出半张脸，不出声地盯着沈曜看了一会儿，皱着眉问："在做什么？"

沈曜低着头认真地把大包驱魔粉分装进小号保鲜袋里，随口答："就收拾收拾，明天得上班了。"

沈亦清"咻"地弹出一条触手，趁沈曜没防备，用触手卷住书包飞快往自己怀里一带，一脸不高兴地询问道："还上班做什么，地下室里的金子不够花，我就回海里给你挖。"

沈曜怔了片刻，笑着说："你别闹，包还我。"

"你就天天躺在家里花钱不好吗，为什么要上班？"沈亦清目光真挚地问，但他还是老老实实地把书包还回去了。

沈曜沉吟片刻，向沈亦清解释了一番自己去上班的原因。

首先，猎魔人编制特殊，不是说走就能马上走的，要提前至少三个月向上级提交退役申请，经审查没有问题，才能离开工作岗位。其次，上次研究院莫名其妙被危险评定为SS级的喷火龙袭击，虽然没死人但伤员不少，现在执法大队严重缺乏人手，积压了大量工作，蒋泽尽心尽力培养沈曜这么多年可不是为了让手下爱将在关键时刻撂挑子不干的。

"再说，天天躺在家里花钱的生活过久了也无聊啊……"沈曜把常用的军刀拔出刀鞘细细擦着，将那刀刃擦拭得雪亮，随即举起来对着灯满意地欣赏徘徊在刀身上的流光，“你这么有钱，平时不也搞创作吗，我觉得我的工作挺有意思的，和魔物打交道多好玩啊！”

“你的工作太危险了。”沈亦清郁闷道，“身上那么多伤疤。”

沈曜扭头笑笑：“现在不是都没了吗？”

小朋友太独立了，一定要有事做不肯躺在家里随便花钱可怎么办！沈亦清焦虑地两两成对揉搓了一会儿触手，灵机一动道：“我有个好想法。”

“嗯？”

沈亦清王霸之气四溢道：“我给你开一家综合事务所，你自己当老板。”

沈曜来了兴趣问：“事务所？”

沈亦清认真道：“对，就专门处理各种和魔物有关的事情，我让江沐溪想办法在魔物圈子里打打广告，让他们有什么事都找你解决。”

“有意思，感觉好像万事屋啊！”沈曜盘腿坐在地板上，思索了片刻，小眼神骤然警惕，“江沐溪是哪位？”

沈亦清老实道：“我朋友，一个灯塔水母，在魔物界人脉很广。”

沈曜问：“男的还是女的？”

沈亦清：“雄的。”

沈曜想了一秒钟，自顾自地点点头道：“当年有一个灯塔水母去实验室救过你，所以这位是他儿子？”

单纯的巨妖宝宝不懂掩饰，坦诚地赞美道：“对，你真聪明，一下就猜到了。”

沈曜把擦得铮亮的军刀在掌心灵巧地转了几圈，用玩笑的语气啧啧道：“他爸爸和你爸爸认识，你们也认识……关系很好哦。”

沈亦清没听出来沈曜是和自己闹着玩，一板一眼地说明道：“我和他是从小打到大的。”

沈曜眼神促狭地瞄着他：“真的啊？”

“真的，不信？”沈亦清撸胳膊挽袖子就站起来了，“那我现在去和他打一架给你看看。”

远在几公里之外的江沐溪忽然背后一阵恶寒……

“逗你玩呢。”沈曜笑出声，把沈亦清拽了回来。

“你欺负我。”沈亦清恨恨道。

沈曜低着头不住地笑，两人嬉闹了一会儿，沈曜开始说：“我觉得你刚刚说的事务所很靠谱。”

“是吧。”沈亦清开心道，“你可以继续做自己喜欢的事，无聊的时候开张，累了就关门，比现在自在多了。到时候蒋队那边有什么棘手的案子我们一样可以帮忙，他这就不算白培养你了，而且有我和你一起，你会很安全。”

沈曜幻想了一下那样的生活，眼睛顿时就亮了。

“我明天去单位就给蒋队打退役报告。”沈曜摩拳擦掌道，“不过真要走得是三个月之后，正好赶上春节，到时候我们先一起好好过个年，再琢磨事务所的事。”

“那就这么说定了。”沈亦清喜滋滋地搓搓触手，提要求道，“这三个月你出任务的时候我也要跟着你，有危险的时候我好去帮忙。”见沈曜不太愿意的样子，他忙道：“不许说没有危险，上次研究院被喷火龙袭击，如果不是我在附近等着接你下班正好赶上了，损失一定很惨重。”

沈曜想想也是，就没拒绝，只问：“对了，那喷火龙呢？你不是给吃了吧？那可是国家一级保护魔物，我们都不敢下死手。”

沈亦清吸溜了一下口水：“我就咬了一口，还没吞进去就被它跑了，它往我嗓子里喷火，辣得我喝了一箱矿泉水……”

沈曜佯装惊讶问：“喷火？那嗓子不是要烧坏了吗？”

沈亦清老实道：“坏了一点点，早就好了。”

“真好了假好了？张嘴我看看。”沈曜催促，“快，张嘴。”

沈亦清忙张大嘴：“啊——”

沈曜把一直藏在书包里的拳头抽出来，天女散花式地往沈亦清的嘴里洒了一把橙子味的水果糖。

沈亦清一惊，本能地飞快闭上嘴。

沈曜几乎都能听见他闭嘴时带起的风声……

嘴里清甜的水果香气亲切又熟悉，仿佛是从遥远氤氲的记忆中传来一般，现实与往昔刹那间交叠在一起，沈亦清脑子短路，呆愣在原地。

“和小时候的味道一样吗？”沈曜眉眼弯弯，两个小梨涡好像盛着蜜，“我从小到大一直喜欢吃这个牌子的水果糖，现在实体店很少有卖的了，我都在网上买。”

沈曜关于实验室的记忆虽然没有了，却记得小时候经常吃的水果糖，听沈亦清说那时在实验室他们经常分糖吃，沈曜就想八成是这个牌子的。

“一样。”沈亦清沉声道。

更重要的是，喂自己吃糖的那个人，也一样。

第二天，沈亦清送沈曜上班。

沈曜回到工作岗位后的第一件事就是拟了一份退役申请，这东西有固定格式写得快，沈曜十分钟就搞定了，屁颠屁颠地跑去蒋泽办公室送申请。

蒋泽接过申请扫了一眼，又将沈曜端详了一番，叹气道：“真不干了？想清楚了？等我退休了，这队长的位子就是你的了。”

“不是，”沈曜轻声道，“蒋哥你别生气，我离队之后打算开个这方面的事务所，还继续做这些。”

听了这个，蒋泽的表情缓和了些。

沈曜贼贼地一笑说：“到时候蒋哥你这边有什么案子不好解决的一样可以找我，委托费我给你打折。”

“屁咧！”蒋泽一拍桌子，眼珠子瞪得溜圆，假装生气地说，“我去你还敢收钱？！”

沈曜“扑哧”笑出声。

“去去去，”蒋泽把退役报告往抽屉里一收，一脸不耐烦地挥手地说，

“傻愣着干什么，干活儿去！这还没退呢！”

“遵命！”沈曜立正敬了个礼，扭头一溜烟儿跑了。

这段时间队里积压的工作很多，不过除喷火龙事件外都是些琐碎的小事，喷火龙袭击研究院与未知魔物冒充刘盛击退喷火龙的案子都毫无头绪，但沈曜也不打算把沈亦清暴露出去。

沈亦清来人类社会生活已经好几年了，各种人类该有的证明手续都齐全，让他继续以人类身份生活下去完全没问题。

虽然现在研究院已经正规且人性化多了，但北海巨妖这么具有研究价值的魔物出现，研究院肯定坐不住，至少令人头疼的游说是少不了的。何况沈亦清的危险评定肯定极高，一旦暴露身份，将来在生活中必然会多出许多限制，所以综合考虑下来，沈亦清最好还是继续将身份隐瞒下去。

一上午的时间很快过去，沈曜午休时去食堂吃饭，屁股刚贴到椅子就听见食堂电视中响起一段恐怖片般一惊一乍的音乐，沈曜抬头瞥了眼电视，便和周围的其他同事一起笑了起来。

“这么快就拍完了？”

“那必须，后勤部加班加点干了一周呢！”

“蒋队天天在那儿盯着，敢不快吗？”猎魔人们交头接耳。

电视里一个低沉的男声抑扬顿挫道：“神秘生物突袭城管办公大楼，究竟意欲何为？这一离奇现象的背后隐藏着怎样惊世骇俗的真相？划过天际的红色身影，难道是神话中的龙？龙，真的存在吗？敬请收看本期《走进奇迹》，让我们共同揭开‘龙’的神秘面纱……”

沈曜吃着饭，有一搭没一搭地看着后勤部找来的演员们在电视里拼命表演，咋咋呼呼地渲染神秘气氛，同时用手机在网上搜索相关新闻。果然，所有与喷火龙有关的消息都被和谐了，目前除了瞎起哄的、吃瓜的，就是各种睁眼说瞎话的。

沈曜填饱肚子后没急着走，瘫在食堂椅子上给沈亦清发微信。

沈曜：沈大嘴。

沈曜：沈壮壮。

沈曜：沈吃鲸。

沈亦清幽怨地回：喂……

沈曜乐不可支，沉迷于给沈亦清起外号不可自拔。

沈亦清的巨妖名字是吼吼吼吼，含义是“嘴大得能吞下一群鲸”，是祝福小巨妖健康成长的意思。而沈曜认为这个含义的名字换算成汉语差不多就是“壮”啊“健”啊之类的名字，所以给沈亦清起了一大堆外号，什么沈健壮、沈壮实、沈大头……把沈亦清气得狂甩触手！

沈亦清：叫点儿好听的。

沈曜发了个哈士奇的表情包过去。

沈亦清十分委屈：我这边有点儿不高兴了。

巨妖宝宝实在太萌以至于不高兴起来也气势全无！所以沈曜不仅内疚不起来反而还很想笑！

沈曜憋着笑，点开语音哄了两句，随即略嫌弃地看着桌上的餐盘，道：“吃过你做的饭就觉得单位食堂的饭太难吃了，晚上给我做好吃的好不好？”

沈亦清胸中豪情万丈，恨不得原地做个满汉全席给沈曜送过去！

沈亦清兴奋地问：“必须好，你想吃什么？”

沈曜回复说：“都行，对了，我还想吃那天你给我买的手工巧克力。”

沈亦清：“我去把那家店包了。”

沈曜十分淡定：“好啊。”

两人又说了会儿话，沈曜起身去角落的饮水机接水，这时离下午上班的时间只有十几分钟，食堂里人很少，饮水机周围除了沈曜没别人。

这时，电视里后勤部制作的节目已播放到下半段，后勤部副部长冒充的专家正在侃侃而谈，盲目分析，拼命往天气现象上误导。沈曜无趣地看了一会儿，端起餐盘放到回收处，拿起水杯打算去饮水机处接点温水喝，可走到距离饮水机几米远处时，沈曜蓦地顿住脚步——饮水机旁边的地面上有一个奇怪的小东西，那小东西大约五厘米高，两条胳膊两条腿，看起来活脱脱就是一个等比例缩小的人类，小人儿双手叉腰竖直站立在地面上，背影看上去莫名有气势。

是菌人？沈曜很快反应过来，却没声张，只眯起眼睛费力地观察菌人的举动。

菌人本质上是一种小人，传说中的小人国其实就是菌人的国度，这个世界上第一只菌人的发现纯属意外——当年有一位生物学家用显微镜观察植物切片，结果无比惊讶地在镜下看到了一个全须全尾的微缩人类，从那时开始菌人的存在才终于得到证实。目前已知的菌人种类有很多，体型大小不一，每一种都有冗长难记的学名对应，而“菌人”则是一种带有夸张意味的、统称的俗名，意思就是细菌一样微小的人。

前段时间研究院发现了一批新品种菌人，据说雄性身高可以达到五厘米，是菌人中的超级巨人，目前只剩下两百多个，一经发现就被研究院妥善地保护起来了。

沈曜眯着眼，目光牢牢锁定那个菌人，略略一琢磨就明白了。

这肯定是从研究院里逃出来的啊……沈曜想着，一想起研究院心里就有点儿打鼓，于是干脆回身找了个椅子坐下，不动声色地看着。

那菌人是个雄性，小衣服小裤子穿得像模像样的，背上还背着一个不知什么材质的包，体积大约有两个大拇指甲那么大，压在菌人身上感觉沉甸甸的。

菌人仰头看看饮水机，从包里掏出一大团绒绒的东西，动作潇洒地抖开了——那是一簇从蒲公英上拔下来的毛，去除了下方沉重的种子，只留上面雪白的绒花。菌人把这簇蒲公英绒当把小伞一样攥着，一只黄豆大的小手儿在伞上姿态豪气地一拂，同时轻声念了句什么，那簇蒲公英绒便散开一圈珠白色的柔和晕光，像机器猫的竹蜻蜓一样拽着菌人直直向上升去。

悬空术，沈曜想，同时暗暗地东张西望提防着有同事过来，不知不觉地已经在帮菌人放风了。

这个世界上其实有货真价实的魔法存在，体内有魔力流动的魔物都可以使用它们，但目前留存于世的魔法大多没什么意义，比如这个菌人使用的浮空术，就是可以通过蒲公英绒之类的轻巧媒介让重量小于五百克的东西在短时间内飞起来，而这种魔法对于人类来说毫无价值。也不知是不是因为威力强大的魔法都已失传的缘故，总之目前魔法完全被人类科技吊打。

菌人用浮空术轻巧地飘上饮水机的水槽，从腰间解下一个似乎是当水壶用的白色小海螺，把它嵌在水槽的缝隙中，让它的开口正对饮水机的水龙头，随即再次用浮空术飘到水龙头的压杆上，在上面站定后猛力蹦跳了两下，随着这一蹦，饮水机中的水滴下去，将小白海螺盛满了。

菌人又跳回水槽上，捡起小白海螺，往上扣了个改造过的原装口盖又别回腰上，这海螺水壶就算是装满了。

在一旁围观了全程的沈曜如梦初醒。

原来这小菌人忙活这一通，就是为了给水壶装满水？

菌人用蒲公英绒飞回地面，把绒绒收回背包就要走人，沈曜却坐不住了，起身小步跟上，见周围没人便低头直接叫道：“喂，小菌人。”

菌人吓得一蹦，头都没敢回，使出五米赛跑冲刺的速度拔足狂奔！

沈曜慢悠悠地跟在后面，温声道：“不用怕，我又不抓你。”

菌人跑了一会儿，见实在跑不过，只好停下脚步拄着膝盖喘粗气。

沈曜蹲下，道：“你好，我叫沈曜，是一个猎魔人，你是从研究院逃出来的吧？”

菌人警惕地仰头盯着沈曜，抿紧了芝麻大的嘴巴，不说话。

沈曜这么离近了看才看清菌人的长相，这菌人看起来年纪不大，大约十五六岁，那小得几乎可以忽略不计的脸上嵌着一双光彩灵动的眼睛，模样很有朝气。

“外面很危险的，你想去哪里，我可以送你。”沈曜和和气气地说着，将右手掌心向上摊平在地上，见菌人仍犹豫不决便催促道，“快，那边有人过来了，我要是想抓你直接就抓了，用不着骗你。”

无法反驳的菌人像跨上一级很高的台阶一样抬腿迈上沈曜的手，抹了把汗，又拿起小海螺水壶喝了一口，随即朗声道："谢谢你，猎魔人。"

"不客气。"沈曜莞尔，听见身后传来脚步声，忙把菌人揣进大衣口袋。

沈曜这件衣服口袋又大又深，菌人"吧嗒"掉进宽敞的口袋底，一脚踩住沈曜手机壳上摄像头边沿的凹陷，一手揪住口袋柔软的内衬布料，胳膊腿儿同时发力，"嚯"的一声低吼就灵巧地翻了上去。

沈曜翘着嘴角，忍住不笑。

菌人用两只小手扒住口袋边沿，冒出半个小脑袋，机警地观察着外面的世界。

穿着绿衣服的同事与沈曜擦肩而过，没有留意到菌人。

沈曜小声说："好了，那个绿巨人走过去了。"

菌人趴在口袋边沿，东张西望地感叹道："好高啊！"

沈曜原地蹦了几下，在档口后盛饭大妈看傻子的眼神中问："刺不刺激？"

菌人开怀大笑："哈哈哈真刺激！"

沈曜"噗"地乐出声，再次发问："你想去哪儿，要我送你吗？"

菌人迟疑片刻，道："我没有明确的目的地，只想先来食堂补充食物和水。"

"补充好了吗？"沈曜问。

菌人扬扬得意地拍拍包说："我拿到了一粒煮花生。"

"够你吃两天的了。"沈曜关切道，"你为什么要从研究院逃跑？有人对你们做了什么吗？"

"没。"菌人少年挠挠头，动作颇有些虎头虎脑的，"那些巨人对我们很好，我的族人在他们的庇护下什么都不用干也衣食无忧，但是……"菌人把小下巴垫在手臂上，老气横秋地叹了口气说："我觉得那样的生活很没趣。"

沈曜了然地回："哦，可以理解。"

这是一个不安于现状的菌人。

沈曜此时已走出食堂，但没回办公楼，而是径直走到树下长椅处坐下。现在已是上班时间，不过沈曜这种奋战在前线的猎魔人上班时间比较有弹性，因为沈曜时不时会接到突发的紧急任务，抑或是临时需要外出处理各种报案，坐班时间人不在也是常事。

此时沈曜周围方圆十几米不见一个人，菌人四下侦查了一番，便从口袋里一跃而出，稳稳落在沈曜腿上，叉腰昂首挺胸地高声宣布道："我是一个菌人冒险家！"

"哇……"沈曜正想礼貌地表示一下尊敬，一片巴掌大的枯叶便猝然乘风而至，不偏不倚正好贴在菌人身上，把菌人推了个大跟头。身子还没叶子大的菌人失去平衡，咕噜噜地滚落在地上，仿佛收到了来自风神的打脸……

沈曜的小心脏被吓得"怦怦"跳了几下，正要弯腰去寻，那菌人已攀岩一样爬回沈曜的膝盖上了，速度快得就像一阵小旋风！

菌人站稳了，抹了把刚刚沾在脸上的土，豪迈地放声大笑道："哈哈！好大的叶子！"

菌人完全没有被刚才的小插曲打击到，反而乐颠颠地畅想道："如果风速再快一些，刚才那片叶子就可以当滑翔翼用了。"

沈曜张大了嘴，情不自禁地竖起大拇指说："你可真厉害。"

"那当然，我可是冒险家。"菌人神采飞扬地一拍胸口，随即从身后大包里抽出一个厚纸卷似的东西，在沈曜腿上快跑了几步，几个腾挪跳进沈曜前胸的一处衣褶中，用神秘兮兮的语气道，"帮我挡着点儿风，给你看个好东西。"

思想十分污秽的小沈曜用又乖又软的腔调问："是什么呀？"难道是菌人国的小黄图吗？

说话间，沈曜十分积极地调整了一下自己坐的角度，用后背挡住风。

菌人将厚纸卷徐徐展开，沈曜这才发现原来里面都是白桦树的树皮。

这种树皮质地轻薄柔韧，笔在上面可以写字，菌人将树皮裁成一片片细小的长方形，再装订在一起，展开时就十分像一本书。

“这用什么订的？”沈曜好奇地问，拼命眯着眼想看得更清楚些。

“是用螳螂腿上的倒刺。”菌人捏起小拳头往空中一挥，傲然道，“我十四岁那年独自杀死了一只螳螂。”

沈曜将螳螂等比例放大到与自己差不多大的程度，估算了一下战斗力，随即真心实意地夸赞道：“那你可真能打。”

菌人不好意思地搔搔鼻尖，“嘿嘿”笑了两声，随即翻开白桦树皮书的第一页，道：“这些都是我的冒险记录。”说着，菌人用指尖在上面轻轻一点，那原本雪白一片的树皮上便立即出现了大量色彩缤纷的亮线，亮线们彼此交织缠绕，很快绘制出了一张极度写实的风景画。

“凝光术啊！”沈曜喃喃自语。

这也是一种魔法，施法者可以将少量光线封印进浅色的载体中，在需要时用魔力唤醒它们，说起来好像挺厉害但实际应用就和照相一样，但没照相方便。

“这是一株巍峨高耸的黄刺玫，我用了一个小时才攀爬到顶，途中还杀死了一只壮硕的蜜蜂，因为它想刺我。”菌人充满感情地介绍道，同时向树皮上的图画做了个抓的动作，原本凝练在树皮上的光被他抓取起来，悠悠地升高浮空并放大到人类能看清的程度。

图中是一种名为黄刺玫的植物，正值花期，满树嫩黄娇妍的花朵从菌人的视角看去更是繁盛得不可思议，仿佛整个天地都被花填满了。

沈曜客气地附和道：“真是巍峨高耸。”

菌人听了这话，开心得脸都涨红了，忙不迭地翻开“相册”的下一页继续向沈曜介绍自己的冒险旅程，也许是因为平时没人听他讲这些，憋得无处发泄的菌人话匣子一打开就没完没了，直拉着沈曜把一整本相册都看了一遍……他曾经探索过幽暗神秘的田鼠洞，泅渡过湍急汹涌的儿童游泳池，攀登过壮丽恢宏的公园雕像，还飞跃过两座平房相隔半米的屋顶并穿越了瓦片上无边无际的荒凉大漠……

“我的族人从来不会去做这些事情，他们害怕出门，只愿意在地洞里种蘑菇。”小菌人恨铁不成钢地摇着头，握紧了小拳头，慷慨激昂道，“我想去冒险，我要环游世界！”

沈曜不禁被菌人感染得心潮澎湃了一瞬，但也只是一瞬而已，沈曜思索了片刻，还是字斟句酌道：“我能理解你的想法，但外面的世界对你来说其实真的……挺危险的，环游世界的想法很好，但是……”

沈曜本以为菌人会不知天高地厚地反驳，没想到菌人却坦然地承认说：“你说得对，我连走出这座巨人的城市都很艰难，所以我本来只是想在家附近探险的，不过……”菌人的眼睛灵活地一转，乐呵呵地仰头望着沈曜问，“你知不知道刚才食堂电视里说的那条喷火龙在哪儿？”

沈曜的眉毛高高扬起，发出一个疑问的上扬音说：“嗯？你要找那条龙？”

菌人拼命点头：“对，他是我的搭档，我们约好要一起环游世界的，我刚刚看到食堂电视播的节目，里面的龙应该就是他。”

沈曜眼神略飘忽地回：“哦，这样。真是不好意思，你搭档差点儿被我朋友吃了……”

菌人细细观察沈曜的表情，道：“你认识他？”

沈曜解释道：“他一周多以前袭击了研究院，可能是为了救你，不过我们当时不知道。他又不会说话，所以两边就打起来了，他打伤我们很多人，自己也受了伤，现在可能正在什么地方养伤。”

“哎呀，”菌人微小的脸蛋皱了起来，苦恼道，“这可怎么办才好，他是个大路痴，又不会说人类的话。”

“路痴？”沈曜愣了一下，“那他第一次是怎么找到研究院的？”

菌人摇头晃脑地叹气：“我给过他一片可以飘向我的引路花瓣，但花瓣风干后就会失效，这么长时间过去肯定已经失效了，这个笨蛋，还是得我去找他才行……”

沈曜眨眨眼睛，想通了，略表兴奋地说：“我明白了，他路痴但是能载着你飞，你走不远但方向感强，正好互补。”

菌人打了个响指答：“说对了！我们是最佳搭档！”

是不是最佳搭档不知道，但体型差最大搭档肯定没错了。

正在菌人说话的同时，在距离此处十几公里的一条小巷中，一个少年掀开盖在身上的厚纸壳猛地坐了起来，徘徊在他身旁的流浪猫们呼地散开，站得远远地观察这个奇怪的家伙。

少年顶着一头橙红的乱发，俊美的脸蛋上沾着几道长长的灰痕，花猫似的。他目光茫然地四下张望片刻，从瘪瘪的衣服口袋里掏出最后一小袋硫黄，将那黄色粉末仰头倒进嘴里，随即贪馋地咂了咂嘴，显然是没吃饱。可没吃饱也没办法了，毕竟他现在找不到回龙巢的路，没地方弄硫黄，好在龙族生命力强悍，饿上几天也没什么大不了。

吃完硫黄，少年习惯性地喷出两簇小火苗以示自己进餐完毕，这是喷火龙的礼仪，每一条有教养的小龙都会在用餐结束时这么做。虽然现在他已经没有严厉监督自己龙族礼仪的家人了，但这礼貌的习惯仍然保存了下来。少年靠在小巷的墙上发了会儿愣，从怀中掏出一个密封塑料袋，又从里面抖出一片干瘪的花瓣，枯萎的花瓣飘落在地上，少年满眼期待地盯着花瓣，可如同前几天一样，花瓣只是懒怠地贴着地面，纹丝不动。

今天花瓣也不好用，先收起来，说不定明天会好用，什么也不懂的龙族少年乐观地想着，用两根手指拈起花瓣边缘，收回密封袋里。

仍然找不到研究院的龙族少年拍拍身上的尘土便走出小巷，在看到映入眼帘的第一幢大楼时，他将它和记忆中的研究院做了一番对比，发觉不像，便又向前走上一些距离，辨认起第二幢大楼……

路痴到令人绝望！

另一边，小菌人盘腿坐在沈曜膝盖上，掏出包里的一整颗大花生，用螳螂腿改造出的猎刀利落地切下一片，还礼貌地问：“来一点吗？”

沈曜客气道：“不了，刚吃过了。”

菌人遂把剩下的收回包，捧着那薄薄的一片花生，像人类吃大饼一样吃起来。

沈曜好奇地问：“你光吃花生，这营养能均衡吗？”

“没关系。”菌人爽朗地笑道，“在外面冒险就是这样，有得吃就可以了。”

沈曜托着下巴，有趣地观察着菌人的一举一动。菌人的体型大多小到根本无法和人类产生互动，如此巨大的菌人目前研究院也只发现了这一种而已，所以沈曜的好奇心被撩起来了，与菌人闲聊道：“你和那条龙是怎么认识的？”

“这个嘛，我想想该怎么和你说。”菌人吃一口花生片，拿白海螺水壶喝口水，颇有茶话会的即视感，他沉吟片刻后，将自己与龙族少年相识的经过向沈曜讲述了一番……

喷火龙与其家人世代隐居在这座城市外的一处森林中，守着他们的龙巢。一年前，他的家人不幸被卑劣的魔物偷猎者杀死，而他自己因为溜出去玩耍，回家时迷路迷了三天三夜，所以竟碰巧逃过一劫。

孤零零的小龙想去找偷猎者报仇，在寻仇屡屡碰壁后，他吸引了那伙偷猎者的注意，报仇不成反被他们盯上。在一次针对他的偷猎中，小龙用同归于尽的方式杀掉了对方好几个人，负伤脱逃，并在逃亡途中由于失血过多而昏迷，那庞大的身体正巧压在菌人们的地穴上方，把地穴压塌了，菌人们辛辛苦苦开垦出的蘑菇田也被他毁了。

于是当小龙醒来时，一睁眼睛就看见自己的鼻尖上站着一个气势汹汹的小菌人——这个小菌人就是沈曜眼前的这位了，他是菌人一族的王子，当他父亲不在时，族中有大事都要靠他出面解决。鼻子上有异物很痒，小龙吸吸鼻子，打了个巨大的喷嚏……半个小时后，被喷嚏打飞的菌人小王子翻山越岭地杀回来，爬到小龙脸上，这回他聪明地站在小龙的鼻梁上，慷慨激昂地谴责小龙毁坏地穴和蘑菇田的行为，见小龙既不懂菌人语又不懂人话，菌人只好拽着他的龙须将一片狼藉的地穴指给他看，连比画带咆哮的，总算是把事情传递明白了。

小龙用他的龙爪，几爪子就刨出了一个和原先差不多的地穴，为了表示歉意，小龙又友好地赠送十几爪子，挖了一个超大地穴出来，对于菌人们来说简直就是小村子升级成大都市。挖完地穴，伤重的小龙体力不支，再度昏迷。

菌人们不知道怎么治疗龙，只好将他们平时疗伤用的草药敷在小龙的伤口上，可小龙太过庞大，菌人们用光了全部库存也只敷了一个伤口而已。于是在小王子的指挥下菌人倾巢出动，到处寻找疗伤草药，最后终于把小龙救了回来，被救回来的小龙又帮菌人们开垦蘑菇田，重新把食用蘑菇种满了。

帮菌人重建好家园后，小龙便干脆在菌人的地穴附近住下养伤。菌人们都很怕喷火龙，除了菌人小王子之外谁也不敢和龙说话，甚至连看都不敢多看一眼，不过菌人小王子却对龙相当感兴趣……

无家可归的小龙知道菌人们怕自己，遂自觉远离，每天孤零零地趴在距菌人巢穴几十米的一块凸出的山崖平台上，要么望着山谷发呆想爸爸妈妈，要么把头埋在龙翼下偷偷哭。大滴大滴炙热的泪水把他身下的泥土都打湿了，哭得厉害时眼泪和泥土还会混合出一片微型沼泽。

某天好奇心满满的菌人小王子翻山越岭地跑去找小龙，一不留神半个身子都陷进小龙制造的眼泪沼泽中，拔不出来了。菌人高声呼救，小龙吃了一惊，眯着眼睛贴地找了一通后终于发现地里陷着一个小人儿。小龙忙变回相对较小的人形，小心翼翼地用两根手指头拈住菌人轻轻一提。随着“啪”的一声轻响，菌人被揪出沼泽。

仿佛香槟瓶上的软木塞也随着这“啪”的一声被拔了出来，甜美轻快的小气泡从这一瞬开始偷偷从瓶口逸出。

“呼——”菌人长舒一口气，跌坐在一粒小石子儿上道，“失算了，最近没下雨，我没想到地上会有沼泽。”

小龙听不懂，光着身子坐回地面，红着眼圈沉默地发呆。

菌人用小石子刮了刮裤子上的泥，随即揪着小龙的腿毛一路攀爬上膝盖，从包里掏出一枚桑葚，用两条小胳膊托举得高高的，温和安抚道："别哭了，请你吃果子，我今天爬树摘的。"

小龙瞄了一眼桑葚，兴味索然地喊："吼……"

我只吃硫黄……

同样听不懂龙语的菌人仍然执拗地举着桑葚，微小的脸蛋被阳光映照得白亮，就像一颗小小的珍珠。

小龙垂眼看了他片刻，迟疑着拿起那颗桑葚放进嘴里，酸甜的汁水蔓延在舌尖，虽没有硫黄美味，但也不算坏。

菌人看着小龙吃桑葚，很馋地咽了咽口水，小米粒大小的喉结上下滚动，被视力敏锐的小龙看见了。小龙起身飞走，没过一会儿便回来了，因为怕踩到菌人他走路时幅度很大地弓着腰，每走一步之前都要眯眼观察地面，走回菌人面前后，小龙松开环抱在胸前的手臂……

于是菌人的小天地下了一场桑葚的暴雨。

"吼。吃吧。"小龙说着，坐回去继续发呆。

"好多果子！"菌人的兴奋程度不亚于沈曜看见满满一地下室的金币，因为桑葚长在高耸入云的巨树上，浮空术一次飞上不去，摘一次既危险又耗时间，是不可多得的美味。突然有大餐可吃的菌人欢天喜地地捧起一颗桑葚，咬了一大口后又觉得另一颗好像更紫更甜，便急忙抛了手里的去咬新的。很快菌人的小肚子就被酸甜芬芳的果肉填满了，身上百合花瓣做成的白衣服也被染成了紫色，菌人瘫在小石子上，揉着滚瓜溜圆的小肚子幸福地晒太阳，道："吃得真饱，谢谢你。"

小龙低头，见菌人露着肚皮晒太阳的样子好玩，便用手指小心地在菌人肚子上搔弄了两下，菌人痒得哈哈大笑起来，抱住小龙的手指头求饶道："别闹了哈哈哈！好痒！"

指尖被抱紧的感觉奇异又温馨，小龙发了会儿怔，笑了一下。因为他已经很久没笑过了，所以这个笑容有些僵硬和生涩，但那的确是一个微笑，轻得就像随风摆荡的柳叶擦过面颊。

那之后，小龙还帮菌人将小山般的桑葚运送回地穴，菌人们为庆祝桑葚大丰收办了场篝火晚宴，在桑葚吃光前他们的食谱从早到晚都是桑葚。一连好几天，菌人们的芝麻小嘴都是黑黑紫紫的。

刚和小龙建立友谊的那段时间，菌人保留着每天出去打猎的习惯，他会用鱼刺做成的长矛捕杀一种蛋白质丰富的小甲壳虫。每天晚上，满载而归的菌人都会将甲壳虫串在鱼刺上，放在喷火龙的嘴边，喷火龙吐出一个极其微小的火花，甲壳虫瞬间就被烤得喷香酥脆，菌人美滋滋地靠在小龙的指甲盖上撸串。

为了让菌人外出打猎时更安全，小龙忍痛拔下一片龙鳞，用龙爪将它磨成小小圆圆的一片，给菌人当盾牌用，龙鳞质地坚硬，具备魔法抗性与火焰抗性，菌人拿在手里安全感瞬间爆棚。

不过自从有一次菌人在打猎途中被一只狂暴凶猛的田鼠袭击受伤后，小龙就不许菌人再去打猎了，并独自包揽了菌人一族打猎的工作，隔三岔五在森林里抓几只兔子、山鸡之类的小动物，就够菌人全族上下敞开肚皮吃了。

而为了避免小龙在打猎归来时迷路，菌人每隔一段时间就会给小龙一片引路花瓣，以确保小龙总能找到自己。

菌人少年与龙族少年建立起了跨越物种和体型的友谊，龙族少年的智商比较令人着急，指望他学菌人话或是人话那不知要学到什么时候，于是聪慧的菌人干脆学起了龙族语，没过多久就能和小龙进行日常沟通了。菌人将自己用凝光术保存在白桦树相册里的“照片”给小龙看，连比带画地用生涩的龙族语给小龙讲述自己的冒险经历，因为是路痴所以很少走出巢穴的小龙听得入神，缠着菌人让他给自己讲了一遍又一遍，而菌人也乐此不疲。

一个没有行动能力但方向感与生活技能满分，一个能打又能飞但路痴得令人绝望，两个百分之百互补的小少年在某天达成约定，决意去环游世界。

环游世界之前要做很多准备，正在菌人踌躇满志地进行规划时，菌人一族的豪华地穴碰巧被一个进山追击危险魔物的猎魔人发现了，当时小龙在外寻找给自己填肚子的硫黄，猎魔人便联系同事上山把菌人们一窝端回了研究院……研究院里的生活很好，菌人们衣食无忧，又不必面对野外的种种危险，所以他们很快就忘记了那个大块头的龙族友人，安心在研究院过起了日子。而一心想要和龙族少年环游世界的菌人小王子在仔细研究过研究员们的换班规律后，毅然收拾起小行囊逃出了研究院……

“事情就是这样了。”菌人讲完自己的故事，从沈曜腿上站起来，习惯性地拍拍屁股，神情愉快道，“谢谢你载我出食堂，如果可以的话，麻烦再送我走到北方的院门，出了这里我自己去找他。”

“呃……”沈曜正着急地在脑中斟酌用词，想用不伤害冒险家尊严的方式劝说菌人外面很危险不要自己去找。这时天空便十分配合地下起了雨，一颗豆大的雨点正巧砸在菌人头上，把菌人的头发浇了个透湿。

菌人“呀”地叫了一声，用两只小手手捂住头。

“下雨了，”沈曜平举手掌挡在菌人头上充当雨棚，含笑道，“雨天出行会很不方便，而且我这边有人脉和情报网，找起喷火龙会比较容易，不然你先回我家暂住两天，看看我这边会不会有消息？”

雨势飞速变得凶猛，沈曜不等菌人回答，撑开大衣口袋把他放进去，然后用手遮着头狂奔进办公楼。

沈曜跑进大楼，抹了把脸上的雨水，问：“刚才说到哪儿了？”

菌人笑着说：“我刚才说‘好’。”

沈曜点点头：“那你陪我在办公室待一下午，晚上我带你回家。”

菌人点头答：“嗯。”

沈曜遂带菌人回办公室，趁同事不注意，偷偷把菌人往抽屉里一放，还好心地把手机调到静音状态打开消消乐一起放进抽屉，小声道：“你没意思就玩会儿游戏吧，三个连在一起就可以消除。”

菌人把小手掌整个按在屏幕上，擦玻璃一样在上面滑来滑去地玩了起来。

五点钟，沈曜揣着菌人下班，沈亦清的车早早便候在外面，他穿着一件很显身材的深色长风衣，线条简洁利落，甚至透着淡淡的凌厉气息，十分夺人眼球。因为沈曜没在看自己，所以沈亦清懒得去管理拟态的表情，俊美面容冷若冰霜，五官纹丝不动。如果这时有个人一直近距离偷偷盯着他看的话，一定会怀疑这位美男子怕不是站在车边睁着眼睛猝死了……

然而随着沈曜越走越近，沈亦清的冰块脸也渐渐解冻，组成面部的每一个拟态细胞仿佛都被笑意灌满了。

沈曜把菌人从口袋里掏出来，道：“那个……我介绍个朋友给你认识。”

沈亦清低头望去，菌人睁开黑芝麻大小的大眼睛，仰起小脸，沈亦清了然：“菌人？”

他在沈曜家装猫时见沈曜读过这种菌人的相关资料。

“对。”沈曜点点头。

雨下了一下午，而且后期演变成雨夹雪，晚风寒凉湿冷，于是沈曜拉开车门道：“我们进车慢慢说。”

车门一开里面就腾出一阵扑面的热风，等沈曜时沈亦清车里的空调是一直开着的。菌人这种体型小的生物冷风一吹就冻透，很容易着凉，所以上了车沈曜就捧着菌人把他贴近空调出风口。菌人对着出风口盘腿而坐，享受这难得的大功率暖风，软嘟嘟的小脸蛋被吹得向两边撇去，菌人忙扶住自己的脸蛋，往后挪了挪屁股，开心道：“真暖和。”

沈曜将菌人和喷火龙的事给沈亦清复述了一遍，沈亦清开着车，边听边点头说：“哦，就是那天差点被我吃掉的龙。”

沈曜表情略复杂……

小菌人吓呆了，身子不自觉地往远离沈亦清的方向蹭了蹭说：“你差点把他吃掉？”

沈亦清答：“没吃下去，就是咬了一口，太辣了，咬完他就跑了。”

自己最重要的朋友居然被人评价为“太辣了”，菌人的小脑瓜震惊到死机，叉着小腿儿坐在沈曜掌心发呆。

想起那天的事，沈亦清一脸不高兴，为自己辩解道："咬他一口也是他活该，他为了去研究院救你，把我朋友的腿摔坏了。"

菌人惊讶地"啊"了一声，忙起身向沈曜鞠了一躬，道："对不起，我先替他向你道歉，他其实不坏，肯定是急昏头了。"

沈曜露出一个宽和的微笑，摆手道："没事，我已经痊愈了。"

仔细回忆起来，如果不是当时自己被喷火龙袭击，沈亦清出来救场不小心露馅，沈亦清八成到现在还没有勇气坦白自己的身份。再说，如果当时不是自己骨折住院，沈亦清也不会知道医院里有一头独角兽，更不会去掰他的角给自己煲汤……一连串的坏事却导致了好结果，整场事件中最大输家是人品低劣的陈主任，所以沈曜想起自己被摔折的脚踝时并不会恼火，而且在听了菌人和喷火龙的故事后还想帮帮他们。

见菌人仍是忐忑不安的样子，沈曜还反过来安慰了他几句，菌人摇头晃脑地叹气道："那个笨蛋，没有我在就知道捅娄子，真是气死我了，等我找到他了一定让他向你道歉……"

沈曜安抚道："肯定找得到，你不用担心，不然我们先去魔物黑市看看，他们找人很有一套。"

掌管黑市的地头蛇手下线人魔物众多，遍布整座城市。而且这些线人魔物有智力和行动力，能够在一定程度上识别伪装或进行跟踪，比只能干杵在街上的摄像头灵活得多。在寻觅可以变化人形的高级魔物时尤其占优势，所以黑市的情报网相当强力，猎魔人们甚至偶尔会偷偷去黑市买情报。

沈亦清竖起耳朵问："去魔物黑市？"

沈曜在脑海中规划路线，一边回答："嗯，怎么？"

家教很严所以不知道黑市在哪儿的巨妖宝宝雀跃道："我也要去。"

像一个即将被六年级学长带去游戏厅见世面的一年级小学生！

沈曜嘴角一翘说："你本来也得去，你的任务是开车和付账……前面第二个路口右拐进中常街。"

趁等红灯沈亦清一扭头，拉近眉毛和眼睛的距离，凝视着沈曜道："我是你的司机、保镖、保姆和提款机，四合一。”

沈曜伸手往上扒拉了一下沈亦清的眉毛，道：“和眼睛贴太近了，看着好奇怪……”

菌人看着他们交谈，目露探询，向沈曜问：“你的朋友是魔物吗？”

听见菌人提到自己，沈亦清忙鼓起胸肌，面露威严。

沈曜将食指竖立在唇边，狡黠地一眨眼，没有否认，只是说：“这个是秘密。”

“放心，我不和别人说。”菌人了然，用小手“啪”地一捂嘴。

在沈曜的指挥下，沈亦清的车子开到一处偏僻的巷子口停下了，巷子漆黑幽深，连盏路灯都没有，沈亦清给车子熄了火，问：“在这儿？”

“嗯，得往里走一段。”沈曜招呼道，“车开不进去，下来吧。”

菌人也从大包里翻出一件约有一个大拇指大的白色兔毛大衣披上。兔子是小龙抓的，菌人们吃完肉就把一只兔子做成了二十几件兔毛大衣，小龙抓了十次兔子之后，菌人全族上下都人手一件兔毛大衣了。

穿得像个小白毛球的菌人灵活地滚进沈曜大衣的口袋里。沈曜下车，熟门熟路地引着沈亦清在错综复杂的小巷中拐来拐去。两人走了大约十分钟，转过一个转角后，逼仄的巷道忽然宽阔起来，两边也出现了路灯，街口站着几个打扮得痞气十足的狼人，似乎是给黑市看场子的，其中一个狼耳朵上打着一串耳钉的健壮狼人气势汹汹地朝两人走来，待看清沈曜的脸后，那张凶悍的狼脸立时变得温驯起来，屁股后的狼尾巴还摇了两下，笑道：“哎哟，这不是沈副队吗，大冷天的这么晚来检查？”

沈曜眉眼弯弯地一笑说：“我是来买东西的。”

“您买点儿什么，我带您过去？”狼人讨好地问，生怕沈曜自己到处走来走去挑毛病。

“不用，这地方我熟着呢。”沈曜边绕过狼人边说，拉着沈亦清大摇大摆地朝黑市走去。

魔物黑市其实和人类的菜市场没有什么区别，无非就是摆摊的都是魔物，卖的东西也都是魔物用得上的。沈亦清起初觉得新鲜，不住地东张西望，但看了一会儿发现也就那么回事儿。

“我们去哪儿？”沈亦清问。

“去找一个情报贩子。”沈曜说。

与沈曜熟识的这位情报贩子是个老侏儒，尖尖的秃头像个鸡蛋，两条海带似的浓眉严重侵占了眼睛的生存空间，把眼睛压得只剩两道细缝。老侏儒推推老花镜，把手里的书放在矮桌上，从板凳上站起身朝沈曜迎去，问：“来买情报？”

“想让你帮忙找一条喷火龙。”沈曜说着，把菌人从口袋里掏出来，轻声问，“有照片吧？”

“有的。”菌人在自己身上摸索片刻，从衣服里抽出两张单独的白桦树皮小心地展开，喷火龙的龙形态与人形态浮现在空气中，人形态的小龙没穿衣服……

还是张裸照！

“啊呀，你们先别看！”菌人红着脸用手指在空中点了几下，将小龙关键部位的几缕光线封印回白桦树皮上，那些关键部位立刻黑了下去，就像被打了马赛克。

“就找他。”沈曜道，“不出意外应该在市内，应该是人形态。”

因为如果近期喷火龙不是以人形态活动的话，遍布大街小巷的摄像头肯定会捕捉到踪迹并自动报案。

“没问题。”老侏儒缓缓说着，伸出两根枯树杈般干瘪的手指捻了捻。

在一旁待命的巨妖宝宝立刻非常上道地塞给老侏儒一枚古金币。

老侏儒把金币塞进嘴里咬了一口，在看见上面的牙印后满意地点点头，道：“这是订金，找到之后再给一枚。老规矩，只提供线报，不负责抓龙。”

沈曜应承下来说：“没问题。”

这时，菌人蹦跳着冲沈曜挥挥手，示意自己有话说，沈曜捧着菌人走远几步，低声问：“怎么了？”

菌人灵敏地跳到沈曜肩头，小手把住沈曜的耳郭，小声道：“小龙一直想找到他父母的下落。”

沈曜清了清嗓子，面露难色道：“咯，这个，我说实话，他的父母现在很有可能已经……”

“他知道。”菌人平静道，“但他至少想用龙族的礼仪埋葬他们，他不想让他们被放在哪个变态富豪的标本室里。”

“好，我明白了。”沈曜重重一点头，正欲向老侏儒追加委托，菌人却又道：“小龙说，他在他的龙巢深处存了很多金银珠宝，如果有人能帮他找到爸爸妈妈，他愿意把它们全送出去作为报酬，反正我们以后要去环游世界，那么多财宝带不走的。”

我最近真的走财运！沈曜心想。

自己赚来的金山和别人送的金山意义是不一样的，原本沈曜打算即使不赚钱也要帮助菌人和喷火龙，现在有丰厚的报酬可拿更是动力十足，遂踌躇满志地对老侏儒道：“你帮我查一下最近两年内有什么人进行过龙族魔物的交易，还有，最近两年内猎杀过龙族的偷猎者信息我也要。”

老侏儒直勾勾地盯着沈亦清揣金币的风衣口袋，眼珠狡诈地一转，缓缓道：“偷猎、买卖龙族魔物可都是违禁的生意，不好查，查出一个人你得给我二十枚金币。”

“二十枚太贵。”沈曜拉住沈亦清闪电般乖乖去付钱的手，斜眼瞟着还没自己腿高的老侏儒，慢声道，“你别以为我不知道，这座城市魔物相关的半数违禁交易品都要经你的手，说不定你早就有消息了，就算没有，你查这个也比别人来得方便，查出一个人给五枚，不能再多了。”家里坐拥金山的沈小财迷本性难改，一边气势汹汹地杀着价，一边拿眼睛敏锐地在店里的货架上扫来扫去，手上还拿着一个金币悠闲地抛着玩，一副注意力不大集中的样子。

这老侏儒除卖情报外还是个二道贩子，经手的稀罕玩意儿不少，摆在店里的，明面上的都是合法商品，但不明面的地方可就难说了。

老侏儒被沈曜一口气杀掉四分之三的价格也不恼，只嘿嘿一笑，正想再提提价，沈亦清却俯身和沈曜嘀嘀咕咕地咬起耳朵来。沈曜目光飘忽了一瞬，大步走到某排货架前，一只手穿过架子上那些稀奇古怪的货品，在货架后的墙上叩了几下，墙壁发出空荡荡的回音，显然内里别有洞天。

“哎？沈副队你这是敲什么呢？”老侏儒慌了神，撒开小短腿急匆匆地跑去制止。

“里面有违禁品吧？”沈曜装模作样地吸了吸鼻子道，“海的味道这么重，怕不是海魔兽骨架？这东西按规定是得上交给国家魔物生命研究院的。”沈曜笑眯眯地瞥着脸色发青连连否认的老侏儒，语气轻快道：“来搭把手嘛老板，我们把这架子挪开看看不就知道了？”

沈亦清在两人后面小狗似的狂吸鼻子，东闻闻，西嗅嗅，他对海洋生物的感知十分敏锐，这家店里有海中魔物的骨架他一进门就闻出来了。

“别别别，一个人五枚金币，都听你的。”老侏儒拿袖口抹着冷汗，扯着沈曜的衣角好说歹说把人拽走了，见沈曜仍是一脸不甘心地盯着密室的墙，老侏儒随手从货架上取下一包闪烁着碎光的黑色粉末塞给沈曜，转移注意力道，“沈副队你看，送你个新鲜玩意儿。”

沈曜今天本也没想真的追究他，便接了过来问：“什么东西？”

老侏儒笑出一脸褶皱地说：“这是一种魔力粉末，可以代替魔物体内运转的魔力释放法术，人类或者魔力耗尽的魔物利用它可以使出法术，是个新研究出来的东西，沈副队拿着玩儿吧。”

沈曜嘴角一翘，这老侏儒精明得跟狐狸一样，能主动拿出来送的铁定不是什么贵重的东西，于是沈曜便没拒绝，掂了掂手里的粉末，扭头塞进沈亦清怀里，随即确认道：“我要的情报多久能给我？”

老侏儒沉吟片刻道：“一周之内差不多。”

“我们走。”沈曜拍拍沈亦清说，沈亦清屁颠屁颠地跟上。

两人走出店门一段距离，沈亦清才凑上前，一脸天真地对沈曜道：“二十枚金币也不多，以后不用讲价了。”

沈曜看了他一眼，沈亦清又道：“我怕你说话多了，累得慌。”

沈曜抿唇一笑，捏捏沈亦清的脸，道：“就算钱再多，和这种老狐狸打交道时也不能句句顺着他，不然他以为我是冤大头，好欺负，往后回回都要拼命宰我。”

单纯的巨妖宝宝似懂非懂地点点头。

## 第十二章

# 龙族少年与菌人王子

经历过雨夹雪的天气后，山间路面湿滑，但飞驰在盘山路上的黑色小轿车全然不受影响，小轿车开到沈亦清的别墅院前，一个漂亮的甩尾，精准地一头扎进车库稳稳停好。沈曜揣着菌人下车进屋，沈亦清则打开后备箱，分出几条触手分别提起明天午饭要吃的一百多斤羊排和几大箱魔力增强剂，急忙跟上。

沈亦清用二十多条触手在厨房鼓捣了一个多小时的晚餐丰盛异常，可供十人同时就餐的餐桌被菜盘摆满了，沈亦清系着小围裙贤惠地拿起一只蒸螃蟹道："这是今年最后一批肥蟹，再往后的就不好吃了，你今天多吃点。"

菌人站在餐桌上，充满向往地望着沈亦清手里的螃蟹，小黑芝麻眼亮晶晶的。

"你吃过螃蟹吗？"沈曜问着，掰开一个蟹壳。

菌人咽着口水，小脸蛋很严肃地说："没吃过，但是我爷爷那一辈的族人们都吃过，因为我爷爷曾经率领族人们合力击杀过一只不慎闯入我们领地的河蟹，那一辈的老人时常向我们讲述螃蟹这种生物的美味。”

怎么杀只螃蟹听着像屠龙似的。

沈曜用筷子挑起一小块晶莹如玉的蟹膏和一点金黄的蟹黄抹在一旁的小碟子上，道：“那你尝尝看。”

菌人从包里翻出自己的微型餐具，规规矩矩地跪坐在小碟子旁，伸长胳膊夹起一点蟹膏放进嘴里，咂吧了两下，黑芝麻眼蓦地睁大了。

“怎么样，味道不错吧？”沈曜问。

菌人的小嘴巴被黏糊糊的蟹膏黏住了，挣扎了好一会儿才张开，心满意足地赞叹道：“真香啊，怎么会这么好吃……”

沈曜和气地笑笑说：“以后可以让那条龙帮你抓。”

“好！”菌人一握拳，小脸蛋上写满了憧憬。

“喝点酒，驱寒。”沈亦清给沈曜倒了一小盅黄酒，居心叵测地道。

“喝过酒吗？”沈曜转头问菌人，“尝尝？”

菌人又被蟹膏黏住嘴，只好拼命点头。

沈曜用搅拌咖啡用的小勺子舀了一丁点黄酒，小心地搭在碟子边沿。菌人像在河边喝水一样弯着身子把嘴唇贴在淡金色的酒液上，小口小口地啜饮着，小脸蛋被酒辣得皱缩成一团。

菌人摇头晃脑地“哈”了一声，又红着脸俯身去喝酒。没过一会儿，菌人便一头栽倒在碟子上睡得不省人事了，小小的身体，却发出了雷霆般的呼噜声。

沈曜一口螃蟹一盅酒地吃得很欢快，十几盅酒下了肚，脸却越喝越白，谈吐冷静无比，另一边，酒量一般的巨妖宝宝咣当一声，一头栽倒在桌面上，拟态管理失去控制变回原形，直径三米的大脑袋被卡在桌子和椅背间，几乎快要被挤爆浆！

“沈亦清！沈亦清你醒醒！”沈曜好笑地把醉得红彤彤的沈亦清拽了出来，本来还想把他拖回卧室，可卧室在二楼，沈亦清以吨位计算的身体实在很难挪动，于是沈曜只好取了床被子盖在沈亦清的大脑袋上。巨妖宝宝顶着自己的小被子，烂泥一样瘫在餐厅里睡了一宿，第二天早晨醒来时，触手上还印着地上瓷砖的花纹，十分凄惨！

被晾在餐厅睡了一宿的巨妖宝宝变出人形拟态，拾起昨晚变身时被撑烂的衣服，一股脑地塞进垃圾桶，光着身子回卧室穿衣服。

在路过某间本应没人住的客房时，沈亦清听见门里传出气吞山河的呼噜声，他推门一看，只见菌人四仰八叉地躺在枕头上睡得正香，肚皮上盖着一条折了好几层的小手帕，脑袋下还枕着一小块刷碗用的海绵，显然是沈曜从新海绵上剪下来的，空调开着暖风，屋子里温度适宜，小菌人睡得香甜，嘴角挂着一道头发丝粗细的口水。

巨妖宝宝看着被沈曜照顾得特别周到的菌人，眼中透出淡淡的妒意。

沈曜都没这么照顾过我……沈亦清想着，走出客房，将门掩得只剩一道小缝，随即把一根手指化作触手，顺着缝探进去伸到菌人身旁，气呼呼地戳了一下菌人的小肚皮，并在菌人搞不清楚状况时疾风般收回触手迅速阖上门，然后蹑手蹑脚地走开了。

特别坏！

俗话说得好，嫉妒使人丑陋。

菌人忽然被吓醒，一个激灵从枕头上滚落到被子上，顶着一头乱发，惊慌失措地左看看右看看，见周围没人，还以为自己刚刚在做梦。他张嘴打了个大大的哈欠，扯着小手帕被子盖在身上，倒头又睡了过去。

另一边，在距此十几公里外的一处僻静无人的角落里，龙族少年正在经历初冬第一场雨夹雪的寒冷考验。他张嘴呵出一簇小火苗拢在手心取暖，待小火苗灭了，便再呵出一簇，很有卖火柴小女孩的即视感……

他吐火取暖的举动吸引了周围流浪猫的注意，不一会儿，十里八乡的流浪猫狗都聚过来找他抱团取暖了。那一星小得可怜的火焰虽然无法温暖到这么一大群小动物，但它们互相紧贴在一起倒是也能起到御寒的效果。喷火龙被一群流浪猫狗众星拱月般地拥着，仿佛流浪动物之王，有几只想烤火的猫狗非常上道地给龙王殿下衔来一些贡品，比如一根被啃得差不多的鸡腿、半块咸鱼、一个硬馒头……

龙族少年无奈地把“贡品”扫开，第无数次地强调道：“吼！”

我只吃硫黄！

菌人在沈亦清家一连住了好几天。

沈亦清的别墅位于山中，风景虽好，但虫蚁的问题还是有些令人头痛的，而巨妖威压只能震慑水族生物，对陆地上的昆虫无效。一场雨夹雪后，幸存的昆虫本能地逃往温暖的地方，屋子里的“小生命”忽然多了起来。

菌人闲着没事时就提着螳螂腿猎刀，背着小树杈做成的弓与鱼刺箭，胸前挂着龙鳞盾牌，在沈亦清家里“漫山遍野”地打猎，就当是付房租。几天下来，菌人猎杀了不少逃进来避寒的昆虫，还逮捕了一伙躲在空调后面打算越冬的蚊子，战功赫赫！

这天下午，菌人正在厨房巡逻，沈亦清忽然风风火火地边披外套边从画室冲出来，一躬身捞起菌人，言简意赅道：“找到了，带你过去。”

菌人怔了一下，才反应过来，小身板激动得微微发颤说：“他现在怎么样？”

沈亦清想了想，如实描述道：“没受伤，而且吃得很饱。”

菌人拍拍胸口，放下心来。

他不知道的是，喷火龙其实是去某所高中的化学实验室里偷硫黄时被老师当成小偷抓了。一个在警局工作、同时兼职当线人的魔物立刻向老侏儒递了消息，沈曜得到消息后，马上过去把小龙从警局捞了出来。在街头流浪了许多天的小龙吃到教训，不敢再像当初袭击研究院时那样毛躁，在警局被问话时一言不发，也没闹事，见沈曜是和研究院有关系的人，便老老实实跟沈曜走了。

沈亦清带菌人到距离那警局不远的一家饮品店。

店里，沈曜和小龙在窗边的位置相对而坐。沈曜捧着一杯棉花糖奶茶小口喝着，手边还有一碟已经吃完的点心，不吃人类食物的小龙则穿着一身脏兮兮的衣服，两手空空、呆头呆脑地干坐在椅子上，看起来特别像一个挨欺负的大傻子……

店外，沈亦清在窗玻璃上敲了两下。沈曜扭头一看，立刻拉起一直不在状况的小龙冲出饮品店，把他塞进沈亦清的车后座，也不管小龙能不能听懂，自顾自地兴高采烈道："看看车里是谁！"

菌人叉着两条小腿儿坐在后排座上，见小龙一脸傻乎乎地被沈曜塞进来，一路连蹦带跳、欢天喜地地跃进小龙的手掌心，激动道："终于找到你了！"

龙族少年猛地一低头，瞪着菌人愣了片刻，火红的眼中倏地盈满泪水。他委屈地吼了一声，大颗大颗的眼泪夺眶而出，吧嗒吧嗒地砸下来，其中一滴正巧掉在菌人头上，瞬间就给菌人洗了个头！

菌人小王子揪着小龙的衣服灵巧地攀爬到他的领口，握住小龙尖尖的下巴翻身荡到他脸上，随即蹬着小龙高挺的鼻梁往上疾跑两步，抓住眉毛稳住身形，俯身在小龙的额头上落下一个纯洁友爱的吻。

沈曜在一旁都看呆了，忍不住和沈亦清咬耳朵吐槽道："我还头一次见着有人在别人脸上跑酷的……"

沈亦清一笑，道："等我长大了你也可以在我脸上跑。"

语气中还带着莫名的骄傲！

其实这个我并不是很期待，沈曜腹诽。

菌人用龙族语言严肃道："吼，吼，吼，吼。"

我很担心你，如果以后再走散，待在原地等我去找你，不许自己乱跑。

小龙垂着眼，睫毛浓密，显得很乖顺地喊："吼……"

我知道啦……

沈曜好奇地戳戳沈亦清，小声道："你能听懂他们说话吗？"

沈亦清摇头："一点也听不懂。"

沈曜："都是吼来吼去的，我还以为差不多……"

"差很多的。"沈亦清眉毛一挑，吹了一波家乡话，"明显是我们巨妖语比较好听，有一种细腻的情感表达在里面，龙族语就是乱叫唤。"

沈曜忍笑扭头望向窗外……

我听你们都是在乱叫唤啊！

两个小少年在后排座上用龙族语说了好一会儿的话，菌人用比自己身子还大的湿巾擦地一样给小龙擦脸，把那张哭得像花猫一样的脸蛋擦得白白净净的，然后又跳到小龙头上帮他简单梳理了一下鸟窝似的乱发。两人的情绪渐渐平复下来后，小龙才发现在前面开车的人居然就是那天试图把自己塞进嘴里咬成两半的恐怖魔物，吓得喷了好几团小火苗，把菌人举起来用自己的大头狂蹭，求安慰。

“如果把车烧坏了，我就吃了你。”沈亦清用后视镜观察着后面的情况，无比冷酷地道。

小龙越发惊恐，非常想带着菌人跳车逃跑，却被菌人沉稳地按住了。

菌人用小手按着小龙的额头，道：“他只是开玩笑的。”

“他不会吃你。”沈曜也扭头安抚道。

菌人用龙族语将沈曜和沈亦清这些天为寻找小龙奔走的事情给小龙讲了，误会解除。小龙不再畏惧沈亦清，还把自己头发乱蓬蓬的大脑袋往前排座的方向凑，眼神内疚地瞄着沈曜的脚踝。见沈曜的确是痊愈了，小龙便讪讪地退回去，把屁股朝车门的方向挪了挪，似乎想少占点车内空间，最好是干脆缩成菌人那么大，让沈曜看不见自己才好。

真的是太不好意思了……小龙羞愧得脸通红。

小龙和菌人在沈亦清家里住了一夜，菌人把在外流落多日的小龙好好打理了一番，脏兮兮的流浪汉变回了美少年，不过那张俊俏的脸蛋上仍是透着一股淡淡的傻气……

第二天早晨，三人围坐在餐桌前吃早餐。小龙木桩子似的杵在一边参观他们吃，偶尔笨拙地用牙签帮菌人分割食物，或是用指尖亲热地摸摸菌人的头，搔搔菌人的小肚子，一对流火般灼亮的眼瞳牢牢盯着菌人，似乎生怕一不小心再把菌人弄丢了。整整一个早晨，菌人往哪边移动，小龙的脸也跟着往哪边转，距离还贴得极近，而这样的举动带来的后果就是，当小龙突然鼻子痒痒打喷嚏时，一个喷嚏就把菌人从餐桌上喷进了几米之外的菜筐里！

“吼吼！”对不起对不起！小龙抓狂地跑过去把菌人捡起来，放回餐桌上。

菌人拿掉黏在身上的菜叶碎屑，温和中带着一丝纵容道：“吼，吼，吼。”没关系，习惯了，隔三岔五地就要喷我一次。

毕竟小龙是一条有过敏性鼻炎的龙，有时候会抑制不住地狂打喷嚏！

几人用餐完毕，沈曜轻咳一声，拿出几张事先准备好的打印纸放在桌上，纸上有密密麻麻的小字和照片，菌人一看就立时猜到了七八分，急切地问：“找到他们了？”

“还不确定。”沈曜说着，抽出一页纸递到小龙面前，那张纸上印着两张照片，是一公一母两条喷火龙。沈曜还没来得及说话，已经看见照片的小龙便猛地瞪大眼睛，额角青筋暴凸，牙齿磨得咯咯响，喉间溢出两声悲愤的低吼：“吼吼！”

爸爸妈妈！

菌人攀上小龙的肩膀，用小手一下下抚摸着他的头发，轻声细语地用龙语安抚着小龙：“吼——吼——”

错不了了，沈曜暗忖，将另外几张纸依次铺开在小龙面前，一张张指着解释道：“这张、这张，还有这张上的几个人参与过……谋杀你父母的行动。”猎魔人平时提起这种事时一般都是用“偷猎”这个词，但沈曜觉得这么说不太尊重了，便换成了“谋杀”。沈曜这边说着，菌人在那边同声传译：“这些人现在已经全部不在人世了，这几个据分析大概率死于龙族袭击，应该是你干的吧？另外这三个的死因是寄生水怪在他们体内偷偷埋下了寄生卵，目前不清楚是意外还是仇杀，不过他们三个也死了，而且死得非常痛苦。”

小龙双目赤红，死死盯着几个偷猎者的照片，似乎恨不得把他们从照片里挖出来再杀一遍。

“最后是这个人。”沈曜将最后一张纸滑到小龙面前，修长的手指在一张照片上点了点，道，“根据线报，你父母的……遗体，就是被他买下了，他是一个喜好收藏魔物的富商，这是他的个人资料。他三天前离开本市出国度假去了，现在他的宅院守备情况应该较平时松散，是个入侵的好机会。”说着，沈曜冷静地抛弃了身为猎魔人的操守，递过最后一张纸，不自在地扶着额头道：“喏，这是他家的平面图……你重点搜索这几个陈列室。”

菌人将沈曜的话原封不动地传达给小龙。小龙泪光闪闪，感激地凝望着沈曜，低声道：“吼，吼吼吼。”

菌人悲伤地解释道：“他说他非常感谢你，他愿意把他这些年积攒的全部金银珠宝都送给你。”

沈曜推辞了一下，道：“这就不用了，我帮你又不是为了钱。”

菌人再次转述，小龙坚持道：“吼，吼。”

菌人坚定道：“他说请你一定要收下，他以后反正也用不上了。”

沈小财迷飞快地道：“那就恭敬不如从命了。”

真的是特别虚伪！

小龙平复情绪后，带上菌人以及沈曜花大价钱买来的情报，就要杀过去抢回父母的遗体。

“等等……”沈曜无力地阻止，“遗体抢回来了你要怎么运走？背着飞吗？”

小龙被问得整条龙都呆住了。

“跟我来，我们已经准备好了。”沈曜对小龙勾了勾手指，两人走出院门，沈亦清正开车候在门外。小龙一脸茫然地和沈曜上车坐好，车子开下盘山路，一路朝富商家宅院的方向驰行，在连续拐过几个没有监控的路口后，车子停在一处僻静宽敞的空地中。

沈曜打了个响指说：“下车。”

小龙揣着菌人乖乖下车，一抬头，发现这片空地中停着一辆载重量相当可观的大货车。

“十七米长的厢式货车。”沈曜一回头，看起来很柔软的嘴角微微翘起道，“绝对够用了。”

这么大的厢式货车装两条成年喷火龙没有任何问题，沈曜拿手肘碰碰沈亦清的胳膊，道：“亦清，去开车。”

沈亦清从身后变出一顶棒球帽往沈曜头上一扣，又递过一个口罩，语调低而轻柔地说：“把小脸蛋遮好了。”

沈曜毕竟还是编制内的猎魔人，这次居然带着魔物去人类家打劫。这事儿立场上是反的，所以无论沈曜再怎么有理，一旦走漏风声都得被蒋泽修理。不过走正常流程沈曜也真的没办法帮小龙夺回其父母的遗体，因为从黑市买来的情报在法律上没有效力，搜查令下不来，只能干瞪眼着急。

沈曜笑着戴上口罩，又从沈亦清风衣口袋里掏出墨镜戴好，随即仰起遮得严严实实的脸望向沈亦清，问：“怎么样？”

沈亦清：“除了我谁也认不出来你。”

沈曜眉毛一动，像是笑了。

沈曜伪装好了，沈亦清也开始自己的“易容”大法，他一转身背对着三人，用手在自己脸上东抹抹西捏捏，一边弄着一边还不时低头查看着一张身份证。几分钟后，易容完毕的沈亦清扭头看沈曜，把手里的身份证贴近自己的大饼脸，问：“像吗？”

“真像。”沈曜心情略复杂。

这张身份证是很久以前江沐溪托专门办假证的魔物帮沈亦清办的。身份证照片中的人根本不存在，是沈亦清变出来的拟态，信息也自然全是假的。这次这辆货车就是沈亦清用这张假证租来的。

两人分头上车，小龙也忙跟过去，菌人舒舒服服地坐在小龙的锁骨上，小手把着他的衣领，坐得非常稳。

沈亦清开车，沈曜负责导航。这种大货车很多路段是限行的，幸好沈曜一拿到情报就把路线定好了，一路上没有遇到任何阻碍。货车在和那个富商的宅院有一小段距离的地方停下，这里是宅院后一条僻静的小路，人迹罕至，路边唯一一个摄像头昨晚被沈曜弄坏了，现在还没来得及修。小龙和沈亦清下车朝宅院的方向走去，沈曜和菌人在车里等。

十分钟后，宅院中隐隐有火光与人声传来，沈曜跳下车打开后面的厢门严阵以待。又过了一小会儿，火势明显增大了，院子里火光冲天，主宅被一片茫茫火海吞没。龙形态的小龙背负着一只体型比自己略大的喷火龙标本低空飞掠而来，不远处的火光将他的鳞片映照得红亮灼目，仿佛碰上一碰就会被烫伤。小龙像一道赤色锐箭般一头扎进货厢中，对于两条喷火龙来说厢门太小，所以在进门的一瞬间小龙变回原形，他背上的喷火龙标本则靠着惯性稳稳地滑了进去，全程下来不过几秒钟的时间。

沈曜急忙将门虚掩上，以防万一有过路人撞见这一幕。

龙飞得快，后面的追兵还没跟上，而移动速度较龙族略慢的沈亦清杀回来时身后那黑压压的一大片保镖简直像苍蝇一样。如果换成普通保镖的话，见到眼前这阵仗八成也就不敢追了，可这富商有收藏魔物的爱好，所以雇来的保镖也都是对魔物的存在知情的。其中有一部分保镖本身就是魔物，所以在面对龙与深海巨怪时，这些人并没有立刻放下武器投降，而是一路追了过来。

小龙变回龙形飞速掠回战团，锐利的翅翼划动空气，激起一片破风之声，他用龙翼扫倒了几个保镖，又接过沈亦清触手中卷着的另一个喷火龙标本，故技重施地将第二个标本也运回车里。

沈亦清没了后顾之忧，用几条触手分别卷住几个保镖，把他们当成人肉炮弹一样朝身后一甩，撞倒了一大片保镖。随即他也翻出围墙急切地挥舞着小触手爬回车旁，圆溜溜的大脑袋紧张得发紫！

毕竟巨妖宝宝一向都是个很守规矩的好孩子，还从来没做过这么出格的事情……

两个被做成标本的喷火龙都抢回来了，大功告成！沈亦清和小龙都变回人形，两个裸男对视了一眼，都在彼此的眼中看到了尴尬。

小龙一扭头，飞快地钻进货厢里，和自己的爸爸妈妈团聚了。

沈曜动作利落地给货厢关门上锁，随即一脚扫倒一个扑上来抓人的保镖，又学着沈亦清的样子单手把保镖提起来往后面的追兵身上一抛，随即紧跑几步爬进副驾驶室摔上车门。坐在驾驶位的沈亦清已套了件上衣，光着屁股一脚油门轰了出去。大货车载着三条龙，在身后众保镖的喝骂威胁声中飞快地远去了。

大货车朝郊外的方向飞驰而去。

“再过两个路口得左转，做好准备。”沈曜冷静指挥，脸蛋仍是被墨镜、口罩、帽子遮得严严实实。

沈亦清幽怨地道：“你笑我。”

沈曜借着墨镜掩护瞄着沈亦清光溜溜的腿，在口罩后笑出一排小白牙，狡辩道：“没有啊，你哪只眼睛看见我笑。”

沈亦清委屈地说：“语气。”

沈曜终于破功，“噗”地笑出声来。

沈亦清忧郁地垂眼看了看自己的腿：“我是没时间穿裤子了，再晚几秒钟他们就追上来了。”

虽然不是打不过，但那么大动静肯定会吸引路人注意，越多人看见就越不好收场，所以肯定要速战速决为妙。

沈亦清变形时总要脱衣服真的很不方便！

一个小时后，货车在郊外一条荒僻无人的土路旁停下。在这里下车的话只要翻过路边的一排树墙就可以进山，而小龙正是打算在这座山中用龙族的仪式埋葬自己的父母。

龙族埋葬同类的方式各有不同，喷火龙一族的风俗是让和死者最亲近的那条龙亲自用龙息将死者遗体燃烧成灰烬，并将灰烬散落在山川天地之中。

小龙分别将父母的尸身从车中转运到山上。沈曜怕小龙情绪激动把握不好分寸再把山林给燎了，便和沈亦清跟了上去。

小龙将父母安置在山尖上的一处空地中。这一块地光秃秃的，四周堆积着乱石沙土，没有任何可燃物。两具龙的尸身放好后，龙形态的小龙先后将头贴在爸爸妈妈的胸口眷恋地磨蹭着。他们离去之后小龙流过很多眼泪，但现在他一点儿也没有哭。喷火龙一族相信龙死后精神不会快速湮灭，而会随着肉身燃烧后的灰烬遨游于天地之间，所以小龙不想让爸爸妈妈为自己担心。

他曾经是一条爱哭鼻子的喷火龙，但他从今往后不再是了。

反倒是性情比小龙坚韧得多的菌人在这样的场景前忍不住掉了眼泪，从微型裤子口袋里掏出几片满天星花瓣擦眼泪擤鼻涕。

满天星这种花的花瓣只有二三毫米的直径，方便携带，所以菌人习惯将它们风干了当手纸用。

趴伏在父母尸身上的小龙喉间不断溢出绵长哀伤的低吼，像是在告别。这样的低吼持续了一段时间后，小龙毅然直起身子走开几步，他深深地凝望着两头大喷火龙，随即做了个极长的深呼吸。空气进入胸腔，与内里的易燃气体充分混融，又被挤压着从小龙的口中喷涌而出。小龙的三颗半打火牙“嚓嚓”相碰，撞出一星火花，易燃气体猛地烧起来，一大团绚烂明亮的火焰眨眼间便吞噬了两头大喷火龙的身体，红玉般光滑的龙鳞在持续不断的龙息喷吐下渐渐液化，如同达到熔点的金属般滴滴砸落在地面上，又慢慢化为飞灰，那些被填充在标本体内的棉花与竹丝也顷刻间被烈火烧得干干净净。

山风轻柔如絮语，龙的灰烬被它一蓬蓬卷起，随风而去。它们也许会沾染上一只鸟的羽毛，也许会被一朵植物的根茎吸收，也许会落入山溪清涧随波逐浪，抑或是潜入一团积雨云变成雨雪霜霰，以另一种姿态重临大地……不过这些都是不得而知的事情了。

最后一缕灰烬也被吹散的一瞬，小龙扬起脖子，仰天长啸：“吼——”

用龙族的礼仪将两头喷火龙安葬后，几人回到沈亦清家里。

回家后沈曜第一件事就是去查看自己的工作专用手机，那个手机中被植入了定位芯片，蒋泽可以掌控沈曜的实时坐标，所以刚才的行动前沈曜把它放在家里了。

然而工作手机中一个未接来电都没有，于是沈曜又点进工作专用的微信群，想看看有没有什么动静，不过群里也没有人提到那个富商家遭魔物入室抢劫的事情。这倒是在沈曜意料之中，毕竟收藏国家一级保护魔物的标本本身就是违法的，这种东西被抢最好就是打掉了牙往肚里咽，不然真的调查起来收藏者自己也讨不着好，这也是沈曜敢这么简单粗暴“入室抢劫”的原因之一。

埋葬了父母的小龙情绪低落，一进家门就把自己关进客房。菌人则拿着他的小白桦树皮本蹦跳着去找沈曜，在表达了一番谢意后，菌人询问沈曜是否可以帮忙寻找小龙的龙巢，因为小龙打算当报酬送给沈曜的金银珠宝都存在那里，可他却找不到回去的路了。沈小财迷一脸古道热肠地表示没有问题！

“小龙只知道龙巢是在这座城市西边的一座山上，是没有被开发过的山，极少有人类出没。”菌人将小龙知道的线索都说了出来，包括龙巢附近常见的树种和山势的起伏走向，以及龙巢入口处用来迷惑外来者的遮蔽物。沈曜拿出一本本市的地方志，这是本地猎魔人之间流传的内部版本，记录详细到每一条街道，每一个小山包。沈曜在上面翻翻找找写写画画，大致圈定了一个范围，打算闲暇时过去寻宝。

沈曜把做过标识的地方志小心翼翼地收回常背的大书包里，就像收起一份藏宝图！

“笔和纸可以借给我用一下吗？”交代完龙窟的位置后，菌人指指沈曜手中的笔问道。

“可以……但是你想写什么？要我帮你写吗？”沈曜问。

“不用，”菌人把手里厚厚的一卷白桦皮书摊放在书桌上，露出一个元气十足的阳光笑容，道，“我要翻译菌人语，你看不懂。”

沈曜便没再追问，只自然地打开沈亦清的书桌抽屉，抽出薄薄一沓打印纸递到菌人面前，又把手中笔旋开倒出笔芯，将细且轻便的笔芯递给菌人，想让小菌人用着方便一些。

为了不在纸上踩出鞋印，菌人先在一张废纸上“哒哒哒”地来回跑了几圈把鞋底蹭干净，然后跑到打印纸上，扛着笔芯写了起来。他似乎是写给沈曜看的，所以才用了人类用的纸和笔，而且字也写得比较大，几个字都赶上他身子长了。

沈曜贴近了些，见纸上写的都是一些拗口的拼音读音，还有少数起到讲解作用的汉字，沈曜看了一会儿，问：“这是魔法？”

菌人不好意思地笑笑说：“我们菌人的魔法都很简单，大多数可以用人类科技代替……不过我给你写的这些科技代替不了，虽然也没什么特别厉害的魔法，但你可以用着玩儿，上次买情报的时候那个老板不是送过你一包魔力粉末吗？”

沈曜笑吟吟地点点头说：“看着好像挺有意思的。”

菌人写下的第一个法术是梦境魔法，在睡前使用这个魔法可以让人在当夜的梦境中保持意识清醒，在梦境的世界中自由自在地想象与行动。而紧随其后的第二个魔法就是提前脱离梦境的魔法，这两个魔法加在一起，施法者就可以完全掌控自己的梦境，虽然好像没有什么特别实用的意义，但作为一种娱乐还是很有趣的。

“就是这样一些好玩儿的小魔法……”菌人见沈曜一直盯着纸看，便窘迫地挠了挠头，生怕沈曜看不上，“你为我和小龙做了这么多事，都不是金钱能够衡量的，所以我们也想能给你一点金银珠宝之外的回报。”

沈曜心里说你们魔物不懂，其实我们人类最喜欢金银珠宝了，嘴上却道：“谢谢，我很喜欢，今天晚上就试试这个做梦的。”

就这样，小龙和菌人在沈亦清家又待了几天，进行各种环游世界前的准备。沈曜帮他们买了不少旅途中可能会用得上的小玩意儿，比如两部安装了电话卡的智能手机，一个巨大的登山包，一顶简易帐篷，最值得一提的是一套找人定制的微型鞍鞯，可以让菌人牢固地坐在小龙的背上让小龙载着他飞。

这一定是史上最小的龙骑士了……

沈曜买了这么多东西不仅没让菌人和小龙出钱，反而还给了他们一些金币以备不时之需。找到龙窟之后还有金山银山等着呢，沈曜看得出小龙和菌人都不是会骗人的魔物，所以对自己还没到手的报酬很放心。

在临行的这几天里，小龙不知从哪儿弄来了一些圆圆的小石头，闲着没事就对着这些石头喷火，并用一种可以储存热能的魔法将火焰封存在这些石头中。这样一来，这些小石头一整个冬天都会均匀地散发热量。

在沈曜和菌人的带领下，小龙将这些自制暖石分散地投放在他曾经流浪过的那些小巷中，他记得这些地方的流浪猫狗都很怕冷，曾经聚拢在他身边取暖来着，而暖石也许可以帮助这些小动物挨过这个寒冬。

所以说小龙不愧是流浪动物之王！

真的十分有王者风范。

菌人和小龙决定出发的日子到了，菌人最后一遍检查自己背包里面菌人专用的小东西。小龙也有样学样，带着一脸傻乎乎的严肃表情把大登山包里的东西挨个掏出来看一遍再塞回去。

“手机带了吧？金币收好了吧？零钱呢？”沈曜在一旁提醒着，又不放心地对两人道，“你们再给我打一次电话复习一下，出去可别忘了怎么用。”

“好！”菌人活泼地应着，小龙配合地把菌人的手机放在桌面上，菌人精准地往Home键上一跳，手机屏幕亮起，出现密码解锁界面，菌人像玩跳舞机一样在屏幕上蹦跳着踩下四个数字，然后回到桌子上，用手掌点开通讯录，找到沈曜的号码拨了过去。

菌人的智商很高，有了自己的手机后他没事就在屏幕上蹦蹦跳跳地琢磨用法，现在会下手机应用，会用地图导航，会拿搜索引擎查旅游攻略，甚至还会玩手游，打电话难不倒他。沈曜主要是担心小龙。在沈曜充满关怀的注视下，小龙也用自己的手机重复了打电话的步骤，他们两个的手机里只有三个号码，除了沈曜和沈亦清的就是对方的，通讯录非常好翻。小龙不认识汉字，所以通讯录中菌人的名字被沈曜设置成了一颗心。

“你们如果有什么事就给我打电话，千万别客气。”沈曜热情叮嘱道。

收了人家一座金山，售后服务必须得有保障才行！

小龙托着下巴看菌人用手机玩消消乐，每当菌人玩出四连五连，头脑简单的小龙都会惊讶一下。看着看着，小龙忽然皱了皱鼻子，一个喷嚏把玩得正开心的菌人喷进了一盆盆栽里。

“吼！对不起！”小龙面红耳赤地道歉，冲过去捡起菌人，用指甲帮他搔去黏在衣服上的土。

菌人是真的习惯成自然了，连眉毛都没动一下，拍拍土就回去玩下一关了。

沈曜看在眼里，有些担忧，迟疑片刻后还是对小龙道：“其实你的喷嚏对他来说挺危险的。”

万一是掉在水里啊、糊在墙上啊、喷到马路上啊……别说受伤，没命都不是不可能。

菌人挠挠头，怕小龙难过，便没翻译这句话，可小龙自己猜到了沈曜的意思，蔫蔫地垂着头盯着脚尖，面颊涨红，被说得不好意思了。

沈曜本想提醒小龙和菌人在一起时多留意喷嚏，现下被他弄得不好意思起来了。

这时，正路过几人去厨房准备晚饭的沈亦清系着小围裙走过来，问小龙道：“你想变得和他一样小吗？还可以变回来的那种。”

“可以吗？”沈曜先是一惊，随即了然道，“对，你肯定有办法。”

沈亦清从原形变成人形其实体积和质量也都减了不少，这其中肯定是有什么办法的。不过沈亦清平时比较少在沈曜面前变原形，沈曜也就没想起来问他变化的原理。

菌人连忙翻译沈亦清的话，小龙听得眼睛都亮了，急吼吼道：“吼！”想啊！

如果可以变小，那小龙平时和菌人相处时就可以不用那么缩手缩脚小心翼翼了。

沈曜眼中也充满好奇，想看看沈亦清是怎么做到从一个头径三米的巨妖宝宝变成一个一百多斤的人类的。

沈亦清在自己身上摸索片刻，不知从哪儿摸出一片薄薄的东西托在手上，那东西是纯黑色的，圆圆的，没有厚度般柔顺地贴在沈亦清掌心。

“就是这个东西，翻译成中文大概应该叫影魔。”沈亦清说着，将那黑薄片拈起来让它像一小块布一样自然垂坠着，随即将另一只手向它伸去。黑薄片将他的手整只吞没了，从侧面看过去沈亦清的手就像被整整齐齐地切断了一样。

小龙发出一声惊叹的低吼，紧张地向菌人伸过一根手指头，菌人立刻把他的手指头整根抱住以示安慰。

“空间魔物？”沈曜淡定地问。

“对。”沈亦清微笑道，把手从影魔中抽了出来，这只片刻前完全消失在空气中的手毫发无损。

“影魔是一种生活在二维世界的魔物。”沈亦清向三人介绍道，“它有生命，也可以繁衍，但根据我们的观察，它没有智慧和情感，它可以将任何通过它身体的事物短暂地吞噬进另一个空间，也可以随时将它们吐出来，你们可以把它理解成一扇有生命的次元门，所以我们可以把身体中多余的质量储存在通过它打开的空间中。”

沈曜好奇地凑过去，把手机伸进影魔体内又抽出来，不可置信道：“这东西居然有生命，它吃什么啊？”

沈亦清解释道：“它不会真的‘吃’东西，只会吸收少许吞噬物中的能量。所以将影魔带在身上的话就可以自如改变自己的体积与质量，只需要付出一点点魔力。”

“我居然从来都没听说过这种魔物……”沈曜有种白当了三年猎魔人的感觉。

“因为影魔是我们那片海域的特产。”沈亦清道，“它生活在极深的海沟中，和黑暗融为一体，黏在崖壁上，如果没有外界干扰的话，永远也不会主动从里面出来。而且因为太不起眼所以很难被找到，人类没有发现这种魔物也很正常，而且其实海里的魔物也有很多不知道影魔的。只有我们这些体型特别大、用得上影魔的魔物才知道它们的存在。”说到这儿，沈亦清顿了顿，目光飞快地扫过沈曜，眼中盛着期待与淡淡献宝式的炫耀道：“其实深海中有很多魔物从来不上岸……你如果感兴趣的话，我可以带你去看。”

“好啊好啊！”沈曜把头点得飞快。不过这事大可以以后和沈亦清慢慢商量，于是沈曜先把话题扯回来，朝小龙努努嘴道：“你的意思是你可以把这个魔物给他？那你自己怎么办？”

“我有两只。”沈亦清露出一个“想不到吧”的笑容，“一只平时用，一只备用，这种魔物的寿命很长，但我怕有意外……我爸爸前几年有一次来陪我过春节，就只带了一只，因为放进去的物质太多，不小心把它撑坏了，结果……”沈亦清没有细说，只幽幽道：“我就新买了这套房子。”

原来的房子已被爸爸一不小心夷为平地！

“先给你用着，如果这只死了你回来找我。”沈亦清把手里的影魔往小龙怀里一丢，“具体怎么用我也说不好，你把魔力往它身体中输入一点，再把它放进体内自己感受一下就知道了，非常简单。”

只要不傻很快就能学会，机智的巨妖宝宝想。

可小龙偏偏就是个傻的……

影魔的身体整个就是一扇次元门，但边缘不是，可以用手指掐着边缘把影魔拎起来。小龙学着沈亦清的样子拎起影魔放在手心，向影魔中输入了一点魔力，想着要它进入自己的体内，于是那一小片薄薄的黑就像墨汁滴入水中般融化在小龙白净的掌心中。

小龙全神贯注地和体内的影魔沟通：“吼，吼。”

影魔，把我的身体吞进去。

于是，下一秒，小龙的身体就被忠实的影魔一口尽数吞进异空间，只在这个空间中留下一个脑袋！原本坐在沙发上的小龙身子没了，脑袋咣当一声砸在地板上，皮球一样滴溜溜地滚远了。

菌人吓得飞身跃下矮桌，疾跑了好几米气喘吁吁地冲到小龙的脑袋旁：“你怎么样？”

“吼吼吼！”疼疼疼！小龙吃痛地咆哮，眼中泪光闪闪！

吐出来！吐出来！小龙着急地想，于是身子又被影魔吐了出来。

再来！小龙目光灼亮，十分不服输。

于是，一秒钟后，地上只剩下一只手……

小龙喘着粗气从影魔空间中挣出来，又试，这回地上只余一绺橙红色的呆毛，在小龙身体骤然消失带动的微风中无辜地摇曳着。

沈亦清很不厚道地笑出来了。

菌人揪住那绺呆毛，着急地喊：“你快出来，我们不试了好不好？”

小龙“咻”地钻出来，那视觉效果简直就像是突然从地板中长出来的一样。

小龙红着脸盘腿坐在地上，讪讪地低吼：“吼，吼。”

我先歇会儿，以后再试。

沈亦清侧过脸，小声吐槽道：“从来没见过这么笨的。”

沈曜掐了他一下示意他不要乱说。

虽然小龙的确是很笨……但这大实话也不能当着人家面说啊！

沈亦清不损小龙了，改夸自己，骄傲地说：“我当时学用影魔，第一次就成功了。”

是一个可聪明可聪明的巨妖宝宝了。

见小龙面颊涨得像个西红柿一样，眼看就要冒烟了，沈曜好气又好笑地戳了沈亦清一下，道：“行啦，先别说了。”

小龙把影魔收好，打算以后慢慢琢磨。

假以时日相信他还是可以成功使用影魔的。

在沈亦清家里最后吃了一顿丰盛的晚饭，小龙和菌人踏上了冒险的旅程。夜里，他们爬到沈亦清别墅的房顶上，小龙变出原形，菌人在微型鞍鞯上坐好，系上量身定制的安全带，他面前放着一个车载手机支架，支架的吸盘就吸在小龙光滑的龙鳞上，上面安置着导航用的手机。

四人告别了一番，菌人用小手翻动着地图，振奋道："我们先去大瀑布探险！"

小龙谨慎地确认道："往哪儿飞？"

菌人仰起小脸蛋寻找小龙能明白的标志物，在看到天边的月亮时他笑了，史上最小的龙骑士高高抬手指向月亮，道："我们向着月亮飞。"

小龙低吼一声，鼓动赤红双翼，激起一阵温热而强烈的风。沈曜的头发被吹得凌乱地散开，而沈亦清的发型纹丝不变，毕竟他的头发都是假的，是他身体可控的一部分……

小龙像一只红色纸鹤般轻盈地腾空而起，载着他小小的骑士朝苍穹尽处的明月、朝钻石般闪烁的星辰、朝梦想的彼端行去。翱翔在天际的龙很快变成了一个剪影，在月亮的衬托下显得精致而纤毫毕现，龙翼搅碎天边乌沉的云朵，朝月亮破风而行，不断进发，进发。

菌人冒险家与龙族少年的征程，终于开始了。

# 第十三章

## 辛德瑞拉与小美人鱼

送走龙与“龙骑士”后，房子里一下安静了许多，橘哥玩金币的响声透过地板清晰地从二楼传上来，“咕噜噜，啪”地响了起来。

三楼的画室中，沈曜惬意地瘫在小沙发上翻阅最新魔物研究资料，充实自己的业务能力，沈亦清则站在画架前，准备开始创作自己的新系列作品——他和沈曜重逢后的生活。

这个系列沈亦清已经画出来不少了，之前他画过一幅沈曜跃进人工湖斩杀寄生水怪的画作，那幅画被沈亦清认定为整个系列的开端。从那个时间点开始，沈亦清事无巨细地描绘起两人从重逢到相认的点点滴滴，为了真实地还原这些珍贵的记忆，他连自己出糗的场面都没放过，比如今天他画的就是某天和沈曜一起吃饭时自己误食巧克力导致下半身变回触手的一幕。

沈亦清把十根手指变成十条触手，几条负责调色，几条卷着画笔作画，画得兴起时还用柔软灵敏的触手尖蘸一点颜料直接在画布上涂绘，完全是一个名副其实的大触。

沈亦清画了一会儿，沈曜凑过去看。

此时画布上的作品的完成度已经很高了，毕竟沈亦清好几只触手一起画，速度特别快。沈曜一看清画布上的内容就乐了，服气道："你连这都画？"

"都是我们一起经历过的事情。"沈亦清说着，画笔不停，精细地描绘着沈亦清的触手挨挨挤挤藏在桌布下的惨状。

沈曜越看越觉得搞笑，别过脸不住地偷笑，沈亦清戳戳沈曜，用不知道哪儿来的自信给自己加戏道："你不觉得我特别像一个童话故事里的角色吗？"

沈曜沉吟片刻，道："《大海怪》里的海怪？"

沈亦清噎了一下："有这个故事吗？"

沈曜："有啊，安徒生童话，就是流传得没那么广。"

沈亦清略不高兴："不是那个，是一个唯美的。"

沈曜老实道："唯美的想不出来。"

"在特定的条件下会暴露出原本的样子，并且由于原本的样子不够好，所以不敢面对某个人。"沈亦清声情并茂地提醒道，见沈曜仍是一脸迷茫，只好自己揭开谜底，讪讪道，"我感觉我挺像灰姑娘的。"

沈曜静默了三秒钟，忽然演技浮夸地疯狂点头道："像，真像！你不说我还真没想起来。"

由于沈曜的演技太过浮夸，沈亦清卷着画笔的小触手隐隐发蓝。沈亦清深吸一口气，又道："还有一个和我更像的，都是为了一个人类从海中来到陆地上，为了不被那个人类看穿身份，忍痛伪装成其他的模样……"

沈曜幽幽道："你可别是要说小美人鱼。"

巨妖宝宝的小触手彻底变蓝了，语气悲愤道："就是小美人鱼！"

"哈哈哈哈！"沈曜实在装不下去了，被沈亦清逗得肚子疼地笑。

巨妖宝宝画也不画了，只哀怨地看着沈曜笑。

沈曜见沈亦清不开心了，轻咳一声止住笑意，道："你比小美人鱼还可爱呢。”

沈亦清蓝汪汪的小触手慢慢变回愉悦的橙色。

时间已经很晚了，巨妖宝宝平时这个点一般都会准备睡觉了，沈亦清收拾好画具下楼洗漱。他张开大嘴仔仔细细地刷干净一百多颗牙，然后给自己专用的巨型浴缸放了一半水，变回原形舒舒服服地泡进去……可他刚坐进浴缸，屁股还没坐稳——如果北海巨妖有屁股的话——浴室门便吱呀一声被推开了，沈曜走进来。

“给我腾点儿地方。”沈曜抬腿迈进浴缸，沈亦清急忙缩回几条触手让出空间，沈曜进了浴缸抬头一看沈亦清，又差点儿笑场——沈亦清圆溜溜的大脑袋上顶着一块黄白相间的搓澡巾，那搓澡巾在他的脑袋上简直小得可怜，视觉效果特别像一只摊在大号煎锅里的小荷包蛋！

为了避免自己再笑出声，沈曜抬手就把那块搓澡巾扯了下来，道：“你变回来，太挤了。”

沈亦清谨遵圣旨，一秒变回人形。

浴缸中水汽氤氲，两人惬意地泡着澡。

“对了。”沈曜用指尖漫不经心地搅动着水面，道，“今年春节你打算怎么过？”

沈曜想起今天沈亦清提起前几年过春节，巨妖爸爸上岸来看他的事，便问了一下。

“我听你的。”沈亦清道，“你想去海里看看吗？还是让我爸爸、叔叔和妹妹上岸来过年？他们一直都很想见见我的救命恩人，想当面向你道谢。”

北海巨妖并不是Z国魔物，按理说不会过Z国的春节，可沈亦清已经在这里扎根了，而沈亦清的妹妹也对这边的文化颇感兴趣，很有些长大就上岸去投奔哥哥的意思，所以两个做家长的大海怪也就紧跟孩子们的步调，从几年前就开始学习这边的语言，并定期上岸探望沈亦清，了解并适应这边的风俗习惯。

毕竟等女儿过两年也长大上岸后，如果巨妖爸爸和乌贼叔叔还没有掌握在人类社会独立生活的能力，那恐怕就要在海沟里当两只寂寞的空巢老触了，而这是他们绝对不愿意看到的。他们在相遇前虽然各自在黑暗安静的深海孤独地生活了几百年，倒也没觉得日子如何难过，可一旦体验过有家庭成员陪伴的温暖快乐，就很难再回头面对孤寂了。

沈曜想了想，觉得他们水族魔物肯定还是在海里更自在，让沈亦清一大家子人都为了自己上岸不大合适，便道："去海里过怎么样，我有办法下海吧？"

"有。"沈亦清细细观察着沈曜的神色，"上岸也可以的，我的家人们不排斥上岸，而且在地面上可以看春晚，还有饺子吃，海里只有海鲜。"

沈曜乐了："别了，我一点儿也不想看春晚，而且我还挺想去海里看看呢，你有什么办法能让我在海里呼吸吗？"

"有一个。"说着，沈亦清将右手食指浸入水中，透过粼粼的水波能看见他的指尖涟漪般漾出道道珠白晕光，那光一出现便立即扭曲变形，交织融合成一片薄薄的光膜，光膜在水下自动包笼起一块球形的空间，其内兜着一汪水。

这一步完成后，沈亦清薄唇微启，轻轻吼了一声，光球中的水便在声波的作用下"啪"的一声排干净了。浴缸中水沫飞溅，原本盛满水的光球被压力挤成薄薄一片，像个没了气的气球。但很快，浴缸上方的空气像是受到某种神秘力量的牵引，自发破开水面，"咕咚咕咚"地沉入水下，倒灌入已被挤成扁片的光球中……如此一来，一个发光的球形空气结界便形成了。

"真好玩儿，这是魔法结界？"沈曜也不是没见过魔法的普通人，所以呆看了片刻便反应过来，赞叹着伸手去摸。那球形结界看似一触即碎，手感却坚韧，硬度与质地摸起来与橡胶轮胎颇为相似，而且温度明显高于人体，是类似温泉般令人舒服的微烫。

"对，里面可以灌注空气，能调节温度，还能照明。"沈亦清面露喜色，在拟态下骄傲地翘起小触手，“我把它做得大一些，你就可以待在里面了，以我的魔力可以维持五到六个小时，我爸爸的话维持半个月都不成问题。”

“你还会这么有意思的魔法，以前怎么不和我说？”沈曜玩心大起，把光球从沈亦清指尖“啪”的一声拔下来，捏捏拍拍，又按进水底，透过潋滟摇曳的水波看着它。

“我不知道你会感兴趣，而且我会的都是在海里用的，在陆地上想不起来……”沈亦清见沈曜一副感兴趣的样子，忙努力搜索起脑海中其他的魔法。北海巨妖体内虽也蕴含着大量魔力，可以轻松驾驭魔法，但巨妖爸爸是个彻头彻尾的武力崇尚者，觉得魔法大多只是花架子，自然也没教过儿子多少。

“你还会什么魔法啊？”沈曜把光球结界抛上抛下，当个皮球一样地玩着。

沈亦清想了半晌，才不大自信地说：“我还会制造海啸……”

这听起来一点儿也不浪漫，而且还很凶残。

“这么厉害！”沈曜小孩儿似的拍着手叫道，“在浴缸里造一个，我要看！”

巨妖宝宝一只手臂向前平伸，手掌竖起，五指张开，随即喉间溢出一声威严的低吼，整条手臂猛地一颤，超大号浴缸中的水便骤然拔地而起，“哗”的一声筑起一道高逾两米的水墙，浴缸中的水位瞬间触底。紧接着，这散发着浴盐香气的微型海啸以极快的速度猛扑向沈曜。沈曜哈哈笑着，脸蛋上的五官皱缩成一团，仿佛准备集结起来迎接水幕的席卷……然而几秒钟后，预想中的冲击并没有来到。沈曜小心翼翼地把眼睛睁开一条缝，才发现那水墙在距离自己脸前半厘米左右的地方顿住了，水珠如同被冻住一样停滞在空气中。沈曜怔了一下，一回头，正对上沈亦清含笑的目光。

“你看，连海啸都为你停下了。”沈亦清说着，展开的五指缓缓收握成拳，水墙便也随着他的动作慢悠悠地伏下，像一只慵懒而驯顺的猫咪，沈曜脸上头上连半星水滴都没溅着，浴缸中的水位回归正常。

沈曜愣了片刻，欢快拍手道：“哈哈哈，有意思，再来再来！”

……

两个月的时间流逝得飞快，一转眼就快要过春节了。

沈曜的退役申请在春节放假前得到了批准，又走了几天流程，放假前最后一天一切手续准备完毕。沈曜去蒋泽的办公室与顶头上司道别，顺便通知蒋泽晚上执法总队所有猎魔人一起聚餐欢送自己的事。沈曜长得好看性格又可爱，在队里人缘极好，这一要走，队友们自然舍不得。

不过最舍不得沈曜的人还是蒋泽，这两个月沈曜像开挂了一样，猎魔任务完成得又多又好，一个人能顶半个执法队，沈曜对此的解释是“因为快走了，所以更要站好最后一班岗”，然而实际上却是因为沈亦清这个大号宠物在沈曜出危险任务时总跟在一边的缘故。

沈曜扬手一指任务要清除的危险魔物，十分潇洒地命令道：“沈亦清，咬他。”

沈亦清便弹出触手以压倒性的力量卷住魔物，好吃的就丢进嘴里“嘎嘣嘎嘣”吃了，不好吃的就一触手抽晕了，让沈曜慢慢处置。

如此一来，任务可不是完成得又多又好吗？

蒋泽翻着桌上沈曜近两个月来的厚厚一摞任务报告，狠狠吸了口烟，一张粗犷且棱角分明的脸黑如锅底。他掸了掸烟灰，透过白蒙蒙的烟气眯眼看看队里的金牌猎魔人，不舍道：“真走了？”

沈曜抿嘴一笑，故意激着蒋泽说反话，用蒋泽一听就头疼的软糯腔调道：“怎么了，是不是我太好了，蒋哥舍不得我？”

“屁，老子手里大把大把的人才，差你一个！”蒋泽本来还想徒劳地挽留一下，结果一不留神就着了道，倔牛似的梗着脖子一扭头，眼睛瞥着别处粗声提醒道，“武器、证件都交回队里，联络表填好……”

沈曜笑吟吟地弯着眼睛说：“都完事了，就是来通知你晚上吃饭。”

蒋泽点点头，问：“春节你在哪儿过？”

沈曜小时候春节都是和蒋泽回家过，不过青春叛逆期那两年小沈曜学会闹别扭了，觉得自己是外人，去蒋泽家里过年不自在，于是自那以后的几年沈曜都是在队里和其他少数几个不回家的队友一起过年。今年沈曜离队了，蒋泽怕沈曜过年会孤零零一个人。

“我……回沈亦清家过。”沈曜道。

蒋泽感叹道：“老子春节要在队里值班，你倒好，跑人家家里过年去了。”

“噗。”沈曜很坏地笑出声。

蒋泽假作愤怒地一拍桌子说：“笑什么笑！”

“其实……”沈曜眼珠一转，狡黠地微笑道，“蒋哥你如果想去别人家过年，其实就是分分钟的事。”

蒋泽粗黑的眉毛一扬便问：“什么意思？”

沈曜用手拢着嘴，小声道：“我发现有个人好像对你……”

蒋泽兴致勃勃地追问：“谁谁谁？怎么个事儿？”

沈曜很欠打地顿住，支支吾吾地说：“算了不说了，说了也没用。”

“老子……”蒋泽一瞪眼睛正想发威，见沈曜威胁地一挑眉，便生生把后面的话咽了回去，道，“你说的谁？”

“其实你知道，就是对外联络部的……那个谁。”沈曜吐吐舌头，背着手往后退说，“我先回去了，下班了再来找你。”

“嘿，你给我站住！你刚才究竟说谁呢！”蒋泽跳起来就追，沈曜一转身，哈哈大笑着一溜烟跑没影儿了。

去海中探望沈亦清家人前，沈曜撵着沈亦清去买了年货。海里很多东西没办法保存也没地方用，所以年货以吃的为主，反正两位家长和小妹都是食量奇大的主，沈曜就也不怕买多，什么都买点儿，有各种海里吃不到的蔬菜水果牛羊五花肉，各种风味点心、当地特产……除此之外，沈曜还特地给听说很爱美的巨妖小妹准备了几份女孩子会喜欢的精致小礼物，有香水，还有设计别致的小饰物和丝巾，都是能在水中坚持一段时间的东西。

准备好见面礼，并把怕水的橘哥托付给在陆地上过年的江沐溪后，两人乘坐事先租好的游艇朝波涛深处驶去。

毕竟如果直接从岸上走进海里的话很容易被路人当成自杀……

巨妖一家之前生活的深海其实与所谓的“瑰丽海底世界”搭不上边，真正的深海中只有无边无际的黑暗、强大得足以将人类碾成肉酱的水压，以及反正没什么人看所以瞎长长就好的丑陋深海生物。两只家长海怪不觉得深海有什么问题，可随着巨妖小妹渐渐长大懂事，且时常受到心思细腻的哥哥的熏陶，那上吨重的身体中竟也孕育出了一颗粉嫩的少女心——虽然粉嫩程度相较沈亦清还是略逊一筹的。巨妖小妹开始追求一切梦幻而美好的事物，越发忍受不了黑暗压抑的深海。两个大海怪为了讨小女儿欢心，在浅海也打造了一个几千平方米的海底小家，装饰极尽梦幻少女之能事，大量采用水草、珊瑚、发光海藻等元素，不仅女儿非常喜欢，连回来探亲的儿子也在家中流连忘返。

巨妖爸爸：“吼。”

总觉得我儿子哪里不太正常。

这天上午的阳光很好，天空湛蓝无云，倒映着天空颜色的海面色泽也美丽得令人心颤，游艇仿佛行驶在一块巨大的流体蓝宝石上。沈曜忍不住从舱室中跑出来看风景，冬季海风寒凉粗砺。沈亦清提前用结界把沈曜罩住了，结界里暖乎乎的，像春天一样。

游艇在海上行驶了一个多小时，四下里已经看不到任何其他船只了，这时沈曜发现前面的海水有些异样——以一条稍显弯曲的弧线为分界线，分界线这一边的海水是耀眼的缥碧，而分界线那一边却是深沉的蓝黑色，视觉效果就仿佛前面的海域下隐藏着一座小岛一样。

“我爸爸来接我们了！”沈亦清精神一振，怕沈曜惊慌，温言安抚道，“我爸爸的身体特别大，你别怕，他不会伤害你的。”

沈曜自然知道巨妖爸爸不会伤害自己，不过这庞然巨物带来的恐怖压迫感可不是轻飘飘的三言两语就能化解的。海面下的阴影向四方恣意绵延着，极目远眺全然看不到尽头，沈曜的脸色出于本能带来的恐慌而微微泛白，嘴上却强作镇定道：“我不怕，就是有点紧张。”

“其实我爸爸可以用拟态的。”沈亦清解释道，“不过在我们海怪文化中，第一次和陌生人见面时使用拟态是很失礼的行为，爸爸很重视和你的见面，所以……”

这时，一条粗壮可供三人环抱的巨大触手破开海水，在游艇的前进路线上左右摇晃着，看起来很像是有人在招手。

“吼——”宛如远古巨神般悠长绵亘的低吼从海洋深处传来，气势雄浑的声波让游艇的甲板都随之微微颤抖。

“我爸爸说欢迎你来做客。”沈亦清兴高采烈地翻译道。

沈曜迟疑了一下，便将双手拢在嘴巴前面，对着那条伸出海面的触手一字一顿地大声喊：“叔——叔——好——”

沈亦清却没翻译，只是弹出一条触手和爸爸的触手来了个击掌！

沈曜用胳膊肘捅捅他，小声道：“叔叔能听懂我说话吗？”

沈亦清点头：“他听汉语没问题，就是说得还不怎么利索。”

沈亦清说完，整艘游艇都是猛地一颤并向上提了一小段距离，紧接着，游艇前进的速度一下快了许多。

沈曜扒着船沿往下看，发现原来游艇整个都被巨妖爸爸顶在头上了。

“我爸爸游得比游艇快多了，他带我们游一程。”沈亦清说着，眼睛亮亮的，“我们浅海里的家就在前面了。”

不知为什么，每次沈亦清说起自己爸爸时，沈曜都感觉他莫名像一个在班级炫耀老爸的小学生……

沈亦清，一个实力“爸吹”。

游艇在海面上风驰电掣，很快就到了地方。沈亦清仔细检查并加固了沈曜周身包裹的结界，确认没有问题后，便变出两条触手托起结界，动作轻柔地将沈曜没入海水中，随即又给年货也造了个结界丢进水里，最后自己才跳下去。

沈曜沉入海中，脚下两三米远处便是巨妖爸爸沙漠般广袤且寸草不生的巨头。现下巨妖爸爸的皮肤是一种暖暖的橙黄色，橙黄是巨妖情绪喜悦时的颜色，这说明他发自肺腑地欢迎沈曜的到来。

这也是必然的，当年沈亦清被爸爸救走后的很长一段时间内天天不住嘴地夸赞沈曜是个多么善良温暖的小朋友，在实验室中又是如何帮助自己的，所以巨妖爸爸对沈曜的印象分在很多年前就刷爆了。

沈亦清下水后，将手伸入结界牵住沈曜向一个固定方向游去，同时吐着泡泡道："来，爸爸的右眼在我们东边。"

而左眼在西边！

不过右眼离得比较近，所以就先让爸爸用右眼看一下。

"好的。"沈曜努力适应着这种诡异的措辞方式，礼貌地没有做出任何讶异的反应。

沈亦清一下海就变出几条触手在身后助力，游得比人类不知快出多少，水草般飘逸的触手在海中呈小波浪状扭动，很快他们就抵达巨妖爸爸头顶的边界并向下方游去。沈曜被沈亦清拉着向深处沉落，不断沉落。在路过巨妖爸爸饱满的额头后，沈曜面前忽然出现了一堵散发着碧绿荧光的围墙。墙的面积由于透视原因很难估算，但直径少说也能有十几米，组成"墙"的材质清澈澄净，看起来就像一片竖立起来的湖，那墙光滑的表面倒映出了沈亦清与沈曜的形象。

由于沈亦清原形的眼睛就是这种荧绿色，所以沈曜一下子就反应过来了，稍稍偏过脸小声确认道："这是叔叔的眼睛吧？"

"真聪明。"沈亦清含笑道，"爸爸在看我们呢。"

沈曜冲"墙"鞠了一躬并向"墙"拜年："叔叔过年好。"

巨妖爸爸低叫："吼吼吼——"

那隆隆的超重低音以风卷残云之势将方圆几百米的海域冲击了一遍，听起来比刚才在游艇上时更具震撼力，把沈曜的身体震得晃了晃。幸亏猎魔人心理素质都强大，如果换个普通人，这会儿八成已经昏过去了。

沈亦清听了爸爸的吼声，"嘿嘿"直笑，翻译道："爸爸说，好好好，你也过年好，来就来了，还带什么东西。"

沈曜抿着嘴唇忍住笑，心想沈亦清可能是用贴近人类的语气翻译了巨妖爸爸的话，不然北海巨妖说话的方式也未免太接地气了……

这时，远方的海域又躁动起来，一大团巨大的黑影正飞快朝这边接近，沈亦清忙解释道："这是我叔叔，他应该是和我妹妹一起来的。"说到这儿，沈亦清安抚沈曜道，"叔叔体型很小，只有我爸爸三分之一大，不用怕。"

说话间，巨型变异乌贼已经游至近处了，因为他的体型较为娇小，所以在这个距离沈曜得以一窥全貌。这位乌贼叔叔长着一个长三角形的头，看起来硬硬扁扁的，不像北海巨妖那样柔软得海水一冲就是一阵波浪，而且触手长度很短。这短不仅是绝对值上的短，而且还包括比例——北海巨妖的头径与触手长度比大约是 1 ∶ 1.5，触手比头长，而乌贼的头长与触手长度比大约是 1 ∶ 0.5，特别像是大脑袋下长着一排小短腿儿，视觉效果莫名惹人怜爱。

一看见这位乌贼叔叔，沈曜就不禁想起之前沈亦清和自己讲的"爸爸与叔叔的故事"……

故事发生在沈亦清被爸爸救回海底的第二年。

巨妖爸爸找回儿子后，抱着环游海洋的目的每天带儿子到处玩耍，有一次路过一条海沟休息时，碰巧见到一只巨型变异乌贼钻进海沟里休息。

乌贼叔叔那十条短得可怜又可爱的小触手瞬间吸引了巨妖爸爸的注意，用人类的话来说就是，巨妖爸爸觉得这只乌贼的小短腿儿真是太萌了。

于是巨妖爸爸就趴在海沟边上，把眼睛调得贼亮贼亮，像两个巨型探照灯一样往里面看。许是因为太久没见过同类过于寂寞，巨妖爸爸只觉得看这只乌贼哪儿都特别顺眼，就连那扁而坚硬的三角脑袋都透着一股淡淡的清纯的倔强。

然而，巨妖爸爸的这个举动其实是非常可怕的，那条海沟就是乌贼的家，巨妖爸爸趴在上面用眼睛照着往里看，换算成人类相当于一个人晚上回家发现有个犯罪分子趴在窗户上打着两个大手电往自己家里看……而且那犯罪分子还是个体型是自己三倍大的超级壮汉！

于是小乌贼当场就吓得漏墨了，墨汁污染了好大一片海域，把巨妖父子俩都染得乌黑乌黑的，一个月过去才洗掉……当然，这都是后话。

如果用霸道总裁小说的文风来表述的话，那么后来的事情就是这样的：被喷了一身墨后，巨妖爸爸顿时就感觉这小东西真是和其他的海怪不一样，还从来没有哪个海怪敢对我喷墨！乌贼，你这是在玩水！

于是，由于种族濒临灭绝从来没见过儿子之外的同类，孤单生活了几百年的巨妖爸爸就冲进海沟，霸道地把可怜的小乌贼给挖了出来，强行拖回家里……拜把子。这事儿如果用人类的道德准则来评判的话，其实相当于非法监禁了，但当时没有接受过多少人类文化熏陶的巨妖爸爸和乌贼叔叔在本质上和动物没有区别，所以突然被非法监禁的小乌贼只是茫然加惊讶而已。

小乌贼其实是个被族群驱逐出来的异类，在遇到巨妖之前他也一样在海中过着孤独的生活。

父母都是没有魔力的普通大王乌贼，小乌贼却是一只变异乌贼，也许是因为它的祖先中有过远古巨型魔物，而祖先的基因一直蛰伏着，唯独在它这一代显现出来了……总之，这种隔代遗传让小乌贼的体型增长得飞快。不止如此，小乌贼体内还蕴含着丰盈的魔力流，和其他的大王乌贼不一样。当这种异常越来越明显时，可怜的小乌贼被比自己小一大圈的父母驱逐出了那片海域。

小乌贼流离失所，在哪里都不受欢迎，它比其他的乌贼聪明很多，所以这样的驱逐让它更加受伤，它痛恨自己巨大的体型，沉浸在自卑与孤独中不可自拔。

乌贼叔叔因为长得太庞大被驱逐，失去了亲情，又因为同样的原因吸引了北海巨妖的注意，收获了另一段亲情。

所以说这个世界上的事情往往是没有定数的。

在那之后，巨妖爸爸又自分裂出一个女儿，也就是巨妖小妹。北海巨妖在自分裂时可以在一定程度上选择基因，所以即便是分裂式繁殖，但产下的后代也不完全是自身复制的产物，像沈亦清和他的父亲虽大多数方面都十分相似，但也有很多不同之处。

沈曜向乌贼叔叔也问了好，乌贼叔叔发出一种尖锐的哨音作为回应，大致也是欢迎来做客的意思。

两个大家长都和沈曜见过面了，乌贼叔叔的三角脑袋后冒出一个圆滚滚的小巨妖。这小巨妖比沈亦清的原形小很大一圈，头径大约也就一米多，光算头的话恐怕还没沈曜长，小巨妖的二十多条触手如柔软的水草般散在海中，有几条触手上还缠着自制贝壳触手链，非常爱漂亮！

浑圆柔软的巨妖小妹挥舞着小触手“咻”地冲进沈亦清怀里，将沈亦清从头到脚缠成一个木乃伊，随即张开大嘴用字正腔圆的汉语叫道：“哥哥！”

“半年不见，头又圆了。”沈亦清一脸慈祥地抚摸妹妹的大圆头，并给妹妹和沈曜互相作介绍。

虽然在沈曜看来，沈小妹的原形和沈亦清的原形除了大小全部一模一样，但出于礼节，沈曜还是违心地赞美道：“你好，亦清经常和我提到你，你真……漂亮。”

“是吧是吧。”沈亦清深以为然地附和道，“我妹妹的触手比海草还柔软。”

“特别柔软。”在海怪文化中触手柔软显然是赞美女性的好话，于是沈曜连连点头道，“一看就可软了。”

巨妖小妹被夸得不知如何是好，激动得在海中疯狂转圈圈，一溜儿小触手被转圈的惯性带动着平平地漂在水中，看起来就像人类女孩子转圈时翩飞的裙摆。

一家四口到齐了。

乌贼叔叔又发出几声细腻的哨音，询问沈曜是怎么来的，累不累，饿不饿，特别像一位温和体贴的长辈。

沈曜一一回答了，这一人一怪正聊着，巨妖爸爸探出一条触手小心地卷去了勾在乌贼叔叔头上的一绺不起眼的海草，乌贼叔叔叫了一声以示感谢。因为他的触手没有头长，所以头顶上有脏东西的话自己够不着，要么在礁石上蹭掉，要么让巨妖爸爸帮忙。

巨妖爸爸发出一声低吼，随即不舒服地眨了眨自己的绿色巨眼，抬起触手在眼下方拨了拨。

“爸爸眼睛进鱼了。”沈亦清给完全在状况外的沈曜解释道。

沈曜用巨妖的思维方式思索片刻，道：“就和我们眼睛进沙子一个意思？”

沈亦清说：“没错。”

沈曜顿时觉得自己真是太聪明了。

眼睛太大也有太大的烦恼，有时会有小鱼将巨妖当成崖壁没头没脑地撞上去，尤其前段时间从北方海域来了大量越冬的鱼，它们中的很多都不知道巨妖在这里划下地盘，所以经常有鱼会不小心闯进来。反正用原形和沈曜见一次面的目的已经达到，巨妖爸爸便干脆变出活动起来更方便的拟态。那山一般庞大的身体在整整一个军团的影魔吞噬下飞速缩小着，周围的海水骤然朝巨物消失的方向涌来以填补空白，片刻前平整祥和的海面立时出现了一个深蓝色的巨大旋涡，旋涡如同海神的巨口，伴随着“隆隆”的海浪翻卷声，贪婪且毫无停歇地吞噬着咸涩的海水。与此同时，乌贼叔叔也开始变形，沈曜、沈亦清和巨妖小妹这三个体重轻的小东西都被汹涌的乱流一股脑卷了进去，在海中以极高的速度螺旋式向下突进……

沈曜有种在玩水下疯狂过山车的感觉，入目皆是不断旋转的海底景象与暗流拍击结界壁时激起的白沫，幸好沈曜在队里接受过方位变换训练，身体承受得来，不然现在肯定要被转吐了。

两个大海怪都变回了人形，大海也随之平静下来。沈曜这才发现自己已沉到了海底，脚下是大片大片的白沙，一束束光芒从海水凝结成的天空中洒向大地，被水流搅动尚未来得及落定的白沙纷扬，闪烁如星辰碎屑。

坚韧的结界如一枚透明的茧保护着沈曜，四周不断有银沙般的小气泡穿透结界钻进来，这些都是沈亦清用魔力从海面上引流下来的空气。它们来自二月冷厉的海风，又透过冰寒的海水一路下降，然而在通过微烫的结界时，它们被熏染得热乎乎，所以结界中的空气一直是暖融融的，像开了空调一样。

海底白沙纷纷落定，沈曜发现巨妖一家已经都变成人形了，而且可能是为了照顾客人的情绪，他们都趁刚刚白沙漫天飞的时候穿上了人类的衣服。虽然在水里无论怎样都有点违和，但总比光着屁股游来游去的好接受多了。

巨妖爸爸的人形和沈亦清是一个风格的，都是带着一丝霸道和邪气的俊美。而乌贼叔叔的拟态也符合其性格，是个打眼看去几乎雌雄莫辨的美男子，眉眼柔柔的，眼中敛着一泓清亮的光，而正处于爱美年纪的巨妖小妹则……正在变来变去。

“我觉得这个拟态不是特别符合你的气质。”沈亦清委婉地说。

金发碧眼烈焰红唇前凸后翘的巨妖小妹问：“我适合什么样的？”

沈亦清认真地帮妹妹构想拟态，看起来就像人类的哥哥在帮妹妹参谋合适的衣服：“年纪小一点，东方面孔，黑色直发，皮肤很白，大且微圆的眼睛，鼻梁高但线条不要太锋利，鼻头小小尖尖的，有两个小酒窝，下巴很精致但脸蛋上稍有一点肉，上唇薄，下唇比上唇略厚一些……这样的长相非常可爱。”

小妹遂变成了一个精致如瓷娃娃的东方少女，五官有种冷冽的艳丽感。

他们四人现在所处的地方就是巨妖爸爸专门为儿女新建的小家，巨妖爸爸发话让沈亦清带着沈曜在家里四处参观一下，沈亦清瞥了爸爸一眼，略尴尬道：“吼，吼，吼？”

爸，你的拟态看起来比我还年轻，这合适吗？

巨妖爸爸的拟态的确看起来只有二十岁的样子，脸比沈亦清还嫩，看起来不像沈亦清的爸爸，倒像是沈亦清的弟弟……

非常宠儿子的巨妖爸爸立刻接受建议，软化拟态并打算把外貌改大十岁，然而沈亦清却趁爸爸软着的时候“咻”地游过去，抬手就在爸爸的眼角“唰唰”划出了几道鱼尾纹！

巨妖爸爸立刻把眼角抻平了，一秒做了个面部提拉，随即愤怒道：“吼吼！”

再捣乱爸爸要打后脑勺了！

对于没长屁股的巨妖来说，打后脑勺就约等于打屁股。

非常怕被当着沈曜面打后脑勺的巨妖宝宝忙不迭地游回来，牵着沈曜游开，道：“走，带你参观一下我家。”

沈曜乖乖跟着沈亦清，好奇道：“刚才叔叔和你说什么？”

沈亦清厚着脸皮道：“我爸说半年不见我又懂事了。”

沈曜感觉自己有学习一下巨妖语的必要了。

既然菌人都能学会龙族语，那自己学巨妖语肯定也不在话下。

沈亦清先带沈曜去参观自己的卧室。说是卧室，但海里也没办法真的打地基筑墙，所以实际上还是开阔空间，只是有一丛丛高大的珊瑚树密集地栽在一起，形成起到分割空间作用的珊瑚墙。

在这珊瑚墙围成的“卧室”区域的正中央，有一个形态巨大且呈开启状态的贝壳，沈曜粗略估计这个大贝壳的长度应该超过两米。

“这是砗磲？”沈曜问。

砗磲是一种超大的双壳类生物，一般长度会超过一米，特别大的可以达到两米以上，不过一般是分布在南方的温暖海域中，这边的海水这么冷，按理说应该不产这东西。

“对，这是我的儿童床。”沈亦清带着一丝向他人展示童年旧物时的羞涩与怀念牵着沈曜游到砗磲旁，道，“北方的海域不产这个，这是爸爸去南沙群岛捡回来的，我和妹妹一人一个。”

“你爸爸真好啊……”从小就没感受过父爱的沈曜发自肺腑地赞叹道。

沈亦清大方道：“以后我爸爸分你一半。”

沈亦清以前睡的这个儿童床被装饰得十分华丽，砗磲上方的壳盖边缘上打着一排细密的小孔，孔中穿过一条条墨绿色的细绳，有些细绳上串着各式洋溢着海洋风情的小饰物，有些细绳上串着一颗颗硕大圆润、蜃气浮动的白珍珠，有些细绳上拴着小块色彩艳丽、花纹繁复的珊瑚，有些细绳上缀着满满的水晶，浪涌之时这些水晶珠链便摇曳摆动，相互撞击着发出叮当的脆响，就像人类挂在窗前的风铃……

沈曜留意到，在这张儿童床旁边的海域中，还有十几个拳头大小的小结界在浮动着。它们四周虽没有墙壁，却像在儿童床旁边扎根了一样待在固定的范围不怎么动，而这些小结界中，塞满了不同品种的发光海藻，可以自由出入结界壁的海水用浮游生物滋养着这些海藻，海藻长势茂盛，每个小结界都像一颗小星球，温柔地悬停在儿童床周围。

“这些是……”沈曜微微偏着脑袋研究那些塞满海藻的结界，用揶揄的语气道，“巨妖宝宝的小夜灯？”

沈亦清不太好意思地一扶额头说：“嗯，我小时候和爸爸生活在深海，深海里一点光都没有，我自己睡觉有时会害怕，爸爸就给我做了这些小夜灯，这些小结界他常年维持着。”

现在他们虽然已经从漆黑的深海搬家到采光很好的浅海了，巨妖宝宝也早已上岸独立生活，但巨妖爸爸还是将巨妖宝宝用过的一切都维持原样。

就像人类的小孩上大学之后，父母往往也会让孩子的卧室维持着老样子，作为一种对过往热闹生活的怀念。

卧室区域内的其他地方也像这张贝壳床一样，被装饰得十分梦幻。海底虽然不能放家具，但四处的白沙中都随机安置了大棵大棵形态各异的珊瑚树，它们的“树”杈上也都挂满了琳琅满目的小饰物。

沈曜漂向其中一棵珊瑚树，伸手捻了捻串着小饰物的那种墨绿色的细绳。绳子入手坚韧滑腻，似乎是用某种海中植物搓出来的线，沈曜正好奇着想问，沈亦清便先一步介绍道：“这是我爸爸用一种质地特殊的海草搓出来的绳子，细但结实，水也泡不坏。”

沈曜想象着巨妖爸爸用粗壮的触手小心翼翼地搓着海草，又像个缝补衣服的慈母一样眯缝着直径十几米的巨眼，将打了眼的珍珠、水晶或小块珊瑚一个个串在线上的样子，心里漾过一阵春风般的暖意和淡淡的羡慕。

除了实验室中那充满阴霾的三年，沈亦清是在爱中长大的。

真好，光是看着就觉得特别好了，沈曜想着，嘴角不由得扬了起来。

“你如果喜欢这里的布置……”沈亦清很有心眼地琢磨着沈曜的表情，善解人意道，“等回去了，我把你的卧室也改装成这样，除了海水其他都可以还原，你想住也行，只是放着看着去别的卧室住也行，好不好？”

“呃……”沈曜动了动嘴唇，原本条件反射地想要拒绝，理由很简单，随便就能倒出一大堆：太麻烦了、太浪费了、太耗精力了、我只是随便喜欢一下不用当真、装成这样不实用只能新鲜几天……可是，沈曜迟疑了片刻，舌尖一转，把已到嘴边的拒绝咽回肚里，清亮的眼睛灼灼地落在沈亦清脸上，诚实地表达出自己的羡慕和向往。

“好啊，挺有意思的。”沈曜语气轻快道，“我们一起弄，反正年后我不用上班了，时间有的是。”

参观完沈亦清的住处，沈亦清思索道：“我妹妹住的地方就不看了吧。”

沈曜连连点头说：“好的好的。”

可能是小妹不喜欢被人参观房间，沈曜正这么想着，却听沈亦清道：“反正我妹的房间没有我的好看。”

毕竟比起少女心的话，沈亦清有信心不会输给任何一位少女！

沈曜嘴角微微一抽。

沈亦清又带沈曜到处看了看。除了沈亦清和妹妹睡觉的地方外，巨妖爸爸建造的海中家园都非常简单，看着和寻常的海底并没什么区别。毕竟巨妖一族体型太大了，很多东西根本就用不上，说这一块地方是“家”，倒不如说只是巨妖爸爸划下的一块地盘而已。

一转眼便已是日暮时分，海上落日的景象瑰丽动人。海面上，在朵朵宛如贴着细碎金箔的浪花中，有两颗挨在一起的小脑袋，那是在看夕阳的两人。

暮光在海面拖下长长的、闪耀的尾巴，有海鸟顶着凌厉的海风疾驰而去，与悠长的鸟鸣一起灌入耳中的，还有巨神呼吸般起起落落的潮音，以及一连串雷霆般地动山摇的闷响。

片刻前还沉浸在美景中的沈曜被吓了一跳，肩膀一颤，扭头问沈亦清道："什么声音？"

沈亦清略尴尬道："好像是爸爸饿了。"

被北海巨妖的肚子叫吓了一跳的沈曜……

沈曜定了定神道："我也饿了，下去吃东西吧，这可是年夜饭呢。"

如果放在半年前，沈曜打死也不会想到自己今年的年夜饭居然会在海底吃……

海底，巨妖一家人已经在桌前围坐好了，桌上摆着各种各样收拾干净的海鲜，还有沈曜带回来的年货，而充当桌子的，是一只巨大的老海龟。看这个体型，老海龟的年纪怕是有上百岁了，不过上百岁的年纪在巨妖爸爸面前也只是小朋友而已。感觉到龟壳上被放了东西，老海龟不安地支起腿想站起来逃跑，结果被巨妖爸爸一掌按了回去，四条粗壮的小短腿儿深深陷入海底白沙中，拔都拔不出来了。

两人在桌边坐下，沈亦清变出一条触手在海水中挥了挥，问妹妹道："喷香水了？"

巨妖小妹很开心地说："你闻出来了？"

沈亦清用腮吸了一大口水，又把它们滤出去，道："嗯，是沈曜送你的那款。"

"这个香味真好闻，我喜欢。"巨妖小妹怕沈曜以为自己浪费香水，一板一眼地认真解释道，"香水喷出来在海里很快就会被冲没了，所以我只是喷一点点闻闻味道，剩下的等我上岸了再用。"

沈曜和气地笑笑，道："你想怎么用都可以，既然喜欢我下次来多给你带几瓶。"

毕竟巨妖小妹就算想把香水店买下来也只是分分钟的事啊！

沈亦清用触手将一些可以生吃的细嫩鱼肉弄成小薄片给沈曜，沈曜平时也喜欢偶尔吃吃生鱼片，虽然没有辣椒不对味儿但也能吃一些，况且桌上还有很多从陆地带下来的年货。

平时很少吃水果的巨妖爸爸拎起一整串葡萄连皮带柄一口放进嘴里，沈亦清见状忙道："爸爸，这个要一颗颗吃，把皮和籽吐出来。"

巨妖爸爸冷静道："吼。"

已经咽了。

年夜饭在温馨和谐的气氛下进行着，时不时有不小心路过的海鲜被巨妖爸爸抓住当加餐。他和乌贼叔叔平时的食量大得惊人，不过为了不吓到沈曜他们吃得较为克制，所以一边吃着，巨妖爸爸的肚子就一边轰隆隆地响着。沈曜实在过意不去，几次三番劝爸爸可以放开吃，最后爸爸带着叔叔离席一起去捕鲸了。

这样一来饭桌上只剩三个小的，巨妖小妹最近正在偷偷地减肥，因为在小海怪们的圈子里最近流行一个说法叫"好女不论吨"，意思也就是说漂亮的小女海怪不会让自己的体重以吨计算。于是成长期体重长得飞快的巨妖小妹就产生了危机意识，只在爸爸看着的时候吃饭，爸爸一走就马上不吃了。

"你在减肥？"沈亦清皱眉，像任何一个发现孩子减肥的家长一样不解地道，"为什么要减肥？头圆圆的多好看。"

"圆圆的才不好看呢，现在都流行长长的，"巨妖小妹扁着嘴说，"你的审美早就过时了……"

沈亦清发现自己和妹妹有了代沟，非常心痛！

"对了，你想看放烟花吗？"沈亦清问。

"好啊！"沈曜来了兴致，指指海面的方向道，"我们上去放？"

"不啊，就在海里放。"巨妖小妹神秘兮兮地笑着说。

沈曜好奇地睁大眼睛问："怎么放？"

"哥，爸爸不在，你去做烟花。"巨妖小妹用触手戳了戳沈亦清命令道，活泼地提着要求，“要魔术弹，还要满天星。”

沈曜更觉得不可思议了，魔术弹、满天星什么的，都是陆地上烟花的名字。魔术弹是一根长棍，点燃后会从一端一颗颗地射出色彩各异的光弹，而满天星是先有一个光点从地面蹿上天，随即“砰”的一声爆出一大蓬瀑布般的火花，看起来就像漫天的小星星一样。沈曜可不相信他们有办法在海里放烟花，就算在结界里大约也不行，毕竟烟花要放起来效果好，空间必须足够大，氧气也要充足才行，而结界太小了。

“你在这儿等一会儿，给你看好看的。”被妹妹委派制作烟花的沈亦清说着，变出几条触手轻盈敏捷地游开，身影没入墨黑的海中，很快便看不见了。

沈曜在结界中乖乖等着，还从裤兜里掏出手机看了一眼，信号格果然空荡荡的，只能看个时间。

过了半个小时，远处传来熹微的光亮。沈曜定睛一看，发现沈亦清正飞速朝这边逼近，而他身后跟随着数量难以估测的各色海洋生物，这些生物大多数沈曜都叫不出名字。就在沈曜发呆的当口，沈亦清已掠至近前，扬手一指身后被巨妖威压控制住的海洋生物们，道：“我们管这些叫烟花。”

说完，还没等沈曜回话，沈亦清便优雅地一勾手，一群光芒各异的发光水母摇曳着小裙摆从大部队中漂出来，在细腻白沙上一个摞一个地列成几列竖直的纵队。等发光水母们排好队了，沈亦清便低吼一声发号施令，水母们一个个有秩序地从海底蹿上海面，长在它们伞状身体边缘的发光辐管骤然加大亮度，犹如少女缀满星辰碎屑的裙边。同时，水母们那些细丝状的繁密触手也被伞状身体上的辐管照亮了，光度稍暗的触手在水流的梳理下显得又直又长，仿佛夜空中烟花的拖尾。孔雀蓝、宝石绿、柠檬黄、荧光白……水母们鲜艳耀眼的伞状身体先是一个个疾速蹿飞到水面，随即在附近慢悠悠地游来荡去，将入夜后墨黑的海面一寸寸地燃亮了。

“这个是魔术弹，这些是维多利亚多管发光水母，和水族馆里那些用灯照出来的不一样，这些水母是真的会发光。”沈亦清偏着脸观察沈曜的反应，见沈曜的小脸蛋都被眼前的美景映亮了，便带着几分邀功的意味急切地问，“像不像魔术弹？好看不好看？”

沈曜强行板着脸，道：“其实不像。”

沈亦清的脸瞬间就垮了下来，忧郁地低声道：“都是一个一个单独射出去的那种……”

沈曜乐了，不敢再逗沈亦清，忙道：“明明比魔术弹好看多了啊！”

沈亦清松了口气，站在海底高高举起双臂，从中间朝两侧一挥。随着这个挥臂的动作，铺满了海面的发光水母纷纷向两侧退去，重新让出一片纯粹的黑暗来。

他就像海洋中的魔法师。

“看，比满天星好看的满天星。”沈亦清从善如流道。先是将手遥遥指向刚引来的鱼群，随即朝自己正前方一挥，这群看似平平无奇的鱼群便听话地游了过来，这些小鱼的身体只有几厘米长，身体虽是明艳的黄色，但并没有发光，在光线昏暗的夜晚看起来甚至有些灰扑扑的。

鱼群在沈亦清的指挥下在白沙上紧密地汇聚成一大团，鳞蹭着鳞，鳍挨着鳍。沈曜牢牢盯着它们，眼睛都不敢眨一下，生怕错过什么奇异的景象。突然间，这群小鱼听到沈亦清的一声令下，便猛地集体向海面冲去，在升至高处时，成百上千条鱼汇聚而成的超大鱼群如同被齐刷刷地按下了开关一样，赫然全体发出耀眼的金色光芒，不同于发光水母的亮度，这些小鱼亮得堪比灯泡，在暗如黑丝绒的背景中这样的明暗对比度几乎令人的眼睛都微微刺痛起来了。紧接着，鱼群瞬间向四面八方分散，荧亮而小巧的鱼身宛如绚烂的流火，一道接一道，极其密集地划过海底世界的天空，与陆地上的焰火不同的是，这些小鱼就这样一直亮下去，并没有消逝，它们穿梭往返在这片海域附近，将周围映照得如同白昼一般。

“怎么样？”沈亦清又摇着触手去邀功，还没等沈曜询问便迫不及待地解释起自己天才般的创意，“这是光脸鲷鱼，它们的发光器上蒙着一层皮膜，如果皮膜不放下来就不会发光，所以我先不让它们发光，等它们游上去了再让它们统一亮起来，这样是不是很像人类放的那种大烟花……”

“真美。”沈曜轻声道，“这是我看过的最美的烟花。”

两人在海底欣赏美景说着话，时间流逝得飞快，不知不觉已是晚上十点钟了，沈曜忽然想起除夕夜自己最好看看手机和外界联络一下，回一回拜年消息，不然海底信号这么差，别人怕不是会以为自己人间蒸发了。

沈曜便道：“我想用一下手机，带我去一下信号好的地方。”

沈亦清想了想道：“这片海域应该有信号，就是水里不行，我把你托上去就好了。”

语毕，巨妖宝宝用自己的大脑袋把沈曜一路顶出水面，周围虽没有人工照明但今晚的月色很好，皎洁的月光铺洒在大海上，海面呈现出银灰与漆黑两种色泽。沈曜目之所及的地方再没有除他们之外的第三个生物，起起落落的潮音反而让周围显得更加宁静。

沈曜有一种整个世界其实只剩下彼此的错觉，这种错觉在浪漫之余也有一些寥落的空寂与恐惧。

“亦清。”沈曜叫道，“给我只手。”

沈亦清知道可能是夜晚的大海让沈曜感觉不安了，忙递上一条触手。

沈曜让那条触手搭在自己身上，心里一下就踏实了，连漆黑神秘的海面都变得亲切了许多。

这时，手机信号满格了。沈曜打开微信，从蜂拥而至的拜年段子中复制了一条，改了个名字然后逐条粘贴回复。做完这些，沈曜习惯性地点开朋友圈刷了一会儿，里面大多是些庆祝过年或吐槽春晚的消息，不过其中倒是有两条比较显眼的。

一条是秦亦琛发的，内容是“给小人鱼的新年礼物”，配图是一个精致的礼物盒。

想必不会有人知道小人鱼是真的小人鱼，并不是绰号……

另一条是小菌人发的，他和小龙目前身处某座热带地区的岛屿上，第一张照片上小龙穿着一件颇具夏威夷风情的花衬衫，头顶花环，傻乎乎地捧着一个椰子坐在长椅上。第二张照片则是菌人站在椰子上，扛着一根是自己三倍长的吸管准备插进去，碧海晴空的背景让人看着就心情舒畅。

沈曜坐在沈亦清软绵绵的大脑袋上，心情愉快地给他们一人点了一个赞。

# 第十四章

## 忠实读者与整个世界

在海底和巨妖一家过了一个温馨的春节后，沈曜回归了陆地生活。离职之后沈曜拉着沈亦清跑来跑去看房，最后沈亦清拍板买下了一套写字间给沈曜当事务所。这房子的地段不错，就算将来沈曜不想干了，房子放在这里也是能稳稳升值的，怎么都不会亏。

在这之后，沈曜又忙活了一通办公室的装修，事务所踩着夏天的尾巴正式成立了。

事务所开业第一天，窗明几净的办公室里，荣升沈老板的沈曜美滋滋地坐在办公桌后，沈助理毕恭毕敬地端着一杯茶过来，柔声道："老板请喝茶。"

这时，外面传来粗暴的几声门响，沈曜还没来得及说请进，那敲门的人便推门而入，蒋泽胡子拉碴的黑脸探了进来。

沈曜忙招呼人："蒋哥，你怎么来了？"

蒋泽粗声粗气道："你不是开业第一天吗？老子给你送生意来了。"

沈曜活泼地做了个"请进"的动作道："蒋哥快进来说。"

在蒋泽这边沈亦清只是知情人身份，旁听案子不合适，他也没等蒋泽撵，借口买喝的就下楼回避了。他一走蒋泽就往转椅上一坐，朝桌面上拍了一摞卷宗，对沈曜道："案子，自己看。"

沈曜没伸手，小脑袋一偏，笑眯眯地道："蒋哥，委托费？"

蒋泽乐呵呵地厚着脸皮道："一千。"

"才一千啊，"沈曜敛起笑容，佯装哀怨道，"这不就是把奖金换了种说法，改叫委托费了吗？"

蒋泽心虚地咳了两声说："我努把力，给你申请最高级的奖金。"

沈曜："嗯？"

蒋泽神秘地压低声音，仿佛在谈几个亿的大项目，庄重地说："一千五。"

蒋泽见沈曜一脸无语，又道："这受害人挺有钱的，你要是真能帮他把事儿解决了，他私下里肯定得感谢你。"

沈曜若有所思地点点头，确认道："受害人拿钱感谢我？"

"废话，要不然呢？"蒋泽一愣，"没看出来你花花肠子还挺多啊，你想什么呢？"

沈曜扶额答："不是……算了。"

其实沈曜是被这种语焉不详的"感谢"弄怕了，上次帮了菌人和小龙之后他们也说用小龙搜集多年的宝物作为谢礼。沈曜费了九牛二虎之力，好不容易根据菌人提供的那些线索找到了隐蔽得极好的龙窟，满怀憧憬地下去一看，却被装了满满一山洞的黄铜、玻璃球，还有不知道从谁家掰下来的半扇半扇的窗户、白铁皮、水壶内胆，以及占据了垃圾堆半壁江山的大量废弃荧光棒。

"啊啊啊啊！气！死！我！了！"沈小财迷在山洞中撕心裂肺地咆哮。

这么多荧光棒是要我给他们打 Call 吗？！

沈曜甩了甩头，挥去令人心痛的回忆，翻开卷宗边看边道："按规定，我得签保密协议吧？"

"那破玩意儿什么时候签都行。"蒋泽大大咧咧道，沈曜的为人他再清楚不过，所以放心得很，“你先看看，这案子我觉着不算危险，就是难缠。我这边人手不够耗不起，所以想让你试试，反正我看你也闲得慌。”

“蒋哥你会不会说话？”沈曜好气又好笑地一边翻过一页卷宗一边嘀咕。

这卷宗上的案子其实有点搞笑。

本次案件的受害人是一个网络写手，性别男，爱好成谜，这一点从他在晋某文学网站上写小说就看得出来……这位受害人家庭条件还不错，父亲是个暴发户，母亲是家庭主妇，两人都不怎么管教他，对他的未来也没什么规划，所以他大学毕业后就一直蹲在家里写小说。他在网站上人气还不错，文笔好脑洞也有趣，唯一一个要命的缺点就是太散漫，拖延症晚期。他起初只是经常迟更，说好八点更，十点也不更，后来就演变成更新越来越短。别的写手再怎么短每天也都能码出三千字，他也就一两千，再后来他干脆就断更玩失踪，天天在断更的焦虑中唉声叹气地打游戏。

他的一篇连载文就这样断了三个月。

而这次案子的起因就是这篇连载文。

受害人那篇文断更期间，有一个不离不弃的读者在文下不断催更，给他砸了大量打赏，写了好几篇长评帮他梳理后面的剧情，还温和理智地安抚那些因为等不到更新气到黑化破口大骂的读者。最后，这位读者眼看这个坑填坑无望，就跑去受害人的微博下翻他之前说过想写却没写的作品，留评说“如果连载文没有灵感了，不如先挑些别的脑洞写一写”。

按理说，有这样真爱的读者在，任何一个作者都会感动到涕泪横流，产生废寝忘食狂码一百万字的动力，可这位拖延症晚期的受害人只是涕泪横流地继续拖延着……他以为自己只要坚持不出现，将坑文进行到底，这位读者渐渐地也就会把自己给忘了。

他猜得没错，这位读者这样坚持了两个月后，热情似乎被不负责的作者彻底磨灭了，从某天开始，他毫无痕迹地消失了。

他消失了整整一个月。

受害人本以为这位读者不会再出现，可是某天他身上突然发生了一件极其可怕的事。

那天受害人早晨起床，吃了早饭后按惯例去开电脑想玩游戏，可电脑开机后，他惊恐地发现自己的电脑桌面居然被人给换了。

原本的动漫人物桌面被换成了一片压抑的黑色，而在那黑色背景中，满满的全是黑体加粗的血红色字体，字号有大有小，一句又一句凌乱地复制粘贴在黑布般的背景上。

——作者大大求更新！

全都是这一句。

受害人吓了一跳，以为是读者黑进了自己电脑，他先换掉电脑桌面，随即用杀毒软件查杀电脑。做完这些后，他死性不改地打开 Steam 游戏平台，想要继续打游戏。然而游戏平台打开后，受害人再次惊恐地发现平台界面也被一句句的“作者大大求更新”填满了，受害人立刻关闭游戏平台。这次他发现桌面又被换了回来，而桌面上每一个图标下方的名称，也都被换成了“作者大大求更新”……

受害人试图关闭电脑，但电脑的关机键像锈死了一样按不下去，电源插头则像焊在插座上一样，无论如何也拔不下来。

受害人几乎吓至崩溃，他冲到书房门口想逃跑，但门把手也完全无法按动，而且门板上不知什么时候也被人贴了一张大大的字条儿，上面仍然是那句话——作者大大求更新！

受害人大声喊叫求助，却没有得到家人的回应，于是受害人来到窗前试图向外面的路人求助，然而窗外的街道上没有一个人。受害人不甘心地在窗边等待了许久，可他一个人也没有看见，不只是人，连一只鸟、一只苍蝇都没有出现过……

全世界仿佛只剩下他一个活物。

这本该是十分恐怖的一件事，然而就在受害人濒临崩溃时，楼下一株枝繁叶茂的大树忽然在他的注视下落光了叶子，落叶宛如有生命般无风自动，在地上组成了一排大字：求你了，我是第一次追连载。这个脑洞太有趣了，结果就没忍住，现在不上不下的好难受，我真的已经快死了。

这句话的最后面，还加上了一个卖萌的哭泣颜文字。

受害人在看到这一幕后情绪稍稍稳定了一些，因为对方看起来没有要马上伤害他的意思。

他这个念头刚刚产生，窗外就下起了粉白的樱花雨，花瓣不知道是从哪儿飘来的，总之它们像那些树叶一样，也在半空中自动凝聚成形：吓到你了很抱歉，我以为吓你一跳你就会乖乖开始写了。对不起，但我不会伤害你，请你去码字。

受害人小心翼翼地发问：这是什么地方？

没有回答。

受害人：你是催了我两个月的那位读者吗？

没有回答。

受害人：我的家人在哪里？其他人都在哪儿？

没有回答。

受害人：你要我写到什么程度才能饶了我？

半空中的粉白色花瓣消失在空气中，天边的一朵云彩像筋斗云一样活泼地转着圈飞到他眼前，一支水性笔凭空出现在他眼前，将笔尖抵在云彩上自动地写起字来，仿佛有一只无形的手拿着笔一样，一行湛蓝的字被写在云上：你的家人很安全，你交三千字更新出来，我就先放你回去。

受害人：先？意思就是以后还要这样？

没有回答。

受害人只好回到电脑前硬着头皮写小说，电脑里的游戏平台打不开，确切地说，除了Word，他什么都打不开。

逼着自己写完了三千字后，受害人发现自己醒了。

他躺在自己卧室的床上，卧室的门大开着，刚才的一切就如同一场荒诞的梦。

受害人起身，发现自己放在枕边的手机上有好几个未接来电，都是他的父母打过来的，而手机被设置成了静音。受害人没有多想，拿起手机就给他妈妈回拨了过去。

他妈妈的手机铃声就在卧室外不远的地方响起，他妈妈焦急地接起电话问："你跑哪儿去了！怎么电话都不带？"

受害人："什么意思？我在家啊，我刚睡醒。"

他妈妈像见了鬼一样从他的卧室门后露出脸，不可置信地问："你什么时候回来的？怎么一点动静都没有？"

受害人并不是在做梦，由于某种目前不确定的原因，他的身体在那段被禁锢的时间内是真的消失了，而他在梦中绞尽脑汁写下的三千字却完好地保存在现实世界的电脑中。

"他的电脑里真的有那三千字？"沈曜看到这里，用指节在那几行字上敲了敲，梳理道，"假设受害人母亲的供词可信，那么嫌疑魔物显然具有筑造异空间的能力。受害人被禁锢在异空间里写稿，而稿子却真实出现在他现实世界的电脑中，这只有两种可能：一是魔物其实把电脑也带进去了，考虑到他可以带人进去，带个电脑想必也不成问题；另一种可能是魔物也有在一定程度上影响现实世界的能力，不过就算有，限制也一定很多，否则他可以直接在现实世界里禁锢受害人。"

蒋泽点头道："我们觉得是第一种，你先接着看。"

沈曜低头继续看资料。

从那以后，无论白天黑夜，受害人只要一睡觉，就会被拉进那个奇怪的世界禁锢起来。而一旦进入那个世界，他不写满三千字更新就出不来。受害人很快发现了这个规律，为了避免被禁锢，他起初试图抗拒入睡，但人总是要睡觉的。第一次逃避睡眠时他通过灌咖啡清醒地熬了两天，甚至不敢回卧室让自己看见床，却还是在第三天阳光煦暖的午后趴在厨房的桌子上睡着了。

毫无意外地，受害人又被抓进了异世界，可由于太困倦，他干脆在异世界的床上睡了一大觉。半梦半醒间，他隐约听见有人在卧室里放轻脚步从门口走到床边。过了一会儿，床微微一沉，像是有人在床边坐下了。随即，他听见越来越近的呼吸声，好像有人在朝他凑近。然后，镜头快门的“咔嚓”声传进他的耳中。

听起来就好像有什么东西趁他睡觉时偷偷摸过来与他合影一样。

想不睡觉是根本不可能的，但一旦睡觉就会被抓进异世界，虽然受害人没有遭到实质性的伤害，但这种精神上的压抑也足够令他抓狂，所以有一段时间受害人夜晚的睡眠质量很差，而晚上睡得不好势必导致第二天白天犯困。有一天受害人晚上睡过之后，第二天白天也不小心打了个盹儿，结果瞬间又被抓进异世界。认识到自己的处境后，受害人表示自己已经在晚上的梦境中交出了三千字更新，白天打盹不应该被抓进来。

而对这个问题，魔物的回应是：请问……今天可以求双更吗？

受害人冷静回答：不可以。

魔物冷冷地说：问你就是客气一下。

于是受害人含泪多写了三千字更新。

看到这里，沈曜不厚道地笑出了声。

在这种受胁迫的状况下，受害人的精神状态大受影响。心里又急又怕，写出来的更新自然没以前那么好看，有时为了赶快出去他还会故意注水，乱写些有的没的。可魔物似乎并不太介意质量，就算这天的更新实在写得太烂，他也只会给写手留小字条儿语气委婉地小小抱怨一下，并没有过激举动，好像只要有得看就满足了似的。

在被禁锢的这段时间，受害人被迫交出十万字的稿子，将连载文完结了。

原本受害人以为完结之后对方就会放过自己，可在此事发生前，受害人曾在微博上发布了上百个待写梗。在这一篇连载文结束后，魔物将那上百个梗整理出来，让受害人挑一个开始新连载。这时，受害人才绝望地发现，自己再也逃不出被禁锢的怪圈。除非他能在有生之年将上百个待写梗全写出来，否则对方不会放过自己……

受害人寻求过警方与精神科医生的帮助，但他们无不对此爱莫能助。最后察觉到事情可能存有蹊跷的警员将此事上报给特殊事务执法部门，蒋泽才开始负责这桩案子。

沈曜看到这里，再次放下卷宗琢磨起来。

“受害人每次被禁锢都是发生在入睡后，如果不是魔物刻意误导的话，那么……”沈曜用食指摩挲着下巴，回忆起专业知识来，“首先肯定是考虑梦貘，目前已知的十二个品种的梦貘中，有六种只能食梦，没有任何创造能力，有三种可以在纯精神领域筑梦，有两种可以用精神力打通异次元空间让生命体通行，只有一种非常特殊的梦貘可以将精神波动在一定程度上具现化。据研究院前两年的最新研究报告所说，具现化梦貘的精神极度脆弱敏感，所以从有记载以来，这种魔物就从未与人类建立过友谊。它们活在自己具现化出的梦境世界里，除了觅食之外从不和人类打交道。”

而觅食的时候就没有办法了，不管什么品种的梦貘都是以精神力为食的。任何生物都有精神力，但智力越低下，精神力就越稀薄且难以入口。比如一只麻雀的精神力就少得几乎可以忽略不计，且十分苦涩。而人类的精神力吃起来则密度高味道好，一个多梦的人类一天晚上的梦境就可以让一只成年梦貘美美地享受一顿大餐。

梦貘繁衍快，性情温顺，大多数品种的体型大小类似仓鼠，危险评定很低，所以猎魔人不为难它们。近十几年来随着 Z 国文化领域蓬勃发展，人们精神丰富、思维活跃，梦貘的食物来源也充足并稳定起来，繁殖数量呈爆发性增长，比十几年前已翻了好几番。

人类时常会有“夜里好像做了很多梦但醒来却什么都记不住”的情况，这就是被梦貘偷了梦的典型表现。

不过梦貘也不会只吃梦，就像人类不会只吃大米饭一样，梦貘也可以食用人类的情绪、记忆，甚至可以通过阅读人类的书籍，观看人类制造的影视动漫，像给水果榨汁一样汲取其间蕴含的情感，所以文化作品越昌盛，梦貘的数量就会越多。

如果这次案件中的嫌疑魔物真的是一只梦貘，那么受害人的小说就不只是小说，同时还是它的食物。

菜才上到一半，厨师就任性地撂挑子不干了，这放谁身上都是要气得掀桌子的。

“但是那种具现化梦貘应该不会和人类这么频繁地互动。”沈曜秀气的眉困惑地拧起，疑惑地问道，“难道是变异出新品种了？”

“不排除这种可能。”蒋泽道，“这年头污染这么严重，魔物对环境变化敏感，这几年变异率明显高。”

“你们现在调查到什么程度了？”沈曜问。

蒋泽烦躁地抓挠着头皮说：“没什么程度，受害人现在还那样儿，天天一睡觉就被抓进去，在里面“噼里啪啦”敲字，贼勤奋，听说那网站上个月还给他发了一个全勤奖，哈哈哈哈！他现在都被弄得有点儿习惯了，就是咽不下这口气，说什么也想把这个魔物逮出来收拾一顿。”

沈曜嘴角一翘，问：“我们队员都怎么调查的？”

蒋泽一脸沧桑地点烟：“派了几个人，受害人睡觉的时候他们在一边盯着，但是受害人一睡着，他们也马上就跟着睡着，互相抽嘴巴子都拦不住那个困劲儿，可能是被梦貘催眠了。后来就改用监控照着，但平时都好好的，受害人一睡觉监控立马黑屏，人家梦貘都能把精神波动具现化了，想变出来个什么玩意儿挡一下监控镜头那还不简单？反正现在就是屁都没发现，这不就没办法了吗？只能找你们这位已经退役了的金牌猎魔人想想辙了。”

最后一句话蒋泽说得一字一顿，咬牙切齿，痛悔之情溢于言表。

“怎么样，有思路没？”蒋泽问。

“嗯……”沈曜托着下巴，鼓着两个小腮帮子，垂着眼睛不说话，显然也是被难住了。

与魔物斗智斗勇是没有范本可遵循的，尤其是对付梦貘这种一向不犯事儿的温顺种族时，那连参考一下前人的经验都办不到，一切只能靠自己琢磨。

沈曜诚恳地道：“暂时也想不出什么好办法，不然你先带我去见一下受害人？这个案子我接了。”

蒋泽一拍桌子说：“好！我就欣赏你这股劲儿，管他困难大不大，先接了再说，有魄力！”

沈曜浓黑的睫毛微微一扬又垂下，飞速瞥了蒋泽一眼，幽幽地道：“我的意思是先接着试试，干不了就取消委托呗，反正你现在也不是我领导，不能罚我……”

蒋泽看着沈曜那副散漫的懒猫样儿，恨得差点把嘴里的烟蒂咬碎。

沈曜用微信和沈亦清打了声招呼，就下楼上了蒋泽的车，朝受害人家的方向去了。

一直徘徊在楼下的沈亦清立刻偷偷地开车尾随。

半个小时后，蒋泽的车子驶进一个小区，小区中皆是建筑造型精致的低层洋房，环境清雅安静，的确很适合写手搞创作。

蒋泽停好车子，带沈曜走到一户人家门前，敲了敲门。

过了一会儿，门开了，一个头发蓬乱、面颊瘦削的男青年颓废地站在门口，他五官生得其实还算俊秀，只是这副不人不鬼的样子实在太给形象分打折了。男青年眼神飘忽，似乎在看着蒋泽和沈曜，实际上视线都没对焦，仿佛脑壳被掏空。

“这是刚交完他那三千字。”蒋泽扭头低声对沈曜道。

“嘿，醒醒。”蒋泽道。

男青年一个激灵，如梦初醒般朝沈曜望去。

蒋泽一下下拍着沈曜的后背，介绍道：“这位，沈曜，我们队里的金牌猎魔人，之前退役了，现在自己干事务所，看在我的面子上委托费可以给你打个九折。”

男青年忙不迭地请两人进屋坐，又打开冰箱取了几罐冷饮放在茶几上，揉着眉心抱歉地说：“不好意思，没什么好招待的，我最近实在是……”

“没关系，挺好的。”沈曜忙拿起一罐冷饮打开喝了一小口，道，“我们先说案子，请问怎么称呼？”

男青年自我介绍道：“我叫林远。”

沈曜点点头问：“林先生，你是刚睡醒吗？”

林远眉目忧郁：“嗯，刚从那个世界回来，今天实在没什么灵感，写得慢了，被多关了很久。”

接着，沈曜又问了一些卷宗上没有提到的细节问题，包括每次入睡后有没有什么特殊的感觉，魔物除了催更之外有没有和他进行过其他交流，那个狂热的读者在现实中有没有再出现等。

“出事之后那个读者就没有再出现过。”林远的嘴唇抿成薄薄一线，声音中蕴藏着怒意，“我敢肯定就是那个读者干的。”

沈曜正想追问，蒋泽在一旁补充说明道：“这个资料上好像没写，警察那边调查过那个读者，本来是想通过留言的 IP 找到这个人的，结果顺着 IP 一搜，你猜搜哪儿去了？”

“警察局？还是……”沈曜眼睛机灵地一转，用手指朝脚下地面点了点，大胆猜测道，“这儿？”

“不愧是我亲手带出来的！”蒋泽欣慰地拍拍沈曜的肩说，“就是这儿，那个读者用的就是这儿的网。”

“这里肯定已经被彻底搜查过了。”沈曜自言自语着摇头，“但是没用，这个魔物可以在两个世界之间自由穿梭，想躲起来很容易。”

林远焦躁地抓了抓头发，问：“请问，你们是有什么新方案了吗？”

沈曜没有正面回答，只是分析道：“你睡着时，魔物会用催眠手段让看护你的猎魔人睡着，甚至连监控都要控制，这说明它在将你转移进梦境世界时会露出很大的破绽，所以我只要能想办法抗拒梦貘的催眠，就可以抓住这个破绽……”

“我们已经试遍所有办法了。”蒋泽无奈道。

沈曜沉吟片刻，忽然小猫似的眯起眼睛一笑说：“我有一招，可以试试。”

“什么招？”蒋泽忙问。

沈曜得意扬扬地冲蒋泽摇晃着手指头道：“这是商业机密。”

蒋泽这个恨啊！

“林先生晚上大约几点睡觉？”沈曜问。

“十一点左右吧。”林远苦着脸答，一副对睡觉有了阴影的样子。

“我先回去准备一下，今晚十点我过来，看着你睡。”沈曜掏出手机看了看时间说，“这个办法我之前也没试过，不知道可行性如何，只是先试试看，林先生要做好失败的心理准备。”

早已习惯的林远苦笑着点头：“试试看吧，不成功也不要紧。”

晚上十点钟，沈曜准时登门，还带上了商业机密沈亦清。

为了避免可能的麻烦，沈亦清改变了自己的容貌，沈曜对他每次一变脸就往丑变的辣眼睛行为进行了严重抗议，所以沈亦清这次只是从俊美邪魅型变成了阳光少年型，穿着一身清爽的运动装，顶着一张活力四射的嫩脸跟在沈曜身后。

“我助理。”沈曜这样向林远介绍道。

三人进入林远的卧室，卧室正中央摆着一张大床，其他空下的地方则毫无设计感地摆了两张长沙发和几把椅子，显然是这些日子临时拖过来给保护他的猎魔人休息用的。床上方的天花板上还安装着崭新的监控设备，镜头正对着床。

沈曜正感叹着林远在这种状况下居然还能睡着，神经也算够坚韧了，林远便从床头柜里翻出安眠药顺水吞服，抹去嘴角的水渍，自嘲地笑了笑道：“最近不吃药睡不着。”

沈曜报以同情的微笑。

林远钻进被窝关上床头灯，沈曜则和沈亦清肩并肩坐在床边的沙发上。林远贴心地在沙发旁留了一盏落地灯照明，卧室里的光线柔和暧昧，安静得落针可闻。林远起初在被窝里不安地来回翻了一会儿，床的方向不时传来衣料摩擦的声音，然而随着安眠药渐渐发挥作用，林远终于沉沉地睡了过去。

床的方向安静下来后，沈曜悠悠地打了一个大哈欠。

沈亦清问，“困了？”

“我去隔壁客房睡一下，你在这儿看着。”沈曜一字字清楚地说着，仿佛是故意说给谁听的一样。说完，沈曜从沙发上起身，手插在裤子口袋里快步踱出林远的卧室，裤口袋中的手指触着一小包软绵绵的东西。

沈曜走出林远卧室没一会儿，沈亦清的眼皮便开始打架。他似是很困倦般地使劲眨了几下眼，又用手掌狠狠地搓脸。最后他干脆站起来，哈欠连天地绕着沙发来回走。然而才走了三圈半，沈亦清便一头栽倒在沙发软垫上不动了。

另一边，沈曜走进隔壁备好的客房，在床边站定，从裤子口袋里掏出事先准备好的一小包粉末。粉末是黑色的，其间散碎着星辰般晶莹的微光——这是之前沈曜带菌人去黑市向老侏儒购买情报时顺来的魔力粉末，体内没有魔力的人类也可以利用这种粉末施放魔法。沈曜咬着嘴唇，勉力用疼痛对抗越来越强烈的睡意，并将黑色粉末尽数倒在自己手心。随即，沈曜背诵起菌人抄给自己的魔法咒文，边背边微微倾斜手掌，将掌心的粉末缓缓朝地面倒去。在离开沈曜手心的一瞬，那些粉末宛如被咒语的声浪点燃了一般，忽地腾起一团团淡紫色的火焰，有几簇烧得太旺的火苗还舔到了沈曜的手部皮肤。但那火苗没有丝毫热度，反倒像一缕缕潮湿微凉的水雾……

咒语的最后一个音节念完的一刻，沈曜不再抵抗梦貘的催眠，仰面直直地栽倒在客房的床上，一秒钟便睡了过去。

在入睡前使用这种操纵梦境的魔法，就可以在睡眠中保持清醒的意识，并且可以在梦中通过与之相反的“脱离梦境魔法”迅速唤醒自己。

既然人类的大脑没办法对抗这种梦貘的催眠，那不如干脆顺应催眠睡过去，然后……只要再以最快的速度醒过来就行了！

看似已经陷入沉睡的沈曜在梦中用意识吟诵起脱离梦境的魔法，紧握在手心中的剩余黑色粉末再次燃烧起来。沈曜的整个拳头都被紧攥的紫火映得透亮，甚至可以清楚地看到拳头皮肤下的血管与骨骼……沈曜只睡了半分钟不到，就在魔法的作用下猛地醒过来，霍地从床上坐起身，边朝外走边掏手机看时间。在确认计划成功后，沈曜蹑手蹑脚地走到林远卧室门口，透过自己离开时留下的门缝悄悄朝里看。从这个角度，沈曜只能看见床前的沙发，而沙发上的沈亦清已经坐起来了。

北海巨妖的脑部构造与人类差别巨大，沈曜只是抱着试一试的心态带着沈亦清来的，结果梦貘果然无法催眠巨妖，而装睡的沈亦清坐了起来，也就意味着自己不需要再装了。

沈曜立刻推门而入，目光朝床的方向扫去，眼睛缓缓瞪大了——林远像面条一样从床边软绵绵地滑落到地板上，随即仰面朝天地闭着眼睛朝床底缓缓移去。而他的身体与地面之间隔着一小段距离，就仿佛他身下有什么东西在托着他行动一样……

两人齐齐朝地上的林远扑去，沈亦清将林远整个人拎了起来，在下方托举着林远身体的魔物也随之露出了真面目——地板上，十几只惊慌失措的梦貘“吱吱”地尖叫着四处乱窜，机灵些的“咻”地钻进床底不见了，笨些的则吓得围着沈曜的脚转圈狂奔，还以为自己已经跑出去了老远，有一只特别胆小的小崽儿居然吓得原地尿了出来，将地面洇湿了一块。沈曜眼明手快一通逮，右手一口气攥住五条尾巴，但左手却只攥住一条。

这是因为沈曜左手抓的这只梦貘特别胖，体型是其他梦貘的三倍不止，但尾巴粗细却没怎么变，沈曜怕提溜着尾巴会把它的尾巴扯断，只好用左手把它整只牢牢抓住。

成功逮捕了六个犯罪嫌疑魔物后，沈曜趴跪在地上，歪着脑袋往床底下看。

此时此刻，床底本该铺着木地板的地方却被梦貘用精神力扩出了一个向下的大洞，那洞的模样相当怪异，它的面积足够一个成年人通过。从沈曜的角度看过去，看不出里面有多深，而洞壁则被流动的明亮色彩充满了，很像是电影里经常出现的那种时空隧道。

刚刚成功逃脱的那些梦貘就是钻进了这个洞里，想必这就是连接现实世界与梦境世界的通道，洞边有一只小梦貘正人立而起，焦急地朝沈曜手里那六只同类挥爪，眼见它们都没办法逃跑，而且沈曜还大有钻进来抓自己的意思，这只小梦貘只好泪眼汪汪地抛弃了同伴，“吱吱”叫着跳进洞里。它的小身体刚一进洞，洞口便以极快的速度关上了，床底仍旧是排列整齐的木地板，刚刚的一切仿佛从未发生过。

“亦清，你想办法把林先生弄醒。”沈曜道。

沈亦清把林远放在床上，挠他痒痒，林远不安地闭着眼睛扭动起来。

沈曜晃了晃手里的几只小梦貘，好气又好笑道：“组团来偷人？知不知道你们都摊上大事儿了？”

梦貘们被吓得“吱吱”乱叫并在沈曜释放的压力下一只接一只地昏了过去。梦貘的模样介于仓鼠和松鼠之间，身子肥嘟嘟的有些笨拙，脸盘宽，眼睛大，爪子粉白透亮，这些特征比较像仓鼠。而它们的尾巴粗又蓬松，耳朵尖上有成簇的茸毛，这些特征又有点儿像松鼠。它们的毛色都是一种淡淡的水晶紫，有些身上有浅浅的斑点和条纹，有些就是纯色。

沈曜左手那只最肥的梦貘“吱吱”叫了两声，小黑豆眼中写满了惊慌，见沈曜听不懂梦貘语，它便张开三瓣嘴，用人话道：“事情全是我一个人做的，它们只是帮忙而已，请你放开我的家人。”

“不好意思，你们六个一个也不能少，全得跟我去特殊事务执法大队走一趟。”沈曜冷酷地说着，并用手掂了掂这只小胖子，道：“你怎么这么胖？”

随着沈曜左手这个掂的动作，梦貘身上的小肥肉也跟着一通乱颤，就像个软乎乎的温水袋一样，脂肪从东流到西，再从西流到东。梦貘被沈曜说胖，立刻用两只小得可以忽略不计的爪子拼命去捂自己胖胖的小白肚子，不高兴地瞪大了黑豆眼道：“我只是……有一点微胖，我是我们家族的美食家。”

梦貘和仓鼠一样能生，所以一个梦貘家族往往是十分庞大的，一个普通规模的家族也许会有几百只梦貘，大规模的家族更不用说。

梦貘的三瓣嘴飞快地翕动着，一个问题接一个问题地抛出来说：“你们是猎魔人？你们要对我们做什么？你们是怎么能对抗催眠的？”

“对你们做什么？”沈曜慢悠悠道，“应该是做你们对林先生做过的事，把你们关起来一段时间，好好让你们接受接受教育。”

“可是……可是……”小胖子在沈曜手上挣扎着扭来扭去，黑豆眼中满是不解地说，“明明是他写到一半不写了，他有错在先，我只是想了个办法让他继续写而已。”

这时，林远终于被沈亦清弄醒了，他困倦不已地睁开眼，朝有声音传来的方向望去，沈曜手中的梦貘正委屈地控诉着林远的“恶行”：“我们全家人都等着他的更新吃饭呢，他的小说那么好吃，我吃了一口就喜欢上了，还带回家介绍给家人们吃。他害得我根本吃不下别的小说，可他偏偏一断就是三个月，我和我的家人把他过去的作品嚼了一遍又一遍，嚼得一点儿味道都没有了。我实在是再也无法忍耐，所以才把他关起来的。我因为那三个月吃不下饭，都饿瘦了……”梦貘越说声音越小，说到最后这句时心虚地用粉色的小爪爪捂住脸，仿佛也知道自己实在和瘦搭不上边。

林远像个游魂一样从沈曜身后飘出来，眼中精光迸射，咬牙切齿地瞪着那只梦貘道：“就是它干的？”

梦貘吓得一缩，语无伦次道：“不是我！”

“我真是恨不得把你捏死……”林远从牙缝里挤出几个字来，伸手抓过那只梦貘愤恨地捏了一把。

手感还挺好的！林远又愤怒又舒服地想。

这时，林远手里的梦貘身子猛地一扭，肥嘟嘟的小身子“啪”的一声跌在地板上，沈曜见状忙一脚踩住它的尾巴防止它逃跑。

林远去主卧把自己的父母叫醒了，沈曜向担惊受怕了两个月的夫妻俩简要说明了情况并表示具体情况要回队里说，然后六人一起上了沈亦清的车。沈亦清今天碰巧开了辆七座的车来，他开车，林爸爸坐在在副驾驶座，沈曜坐在最后一排监控全局。

车子停在执法总队门前，沈亦清在车上等，另外五人走进值班室，负责值班的几个人都是沈曜的老队友，之前也或多或少跟进过这个案子，很快就摸清了前因后果。五只昏睡中的梦貘被送走暂时拘押起来，清醒的这只则哆哆嗦嗦地开始交代犯罪经过。林远一家三口也去做了笔录，做完笔录后，值班的猎魔人客气地将三人带离询问室，引着他们朝走廊尽头的一个小屋走去。那小屋的门上挂着一个写着“休息室”的小牌。

“等等……”林远隐约觉得不妥，不安地问：“我们这是要去哪儿？”

猎魔人和气地笑了笑，道：“等一下可能还会有一些问题要询问三位，请你们先在休息室等一下。”

站在走廊拐角处的沈曜闻言冒了出来，冲林远勾了勾手指，道:“林先生，来一下。”

那猎魔人“啧”了一声，苦笑道：“沈曜你又来添乱子。”

林远越听越觉得不对，忙疾步走到沈曜身边，他父母却是跟着那个猎魔人朝休息室走去。

“他要带我爸妈干什么去？”林远急忙问。

“消除他们这段时间的记忆啊！”沈曜伸出食指点点自己的太阳穴，“所有和这件案子有关的全得消掉。”

林远担忧道：“怎么消？对身体有副作用吗？其他记忆受影响吗？”

“没有副作用，就一道光一闪，精准消除和案子有关的记忆，不影响别的，不过可能会视情况植入一点假的记忆，好让他们回忆起来连贯。”沈曜道，“其实按规定你也得消，刚才要不是我把你叫住了，你这会儿已经把梦貘的事给忘了。”

林远：“所以你是为了不让我被人消除记忆？”

沈小财迷幽幽道：“主要是你委托费还没给我呢……”

沈曜在手机计算器上打出一串数字，道：“成功帮你解决了睡眠问题，这个价格我觉得很公道。”

林远噎了一下，道：“我现在手机转账给你。”顿了顿，林远问，“那只梦貘，要怎么处理？”

沈曜道：“它的行为比较严重，按照常理来说，应该会处以长达三年以上的监禁。”

“要关它三年以上？”林远一怔，“那么长时间？”

他确实被那小梦貘折腾得不轻，可在此之前，那只梦貘一直是他的忠实读者，林远还记得自己在最低落的时候那只小梦貘是如何天天来文下给自己打气的，又是如何帮他维护评论区的秩序，好言劝慰对他破口大骂的人，林远也记得那些长评——几乎他每更一章，小梦貘都会奉献出几百到一千字真情实感的长评，还拼命给他打赏。

对于写作者来说，忠实到这种地步的读者，那哪里是读者，那简直就是亲人……

林远断更装死这么久，对这位读者心有愧疚，虽说这位读者也没轻饶了他，但这么相爱相杀过也基本算扯平了。林远是打算和这小梦貘好好说道说道，教训教训它，但没想让它在监狱里蹲三年。林远能感觉到那小梦貘并非真的对自己抱有多么大的恶意，只是没掌握好“惩罚”自己的度。

“怎么了？”沈曜问，“你觉得多？”

林远挠挠头：“它如果不是那个读者，我觉得三年不多，但它……”林远为难地吐了口气，“怎么说呢？它的手段是太偏激了，但我也有问题，它以前那么支持我，我觉得它不是真的想害我……三年是不是太长了？”

顿了顿，林远磨着牙道：“我觉得在仓鼠球里关它俩月就差不多了。”

沈曜笑了笑：“你想帮它求情？”

“能求吗？”林远道，“能求我就求一下。”

沈曜向林远介绍了一下D、E级魔物的监护人制度，道：“如果你愿意写谅解书，并且承诺在今后以魔物监护人的身份对它的行为进行监督，它可以得到缓刑，在缓刑期内只要它不再触犯相关的魔物条例，就可以免除监禁的惩罚了。”

“我觉得应该可以……你让我想想。”林远摸着下巴。

沈曜继续道：“如果你成为魔物的监护人，你就可以保留与魔物相关的记忆，不用像你父母一样被消除记忆，不过这种情况要签保密文件，泄密算违法，性质很严重。”

林远闻言，眼睛一亮。

他是个思维天马行空的写手，对这些神秘事件向来充满好奇，他从小学时就开始搜集《科幻世界》，念书还加入过学校的神秘现象研究社团，猎魔人、梦貘、特殊执法大队、魔物……新世界的大门已经在眼前缓缓开启了，他不想这么简单就忘记一切，之前听沈曜说要消除记忆他还可惜了一把。

“那……”两全其美，既不用让梦貘受太重的惩罚，又可以不消除记忆，林远一咬牙，应承下来，“那就这么定了吧？”

沈曜意料之中地点点头说：“跟我来，我找人给你办手续。”

抱着要把第一单生意做到完美的心态，沈曜向值班队友简要说明了林远的意愿，队友二话没说就去给林远准备相关文件了。

虽然林远写了谅解书，但犯事儿的梦貘也不可能立即释放，口供要一五一十地记录，同伙也都得交代明白，用来建立犯罪记录，所以林远把需要办的都办好后就和父母一起被送回家等消息了。梦貘和它的同伙们在把事情全部交代清楚之前还要在魔物拘留所里关上两天。

魔物拘留所中有针对各种魔物设计的专门拘留室。关押梦貘这一类可以用魔力开启通道的魔物时，用的就是墙壁以特殊材料建造的拘留室，这种材料可以像海绵吸水一样吸走流经其上的魔力波动，梦貘没办法在这样的墙壁上开洞逃进异世界。

梦貘和五个同伴被一起关进了拘留室，五个精神敏感的同伴还没从被捕的惊吓中缓过来，仍然昏迷着。这只精神和体重一样强大的梦貘一踩到拘留室的地面就被迫变回了原形，肥嘟嘟的小毛球委顿在地上，用粉爪子揉着白肚皮小声地问："我肚子饿了，有什么我能吃的吗？"

被问到的猎魔人挠挠头，去办公室翻了半天，塞给梦貘一本《新华字典》。

梦貘的黑豆眼瞪得溜圆，用爪子捧着字典，惊呆了说："这……这和人类吃草根、啃树皮有什么区别？"

简直就是虐貘！

猎魔人无情地关上门。

梦貘想凝聚魔力具现化出手机看林远的小说，但手机刚具现化出一个钢化贴膜，梦貘剩余的魔力就被拘留室的特殊材料吸光了。梦貘把空有一个贴膜的"手机"往地上一丢，含泪翻开《新华字典》吃起牢饭来，粉爪爪一篇篇翻着页，三瓣嘴里虽然看似什么都没吃，却也随着翻页的动作不断嚼啊嚼。从"a"的发音开始，阿啊哎唉安昂奥……梦貘干嚼了半天，却感觉腹中空空。

人类嚼树皮好歹还有点树皮的味道，这《新华字典》可是什么味儿都没有，还填不饱肚子，吃了和没吃一个样儿。小胖子不甘心地咀嚼着，肚子咕噜噜地叫，小黑豆眼中蓄满了泪水，决心出狱后痛改前非，重新做貘，再也不要被送进这种地方来了。

两天后，林远接到通知，来带梦貘回家了。

按规定他不能向自己父母泄露这件事，虽然在家里就算说了这些猎魔人也未必会知道，但林远不想惹麻烦。他把肥嘟嘟的梦貘塞进怀里带回家，回了卧室关上门，才把梦貘从外套里放出来。

前两天在执法总队表明了自己想成为梦貘监护人的意愿后，林远得到了一本专门为他临时打印的手册。上面是一些与梦貘相处时的注意事项，以及梦貘这种魔物的介绍。林远这两天把小册子翻来覆去看了好多遍，都快背下来了，但真的与这神奇的小东西独处时，林远还是不可遏制地有些紧张。

梦貘从林远外套里"啪"地掉在床上，肚皮朝下趴着，周身流动的肥肉在床单上缓缓摊开，整只梦貘看起来就像一张大圆饼。

林远忍不住用手指轻轻在圆饼上戳了戳。

隔着柔软得像一薄片梦一般的毛皮，林远能感觉到梦貘皮下小巧纤细的骨骼，这小东西骨架其实小得很，那蓬出来的部分全是皮毛和脂肪，林远像怕把梦貘戳坏一样收回手，道："起来吧。"

梦貘人立而起，摊在四周的肥肉立时流水般堆积到下方，梦貘揉了揉瘪进去的肚皮，忍着饥饿先道谢："谢谢你写了谅解书，不然我和我的家人肯定要在里面待很久。"

林远不自在地咳了一声，在床边坐下："嗯。"

梦貘跑到林远大腿上，用两只小爪子把林远的一根手指头抱进怀里，耷拉着眼皮蔫蔫地小声道："我知道我错在哪儿了，我不应该擅自把你抓进梦境世界关起来，不该吓唬你，不该强迫你更新，我错了，对不起，什么时候更新是你的自由。"

"呃……喀。"林远清了清嗓子，有点别扭。

林远最愤怒害怕的时候是刚被梦貘抓去的那段时间，后来发现自己不会受到实质性的伤害，他也就渐渐不那么激动了，只是被这么打扰着睡眠质量一直不好，而且心里窝着一团火没处发泄，把这小东西抓出来就是为了好好拿它撒撒气。可林远是个软性子，罪魁祸首若是和他硬气，他倒是能跟着硬气起来狠狠斥责一顿，但对着这么个可劲儿卖萌讨好的小东西，林远实在是发不出脾气，加上自己无故断更三个月也的确欠顿收拾，所以他本来想把这事揭过算了。但此时此刻被对方如此认真地道歉，林远又觉得自己如果一秒就表示原谅也不太像话，高低也要先谴责一下，才能符合自己受害人的身份。

"你能原谅我吗？"梦貘用毛茸茸的脸蹭了蹭林远的手背，又用粉色的小舌头舔舐林远的指尖，撒娇地说，"你消气了吗？"

林远思量片刻，为了防止心软演不下去，别开视线不看梦貘，故意把脸上线条板得平直冷硬，语气凉凉地道："我被你折腾了两个月，哪能这么轻易就消气。"

梦貘的黑豆眼眨了眨，问："要怎么做你才会消气？"

林远恶趣味地道："我也要好好关一关你。"

说着，把梦貘放进事先买好的大型仓鼠笼，这仓鼠笼其实就是一个封闭的淘气堡，内里分成三层，有各种楼梯、滑梯、走廊、小屋子、滚球……

梦貘用小爪爪扒住门，可怜兮兮地盯着林远看，蓬松的粗尾巴在肥嘟嘟的屁股后面不住地摇啊摇。

"在里面好好待一会儿，反省一下。"林远把脸拉得老长，故意冷冷地责备道，望着梦貘的眼睛里却盛着一丝若有似无的笑。

梦貘在笼中呆立片刻，湿润的黑鼻头小狗似的翕动着，它闻了一会儿，忽然用小爪子在空气中抓了两把，然后把一团空气塞进嘴里，一脸餍足地嚼了起来。

"你在吃什么？"林远问。

他的确是从手册中学习了梦貘的习性，知道它们不吃实体的食物，但眼见梦貘把空气往嘴里放，存在思维惯性的林远一时间还是没反应过来。

小胖子惬意地眯起黑豆眼，道："吃可爱。"

林远虽然有听没有懂，但还是被梦貘的表情狠狠地可爱了一下！

"又来了！"小胖子又抓了两团空气忙不迭地往嘴里塞，边吃边支支吾吾地品评，"纯可爱最好吃了，又香又暖，像芝士奶霜，就是纯的太不好找……嗯——好吃！"

毕竟是美食家，小胖子吃东西时都是习惯发表一番评论的。

林远这才隐约回过味——梦貘会以人类的情绪为食。不过情绪这东西比较复杂，一个人很少会有百分之百沉浸在某种情绪中的时刻，大多数时间都是几种情绪共存，而刚才自己的确是发自肺腑地觉得这个小家伙特别可爱，那么梦貘现在在吃的应该就是"觉得某人很可爱"的甜美情绪。

"我可没觉得你可爱。"林远连忙否认以维护自己身为受害人的尊严。

"你瞒不了我的。"梦貘把两只小爪子叉在腰的位置上，挺着洁白柔软的小胸口，十分恃宠而骄地说，"你已经不生气了，生气是苦的，我刚才吃到的‘可爱’一丁点儿都不苦！”

林远无奈扶额。

人类无法对梦貘隐瞒情绪，这一点林远也在手册里读到了，不过不亲自体验一次还是没办法切实感受到梦貘的能力。

“你都不生气了，就把门打开嘛。”小胖子像个囚犯一样用爪子抓着组成门的细铁条。

“休想。”林远冷酷道，并对小胖子进行了为期五分钟的监禁！

五分钟后，林远把门打开，把小温水袋似的梦貘拿在手里捏来捏去，问：“还没问你，你有名字吗？”

梦貘：“当然有，我们全家都姓孟，因为我爱吃甜的，所以我爸妈给我起名叫孟糖。”

林远笑着说：“怎么不叫孟甜？”

梦貘疑惑地说：“我姐姐叫孟甜。”

林远一时无语。

“刚才那几口‘可爱’不够吃。”孟糖揉着饿了两天的瘪肚皮，眼睛亮晶晶地问，“你这两天更新了吗？”

林远点头答：“嗯……日更一万。”

“我要吃！我要吃！”孟糖激动地在床上蹦来蹦去喊，身上的小肥肉好一顿颤悠。

林远掏出手机点了几下调到书城页面打开自己的小说，递给孟糖，孟糖捧着手机大快朵颐，看更新的全程嘴就没闲着，一直嚼个不停，最神奇的是林远隐约能听见孟糖咀嚼的声音，听起来脆脆的，汁水四溢，有点儿像人类啃苹果。

孟糖吃着更新，幸福得泪流满面，感动道：“你真是个好人。”

林远凶巴巴地盯了它一眼，道：“谁好了，我这人最记仇，以后你给我……一天五分钟哈，去那仓鼠笼里关着去。”

孟糖叽里咕噜地滚到林远腿上，两只小爪爪放在胸前，摆出一个感恩的姿势，道：“但是你为我写了谅解书！”

“写是写了，”林远不愿意承认自己已经消气了，黑着脸道，“但是我写那个谅解书主要是因为，如果我不当你监护人的话他们就会马上把我的记忆消掉。我不想，我觉得这些记忆挺好的，所以才申请缓一个月……”

孟糖有点困惑地问：“就是因为这个？”

林远点头如捣蒜答：“嗯。”

孟糖用乌溜溜的眼睛看着他，道：“我能恢复生物被消除的记忆，就算他们消了你的记忆也不怕，我可以找回来。”

“哦。”林远神色略尴尬，顿了顿又疑惑道，“手册上没写你有这种能力。”

“我是基因变异的梦貘，全族可能也就只有我一个会恢复记忆，”孟糖高高挺起胸口，自豪地道，“我的肉可不是白长的！蜘蛛侠说过，能力越大，体重越大嘛。”

林远被孟糖骄傲的模样逗笑了，心想这都哪跟哪，蜘蛛侠什么时候说过那个。

林远本来是写剧情流小说的，以脑洞清奇情节紧张刺激为卖点，主角谈恋爱的戏份很少。他写了三年小说，一直都是坚持这样的题材和文风。但自从家里养了一只小梦貘，林远就总想着要让孟糖多些口味选择，就什么类型的短篇都写一点，有麻辣烫口味的讽刺小说，有鲜甜芬芳的水果味散文，有清凉解暑的冰激凌恐怖小说……毕竟孟糖嘴巴挑，不喜欢吃别人写的东西。

在有了稳定且口味丰富的投喂后，孟糖吃起东西来越发肆无忌惮，胃口越来越大，每天尽围着林远转悠了，左一口，右一口，一天到晚嘴巴就没个闲的时候。

这天，林远正坐在电脑前专注码字，一个圆润蓬松的毛球从桌边叽里咕噜地滚过来，把鼠标远远地一拱，自己待在鼠标原先的位置缩成一个毛茸茸的团子。林远一直紧盯着屏幕没留意旁边的变化，写了一会儿突然想查个成语，习惯地朝鼠标一伸手，却抓到一把软绵绵热乎乎的小毛球。

孟糖发出声：“吱。”

林远的心脏瞬间就被萌化成了一汪水，可爱的情绪如火山喷发般轰然释放，乳白绵软如云朵的芝士奶霜以林远为原点喷泉般腾起直冲天花板，又飘飘悠悠地落下来，积得满屋子都是。从梦貘的角度看过去，林远的书房就像下起了一场芝士奶霜的暴雨。

孟糖仰起小脑袋，张大嘴巴在书桌上跑来跑去地接“可爱”吃，边吃边惊讶道：“怎么产了这么多？我都吃不过来了。”

“为什么这么多，你心里没点儿数吗？”林远字也码不下去了，掏出手机专注地给孟糖拍照录视频。

孟糖人立而起，把两条小粗胳膊张开，了然地比画道：“原来我有这——么可爱！”

“天啊……”林远不禁发出一声被萌到无法自理的呻吟。

“可惜我们的存在不能让普通人类知道……”孟糖用小爪爪捧着可爱，可惜道，“不然我们全家都能以卖萌为生了。”

林远按着“怦怦”狂跳的心脏道：“我看我就够养活你们全家了。”

孟糖吃了个滚瓜溜圆，整个貘的体积差不多是吃饭前的1.5倍。吃饱后，孟糖挺着小肚子跑回梦境世界把全家老小都拉过来，上百只软萌的紫色毛团子在林远的书房里撒着欢儿吃“可爱”。林远的码字空间被严重侵占，最后抱着笔记本电脑跑去客厅码字，留梦貘一家在书房狂欢。

因为吃得太放纵，所以孟糖这一个月不到的时间里又长胖了一圈，从林远的一个拳头大变成了一个半拳头大，捧在手里越发像一个盛满了水的温水袋。

在发表了今日份的减肥宣言后，孟糖雄赳赳气昂昂地钻进林远专门为自己定制的大号仓鼠球里，撒开四条小粗腿儿开始奔跑，仓鼠球疯狂旋转，发出呼呼的风声。孟糖一身小肥肉随着跑步的动作乱颤，喜感十足。林远做了一杯热咖啡捧在手里暖着手，在一旁构思剧情，时不时地给气喘吁吁的孟糖加个油鼓把劲，气氛温馨和谐。

孟糖在仓鼠球里跑了半个小时，一身淡紫色的软毛被汗水浸得发亮。

“辛苦了。”林远从书桌抽屉里翻出一个厨房用秤道，“称称。”

这种厨房用称的计量比较小，最多只能称十斤，但相应的也比较精准，正适合孟糖称体重用。林远估计着孟糖刚跑完出了一身大汗水分挥发了不少，体重肯定比跑步前轻，这个时候称一下体重对鼓舞士气有帮助，所以才催着孟糖称。

孟糖乖乖地上了称，一看，轻了足足四十克！

“我瘦了四十克！”小胖子兴奋得在原地转圈圈。

“不错不错，糖糖真厉害。”林远很捧场地鼓掌。

孟糖骄傲地用两个爪爪叉在理应是腰然而没腰的位置上，理所当然道：“瘦了四十克，这可得庆祝一下。”

语毕，孟糖啊呜一口，吃了一大坨可爱。

于是，等小胖子庆祝完了再一上称，体重又多了一百四十克。一进一出，减肥比不减反倒多出一百克。

显然小胖子这辈子减肥无望了！

一个月的时间飞一般地过去了，这天晚上林远接到了沈曜的微信，沈曜贴心地询问他和孟糖相处的情况，有没有什么需要自己售后服务的地方。林远挠挠头，表示自己与孟糖相处得很愉快。

这时，孟糖扯着林远的衣角一路爬到他的领口，钻进林远的衣服里，只从领口露出一个小脑袋，大大方方地睁着一双黑豆眼看林远的手机。

因为梦貘具有感知情绪和在一定程度上探索记忆的能力，所以梦貘一族没有什么“隐私”的概念。孟糖觉得看手机是很寻常的事，而林远手机里没有任何要瞒着孟糖的东西，所以也不介意被看。

“这是那个抓我的猎魔人吗？”孟糖问。

“嗯。”林远用指头轻柔地抚弄着孟糖脑门儿上软软的头毛，含笑道，“这个猎魔人挺好的，还帮我出主意，给你缓刑。”

孟糖仰起脸舔了舔林远的手指，问："那我要谢谢这个猎魔人吗？"

林远点点头："我已经给过委托费了，不过你确实应该跟人家说声谢谢……"

"哦。"孟糖用小爪爪托住自己胖嘟嘟的腮帮子，想了想道，"我那天晚上入侵过这个猎魔人的精神世界，看见记忆区域有很多块被人为隐藏的部分，这个人如果想把那些记忆找回来的话，我可以帮忙。"

在梦貘看来，沈曜的童年记忆中有很多被遮蔽的部分，打眼看上去就像蓝天中飘着许多云絮，而那些就是被沈俞明用记忆消除仪"消除"掉的部分。这种仪器名字中虽然带有消除二字，但承载着记忆的细胞是无法在不伤害大脑的基础上被抹去的，所以记忆消除在本质上其实是一种记忆掩盖。

林远把孟糖的话复述给沈曜。

沈曜吃惊地说："孟糖还会这个！"

林远："孟糖是基因变异过的，和其他的梦貘不一样……你想要找回被掩盖的记忆吗？"

另一边，沈曜从沈亦清的触手沙发上激动地跳了起来。

"怎么了？"沈亦清问。

沈曜把手机屏幕往他眼前一放，目光灼亮道："我可以恢复记忆了。"

沈亦清微微眯起眼，快速扫视着屏幕，此前他对沈曜忘记了他们相濡以沫的过去一事表现得一直耿耿于怀，眼下有机会让沈曜想起来，沈亦清却没有流露出什么喜悦的表情，沉静的目光带着一丝忧虑。

"你给点儿反应啊！"沈曜戳戳他。

沈亦清神色郁郁的，轻声道："很疼的。"

沈曜说："什么？"

"那些实验室里的记忆，"沈亦清抚了抚沈曜的头发，不舍地道，"你想起来了也许会不开心，让我自己记得也没关系。"

沈曜捞起沈亦清的一条触手紧紧握住，目光澄净："我想真的记得你，不只是听你说。”

沈亦清想说点什么，最后却只是抿紧了嘴唇，他垂眸望进沈曜澄净的眼底，又多伸出几条触手在沈曜身上缠了几圈，仿佛恨不得把沈曜裹成一个茧仔仔细细地藏起来。

“我没那么脆弱。”沈曜笑了笑，“我现在这么幸福，过去的经历不会影响我的。”

见沈曜心意已决，沈亦清便温和地嗯了一声，道：“也好。”

沈曜舒舒服服地蜷回沈亦清的触手沙发上，又用手机与林远确认了一番恢复记忆的具体细节。梦貘一族根据自身体质的不同或多或少有探索生物记忆的能力，有的梦貘能探索得多一些，有的梦貘只能看到一点点。不过梦貘探索人类记忆时的感觉大致与人类走在街道上看着一排排建筑物的感觉类似——根据建筑物的外形能大体了解到建筑物的功能，比如这座楼看起来像医院，那座楼看起来像学校，但是如果没有得到门卫的同意，就无法走进去查看细节。行走在记忆世界中的梦貘也一样，只能大概知道是哪种类型的记忆，但记忆主人不允许的话，便无法窥探到细节。在梦貘眼中，沈曜童年的很大一部分记忆就如同被云雾遮蔽的建筑一样，而普通的梦貘没办法消除这些云雾。

“我可以把那些遮挡你记忆的东西吃掉。”两天后的上午，林远家中，肥嘟嘟的小梦貘叉着腰傲然道，“这个东西其他貘都不会吃，只有我知道怎么吃。”

所以归根结底，还是一个“吃”字……

专程来找孟糖帮忙消除记忆的沈曜嘴角微弯，忍笑问：“这东西好吃吗？”

“没什么味道，就像你们吃大米饭。”孟糖托着胖脸蛋回忆道，“我小时候和我的家人住在一所学校的寝室楼，我那时候觉得好玩儿吃过几次这种记忆遮掩物，被我吃的那个学生后来变成学霸了……”

学过的知识点全都记得一清二楚，想不当学霸也很难！

林远的嘴角翘了翘，用指头搔搔孟糖的肚皮，孟糖立刻像小猫似的一骨碌翻了过去，仰面朝天袒露出白软的肚皮任林远挠挠，还时不时地从嗓子里发出满足的咕噜声。

几分钟后，按照孟糖的要求，沈曜去林远家客房的床上躺下了。找回记忆时沈曜需要处于被催眠的状态，因为在这样的状态下孟糖才能更加顺畅地进入沈曜的精神世界并吞食里面的东西。

像那天晚上一样，孟糖对沈曜进行了催眠，沈曜不加抵抗，头一歪便睡了过去。孟糖的黑豆眼一暗，细细地检索起沈曜的精神世界，在找出了存在记忆遮蔽的那些部分后，孟糖伸出粉白的小爪子在虚空中一抓，把一团空气往嘴里一塞，随即三瓣嘴飞快地动了起来，在这样的举动重复了十几次后，孟糖冷静地宣布："我吃完了。"

沈亦清身体紧绷的线条略微放松，伏在沈曜耳边低声呼唤。与此同时，小胖子美食家自言自语地点评道："覆盖着那些童年记忆的东西有一股淡淡的苦味，这是童年过得很苦的证明。"说着，孟糖话锋一转道，"不过最近一年的记忆味道可真好……又甜又香，我很少见到这么美味的记忆。"

沈亦清一怔，瞪着孟糖问："你吃了？"

"我可没乱吃！"孟糖被沈亦清陡然充满敌意的目光吓了一跳，吸溜着口水道，"我就闻了一下。"

这时，沈曜成功地被两人的说话声吵醒了。

暖黄的阳光将客房的床分割成两个梯形的色块，沈曜坐起身，整个人沐浴在阳光中。乌黑的发被渲染成深深的褐色，发丝的间隙透着绒绒的光。

"感觉怎么样？"沈亦清凑近了些问，语气微微发颤。

沈曜不确定地眨眨眼，目光转向孟糖说："什么感觉都没，结束了吗？"

"结束了。"孟糖点点头，骄傲地翘着尾巴，道，"我已经把遮盖你记忆的东西吃干净了，不过你的大脑还要把它们从精神世界的深层拉上来，这个会需要一点时间。"

"多久？"沈曜问。

“一个小时左右吧。”孟糖轻快地答，“只是我的估计。”

沈曜不打算在林远家里等，反正如果有什么问题可以随时来找他们。汽车一路飞驰，沈亦清起初隔一两分钟就半是紧张半是期待地问沈曜有没有什么感觉，在接连得到了几次否定的回答后，巨妖宝宝便默默地闭紧了嘴巴，在回家前还去肉类批发市场买了上百斤牛肉放进后备箱。

不管想没想起来，日子还是要过的，饭也是要吃的，沈亦清质朴地想。

从林远家出来一个小时后，车子在沈亦清家的院门外停下。沈亦清提着肉进了院子朝大门走去，刚走出没几步，身后便忽地传来一阵急促的脚步声，紧接着是沈曜的声音：“我想起来了。”

沈亦清转回身，手里的两个大袋子因为惊讶先后砸在地上，好像在演电视剧。

沈曜“扑哧”笑了出来，不过那笑声的尾音却带着一丝难以察觉的哽咽。沈亦清敏锐地捕捉到了这一细小的变化，回身托起沈曜的脸想看个究竟。沈曜却没抬头，沈亦清只能感觉到自己贴在沈曜面颊的掌心有些微的濡湿。于是他也不强迫，只是低声道：“没事了，别怕，都是过去的事……”

“不是。”沈曜死死抓着沈亦清背后的衣料，抓了一会儿才松开，“我不是接受不了那些记忆，就是……”沈曜深吸一口气，用袖口胡乱抹了把眼睛，轻声道：“我就是一想到这么多年你都是自己记得这些，我就心疼。”

那个善良又温柔的海怪小朋友被自己孤零零地丢在时光的洪流里，丢了那么久。

所幸记忆中的两个小朋友终于在今天重逢了。

被大脑一点点从意识深处挖掘出来的记忆新鲜地摊放在沈曜面前，循着沈亦清给自己讲过的时间线，沈曜从头到尾地梳理着它们。沈亦清的记性很好，他给沈曜讲起这些事时的每一个细节都没有差错。沈曜很快就将沈亦清的讲述与自己的记忆重合在了一起，日日夜夜的相互陪伴与安慰像是涓涓地滋润着树根的养料，将已深种于内心的情感催生得越发强壮而牢固。将记忆梳理到最后时，沈曜看见了童年时与沈亦清分别的自己。

为了让学会拟态的沈亦清能变成自己的样子混出实验室，沈曜将身上的实验服脱掉递给沈亦清。沈亦清生涩地穿上人类的衣服，一真一假两个小沈曜面对面站在一个关押着变异狼人的合金笼子后。

“等我救你。”沈亦清说。

沈曜光着小身体，战栗着点点头。

“等我救你。”沈亦清一字一顿重复着这句话，上前一步将小沈曜揽进怀里。同时，它用北海巨妖独有的能力将体温调高了一些，像之前经常做的一样，再一次用自己温暖了沈曜……

沈曜从回忆中抽离出来时，发现此时此刻笼着自己给自己挡风的沈亦清也在发热。

“回魂了？”沈亦清眼底含笑，“叫你好几声了，你没理我。”

“你现在多少摄氏度？”沈曜抬手去摸沈亦清的额头。

“四十多。”沈亦清牌暖宝宝道，“快进屋吧，风凉。”

不知不觉又是一个秋天到来了。

沈曜想起自己第一次在人工湖边见到沈亦清的那个晚上。

那时也是秋天，沈曜为了杀湖里的寄生水怪跳了进去。那湖水冰冷刺骨，可沈曜全不在意，毕竟猎魔人平时受的训练比那严酷得多，所以沈曜体质好得很，轻易不得病，别说吹吹凉风了，就连下海冬泳都不是问题……

“是有点冷了。”沈曜一缩，傍着沈亦清牌暖宝宝往家门的方向走去，边走边道，“对了，我这回彻底想起来了，你小时候长得可真……”

沈亦清身子一僵。

沈曜目光真挚地赞美道：“真可爱。”

沈亦清松了口气，幽幽道：“我还以为你要说我丑呢，你每次都说。”

现在突然不说了，我还有点不适应呢，沈亦清想。

沈曜微微笑道：“哪能呢，小时候我不懂事。”

沈亦清正欲开口，沈曜又道：“我现在懂事了，知道有时候要说一些善意的谎言。”

沈亦清泪流满面……

果然还是那个熟悉的曜曜！

这是沈曜在记忆层面上与沈亦清的又一次重逢，按照以往每次重逢的惯例，巨妖宝宝总是要被刺激一下。

家门被打开了，两人一前一后地走进去。

“晚上想吃什么？我们庆祝一下你顺利找回记忆。”

“嗯，我想想……”

“我给你做章鱼小丸子？”

“不吃！我都好久不吃了，你别勾引我。”

“想吃就吃，没关系。”

“你看着多难受啊！”

“……我真的不是章鱼。”

“你是章鱼的远亲呀。”

“远亲也不是！”

“哈哈哈哈！”

“砰”的一声，门阖上了，从里面隐隐约约传出的笑声与此季的风一同流过院中盛放的木棉，被染上一缕淡淡的粉白，又向着高远澄澈的天际飘去。